他走了很久，他心里清楚，这段路他走了整整四年。

脚步停下，两人忍不住回身相对，眼里全是相爱的证据。他倾身向她，她会意，仰头承受温柔一吻。

"程未城，你好美。"

她笑起来，卫朝挽就在她的笑容里俯首称臣。

他单膝跪地，深吻手背："潮，你愿意，做我独一无二的公主殿下。"

朝小诚 著

他很贪心，他想要永恒。

朝暮不相迟

zhao Mu
Bu
Xiang Chi

四川文艺出版社

朝暮不相迟

zhao Mu
Bu
Xiang Chi

朝小诚 著

四川文艺出版社

图书在版编目（CIP）数据

朝暮不相迟 / 朝小诚著. -- 成都：四川文艺出版社，
2024.7
ISBN 978-7-5411-6985-4

Ⅰ.①朝… Ⅱ.①朝… Ⅲ.①长篇小说－中国－当代
Ⅳ.① I247.5

中国国家版本馆 CIP 数据核字 (2024) 第 108868 号

ZHAOMU BU XIANGCHI
朝暮不相迟
朝小诚 著

出 品 人	冯　静
出版统筹	刘运东
特约监制	王兰颖　代琳琳
责任编辑	梁祖云
选题策划	刘丽伟
特约编辑	代琳琳　张禾伊
封面设计	吴思龙@4666啊
责任校对	段　敏

出版发行　四川文艺出版社（成都市锦江区三色路238号）
网　　址　www.scwys.com
电　　话　010-85526620

印　　刷	天津鑫旭阳印刷有限公司			
成品尺寸	145mm×210mm	开　本	32开
印　　张	11.5	字　数	300千字
版　　次	2024年7月第一版	印　次	2024年7月第一次印刷
书　　号	ISBN 978-7-5411-6985-4		
定　　价	42.80元		

版权所有·侵权必究。如有质量问题，请与本公司图书销售中心联系更换。010-85526620

目录

第一章　**女朋友**　　　/ 001

第二章　**男朋友**　　　/ 027

第三章　**有情人**　　　/ 056

第四章　**名利场**　　　/ 081

第五章　**情与义**　　　/ 111

第六章　**旧情人**　　　/ 140

第七章　**缠绵**　　　　/ 166

第八章	器量	/ 192
第九章	因缘	/ 218
第十章	人间开恩	/ 245
番外一	公主殿下	/ 276
番外二	意犹未尽	/ 300
番外三	人间百年	/ 315
番外四	好好长大	/ 334

第一章
女朋友

工作日，下午两点。

程意城买了一杯咖啡，一口气灌下。冰美式微苦，一如此刻的心情。

今天，程意城颇为不痛快：手上一个项目，做了三个月，就在刚才，被人抢走了。

她放下咖啡杯，胸前的工作证晃荡着，随着心情起起伏伏的。"基金研究员"，证件上简单的几个字，昭示着她的岗位与职责。

这份工作她已经做了四年。好好坏坏，都已经历。人也从朝气蓬勃变得沉稳，心态足够抗衡一二变故。谁承想，这些都是她的"以为"而已。

奈何碰上了今天这桩事，程意城心里还是过不去。

一个小时前，赵宏伟点名找她。赵宏伟就职前海基金八年，从研究员到投研部总监，为前海基金立下了汗马功劳，两年前升任合伙人，正式迈入千万年薪级别。

程意城身为基层研究员，甚少与高层打交道。

跟着秘书进入办公室后，她略微有些紧张。

赵宏伟却是一派和气："小程来了？坐。"

"谢谢赵总。"

她坐下后，这才发现办公室里还有一个人——是公司的新人林嘉蓓，上周刚入职前海基金。

程意城还是隐隐地懂了一些，能进赵宏伟的办公室，尚且怡然自若端坐的，恐怕不会是简单的新人。

还未等她开口，赵宏伟已经主动介绍："小程，这位是小林，林嘉蓓。美国林圣大学毕业，医药学专业。"

程意城："您好。"

对方微微点头，并未回应。

赵宏伟开门见山："小程，是这样。我想和你商量，你手上的医药项目可以给小林做。当然了，我也不过是提一个想法，你的意见也很重要。"

程意城已经不是职场新人了，职场中的暗语，她很清楚。

你的意见也很重要？不过是上对下的客气，以显示"公平"。她的意见非但不重要，她还要识抬举。

程意城点头："好的，赵总，我也正想找您商量这件事。我的专业并非医药学，做这类项目难免会有疏漏。下午我会把项目资料整理好，移交给小林。"

赵宏伟很满意："小程，辛苦你了。大家一起努力，一个团队一家人。"

程意城走出办公室。

关门时，她听见林嘉蓓笑着说："赵叔叔，谢谢呀。"

"哎，嘉蓓，你哪里需要跟我客气，你爸爸早就同我打过招呼了，要我好好照顾你。"

程意城默不作声，迈步离开。

回到工位上，她扔了水笔，以手撑额。

写字楼无秘密，茶水间五分钟，公事私事，统统成为茶余饭后的谈资。

同事周禾禾同她邻座，听到了风声，亦为她担心。

第一章 女朋友

"意城,你还好吧?"

在前海基金,抢项目是一个敏感的话题。研究员的绩效奖颇丰,而奖金正是来自项目提成。项目易手,奖金就易手。在前海,抢项目的这类人也被称为"金融劫匪"。

周禾禾不免打抱不平:"什么新人,居然明抢。也就是意城你好说话,换了我可不行。咱们社畜,男朋友可以被抢,就是不能被抢项目,咱们一辈子打工才能赚几个钱……"

程意城笑了。

"你可以忍受男朋友被抢?我去告诉江宇和。"

"哎呀,我就打个比方,你可不许告诉他!"

"呵,青梅竹马,感情就是好。"

两个人一阵戏谑,程意城的心情也跟着好了不少。

周禾禾点到即止,安慰她:"意城,想开点。那个林嘉蓓,上面有人……"

程意城当然明白。一个新人,值得赵宏伟亲自出面,必定是有背景受照顾的。人情社会,这种事很正常。她如此安慰自己。

六点,下班。程意城走出写字楼,用力地拍脸,自我鼓励:"嗯,吃亏是福!"

她深呼吸,好似要逃离这里,快步跑向地铁站。

申南城,人口两千万,程意城只是两千万分之一。有苦,需要自己扛;有委屈,亦需自己咽。除此之外,别无他法。实在难受,撑不下去了,她能做的,也只有找人倾诉而已。

离开金融主城区,居民楼纵横交错。

弄堂有些狭窄,夏日雨水多,阴暗、潮湿。在屋檐下细细地看,还能找到一两条蛰伏的蜈蚣。小孩的嬉闹、妇人的训骂、男人的烟味,充斥着日复一日的弄堂生活。

东区最长的弄堂,尽头是一间店铺。两年前被人租下,开了一间麻辣烫店。店门上方挂了一个铁皮招牌,印着五个字:卫记麻辣烫。

店面很小，只有十几平方米，稀稀拉拉地放着五张小方桌。空间虽窄，却胜在干净，每次工商质检部门来检查，都大方地给个"优"。

程意城走进去，此刻正是店里一天最忙的时候。

肖原正在端菜，眼尖地瞅见她，立刻殷勤地招呼："程姐，你来啦？"

未等她作声，他又喊："卫哥，老板娘来啦！"

"知道了。"

耳边传来一句短促的回答，里间走出来一个人。

这是一个很漂亮的男人，程意城不是颜控，可每每见到这张脸，还是忍不住多看几眼。

卫朝枫径直走向她："今天来这么早？"

"对。"说着，她将额前的散发拢到耳朵后面，"今天工作不多，一下班就过来了。"

卫朝枫看着她。

程意城很单纯，不难猜，她的心事都在动作里。她拨了两下头发，几个小动作像是在卫朝枫的心里拨了两下。

他忽然抬起手，手掌绕至程意城的颈后，从衣领探进去，在她的后颈摸了一把。

程意城瞬间脸红了，打掉了他的手："你干什么？"

他收回手，用一个动作探出了不少事："跑着过来的？身上都是汗。这么急，出什么事了？"

她被探到了心事，当即否认："要你管。"

卫朝枫正欲开口，身旁一桌人打断了他，起哄不止。

"卫朝枫，你小子是不是不解风情？女朋友跑着来见你，你就偷着乐吧！"

说这话的是小龙哥。

在东区，小龙哥是名人，邻里间没他搞不定的事。他原来是东区酒吧"纽斯"的保安，为人仗义、业务能力强，没多久就被总经理重用，破格提升为酒吧的领班。做了一年，带出了几个小弟，小龙哥做事的格局也更大了。他是东区本地人，心怀家乡，有了几个跑腿小弟，索性将邻里纠纷、居民调解之类的日常杂事都揽在了身上。去年，居委会给他颁了一张"社区热心青年"奖状，小龙哥把奖状贴在纽斯吧台的墙上，吸引客流无数。连总经理都佩服他，说自己开了十几年酒吧，头一次开出了为人民服务的感觉。

小龙哥和卫朝枫认识两年了，他们是在店里吃饭认识的。小龙哥对卫朝枫的印象很不错，这小子看着穷，格局却不小。邻里间来光顾，卫朝枫常常抹去零头、买一送一，弄得街坊四邻都很开心，气氛搞得火热，回头客就这么来了。

时间一长，更有好事的老阿姨给他介绍女朋友。

卫朝枫无一例外都是拒绝。

连小龙哥都替他着急，有一回，忍不住劝他："你总不能一个人过一辈子吧，下半辈子的幸福也得考虑起来啊。"

卫朝枫波澜不惊："我有女朋友啊。"

小龙哥顿时震惊了："真的假的？"

"真的。"

"什么时候有的？"

"前天刚有的。"

"卫朝枫，你是在梦里有的吧？"

"你看，我说了你又不信。"

小龙哥揽住他的肩膀，压低声音问："不会是我们纽斯的小美吧？她这半年追你追得可太凶了，上个月的事连我都听说了，小美在你凌晨两点收工后到这店里来堵你了？这事小美做得太过火了，怎么能二话不说逼你办事呢。你要是没忍住真和小美办成了事，我也能理解你，男人嘛。"

卫朝枫拨开他的手："别扯，不是小美。"

"啊？那晚你们没办事啊？"

"没办，我让她穿好衣服回去了。"

"卫朝枫，你可以啊！"

"有什么不可以的。我两点才收工，五点要进菜，我不睡觉啊？"

小龙哥不禁有些佩服："你真是人才啊。"

最后，小龙哥要求他："那你把女朋友带来，我给你把把关。你这起早摸黑的，赚点钱也不容易，可别遇到个小太妹把自己给赔了。"

他是一番好意，谁承想，卫朝枫还不肯。

"不给你看，我女朋友凭什么要给你看？"

"喂，卫朝枫，我可是把你当兄弟为你着想啊。"

"少跟我扯这个，不给就是不给。"

一来二去的，小龙哥被他勾上了心，哪来的小姑娘，能令卫朝枫藏成宝贝？

小龙哥不服，隔三岔五的，就来店里晃一圈。一天晚上，还真被他给晃到了。

那天下了暴雨，晚上十点，没什么生意了，小龙哥远远地看见卫朝枫送外卖回来的身影。他停好小电驴进屋，店里有一个人正在收拾桌椅。卫朝枫叫了一声"意城"，那女孩回头，他顺势搂住她的腰将她抱上桌，俯下身就对她深吻。

小龙哥震撼了啊！

卫朝枫这家伙，大骗子。天天嘴巴上说"我单身，没谈过"，没谈过你这么会亲？

瞬间，小龙哥倒戈向了卫朝枫的女朋友。那女孩一看就是好女孩，不知卫朝枫如何耍手段，将人家从写字楼骗到了这破店里。

而今，小龙哥和程意城已经是熟人了。

临近七点，小龙哥吃完晚饭，拉住卫朝枫打牌。

卫朝枫拒绝："不玩。"

"来嘛。"

"你不是还要上夜班吗？"

第一章 女朋友

"夜班七点半才开始,我还能玩半个小时。"

"我今天没时间。"

"那就一局,一局总可以吧?"

卫朝枫瞥了他一眼:"说好了,就一局。"

"那当然!"

小龙哥特别喜欢拉卫朝枫玩牌,卫朝枫牌技平平,总是棋差一着输给他,这令小龙哥很得意。

十分钟后,一局结束。

卫朝枫丢下一张牌,大方地认输:"你赢了。"

"哈哈。"

小龙哥那得意劲又上来了。卫朝枫输得很到位,既不太快,又不太慢,往往在小龙哥以为自己要输了的时候,卫朝枫却快他一步先输了。这欲扬先抑的赢牌节奏,令小龙哥的获胜感很棒。

小龙哥赢了,也懂得顺水推舟,跟卫朝枫客气:"你是不是看见女朋友来了,心都飘了啊?输得这么突然。"

"哪里的话。你小龙哥是行家,玩牌我怎么玩得过你。"

"哈哈,这倒是。"

卫朝枫听了一笑。单纯的人通常都能做朋友,再坏,也坏不到哪里去。

小龙哥玩尽兴了,便跟程意城道别,带着几个手下兴致高昂地上夜班去了。

他们一走,店里顿时安静了不少。

程意城勤快惯了,方才见他们玩扑克,她就抽空收拾了碗筷。这会儿正擦着手,从里间走出来。一抬眼,看见卫朝枫从长裤口袋里摸出一张牌,随手丢进桌上的牌堆里。

程意城懂一点。见到他方才的模样,她顿时心跳失速:"你刚才出千?"

卫朝枫抬起头:"嗯?"

"你为什么要故意输给小龙哥？"

"说什么呢。"

他笑笑，不以为意："我有这种好本事，早就去纽斯上班了，一个月能赚这店三倍的收入，我还在这里待着干什么？"

确实，也很有道理。

卫朝枫将她手里擦桌子的抹布丢到一旁。

"跟你讲了好多次，我这里的事不用你做。"

"没关系的，反正我闲着，做这点事也不忙。"

"可是我找女朋友不是为了让她过来干活的。"

她听了，心里不免高兴，颇有些得人护着的欢喜。

她涨红了脸，作势要打。卫朝枫却笑着，退了一步，让让她："好了好了，收拾一下，今天早点关店，我们出去吃晚饭。"

程意城："自己在店里吃点就好了啊，出去吃饭多破费啊。"

卫朝枫顺手一抄大门钥匙，搂了她的腰就往外面走："算了吧，我吃不惯。"

"你自己开的店你自己吃不惯啊？"

"嗯。"

又被他占去口头便宜。

程意城顿时无语至极。

七点，东区夜市正热闹。

这几年，东区积极响应"地摊经济"，夜市餐饮店星罗棋布。人间烟火气，最抚凡人心。加上网红效应，发展的东风迅猛，东区夜市一跃成为申南城亮丽的商业风景。

一家潮汕生腌店尤其火爆。男男女女的，穿梭在小巷里，每晚排队叫号一度高达五百人。

今晚，卫朝枫和程意城来的时间不算好。

七点半，夜市大排长龙。卫朝枫排队取号，NO.163，程意城看了一眼，当即就想走。她极度惜时，上下班乘地铁都随身带着书看。要她为一顿饭干等,实在难以忍受。

"我们换一家吧?"

"来都来了,你就当陪着我。"

"你都这么大了,还迷恋网红店呢?"

"我年纪不大,至死是少年。"

程意城闻言笑了。

卫朝枫捏了捏她的脸:"可爱。"

感情地界,她是生手,每每被他撩,总是脸色绯红。

"别闹了,吃饭吧。"

"刚才不是说不吃吗?"

"……试试也行。"

"脸这么红——"

"卫朝枫,你别占便宜还不讲理啊。"

他一笑,放过了她。

以前不懂,小舅舅对女人,为何总是盯住世间一人,纠缠十年不肯放人。现在,他懂了。他有样学样,在唐家看见的、听见的,全都学会了,付诸实践到程意城一人身上。

八点,两个人终于吃上饭了。

潮汕生腌,程意诚不太懂,点了两个意思意思,把菜单递给卫朝枫。卫朝枫就阔绰多了,大笔一勾,圈了一大半菜单,吩咐服务生尽快上。

"别把我女朋友饿着了。"他说。

程意城看了他一眼,为他那句"我女朋友"。

她是初恋,卫朝枫说他也是,但两相对比,他的表现显然过分从容。就像一个老手,练习已久,只等她出现,就要将过去人生所有的练习加诸她身。她看着他从容的模样,难免会产生些想法。

正愣怔间,半只生腌蟹被喂入她的口中。

"唔。"

"好吃吗?"

"……嗯。"

他光顾着喂她,没顾自己。生腌蟹有些黏腻,他伸手擦去她嘴角的蘸料。

程意城顿时不好意思起来:"我自己来。"

失去自理能力的恋爱,就不算好了。她的恋爱,要有自我才好。

卫朝枫充耳不闻,手上的动作也没停:"我来吧,你不用动手了。女孩子手上黏糊糊的,不嫌麻烦啊?"

"不会啊,不麻烦,擦一下手就好了。"

"是吗?这样。"

卫朝枫点头,当即打开格局:"那以后,是不是也可以——"

程意城:"什么?"

意会过来后,差点被呛死。

卫朝枫笑了,给她喂水、拍背。

"好了好了,我骗你的。"

"卫朝枫,你够了啊——"

论那方面,她远不是他的对手。

她这个男朋友很够意思,嘴上甜,手脚麻利,那方面也不差。撩起她来更是全方位的,生冷不忌,撩得很厉害。

卫朝枫撩够了,便不再欺负她,给她剥了虾。

她浅尝一口:"真的不错欸。"美食当前,心情也变靓了。

卫朝枫轻舒一口气:"终于看见你笑了。"

她看向他,眼中有一个问号。

他摸了摸她的脸,四两拨千斤:"不愉快的事,不要放在心里太久。工作上难免有不开心,让它过去,不要让它停留,知道吗?"

三言两语,让程意城的眼眶一热。

他知道了。她不知他是如何看出来的,何时看出来的。不过,这都不重要了。当他那样说了,她仿佛豁然开朗,再无忧愁。她的委屈被他看见后，所有的委屈都不再是委屈。

"嗯！"她用力地点头，不辜负他今晚的盛情，"让不开心都过去吧。"

雨过天晴。

一切不愉快，皆为往事。

"我在公司遇到了一个新人，被抢了项目，当时真是气死我了。"

"关系户吧？"

"你不上班也能猜到这些事啊？"

"程意城，你这是在藐视我的职业性质。谁说我不上班？我是正经的个体创业者。"

"哈哈，好吧，算我说错了。"

"关系户哪里都有，平常心吧。"

"嗯。"

喝了一杯水，她又道壮志理想："看着吧，等我将来也认识几个上市公司首席执行官，看我把项目做得比谁都好。"

卫朝枫笑了："程小姐，你的远大志向真是让我害怕极了。"

"怎么了？"

"怕你认识了那些人，就把我给甩了。"

程意城抱着手臂，状似打量："那我就要看你的表现了啊。"

"好。"

晚饭结束后，回到了家里，程意城才明白，他那声"好"是什么意思。

他将她拦腰一搂，抵在餐桌前。

"不要。"

"要的。"

"你怎么整天想这事啊？"

"不是你要看我表现吗？"

他拉下她的手，声音全哑了："我女朋友不开心，我的责任就是要让她开心起来。"

程意城的心神一晃，就被他全数得逞。她再想拒绝，已经没有机会了，几个衬衫扣子在他手里悉数报废。

他的眼神停留在她的左肩上，那里有一道丑陋的伤口。

程意城搂住了他。

"早就没事了。就像你说的，人生难免有不开心，让它过去，不要让它停留。"

他听了，没有说话。

下一秒，卫朝枫陡然将她拦腰抱起，走进卧室，踢上房门。关门声巨响，震到她的心底。每当他对她心怀愧疚，就会竭尽所能，同她温柔缠绵。

程意城认识卫朝枫，是在一年前。

那日，程意城到东区实地调研。

工作结束后，天色已晚。

她中午因为匆忙，只吃了几口盒饭，晚上饿得很。沿着弄堂走了一路，"卫记麻辣烫"的招牌就这样映入了眼帘中。

程意城走了进去。

肖原上完菜，眼尖地看见了她，便殷勤地招呼。他擦干净桌子，让她坐，问她吃什么，程意城要了一份招牌套餐。肖原手脚麻利，写下菜单，抬手一撕，递给厨房，转头又对她道："下单了，您有事再叫我啊。"

"好，谢谢。"

正值饭点，店里很忙，她的套餐做好了都没人送过来。程意城见状，起身去厨房窗口取了。她不习惯麻烦别人，能自己解决的事就尽量自己解决。肖原在她这里得了空，得以补上另一桌难缠客人的单子。转头看见程意城已经吃上了，不禁对她心生好感。

肖原送给她一包餐巾纸，表示感谢："小姐，这是送您的。您慢慢

第一章 女朋友

吃,小心烫啊。"

"好,谢谢。"

肖原挺高兴的,回窗口端碗。

厨房里,有人戗他一声:"拿着我的餐巾纸去哄妹子,餐巾纸不要钱啊?"

声音不大,清冷至极。

肖原弱弱地说:"卫哥……"

那人轻哂了一下,没说话。

一番对话,程意城全数听到了。她默默地把餐巾纸放回桌上。

肖原上完菜,路过时看见她的动作,便挠头解释:"卫哥刚才开玩笑的,他这人就是这样。"

"这是你的店?"

"不是,这是我们卫哥的。"

"哦,好。"虽然她根本不知道"卫哥"是谁。

"我们卫哥叫卫朝枫,他人很好的。小姐,您在这附近工作的话可以经常来光顾啊。"

程意城笑着点头。这人年纪不大,倒挺会做生意呢。

晚上还要写调研报告,她匆匆地吃完,便起身离开。

身后有人叫住了她:"喂。"

程意城不禁皱起了眉头,这不是一个礼貌的声音。

她基于礼貌,还是立刻转身:"你叫我?"

于是,她就见到了卫朝枫。

他从厨房走出来,直直地盯着她,目光清冷。一个人长时间在厨房里做事,衬衫袖口都不会太干净,而他却不。一件白衬衫穿在他的身上,比谁都干净。程意城那时还不怎么懂,这种"干净",绝不是靠讲卫生、爱整洁的个人习惯可以养成的,而要靠别的。比如锦衣玉食,比如精英教育。

她看着他问:"有事吗?"

他双手往裤袋里一插,抱着耐心提醒她:"你吃饭没付钱,小姐。"

程意城顿时涨红了脸。

她因记挂工作,一心两用,竟然忘记付钱了。她立刻道歉,拿出钱包将钱递给他。见他收了钱,她便忙不迭地要走,又被他叫住了。

"慢着。"

"怎么了?"

他走向她,不紧不慢的。眼睛盯着她,很有压迫感。她便没来由地紧张了一下。这道目光很不善,强势、专注、紧迫地盯着人,仿佛要压倒性地赢过你。

他站定在她面前,将几个硬币放在桌上:"还有找零啊,小姐。"

程意城很少对自己如此无语,但更令她无语的,是卫朝枫。

他顺势评价:"你这种丢三忘四的样子,做研究员行不行啊?"

程意城顿时愣住了。

原来,他看见了她挂在胸前的工作证。她扯下工作证,脸色红了又白。

"随便质疑一个人的工作能力,你认为这礼貌吗?"

不待他回答,她转身就走。

卫朝枫看了一会儿她生气离开的背影,然后弯下腰,施施然地捡起地上的卡片。

肖原定睛一看:"是刚才那位小姐的工作证掉了!"

卫朝枫拿着工作证,前后看了一遍,眼神定格在证件照上。一张四方小照片,她微微地笑着,他只看了一眼就喜欢上了。他又想起她方才生气的模样,脸红的样子很可爱。她是一个连生气都会令他觉得善良的人。

他将工作证拿在手里把玩,嘴贱地评价:"所以我才说,她这个样子行不行啊?"

程意城被气坏了,一路小跑至公交车站。

——"你行不行啊?"

第一章 女朋友

无心之言，却意外伤人。

她做研究员已经三年了，经手的项目不算少，也做过几个十分漂亮的大项目，但在公司依然籍籍无名。原因很简单，每当需要人埋头苦干时，她就是那个人；每当论功行赏时，她就没份了，有时还会被替换掉，有功之臣的名单上总不见她的名字。

职场，从不是一个讲公平的地方。这里有比"公平"更为讲究的东西，比如背景、关系、权力、斗争。

卫朝枫说得对，她"不行"。凭她的能力，自保尚且岌岌可危，更遑论披荆斩棘向上爬了。这些年，程意城不是不困扰的。尔虞我诈，是否是一个人迈向社会必学的一课？这一课本身难道就一定是正确的吗？她茫然四顾，没有答案。

连公交车都和她作对，迟迟不见来。

程意城抬起手腕看表，身后，忽然响起一阵嘈杂的声音。

她循声望去。殊不知，此后人生，从此换道。

巷口，六个男人团团围住了卫朝枫。

他抬起眼睛看向他们，问："干什么？"

六人中的老大站了出来。

老大一脸横肉，手里拿着一根木棍，一下一下地甩。卫朝枫无动于衷，等着对方继续。

老大上下打量了他几眼，语气充满不善："新开店的小老板是吧？你哪儿的啊？刚来东区混吧？"

卫朝枫听了，兴致缺缺。一句话没有，举步欲走。

老大怒了："年纪不大，架子倒挺大，连我们东区的规矩都不懂。你卖你的麻辣烫，我卖我的面，本来可以相安无事。但你偏偏不肯，把我的生意都抢走了。现在我的面馆开不下去了，你是不是要给我个说法啊？"

卫朝枫冷淡至极："这点小生意都做不过我，还有脸来找我要说法？"

措辞狂妄至极,老大听得怔住了。

卫朝枫不只冷淡,更是嚣张:"你应该找我要的不是说法,而是开店的本事。这点本事要学好,不难。你态度好一点,有诚意一点,我也不是不可以考虑教你。"

老大顿时气急败坏,怒吼:"兄弟们,给我揍他!"

"卫朝枫?"

声音突兀,打断了在场的所有人。

七个人齐齐地回头,程意城当场便后悔了——她没事喊什么卫朝枫啊?!

老大做生意不行,打群架倒是灵活的。他一个箭步上前,挟持了程意城,将木棍抵在她的后脑上,好整以暇地威胁:"没想到啊,卫朝枫,你还有这么漂亮的女朋友。你女朋友这张脸这么干净,你舍不得让她破相吧?"

程意城闻言蒙了。

卫朝枫定睛望向她,这一眼,当真是复杂。

他抬起手揉脖子,语气很是惆怅:"小姐,你谁啊?"

闻言程意城傻了,老大也傻了。

卫朝枫半点"男朋友"的自觉都没有,活脱脱一个无辜的路人:"小姐,没事别装熟好吗?"

程意城深呼吸,暗骂了一句:不是人。

他还算是个人吗?就算没有交情,她好歹刚刚在他店里做了笔生意,江湖救急的关头,他银货两讫后居然就这个反应?亏她方才还担心他,情急之下喊了他的名字,想让他快跑。她脑子进水了,才会担心他。

老大显然不信。他挥着木棒,敲着程意城的肩膀,警告卫朝枫:"你可别想装。我跟你说,你女朋友今晚能不能安全,可全在你。"

"我也跟你说一件事。"卫朝枫直言不讳,"这种全身上下没一点看头的女人,不是我的口味。"

第一章　女朋友

说完，他转身就走。

卖面的哥几个顿时蒙了。

老大看看卫朝枫，再看看程意城，颇为同情："我说，你看上他啥了啊？妹子，你眼光也太差了，他这种人我都想替你揍他。"

程意城麻木地道："你说得对，下次看见他，麻烦你帮我好好地揍他一顿，揍死不过分。"

老大："啊？"

两个人聊了几句。程意城被卫朝枫那狗男人无视的样子委实太惨了，都让老大生出了几分同情。既然卫朝枫都不管她的死活，那他绑了她也没意思。

老大放开她，还不忘劝她："你走吧。下次看男人准点啊，别看见个长得漂亮的男人就往上扑。本来你这身材就没什么看头，脑子再不行就真的完了。"

程意城正在气头上，跟老大也敢辩驳两句："我这身材不差的，我每天夜跑的。"

老大"扑哧"一声笑了。

"你这清汤寡水的，有点自知之明好吧？难怪卫朝枫看不上你，你走吧。"

程意城转身就走。

没有人看见，她拎着包的左手正在颤抖。就像没有人看见，卫朝枫从一开始就对她用口型讲了一句："听我的。"

偌大的一座城市，从此她有了秘密。

她循规蹈矩二十六年，从未演戏、从未说谎，遇见他不过数小时，演戏、说谎就都做全了。而且，他还要她做得好、演得真。这太难了，她想，即便明白他是为了她的安全，她还是觉得太难了。她控制住了表情，却没有控制好步伐。她走得太慢了，足以令卫朝枫为她争取的时间全部清零。

在她身后，几个小弟大喊："老大，我们被骗了！卫朝枫和那女的是认识的！他手上还有她的工作证——"

此刻程意城仿佛连心跳都停止了。

两个声音同时响起——

"你这个女人居然敢骗我！"

"谁敢动她？！"

程意城本能地想跑，却再无机会了。粗重的木棍重重地砸在她的左肩，又"嘶啦"一声抽回。一道血痕触目惊心地自颈项蔓延至锁骨。她痛得弯下腰，忽然有了一种古怪的预感：卫朝枫就像这道血痕，会是她终生不褪的痛。

后来，程意城时常怀疑，当初的预感是错的。

做卫朝枫的女朋友，感觉并不坏。他年纪不大，入世却很深。和卫朝枫谈恋爱不累，他看得懂她，也不吝于付出。人帅，嘴甜，会过日子。除了没钱没家世，她似乎从他身上找不出什么不好的。但钱和家世，她也不是很看重。结婚过日子，她还是看人。

——这就想到结婚了？她会不会想多了？

程意城胡思乱想间，翻了个身。

身后伸来一只手，重新搂她入怀。他贴上来，有卷土重来的意思："好几天没见你——"

程意城推了一下他的脑袋。

"刚认识那天你不是说，我不是你的口味吗？"

"总比孤家寡人好。"

"卫朝枫，你是不是以为我不会打你？"

"呵，骗你的。"

他在她耳边哄："我没抱过别人，你是第一个，以后也不会有别人了。你是什么样子，我的口味就是什么样子。"

他总是能令她很难拒绝。

她握住他的手，想起很久以前的事："那天，你为什么会把我的工作证带在身上？"

第一章　女朋友

"你说那个,当然是因为喜欢你。"

"就凭你那天对我那样不礼貌的态度,这叫喜欢?"

"不喜欢的话,就不会想留着了。"卫朝枫的声音很哑,"我想保存的不是工作证,是工作证上的那张照片,很好看。"

程意城的底气不足:"在'海马体'拍的,他们家修图修得有点厉害,我平时不长照片上那个样子。"

卫朝枫顿时就笑了。

"我不介意。我验过了,货实相符。"

这张嘴,说是第一次谈恋爱,谁信?

程意城推拒,说了一声"不要不正经",很快便引来他更大的不正经。

她其实是有一点害怕这场恋爱的。遇见他之前,她循规蹈矩。稳定压倒一切,包括爱情。直到卫朝枫改变了一切,他是不按规矩来的人。

凌晨两点,卫朝枫折腾够了,便乖乖地抱着她睡觉。

他轻声地问:"周六有没有空?留傍晚的时间给我。"

程意城很困,只简短地回答:"那天我有联合调研。"

"联合调研不会很久的,大概几点结束?"

"不确定,可能下午。"

"好,那我五点等你。"

"有什么事吗?"

"带你见一个朋友。"

"哦,好。"

程意城实在太困了,来不及想明白为什么他会知道联合调研不会很久,就已经睡着了。她枕在他的臂弯里,他的体温令她觉得安全,仿佛这就是永恒的样子。以至于她从未想过,她以为的"永恒",在他那里只不过是消磨时光。

周六，下午一点，程昕准时在公司楼下和程意城会合。

在前海基金，程昕任职投研总监，这两年将业绩做得可圈可点，话语权也多起来。程昕对程意城有点意思，每次带队调研，总是给程意城更多机会。就工作而言，他们两个人搭档很默契，在公司里被称为"双程"。

在程昕眼里，于公，程意城符合一个优秀研究员的成长轨迹；于私，更是女朋友的不二选择。程意城不出挑，但绝对安全，是最能让男人放心的类型。有一段时间，程昕对她陷入过矛盾中。作为投研总监，他希望她尽早学会圆滑处事；可是作为男人，程昕却并不希望她学会这些。意外的是，他的这种矛盾在某一天戛然而止。因为那天，程意城告诉他，她交了一个男朋友。

程意城传闻中的男朋友，程昕听到过一点风声。年轻、长得不错、是个开街头小吃店的个体户。当他听到"个体户"三个字时，顿时压力全无。像他这样的金融企业中层，绝对不屑和一个个体户一争高下，那太有损他的自尊心了。同时，他对程意城也有某种惋惜：她看起来智商在线，没想到竟会是颜控，男朋友长得帅一点就把持不住，把自己都交出去了。程昕觉得，她迟早会后悔的。结婚、过日子，哪个不需要钱？一个麻辣烫店的小个体户，能给得了她稳定的一生吗？

不过这些话，程昕是不会对程意城说的。每个人都有每个人的生活方式，同时也会承担每种生活方式的责任与成本。程昕虽然不苟同程意城的选择，但他尊重她。像他这样的身份，绝对不屑于去做第三者。既然她有了男朋友，那他和她之间只剩下同事可做，这是他可以接受的结果。

两个人一路聊着。

"暴雪公开调研，非常罕见吧？"

"对。怎么，你也听说了暴雪的传闻？"

"当然，它太有名了，有名到每个从业人员都不可避免地对它过分关注。"

第一章 女朋友

"这倒是。暴雪一向是话题中心,这些年业绩强势、边界扩张,单凭这两点就足够引人关注。更何况二十多年前,卫柏意外身亡之后,公司陷入震荡中,不久后仍然走出了扶摇向上的气势,确实不简单。暴雪、卫鉴诚、卫柏,哪个都是近代商业史绕不开的名字。"

"那么,继承人呢?"

"什么?"

"卫鉴诚董事长已经七十五岁了,如今卫家后继无人,你不觉得对于这样的白马企业而言,这是最大的雷区吗?"

程昕听了,看了程意城一眼。他倒是没料到,她平时寡言少语的,了解的信息并不少。

两个人抵达暴雪,会议室里人头攒动。调研人员来自各大机构,济济一堂,可见暴雪在市场上的分量。程昕和程意城两个人在靠边的位置坐下,工作人员立刻递上一份文件,出席人一栏清楚地写着今天的要员:董秘,谢劲风。

程意城下意识地认定这是个男性名字:"一定是一位很干练的董秘先生吧。"

程昕笑了一下,没有纠正她的错误,反问道:"比起你的男朋友呢?"

"嗯。"程意城笑着摇头,"我不拿他和任何人做比较。"

"哦?为什么?"

"因为,男朋友是不一样的。"她笑了,"拿他和其他人做比较的话,就失去了男朋友的意义。"

程昕听懂了她的意思。独一无二,这就是程意城对另一半的态度。不管另一半是好是坏,都不妨碍他在她心里独一无二的位置。

程昕悄悄地叹气,这么好的女孩,为什么不属于他?可惜了。

两个人正说着,会议室大门敞开,几位暴雪高管走了进来。走在中间的是一位年轻小姐,黑色西服,精明干练。几位高管围着她,她说着什么,众人点头称是。此人在暴雪的地位之高,由此可见一斑。

程意城看着她，心生羡慕，这是她无论如何也无法拥有的人生。

那人走上主席台中央的位置落座，透过麦克风向全场致意："各位好，我是本次公开调研的负责人，谢劲风。"

程意城一愣。

程昕低声笑了，揭晓了答案："不是先生哦，她是一位小姐。"

半个小时内，谢劲风和机构之间的问答，充满张力。

她懂得适度恭维："你所提到的数据，已是我们公开信息中的附注小字部分。你对细节的关注令我在回答你的问题之前，首先想对你说一声谢谢。"

她也懂话说三分留余地："关于卫董事长的健康状况，以及其是否仍实质性掌控暴雪，借今天这个机会我也想公开答复各位。目前，卫董事长的健康状况良好。当然，我没有说'十分良好'。相信各位对已有一定年龄的企业家，允许其健康状况有正常的波动。"

台下当即响起一片善意的掌声。

一个棘手问题，就被她四两拨千斤地完美应对过去了。

程意城举手提问，谢劲风示意工作人员将话筒递给她。程意城起身，直切要害："企业的继承人衔接问题，一向是左右企业未来发展的决定性因素之一。请问暴雪在这方面有哪些准备？"

台下一阵窃窃私语。

关于继承人，也就是暴雪下一任首席执行官的人选，早已是外界关注的焦点。虽然卫鉴诚凭一己之力牢牢地把持着董事长兼首席执行官两大宝座，但他年事已高，总要把位子空出来。这空出来的位子，谁坐上去，关系着暴雪的生死。

棘手的问题突如其来。谢劲风镇定自若，反问："小姐贵姓？"

"我姓程，禾呈程。"

"程小姐，你提了一个很好的问题。"她说着，话锋一转，"但在今天不太漂亮的官方场合，我不能回答你。"

会议室内顿时响起一阵笑声。

第一章 女朋友

两相对比，谢劲风显然更胜一筹。她轻轻地转折，就将话中"表扬为辅，批评为主"的意思传达得一清二楚。程意城被她压了一头，只能坐下。

程昕安慰她："别在意。站在暴雪的角度，谢劲风要不惜一切代价维护暴雪，她也有她的立场。"

"嗯，我知道。"

会议忽然被打断了。

董事长助理匆匆地上台，快步走到谢劲风的身边，低头同她耳语。谢劲风的脸色一变，很快便稳住了自己，起身跟着助理一同出去。会议室内，众人面面相觑，不晓得这是何种变数。

十分钟后，暴雪常务副总登台表示："谢小姐遇到公司突发事务需要立刻处理，故调研会提前结束。谢小姐安排了晚宴，对各位表示歉意。多谢各位理解。"

台下哗然，流言四起。能让谢劲风甘冒得罪市场的风险也要抽身处理的突发事件，必定不会小。

程意城问："我们还参加晚宴吗？"

"去，当然去。"程昕当即拍板，"趁这个机会和同行聊聊，应该会有不错的收获。"

程意城想了想，也是。现代女性，工作为先，这是当代社会的不二法则。

五分钟后，卫朝枫接到了女朋友的爽约电话。

电话接通后，卫朝枫的声音听起来有点喘。

程意城问："你在忙吗？"

卫朝枫稍做调整："还好，我不忙。"

电话里喘息声不止，她忽然心疼起来。这个时间，卫朝枫应该是在补货。看样子今天生意很好，原材料被提前用完了，他需要将备货从后厨小仓库搬到前台货柜。事情看着简单，做起来却争分夺秒的，需要耗费大量体力。她见过几次卫朝枫补货的样子，满头大汗，汗水流进眼睛里，咸得他紧闭双眼，眉头紧锁。他抬起手擦汗，一件白衬衫几乎没有一处是干的。

程意城心软得不像话："你开店不要太辛苦啊，小心累到自己，我会担心你的。"

卫朝枫："好。"

一时间，两个人谁都没有说话。程意城有些不好意思，他只是她的男朋友，而她分明已将他视为人生的另一半。她以为卫朝枫的沉默也是因为不好意思，毕竟他有他的自尊心，还差几年就将而立，而他仍漂泊着。小店的收入不稳定，他虽然不提，可压力背在身上，这也是所有人都懂的。

程昕收拾好文件，示意她赶紧跟上。程意城点头，对卫朝枫道："那就这样，我今天会回来得晚一点。"随即挂断了电话。

卫朝枫听了一会儿忙音，把手机扔在一边。

他用力地挥拍，在网球场打出一记扣杀，力道凶猛。

网球应声落地，反弹砸在球场边的栏杆上。撞击声经久不散，连栏杆都轻微变形了。这分明不是在打球，而是在发泄。

球童快速地跑过去，循例捡球。乔深巷对球童做了个手势，示意不用捡了。球童明白，立刻退出场外。

卫朝枫正弯腰扶住双膝，大口地喘气。乔深巷看了他一会儿，看出了一些不对劲。

"有心事啊？打球打得这么凶。"

卫朝枫没有回答。汗水顺着脸颊流进他的眼睛里，咸到发痛，他也没有抬手再擦。

他忽然问："善意的谎言，能说几次？"

没头没尾的，乔深巷却听懂了，他反问："你确定你对人说的谎言，是善意的？"

卫朝枫的身形一僵，乔深巷知道他被戳中了痛处。

第一章 女朋友

多年好友,他不忍心看卫朝枫陷入泥潭里,不禁劝他:"不想了,先吃晚饭吧。今晚你被女朋友放鸽子了没地方吃饭吧?你这个女朋友不太行啊,连你的鸽子都敢放。"

卫朝枫直起身,很不满他刚才的话:"你说话注意点,少评价我女朋友。"

乔深巷笑了,这么紧张的卫朝枫,简直前所未见。

这间会所是乔深巷开的,卫朝枫不常来。从前,他出入的场合皆是顶级,这间会所远远排不上他的日程;后来,他有心避开一切故人,更是不常来了。若非今天对乔深巷有事相求,卫朝枫不会踏足此地。

晚餐很清淡,清粥、小菜、海鲜料理,用顶级的食材,不做过多烹饪,还原最自然的风味。日常饮食,卫朝枫偏爱简净。当初乔深巷得知他开了一家麻辣烫店,整日穿梭在油烟里时,他的震惊几乎找不到文字可以表达。

后来,乔深巷明白了。卫朝枫是在借这种方式,与前半生决绝地告别。

乔深巷给他盛粥,开口道:"你让我传的话我传到了。我和我哥说了,给程意城安排了我哥的专家号,你可以带她去我哥的医院看一看。我哥是外科专家,她在这方面有什么不舒服的,都难不倒我哥。"

"这个自然。"卫朝枫不担心这个,他担心的是别的,"程意城一年前挨的那一棍挺重的,换季的时候总听见她说疼。我不放心,还是让医生看一下比较好。"

乔深巷看了他一眼:"这么紧张,你对你这个女朋友来真的啊?"

"喂。"卫朝枫警告他,"你放尊重点啊。"

他语气不善,乔深巷一愣:"卫朝枫,你不会真在谈恋爱吧?"

"不行啊?"

"你、你说真的?你谈到哪步了?你不会把那个女孩子睡了吧?"

"关你什么事。"

乔深巷简直无语:"卫朝枫,你拎不拎得清你现在的状况啊?她知道你是谁吗？你告诉过她你叫什么吗？你什么都不告诉她就先把人家睡了？你负得了这个责任吗？"

一连串的问题，卫朝枫连一个都回答不了。

乔深巷觉得，卫朝枫闯的祸大了，迟早被他女朋友恨死。

他很有责任感地提醒卫朝枫："暴雪那边的情况不太好，为了迎合市场，已经不惜放下身段接受公开调研吸引资金进入了。唐家这边，早就得到了消息。卫鉴诚的身体状况不太好，毕竟七十多岁了。暴雪无人接手，只靠他一个人，根本无力继续运作。唐家和暴雪有那么多的前仇旧恨，卫鉴诚至今没有原谅你母亲间接害死你父亲的事；另一边，你小舅舅也是，亲眼看着你母亲因为你父亲而死，他却无力阻止，这笔账你小舅舅彻底算在了卫鉴诚的头上。"

卫朝枫听着，始终无动于衷。

乔深巷不知道他是否听了进去，只能再次提醒："一个是你爷爷，一个是你小舅舅。你是置身事外，还是站边站队，你想清楚。尤其是你小舅舅，他是什么样的人，干得出什么样的事，别怪我没提醒你。"

卫朝枫没有表态。

他隔岸观火，态度消极。

地狱血流成河，而他不必在场。

第二章 男朋友

程意城出差回来，却好几日没有见到卫朝枫。他有一部手机，大部分时间用来接外卖电话。每天接听的时间很长，令他对电话铃声颇为不耐烦，关店后就将手机调成静音。程意城打了三次电话，都无人接听。她忽然发现，一旦和他失去联系，她对卫朝枫竟无从找起。

周五，程意城下班后去店里。

肖原热情地招呼："程姐。"

"卫朝枫呢？"

"卫哥去外地进货了。"

"哦，好。"

程意城在心里打了个问号。

这点原材料，还需要去外地进货？鸡毛菜之类的常规蔬菜，不至于还要跑一趟外地吧？连来回的车费都不够啊。

肖原对卫朝枫有点偶像情结，一点也不会往他腐败了堕落了出去鬼混了这方面想。一见程意城有怀疑卫朝枫的意思，肖原立刻为老板说话："程姐，你可要相信卫哥啊。外地进货便宜，卫哥是为了省成本。"

程意城点头，不好意思再怀疑了。

卫朝枫收买人心当真有一套，把肖原收得服服帖帖的。

程意城挽起袖子："晚上关店后，我想在店里准备点东西，需要你帮忙。对了，把小龙哥也叫上吧，我需要帮手。"

小龙哥今晚照例是来吃夜宵的，坐下一听程意城有事相求，还没等程意城说是什么事，小龙哥立刻一拍桌子，表示卫朝枫的事就是他的事，卫朝枫的女人的事也是他的事。

程意城的脸一红。

"卫朝枫的女人"这种称呼真是……

小龙哥豪气干云："小程，说吧，要我干什么？人手不够的话，你放心，我再给你拉一帮兄弟过来。"

"够了够了，咱们三个足够了。"

程意城也不多说客套话，而是提了两桶油漆，往地上一放。小龙哥两眼一直："立邦漆，国际驰名商标。"

程意城给在场的两个人一人一把刷子："这家店好久没有翻新了，店牌也快掉了，总不能一直这样下去。明后两天正好是周末，咱们趁这个周末弄一下，照我们三个人的速度，应该来得及把这里翻新一下。"

肖原热烈地响应："好！"

小龙哥也很有干劲，他曾经在工地上干过，对这种活很有感情。他用手肘推了推程意城："嘻嘻，小程，看在我给你做苦力的份上，你和卫朝枫结婚那天，可不能收我份子钱……"

程意城不知怎么接话，面色有些尴尬。

三个人热火朝天地干了两天。

周日，傍晚。

喧嚣渐渐隐去，万家灯火亮起，有别样的安宁。程意城拿着刷子，刷完"卫记麻辣烫"的最后一个字，擦了擦额头上的汗。

"小龙哥，肖原，来看看。"她心情愉快，回头向二人喊道，"看看这个店牌怎么样？"

她就这样看见了缓步走来的卫朝枫。

第二章　男朋友

古龙写过一个有意思的人，名字叫柳长街，身份只是一个小镇上的小人物，其胸襟与智慧却无人能及。年少时代，程意城想，一个叫作长街的人，多么奇特而又诗情画意。人与街融为一体，胸怀辽阔，大隐于市。

直到她看见卫朝枫。

还是那件白衬衫，还是那个熟悉的人。天街暮色，他不急不缓，踏着夜色走来，好似没有历史，也不担心未来。他选择活在当下，沉湎于长街过日子的每一天。

程意城忽然觉得他有些陌生，她有好好认识过这个人吗？

卫朝枫走到她面前，问："怎么了？几天没见，这个表情。"

程意城回过神来："打你电话怎么不接啊？"她的声音里都是掩饰不住的嗔怪。

"乡下地方，信号不好。"

"真的？"

"嗯。"

程意城选择相信他。

对卫朝枫，她始终抱着信任。即使偶尔有怀疑，也会很快说服自己。程意城拥有一种朴素的感情观，恋爱、结婚，第一要义永远是信任。如果连信任都没有，两个人在一起也没有意义了。现在的她还没有足够的人生经验去想一个更为复杂的问题：两个人，互相深爱着，却没有了信任，又该怎么办？

卫朝枫看了一眼她手里的刷子："你在干什么？"

"哦，这个。"她拉着他看向小店，"怎么样，还行吗？"

当真是焕然一新。

整间小店，干净清新，程意城的审美十分经得起考验。

卫朝枫笑了："经过你的魔法之手，我都快配不上这家店了。"

"谢谢你的评价，有激励到我。"程意城偏过头看他，真诚地说道，"就当作是送你的礼物。生日快乐啊，小寿星。"

卫朝枫一怔。

她伸手捏了捏他的脸:"这么惊讶啊?女朋友记住了你身份证上的出生日期,有被感动到是不是?"

小龙哥听见后,忙不迭地点头:"卫朝枫,你是该好好感动感动。你这老婆还没娶进门呢,就已经跟你一起好好过日子了。"

肖原也点头:"是啊,卫哥。程姐这两天可辛苦了,从设计到上漆都是程姐一个人弄的,我和小龙哥就帮着打下手。"

卫朝枫抬起手摸了摸墙壁,油漆还未干透。一摸,仿佛还是温热的,就像血。

他忽然开口:"程意城。"

"嗯?"

"我收购这类连锁店送给你作纪念好不好?"

程意城、小龙哥、肖原三个人一致都傻了。

卫朝枫有些懊悔,他失言了。

他在搞什么,下意识地把自己当成了卫总,一掷千金,只想让她快乐。因为明白自己必然会对她有所辜负,所以在此之前他想尽力弥补,以挣够日后对她挽回的筹码。

他试图解释:"呃,我的意思是……"

"哈哈哈哈哈。"

小龙哥一阵爆笑。

"我说,卫朝枫,老婆这么能干,感动是应该的,可是感动成你这样的,也很少见啊!"他钩着卫朝枫的脖子,弄得卫朝枫跟着踉跄,"清醒一点,卫朝枫。少看点偶像剧,还收购,你个小学没毕业的,你懂'收购'两个字怎么写吗?"

肖原一听,力挺偶像:"小龙哥,话不能这么说,卫哥可是初中毕业,上过夜校的!"

程意城一时有些无语。

卫朝枫没说话,他有些烦躁。

第二章　男朋友

程意城任由那两个人去吵，将他拉到一边。她看出来了，他有心事。

"你……不喜欢啊？"

"不是。"卫朝枫握起她的手，手掌都红了，磨起了几个小水泡，"你有正经工作的，我不想让你为了我耽误时间。"

"不会啊。"

程意城摸了摸墙壁，诚恳又坦率："我很喜欢这里，很喜欢这家店。听附近的老人说，这是很有历史的老房子了。虽然有很多不方便，尤其是梅雨季节，店里店外都潮湿得很，但我还是喜欢这里。哪座房子不会变老呢？它虽然旧，却始终存在，这让我很安心。"

她读书时看历史，看到书里讲，美索不达米亚平原上历经变迁的村落与庄园，同样是用旧砖建成的，据说那些砖，正是从巴比伦的废墟里获得的，更古老，用手摸一摸，也许还更粗糙不平，但这些并不会改变千年之后的人们对它的敬畏与尊重。她合上书本，心中荡起一股震撼之感，从此形成朴素包容的审美观。

"卫朝枫，我喜欢最安全的那一种生活，平平顺顺，没有波折。我们之间，谈结婚也许尚早，但只要还在一起，我就想好好地和你走下去。"

他们之间很少讲这些，原因双方各占一半。他不擅长讲，她则是不愿意讲。如今，她开口对他谈这些，他知道是他令她不安了。她从来都不是一个轻易不安的人，这令他更觉得自己罪孽深重。

"喂，说点什么啊。"

程意城推了推他，用促狭的动作掩饰内心的不安。卫朝枫的态度时常很矛盾，既盯着她，又冷落她。她常常看不懂他，不明白"女朋友"这个身份在他那里究竟是何等地位。

"卫朝枫，不能让女孩子一个人讲太久的话，不知道这样会让她不好意思的吗？"

话音未落，她被他搂住了腰，温柔缠绵。

爱情如履薄冰，语言过于苍白。只有拥抱，无可替代。

晚上，卫朝枫在店里举行小型派对，既庆祝生日，又庆贺旧店翻新。程意城特意订了蛋糕，小龙哥带了一帮兄弟捧场。派对的气氛甚为热闹。乔深巷打来电话时，卫朝枫正被一群人抹蛋糕，衬衫上沾得到处都是。

他趁着空当，掏出手机看了一下屏幕上的号码。

小龙哥哪肯放过他，"啪"的一声往他左脸又抹了一大块奶油，嘴里嚷嚷着："卫朝枫，你认真点！"

卫朝枫笑骂："等着，我接个电话，回来收拾你。"

小龙哥正在兴头上，不肯放他走："什么人的电话啊，这么重要？"

卫朝枫晃了晃手机："生意上门，订外卖的。"

"哦，那你快去。"

小龙哥虽然嘻嘻哈哈的，对待工作却十分严肃认真。在他看来，男人最重要的就是事业，不管是卖麻辣烫还是像他一样当保安，都要"在一天岗就站好一天岗"。

卫朝枫从厨房后门走出去。夜晚的风很冷，卫朝枫拿纸巾擦掉脸上的奶油。他接起电话，声音清冷，方才的热情瞬间销声匿迹。

"找我什么事？"

"卫鉴诚进医院了。"乔深巷言简意赅，语气严峻，"谢劲风及时赶到了医院，将消息压住了。暴雪股价承压，时间不短了，市场都在猜测卫鉴诚的身体状况究竟如何。这件事如果被市场知道的话，恐怕暴雪的日子会很不好过。据说，医院外面已经有媒体在蹲守了，看来是得到了消息。谢劲风还能压多久，不好说。"

卫朝枫听了，没什么情绪："你想说什么？"

乔深巷迟疑了一会儿。

很明显，他并不适合当说客，尤其是要去说服卫朝枫。

"我只是通知你一下。毕竟我看见了，总不能当作没有看见。谢劲风一直在找你,刚才还打电话问我了。"

"所以呢,我该有什么反应?"

乔深巷顿时无语,打出一张感情牌:"她一个女孩子,不容易。当初你瞒着唐家,动用唐家的资金帮了暴雪,也是因为谢劲风开口求了你吧?现在她面临比当初更严峻的局面,能帮她的人还是只有你。"

卫朝枫截住他的话:"乔深巷。"

"嗯?"

"暴雪的事,我帮不上忙。以后这种事,不要再来找我。"

回到店里,派对已经结束了。

程意城转身,见到是他,只简单地解释:"小龙哥他们接到电话,说酒吧临时有事,要他们赶紧回去。小龙哥带着人立刻走了,都没来得及同你说一声。"

不等他回话,她转身又忙着收拾起来:"有时候,我真的挺佩服小龙哥的。他和你一样,虽然文化程度不高,但对待朋友、对待工作,都尽心尽责。哎,你说,这是不是就是'物以类聚'?同样好的人,才能有缘分相聚在一起。"

卫朝枫看着她忙碌的背影。

她忙活了两天,又是翻新店面又是准备派对,应该很累了。可是这会儿,她却仍然在忙活——在热闹结束之后做着清冷的扫尾工作。他看着她收拾,第一次发现"井井有条"也可以是那么美的成语。她有条不紊地把剩余的蛋糕收起来放进冰箱,准备做明天的早餐,又将一次性桌布连同桌上的纸杯和垃圾一同卷起来,扔进垃圾桶里。

她还不忘给他传授经验:"在直播间买的这个一次性桌布真的很好用欸,整理起来也方便了许多。你下次记住,网上有活动的时候多买一点备用,工作量可以少很多,我等下把购买链接发给你……"

卫朝枫健步上前,用力拉她入怀。

完全是来势汹汹,开了头就没想过要停下来。他伸手搂住她的腰,将她用力地抱上桌。程意城失去了重心,陡然明白了他的胆大妄为。

"不要。"她顿时心惊,觉得他疯了,"这是在店里……"

"那是不是关店就可以?"

卫朝枫按下遥控器。大门缓缓地落下,隔绝了外界,小店彻底成为独属于他和她的私密空间。

程意城欠缺的安全感令她不敢同他一起疯狂。

"不行,我不要。"

"可是我很想你。"他忽然抱紧了她,"程意城,我想把我自己,完全给你。你接着好不好?"

程意城看着他,不懂他了:"为什么突然这样?"

"因为今天是我生日。"他笑了,不怀好意,"过生日的人最大。"

千里之外,医院内乱作一团。

凌晨两点,谢劲风和主治医生谈完,已经疲惫不堪。当她在走廊看见乔深巷,眼里顿时又有了光。

她一路小跑,追问:"怎么样?他同意过来了吗?"

"没有。"

谢劲风眼中的光熄灭了,她失望至极。

"不能怪他。"站在卫朝枫的立场,乔深巷可以理解,"他当初为暴雪,已经做过那么多他不能做的事。你要明白,那些事都是他瞒着唐家做的。唐家抚养他长大,他小舅舅对他恩重如山,他却为了暴雪,逆了他小舅舅的意。后来他被弹劾、被迫离开,都是因为这件事。所以,如今说他见死不救,显然是有失公平的,暴雪毕竟没有抚养过他一天。"

谢劲风靠着墙壁弯下了腰。

她一字未语,脸上的表情却已经出卖了内心的难过。

乔深巷拍了拍她的肩膀,无声地安慰。他不知道谢劲风和卫朝枫之间发生过什么,但他想应该是发生过什么的吧,否则,谢劲风见惯了生死,怎么还对卫朝枫不死心呢?

"不要再想了,早点休息吧。"他试图令她看开点,"可能,也是因为时机不对。今天他生日,不想插手这种棘手的事,也情有可原。"

谢劲风抬起眼睛看他:"谁生日?"

"卫朝枫啊。我今晚打电话给他的时候,在电话里听见了,一群人在为他庆祝生日。哦,对了,他女朋友也在,听说姓程。"

谢劲风讽刺地轻笑:"他的生日不是今天,他身份证上的日期是错的。他懒得改,一直就这么错着。"

她的声音透着凉薄,对那群为他庆生的人充满同情,尤其是他那个女朋友。

"他几时在今天过生日?一次都没有。他只不过是一时逃避,找人玩过家家的游戏而已。至于那位程小姐,呵,连卫朝枫真正的生日都不知道,也敢说是他女朋友?"

中秋,团圆夜,是程家的大日子。

程家素来的传统,每逢中秋佳节,家族团聚,一顿团圆饭必不可少。

程意城最近很忙,周四终于得空,她一路小跑,去找卫朝枫。

傍晚,小店的生意红火。

卫朝枫在厨房里,忙里抽空地同她聊:"今天你找我有事吗?"

"没什么,你先忙。"

"真的没有?"

"嗯。"

卫朝枫放下一筐菜,拿毛巾擦手。然后甩了一下毛巾,打开了厨房的门。

程意城有些疑惑:"你怎么出来了?菜就那样放着吗?"

话音未落,他伸出来一只手,猝不及防地将她拉进去。

"程意城,有没有人告诉过你,你说谎的时候,耳根会红?"

她下意识地抬起手摸耳根。

卫朝枫顿时就笑了。

她顿悟:"你又骗我?"这次,耳根是真的红了。

她这个男朋友,眼力实在太好。他看穿了她,却又不拆穿,总是喜欢撩她。

这会儿,他双手撑在她的身侧,动作委实暧昧。

李奶奶是老熟客,笑道:"小卫啊,你忙,我自己点菜结账就行了。你呀,总是太忙冷落了小程,赶紧和女朋友亲热亲热。阿婆告诉你,这很重要的,晓得吗?"

卫朝枫气定神闲:"好啊,阿婆,我正努力说服她亲热呢。"

程意城简直羞愧:"哎,你还胡说八道!"

卫朝枫顺势拉住她的手:"看,她还跟我闹上了。"

店里又是一阵笑声,几位熟客跟着李奶奶起哄,要他们两个赶紧结婚。卫朝枫配合地说"快了快了",程意城都捂不住他的嘴。

他笑着抓住她的手:"好了好了,不闹了。说吧,你今晚找我什么事?"

"没什么大事。中秋节我要回家一趟,想带点礼物回去送我爸妈。要买的东西比较多,你晚上跟我一起去一趟德麦客好吗?"

"好。"

卫朝枫爽快地同意了。

他将肖原叫来,交代他今晚看店,拉着程意城就离开了。

李奶奶看到他俩手牵手,又忍不住打趣:"小卫,这么晚和女朋友赶去哪里约会啊?"

卫朝枫回头笑:"阿婆,您放心,等我结婚一定叫你吃喜酒。"

他刚说完,又被程意城敲了一下脑袋,他笑得更开心了。

李奶奶乐呵呵地坐下,跟几个熟客闲聊:"我跟你们说,你们别瞧不起小卫学历低。我看人准,小卫人不错的,对小程也是真心的。就像我和我家老头子,一辈子都不会吵架的。"

德麦客是德国老牌连锁大卖场,距今已有一百零三年的历史。十年前进入申南城,一开门即宾客盈门,在申南城创下十年不衰的商业神话。卫朝枫和程意城八点多到达德麦客，里面依然人头攒动，灯火通明。

卫朝枫停好小电驴，像个大学生一样逛街一定要和女朋友手牵手。两个人经过出口，有顾客走出来，推车里的货物堆成了山，阻挡了视线。那人走得又快，差一点撞到程意城。卫朝枫眼明手快，一把拉过程意城护在身后，腾出右手将失控的推车扶稳。几个动作，将一场小小的灾祸消弭于无形之中。

那人连连道歉，卫朝枫示意他先走，意思是没关系。程意城被他护在身后，仍心有余悸。

"还好你刚才动作快，要不然那推车里一堆冷冻食品砸下来，我有几个脑袋都不够被砸的。"

"放心，我怎么会让我女朋友有那种危险，我女朋友连一根手指都不能有事的。"

程意城笑他："身手这么好，偷偷去健身房了？"

"健身房那么贵，我哪有钱去。"他握紧她的手，十指紧扣，"程意城，你只要记住，不要放开我的手，我就永远不会让你有危险的。"

她扣紧他的手，促狭地问："是这样吗？"

"嗯，不够紧，你还可以握得更紧一点。"

程意城笑了："说得我都要信了。"明明是他趁机占她便宜。

两个人推着购物车，开始逛超市。程意城做事一贯周到，她打开手机便签，上面列好了购物清单。两个人对照着清单，一路买买买。

"对了，还要给我爸买一瓶酒，他喜欢酱香型的。"

"那我去拿瓶茅台。"

"茅台多贵啊，我爸喝不着这么贵的酒，拿瓶五粮液就行了。"

"中秋节难得回去一趟，当然要买瓶好的。"

"不用不用，没必要的。"

"我送给你，你听我的。"

"我送我爸的酒，要你付钱干什么。"

她难得固执，踮起脚尖去拿货架最上面的五粮液。

卫朝枫说不过她，也不想妥协，就这么看着她。货架太高，五粮液又在最上面那一栏，程意城踮起脚尖也够不着。卫朝枫邪念一动，想要占点便宜的想法来得很快。

他俯下身，在她的耳边问："够不着啊？你可以求求我。"

程意城顿时汗颜："你怎么这么无聊啊？"

"那随便了。"他两手一摊，作壁上观，"我等你，你慢慢够吧。"

程意城无语至极。这家伙，幼稚得很。

不远处走来一位工作人员，程意城不打算和卫朝枫纠缠，于是对工作人员招手："麻烦您……"

话音未落，她已被人抱起来了。

卫朝枫双手在她腰间一搂，轻轻松松地将她抱起。程意城快速地拿了一瓶五粮液，他放她下来，没等她说"谢谢"，程意城就被他偷袭了。她用眼角余光瞥到工作人员正从转角处走来，她下意识就要推开他，却被他缠得更紧了。

卫朝枫满意了，放开了她。

他状似无事发生，大方地问她："就要这瓶是吗？我帮你放进推车里。"

工作人员经过，看了这两个人一眼。一个落落大方，一个脸色潮红。工作人员一脸的问号，狐疑地走了。

程意城瞪着他："你——"

卫朝枫的心情很好。每次得逞，他的心情都好得不得了。他搂住她的腰，推着她往前走，顺便为刚才的行为找理由："我女朋友够不着，我怎么能让别人帮忙。那我既然帮了你，当然要收点报酬，你说是不是？"

"诡辩。"

"哪有。"

"这么会交易，以后把这心思放在做生意上，不准再动我。"

"前面半句我可以答应，后面半句不行。"

程意城发烫的脸稍微降温了，便揶揄他："那你好好记着前面那半句，把生意做好了，我等着叫你'卫总'的那一天。"

卫朝枫的动作稍顿，很快便稳住了，笑着应了一声："好啊。"

两个人走去结账，顺着人流排了长队。

程意城问："快九点了怎么还有这么多人？"

"促销。"卫朝枫指指促销区，"大卖场的常用套路了，八点半后部分商品降价出售。这种营销方法一般的小店用不起，没有一点体量的话很容易把自己搞死。"

"怎么说？"

"小店商品的SKU（Stock Keeping Unit，即库存量单位）本身就少，抗风险能力没那么强，打这种营销牌很容易造成正常销售状态的销售额断崖式下滑，所有人都等着八点半后促销来买。"

"那德麦客怎么可以？"

"因为它赚钱最主要靠的不是商品销售额。"

"那它靠什么？"

"靠会员费。当然，这也只是贡献短期利润。它的长期利润靠的是更隐秘的东西。"

"那是什么？"

"房地产。"

"啊？"

"德麦客长盛不衰的秘密不是卖货，而是房地产。它是最隐秘的地产公司，它在全球的卖场，占有的地块全部非租，而是以自有资金购下。你想想，按它一百零三年的历史看，它在全球买下的卖场地产已经有多少升值溢价了？这一个非常庞大的数字，几乎是天文数字了。从商业角度讲，我很佩服这个老牌外资对手。"

程意城被吸引住了，和他聊了许久。两个人结账离开了，程意城挽住了他的臂弯。

"你怎么对德麦客的商业情况这么了解?"

"视频软件上刷到的,上面都有讲这些。"

程意城顿时无语。

两个人推着购物车走到出口,才发现了一个大问题:卫朝枫不知不觉地买了很多东西,什么薯片、饼干、鱿鱼丝,一堆的垃圾零食,让程意城的购物袋严重超载,也让卫朝枫那辆小电驴严重超载。

卫朝枫拿起手机:"我的电动车装不下这么多东西,我们打辆车回去吧。"

"我来打车吧,你别浪费钱。"

他好整以暇:"你养我啊?"

"养。"她又当他在逗弄自己,便配合地点头,"我养你,好不好?"

卫朝枫迅速地在她的脸颊上亲了一口:"谢谢老婆!"

两个人一通折腾,到家已近十点了。卫朝枫让她先去洗澡,东西他来处理就行。说完,他拎着购物袋进了厨房,分门别类、井井有条地放好。卫朝枫这点特质特别吸引程意城,会干活、会办事,很少抱怨,行动和效率皆属一流。

她这时还不会明白,他的这种效率,绝不是靠开一家小店可以练成的,而要靠别的。比如,曾经管理过公司,并且管理得如日中天。

等卫朝枫忙完,出了一身汗。他从阳台拿了毛巾去洗澡,程意城正好出来。卫朝枫顺手摸了一下她湿漉漉的头发,交代道:"快去吹头发,不要感冒了。"

"好。"

他们两个人,处成了夫妻过日子,一点都不像在谈恋爱。

程意城忽然伸出手,拉住他的袖口:"卫朝枫。"

"怎么了?"

"这个中秋节你要不要和我一起回去?"

这个邀请,来头甚大,不在卫朝枫的预料之内。

一时间,他愣了一下。

第二章 男朋友

"嗯？"

"是这样的，我爸妈也一直想见你。"她笑了一下，好掩饰局促，"如果你没什么要紧事的话，就和我一起回家过中秋节吧。"

两个成年男女，当然明白这句邀请意味着什么。

这就是见家长、订婚事的意思了。如果顺利，这一生也就定下来了。

对卫朝枫，程意城其实没有把握。若非她先向前走一步，他们两个人很难有未来。她听他讲过身世：父母早亡，亲戚抚养。后来成年，有能力自己过了，就从亲戚家搬出来，开了现在这家小店过日子。程意城不知道是否是这样的人生经历给了卫朝枫根深蒂固的漂泊感，他可以对她很好，但再好也不见他有更进一步的表示。

为了这个，程妈妈曾经力劝她分手。"小卫人是好的，就是和你不合适，你对安稳的向往熬不过他骨子里的漂泊"，这是妈妈当时劝她分手的理由。程意城知道，妈妈讲得对，但讲得再对，也抵挡不了她已经对卫朝枫产生的感情。

因为有感情，所以临到关头还为他留着后路。她看着他道："如果实在不方便，也没关系，下次再去也行。"

成年人之间谈话，最模糊的概念就是"下次"。

下次吧，下次再说。你告诉我，所谓下次，究竟是哪一次？

人类就是这样学会了敷衍和拒绝。

卫朝枫轻轻地抱了她一下。这是程意城最喜欢的拥抱方式，像一个足够稳重的成年男性，对心爱的人温柔呵护。

她听见他说："抱歉，那天我有点事。等我办完事，一定给你答复。"

江南太湖之滨，古镇纵横交错，惜书镇就是其中之一。

初秋，百年古镇好风光，拂水面千片红枫，出墙头几朵花枝。

东面的镇口有一户人家，姓程，祖代居住于此。到了程文源这一代，出了一个很争气的女儿，程家面上很有光。名校硕士毕业，定居一线城市，从事金融工作，年薪可观。程文源觉得，有这样一个女儿，这辈子他和老婆都没有遗憾了。

然而最近女儿的婚事，却成了程家父母的一桩心事。

本来他们是开明的父母，对女儿的感情持开放态度，她结婚也好、不结婚也好，只要女儿开心，他们都可以接受。却未曾料到，一向循规蹈矩的女儿谈起恋爱来，却十分生猛：恋爱同居，就是不结婚。老两口每每想到这事，就发愁得很。生怕女儿空欢喜一场，被人占了便宜。

程意城没瞒过父母，很早就坦诚过：男朋友初中学历，个体户，开了一家麻辣烫店，父母早亡，也没什么亲戚，目前一个人生活。程家老两口听着，心里的感觉那是越听越慌。

中秋节，程意城提早回来，程文源旁敲侧击的，跟她谈了这件事。程文源早年当过铁道兵，找程意城谈话时怀着一种朴素的指导员情怀，十分希望她能理解他不是看不起卫朝枫，而是作为父亲，他实在担心在家庭、学历、生活方方面面都相差过大的两个人，恐怕很难熬过日后柴米油盐的平淡生活。

程意城听了，没顶撞父亲，只轻轻地讲："他人很好，和我也很谈得来。"

程文源一听，心里顿时凉了半截。

他这个女儿的性格他最了解，平时温温和和的，仿佛对什么都无所谓，一旦拿定了主意，谁都别想把她拉回来。她刚才那番话，什么都没反驳，可实际上，语气和态度已经把父母心里想的全都反驳了。

程文源叹气。纵然有万般不情愿，他还是选择尊重女儿。他道："既然你喜欢他，那就把他带回来，中秋节一起吃个饭，让我和你妈妈见见他。"

程意城不吱声了。

程文源猜到了情由："怎么，他不愿意？"

"他那天有事。"程意城维护男友，"可能来不了。"

第二章　男朋友

程文源又轻轻地叹气。

他算是看明白了，他这个女儿的心，已经被她那个男朋友吃得死死的。但换个角度想，老程也能理解小程，他从小教她认真生活、认真学习，那时他就知道，以程意城的认真劲儿，一旦爱上一个人，必定会飞蛾扑火、爱到极致。老程觉得这没什么不好的，他唯一后悔的是，自己没有教过她万一被伤害了，应该如何自愈。

程意城知道，爸爸为她担心了。

她不忍心，于是补充道："等春节吧。今年春节我提前对卫朝枫讲一下，让他有个准备。春节和他一起回来过年，家里也热闹。"

程意城心里说不失落是假的。

卫朝枫那句"我那天有事"在她听来就是一个推辞。他一个开麻辣烫店的，有什么要紧事能比去女朋友家见家长更重要？

事实上，卫朝枫还真有事。

千里之外，SEC 总部大楼，卫朝枫姗姗来迟。

大厅里，总裁办秘书早早地等着。卫朝枫停好小电驴，摘下头盔，秘书迅速上前接应，同时不忘告诉他这里禁止停放机动摩托车，要停到车库去才行。卫朝枫点点头，让她等一下。秘书当然不敢让他亲自去停，立刻叫来保安帮卫朝枫停车。卫朝枫对保安大哥说了声"谢谢"，便跟着秘书走进专属电梯。

在电梯里，秘书道："唐总已经在办公室等您多时了。"

卫朝枫："好。"

顶楼，SEC 董事会会长办公室独占一层楼。卫朝枫走出电梯，抬起脚一脚踢开办公室的大门。他气势汹汹地走进去，向后又是一记抬脚，将门重重地踢上。

"说，你一定要找我过来干什么？"

唐涉深抬起头，看见是他，顿时笑了。他放下手里正在签字的钢笔，徐徐地转过半张椅子，不紧不慢地道："好久不见你，找你叙叙旧。"

"你有病吧?"卫朝枫骂,很不客气,"唐涉深,有你这样用威胁我的方式叙旧的吗?"

SEC年轻的董事会会长此时耐心极好,纠正他:"不要说得那么难听。听说你交了一个女朋友,还是做上市公司研究员这一行?那我当然想要认识一下,告诉她你是我的朋友,邀请她有时间来SEC调研,我非常欢迎。"

"停停停。"

卫朝枫听不下去了,他烦躁不已:"唐涉深,你有事要我办你就说。别去骚扰我女朋友,也别跟别人说你认识我。咱俩不熟,好吧?"

既然他把话说到这份上,唐涉深这种精明的生意人当然要顺水推舟。唐总当即拿出一份文件,递给他。

卫朝枫接过来:"这什么?"

"SEC控股的一家食品企业,最近出了点麻烦,你帮我搞定。"

"什么麻烦?"

"企业里有人拿回扣,暗中换了原材料供应商,以次充好。在我处理这件事之前,有小部分商品已经流向了市场。虽然量不多,我也及时回收并销毁了所有流向市场的商品,但这件事还是被媒体知道了。这段时间舆论发酵过度,没有客户敢接这家食品企业的大单,我需要有大客户破冰。"

卫朝枫讥诮道:"这么大的生产管理恶性事件,竟然在你眼皮子底下发生。唐涉深,你行不行啊?不行的话SEC董事会会长的位子换人坐吧。"

被他骂了一通,唐涉深没计较,而是接受他的批评。他诚恳地道歉:"这件事是我的问题。我老婆之前要跟我离婚,离家出走了半年,我最近刚把她找回来,对公司确实没顾上。"

卫朝枫一听,顿时来劲了,拉了一把椅子坐下,倾身问:"你老婆为什么要跟你离婚?你外遇啊?"

唐涉深无语至极。

这人,太会聊天了,正经事不干,专门好奇这种花边新闻。

"卫朝枫,关你什么事?"

"问问而已,你这么紧张干什么?你真在外面乱搞被发现啦?"

"神经病,谁会乱搞。"

此刻唐涉深的脸色都变了。他现在最听不得的就是这个话题,当初就是因为一场误会,把老婆都气跑了,他老婆还怀着孕,宁可一个人把孩子生下来也要和他离婚。要不是最后岳父母可怜他,帮了他一把,唐涉深就算完了。

卫朝枫听完,冷笑:"你就是作的。都有老婆了,还敢让老婆误会有第三者,你不离婚谁离婚。"

唐涉深为这事已经被老婆、岳父母追着骂了一年,现在还被卫朝枫骂,顿时就不乐意了。老婆骂他那是他的光荣,证明老婆心里还有他;岳父母骂他那是他的本分,爸妈骂他那是爱他的表现!可是卫朝枫骂他算是什么玩意儿?

唐涉深敲敲桌子,提醒他:"你还是担心担心你自己吧。你对你女朋友做的那些事,已经够离谱的了,早晚她会跟你分手。"

"你闭嘴,我女朋友不会和我分手的。"

"呵呵,你试试看。"

卫朝枫立马不吱声了。

这感觉真糟糕,他和唐涉深竟然半斤八两,而且看样子他这边还更糟一点,人家唐涉深好歹哄回来了老婆,还有了孩子。

卫朝枫坚决拒绝成为唐涉深那类被老婆抛弃的人。

"说吧,你想让我帮你什么?"

"帮我拉大客户,拿大订单,稳定市场信心。"

"你说得轻巧。"

"就是不容易,我才找你。"唐涉深看着他,对他知根知底,"我知道你小舅舅控股的公司里有一家莱卡食品,你在那里负责过一段时间。莱卡食品最大的客户就是德麦客,这层关系,你不要跟我说你不熟。"

卫朝枫顿时有些头疼。他过去和唐涉深在生意上有点交情,没想到对方这么不是人，私下里把他查得一干二净。卫朝枫明白，这是一件他想推也推不掉的事了。

"好，我帮你一次。"

卫朝枫在唐涉深的办公室里住了两天。

白天他联络客户，帮唐涉深解决烂尾工程，晚上他就在沙发上睡。他这么敬业，倒是弄得唐涉深不好意思了，跟他说不至于要睡沙发吧，回家睡觉也行，不急于一时。卫朝枫果断地拒绝了，他很急于一时，事实上他急得不行。

最后，连唐涉深都看出来了，他有心事。

"你今天还有别的事？"

"对。"卫朝枫搞定最后一个合同细节，言简意赅，"我要去一趟惜书镇。"

"那离这里挺远的，开车过去也要两个小时。"

"所以你得借我一辆车，我的小电驴骑不了这么远。"

唐涉深爽快地丢给他车钥匙："行，楼下那辆帕美你拿去开。"

卫朝枫又道："还有，麻烦你派个秘书帮我买三样东西。"

"什么？"

"水果、火腿、两瓶五粮液。"

唐涉深顿时无语至极："你要这些东西干什么？"

卫朝枫很鄙视他。亏他还是过来人，连这点传统礼节都不懂。

"我要去我女朋友家一趟，过过父母关。"

这可是一件大事！未来能不能有老婆，就看这回胜负了！

唐涉深顿时给他换了一把车钥匙："那帕美不行，你把我那辆法拉利开去，阵仗搞一搞，懂？"

卫朝枫："要得。"

中秋佳节，团圆夜。

晚上七点，程家的团圆饭在一家人的祝福声中开始了。

第二章 男朋友

程海桐招呼："意城，来，坐我旁边。"

程意城刚在厨房炒完菜，擦了擦手，应声："哦，好。"

程海桐是程意城的堂姐，精明干练，长袖善舞。一年前，程海桐留美归国，进入外资银行工作，和男朋友感情稳定，已经到了谈婚论嫁的地步，引得程家人羡慕不已。

一对堂姐妹并排坐着，高低立现。程意城太规矩了，通俗地说，她太"乖"了，令人失去了探究的兴趣。而程海桐则不同，她丰富的社会历练和跳脱的外向性格，令她深谙玩弄魅力之道。

程海桐撩了一下长卷发，开始了今晚的重头戏。

"尹珈上。"程海桐挽起身旁男人的手，环顾全场，自信地介绍，"英国MBA，目前就职于国际前十的资产管理公司，从事一级市场的战略投资工作。明年我们订婚，日子已经敲定了，到时候还请各位亲朋好友务必光临。"

说完，程海桐满意地听到一片惊赞声。

她又转向程意城，介绍道："珈上，这是我的堂妹程意城，目前从事的也是资产管理工作。说起来，你们还算是同行呢。"

尹珈上看向程意城，彬彬有礼地回复："是吗？程小姐，我们有缘，有机会还想和程小姐多交流下。"

"您太客气了。"程意城礼貌地回应，"其实我们只能算半个同行，我做的是二级市场，尹先生您还是我的上游行业。"

尹珈上的眼中闪过一丝兴趣："女生从事二级市场研究的可不多啊。这一行很苦的，要耐得住寂寞，程小姐看来是个有耐心的人。"

程海桐微微地咳了一声。

尹珈上明白，这是女朋友对他警告了。

他立刻夹了一道凉菜给她，给双方搭上台阶："最近天气不好，喉咙容易痒，多吃点润喉的菜。"

程海桐很满意。

男人都是天生爱偷腥的猫，需要时紧时松，她对自己手中牵着男人的那根线所具有的效率感到很满意。

程意城喝了一口茶。

她不喜欢程海桐的恋爱方式,把男人当猎物,要管、要防、要警告。如果卫朝枫也像程海桐说的,是"天生爱偷腥的猫",那这段感情她宁愿不要。感情的第一要义永远是"信任",她相信卫朝枫。

席间过半,程海桐问:"意城,听说你交了男朋友,感情稳定,怎么没见你带回来?"

"我们还没有像你和尹先生那样稳定,再进一步交往看看好了。"

"还没有稳定就同居,可见你是真的喜欢他了,哈哈。"

话中带刺,是下马威。

尹珈上适时地打圆场:"这是好事啊。我在英国就认识好几对情侣,同居了好几年,彼此都了解,婚后反而更和睦呢。"

闻言程海桐瞪了他一眼,把手里的螃蟹壳扔回他手中。

"不管怎么说。"程海桐总结陈词,"感情这种事,一头热是不行的,对方有回应才是最重要的。意城,你可要小心,别被男人骗了呀。"

程意城起身,刚想借口离开,就听见院门外一阵嚷嚷声。

街坊邻居出门散步,撞见程家门外的一幕,立刻用民间最有效的传播方式——八卦,迅速将大新闻现场直播。

"小程呀,快出来看,你男朋友开车来看你啦。人生得这么俊哟,车也这么好。"

程家人听了,顿时面面相觑。

程意城心里"咯噔"一下,放下筷子,人就跑了。她知道卫朝枫这人不可信,时不时地就非主流,再想到他经常心血来潮整出岔子,她真是害怕极了。

推门出去,一眼便看见了卫朝枫。一身黑色衬衫,西服挽在手臂上。

他拿着车钥匙,正在关车门,转身见到她,便笑着走过来:"不好意思,我来晚了,还赶得上吃晚饭吗?"

程意城很是惊讶,主要是惊讶于卫朝枫那辆黑色的法拉利。

第二章 男朋友

"这车你哪来的啊?"

"问朋友借的。"

"你哪个朋友?"

"酒肉朋友而已,不值一提。我开店的,总会认识点这类朋友。"

程意城顿时皱起眉头,一本正经地教育他:"以后来我家不用问朋友借车,你坐高铁来就行,四十分钟就到了。你问人家借这么贵重的车,又要欠别人人情了,没有必要,而且我也不看重这个。"

"知道了。"他就知道她会训他一顿,他连安抚她的理由都想好了,"我今天来晚了,来不及买高铁票,才急急忙忙地问朋友借了一辆车,下次一定不借了。"

"嗯。"

程意城已然原谅他了。

卫朝枫今晚一身正装,品味甚好。程意城整理了一下他的衬衫衣领,不吝夸奖:"有点小帅哦。"

"亲一下,我就信。"

程意城顿时无语了。

卫朝枫生动地演绎了什么叫作全方位占女朋友便宜。

大概他这模样委实少见,确实是帅的,程意城踮起脚尖,迅速地在他的脸颊上亲了一下。

卫朝枫笑了,他与她十指紧扣,从容地道:"我们进去吧。"

今晚,卫朝枫给程家带去了不小的惊喜。

他生得好,一张脸占尽了优势。态度又端正,一声"伯父、伯母",听得程家父母好感倍生。简心华观察了卫朝枫良久,心里有了数。难怪程意城心意坚决,她这个男朋友确实招人喜欢。

可是过日子,单靠喜欢是不行的。

席间,程文源找了一个机会,开口问:"小卫啊,听说你好几年都是一个人生活的?"

"对。"卫朝枫没有回避,直面问题,"我父母很久以前就过世了,我是在小舅舅家长大的。后来，小舅舅家人比较多，我不适合再住下去，就搬出来了。"

"哦，这样啊。"

程家父母对视一眼，生出不少同情。简心华给他夹了一个红烧鸡腿，连声音都温柔了三分："这些年，很辛苦吧？"

卫朝枫点头："小时候是挺辛苦的，后来习惯了就还好。"

在唐家，他接受的是正统精英教育，该学的、不该学的他都没有选择地学会了。小舅舅对他讲过一句话，我不是在给你选择，我是在要求你执行。多年后，卫朝枫才明白，小舅舅是为他好。他教给他独立生存的本事，令他从此无所畏惧。

程文源道："也就是说，你现在和家里人的联系，也就只有一个小舅舅了，是吗？"

"这倒不是，我还有一个爷爷。不过，我从小和爷爷见面不多。因为，我和父亲长得很像，爷爷看到我就会想起我父亲，他用了很多年才接受我父亲已经不在了的事实。"

这些话，他不能说的。说了，一旦传出去，他会相当麻烦。

但今晚，卫朝枫说服不了自己撒谎。程家太好了，他从进门起就感受到了这种"好"。程家的父母待人有礼，程家的女儿温柔坚强。一家三口，团圆安宁，这就叫"好"，是卫朝枫一生向往、无法抗拒的好。

另一边，简心华和程文源也有颇多想法。

从小失去父母、寄人篱下的孩子啊……一定被刻薄的小舅舅、势利的小舅妈穿了不少小鞋吧。

简心华就是有再多顾虑，此刻也打消了。活到她这把岁数，已明白命运坎坷、身不由己的道理。她承认，她有私心，在女儿的婚事上，最中意找一个门当户对、稳稳当当的女婿，像卫朝枫这样颠沛流离、家世坎坷的男孩子，是第一个就要被她排除在外的。然而现在她听了他的一番话，从这番话里感受到了这个孩子的温柔和坚强，她什么拒绝的话都讲不出来了。卫朝枫有一股气质，同命运抗争、又同人生讲和,这令简心华对他满是好感。

程妈妈不由得给他夹了很多菜,碗里满满的。

"小卫,以后就把我们这儿当成你自己的家,多来吃伯父伯母烧的饭,知道吗?"

"好,谢谢伯母。"

卫朝枫知道,未来岳父母这一关,他已经过了。

团圆饭接近尾声,程海桐忽然开口了:"小卫,听说你开了一家麻辣烫店,最近生意怎么样?经济增速放缓,生意不好做吧?"

卫朝枫像是没听见,自顾自地给程意城夹菜:"怎么吃这么少啊,等下要不要我带你出去吃消夜?"

程意城了解卫朝枫,他性格冷淡,对看不惯的人,不会浪费一点时间去应付。他也不管别人会不会尴尬,一概无视。

程海桐挂不住面子:"小卫!"

程意城推他:"我堂姐叫你呢,你好歹理一下她。"

"是吗?"卫朝枫一脸的无辜,"刚才没听见。"

程海桐撩了撩长发,把刚才的问题重复了一遍。她特地强调"经济增速放缓"这几个字以表明她是业内人士,是从专业角度在同他探讨,和他平时说的"一碗麻辣烫多少钱"这类问题绝不在同一个档次。

卫朝枫看向她:"程小姐,你说'经济增速放缓',这种话要小心说哦。"

程海桐一时愣住了:"什么?"

"申南城的经济增速明明不是简单的放缓,而是从高速发展转变为高质量发展。你用一句片面的'增速放缓'就想概括申南城的经济全貌,如果我把这段话发在微博上,说是外资银行研究部人员程海桐小姐说的,你想网民会如何评价?会不会有外资恶意唱空申南城经济的可能性?"

程海桐听懂了。

卫朝枫分明已是在威胁她,而且,他的威胁是可以实现的。

她大为震惊:一个路边摊小老板,竟然在一瞬间抓住了她话语中的纰漏，反将她一军威胁她，这怎么可能？

但卫朝枫就是做到了。

他甚至步步紧逼，要她记住教训。他拿出手机，打开微博，面向她："怎么样，我们要不要试试？"

程海桐顿时脸色惨白："你——"

"不至于不至于。"

尹珈上连忙扶住程海桐的肩膀，要她冷静。他看向卫朝枫，坦率地认输："海桐方才考虑不周，说错了，不好意思。只是家庭聚会聊天，我们还是放轻松一点好了，卫先生你说是不是？"

卫朝枫眉峰一挑，显然没有要讲和的意思。

程意城赶忙按住他，把手机拿走，对尹珈上点头："是是是！家庭聚会，聊聊天而已，聊错了也没关系。"

程海桐气极了，她找了一个借口，匆匆地告别。

尹珈上拿起外套："不好意思，我陪她先走。"说完便追上程海桐走了。

团圆饭临近结束，没有人怀疑他们的说辞。

简心华匆匆地想起："海桐怎么走了？要给他们的水果礼盒都还放着呢。走那么快，都忘记拿了。"

程意城安慰道："没关系，明天我顺路给她送去。"

聚餐结束，只剩下一对小情侣在厨房里收拾碗筷。卫朝枫知道，他一定会迎来程意城的数落。

"你刚才怎么回事？对我堂姐那么不友好。"

卫朝枫耸耸肩膀，不知悔改："她是不是从小就欺负你啊？"

程意城顿时无语了。

"连这你都猜得出来啊？"

"这需要猜吗？明眼人都看得出来。"

"也不算欺负啦，就是女孩子之间的那点小心思，说出来都会被人笑，不是什么大事。"

"在我这里就是大事。"

第二章 男朋友

"啊?"

卫朝枫俯下身,认真地看她:"程意城,我不会让你受任何人的欺凌。我说的是,任何人。"

她一愣,旋即笑了。

"哪有这么严重……"

"有。"他的严肃,前所未有,"欺凌就是欺凌,没有狡辩的余地。我最讨厌那种,披着亲情的外衣,干倚强凌弱的勾当。别人我不管,对你,绝对不行。"

程意城的眼眶一热。

没来由地被他打动。

她心里一直缺着一块,她知道,就是他所说的——"欺凌"。

她身上有一代人的缩影。父母爱她,也总是疏于照顾。吃饱穿暖,就以为好了。教育女儿,最重要的是"懂事"二字。同龄人争执、亲戚间拌嘴,总是叫她让让。让什么呢?其实她也不知道。明明她占理,为什么还要让。可是一代人都是这样的,她不会是例外。久而久之,她也随它去,让就让吧,受人欺凌,她走开就好。

直到她认识了卫朝枫。

他就像她久等的一个人,而今终于等来了。他理解她、懂她,从此她有人保护了,面对一切欺凌,还手也可以。

"卫朝枫,如果你有堂兄弟,你的兄弟关系一定很差……"她揶揄了一句,借以掩饰得人理解想要落泪的心情。

"呵。"

卫朝枫笑了,大方地承认:"我有啊。你说得对,关系很差。"

"因为你会还手?"

"对。"

"你就不怕打不过?"

"敢不敢还手是态度,能不能还手是能力。态度首先要有,能力可以再谈。我小舅舅最厌恶被人欺负不敢还手的人,我是他养大的,被他知道我不敢，他肯定第一个不会放过我。"

陈年往事，如今讲起来，云淡风轻。

程意城听得入神，全然不懂话中的分量。不懂也好，那些生死之事，他也不希望她懂。

卫朝枫想起些别的，顺便提醒："对了，那个尹珈上，你记得离他远一点。"

"啊？"

"有机会对你堂姐说一声，那种人，分了算了。当然，看你堂姐那人也不算好茬，你不说也没事，就让那两个人凑一起搞去吧。"

程意城被他说蒙了。

"你认识尹珈上吗？有什么我不知道的事吗？"

"呵呵，那种尾巴不干净的人我才不要认识呢。"卫朝枫低下头，又占了她的便宜，"我只要认识我女朋友就够了……"

另一边，程海桐正在大发脾气。

"那个卫朝枫算什么东西，敢威胁我，还给我脸色看！"

尹珈上正专注地开车，等她发够脾气。

程海桐骂累了，坐在副驾驶位上不说话。

尹珈上从后视镜里看了她一眼，道："好了好了，一点小事，不用放在心上。"

"什么一点小事！"程海桐此刻就是个火药桶，一点就炸，"你倒好，连未婚妻都不帮！去帮一个外人！"

"海桐，不是我说你。"尹珈上客观地评价，"你对你堂妹不太友好，加讽带刺的话说多了，人家男朋友当然不肯。"

程海桐冷哼一声。

尹珈上看她冷静下来了，便继续劝说："海桐，听我一句忠告，不要树敌太多。因为你永远不会知道，你会给自己招来什么样的敌人。"

程海桐嗤笑了一声："怎么，听你的意思，那个卫朝枫还不是普通敌人了？"

第二章 男朋友

"我不知道。"男人开着车,对这个问题持保留意见,"虽然具体的我说不上来,但是,我确定,我曾经一定见过这个人。"

晚上九点,程意城站在门口送卫朝枫。

卫朝枫正和程家父母道别,他态度得体,又会说话,离开时程家父母已经把他当儿子看待了。程意城一直知道卫朝枫有八面玲珑的一面,平时被他压着,不轻易拿出来,当他拿出来时,她既欣赏又怅然。她明白自己是一个平淡的人,面对八面玲珑的男朋友,她希望她也可以在他心里留下不那么平淡的一面。

父母先行进屋,留下他们两个独处告别。

"你……要不要留下来?"夜风温柔,她将额前的散发拢到耳朵后面掩饰心情,道,"这么晚了,开车不安全。"

"不用了,我今晚没喝酒。"卫朝枫捏了捏她的脸,满是宠溺,"而且,第一次来你家就住下,对你的名声也不好。"

程意城点头:"哦,好……"

十五圆月夜,古镇上还有老人在兴致盎然地听曲。

老式收音机断断续续地传出抑扬的曲调。汉卿的元曲历经千年,依旧传唱不息:"骂你个俏冤家,一半儿难当一半儿耍……虽是我话儿嗔,一半儿推辞一半儿肯……"

古时文人是行家,千年以前,就写破感情的绝妙。男女风情,就在于这一半的欲拒还有那一半的还迎。

卫朝枫拿出车钥匙,打开车门:"我走了,你早点睡,知道吗?"

程意城靠近他:"我……"

"不能再近了。"

男人背靠车门,伸手将她挡在一臂之外。

他的声音充满暧昧:"我自制力没那么好。你再靠近我一点,今晚就别想回去了。"

第三章 有情人

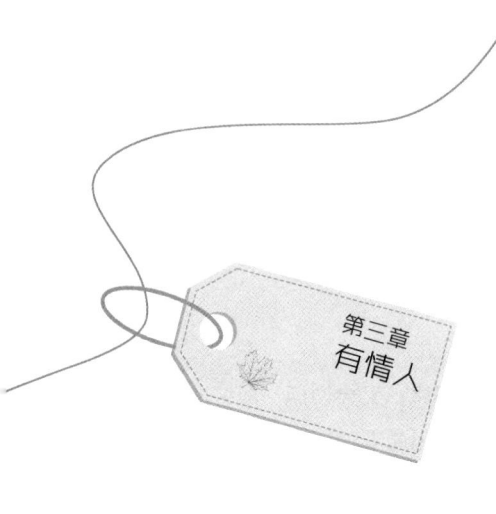

中秋节之后,卫朝枫许久未见程意城。

临近十月底,程意城很忙。上市公司三季报陆续发布,走访调研、数据建模、发布报告,研究员忙得谈季报色变。

卫朝枫很少打扰程意城。女朋友不在,他过得十分清心寡欲。进货、开店、关店、回家睡觉。

小龙哥评价,他这样的生活跟修行差不多。

周五,卫朝枫关店有些晚。回家吃饭洗澡,一通收拾,忙完已近九点。头发湿着,他拿了毛巾,有一搭没一搭地擦着。

茶几上,手机振动,屏幕亮起,"717"结尾的电话号码闪烁其上。

卫朝枫扫了一眼,没接。

这通电话很固执,接连响了三次。

比它更固执的是卫朝枫,他索性扔了手机,就让它振动。他认得这串号码。7月17日,他的生日。谢劲风很喜欢"717"这个数字,办电话卡时特地办了定制号码。

电话四次未接,手机终于停止了振动。

卫朝枫甩下毛巾,打开电视。将音量调至最大,震耳欲聋。又莫名地烦躁,他关了电视,神情阴郁。他明白,不是电视的错。他的好心情,被四通未接来电弄得消失殆尽。

一抬起眼睛，看见书桌上的蓝色日记本，他起身走过去。

这是程意城的日记，她每晚都会写。写日记已成为她生活的一部分。一支铅笔、一块橡皮、一盏台灯，就能令她很满足。如果还有时间煮一杯咖啡，那就意味着完美。他常常想，原来真有人会像小学生一样，一生都离不开铅笔橡皮，一生都保留天真无邪。

深夜，太静了，寂寞失序了。

卫朝枫拿起蓝色日记本，忽然疯狂地想念程意城。他几乎立刻对自己投降了。打她电话，她很快便接起——

"卫朝枫？有事吗？"

"你能不能回家？"

"啊？"她顿了一下，犹豫着，"我要看一下我这边的进度来不来得及……"

"回来吧。"

他摸着额头，头痛欲裂。

谢劲风的未接来电令他丧失了平静，手机振动的声音持续地在他的脑中回响，他按不下停止键，逐渐暴躁起来。

"程意城。"他反复地喊她，就像溺水之人抓住了浮木，"回来吧，就现在，我不舒服。"

程意城第一时间赶回家里。

她打了一辆出租车，告诉司机"快！人命关天的事！"把司机吓得够呛，生怕开慢了车搭上什么命案，一路以极限速度将她送到目的地。

车子开进小区，程意城下车，按电梯直达十楼。掏钥匙开门，她推门进入，"砰"的一声，把门内门外的两个人都吓了一跳。

"卫朝枫！"

卫朝枫正站在书桌前，手里拿着她的日记本，看完了一半。

程意城顿时无语至极，走过去，上下打量他："你这不是好好的吗？"看起来他根本没事啊。

视线落到他手里的日记本上，程意城脸红了，一把拿走。

"你怎么偷看我日记啊！"

正准备好好地数落他，就被他用力地抱紧了。她推不开，手里的日记本掉在地上。他显然等待已久，只等她来，他要将生命中的不可承受之重全部借她度过，在她那里找到活着的意义。

程意城有些生气，不断地推拒："你说你不舒服，就是为了做这事？"

"你原谅我，我好想你。"

"卫朝枫，你几岁了啊，做事都不考虑后果的吗？"

"不考虑。"他坦荡荡地承认，一点也不羞愧，"因为你会原谅我。"

程意城认真地说："下次你再这样，我就不原谅你了。"

卫朝枫轻笑了一下。他知道，这就是她今晚会原谅他的意思。他逐渐不规矩起来，在她身上温柔地探索。他对此熟能生巧，她对他的纵容是他动作日渐娴熟的最大原因。

程意城再次能和他好好聊天，已是一小时之后。他对她缠绵够了，在极限的愉悦中今晚所有的不安消失殆尽，谢劲风的那通未接来电再也无法在他脑中回响起来。他靠着一个程意城，终于将自己从失序中解脱了。

她枕在他的手臂上，看着他，问："你今晚到底怎么了？别说你没有事，我看得出来，你有事瞒着我。"

"嗯。"卫朝枫坦率地承认，"刚才我头痛。"

"你头痛去看医生啊，找我没用。"

"有用的，你看你把我治得多好。"

程意城甩开他的手："卫朝枫，你是不是在逗我？"

"我没有。"他抱紧她，将她贴向胸口，"程意城，我的人生有很多问题，我没有答案、没有方向，常常为这些问题而恐惧。只有你，能让我从失序中重获安宁。"

他说的都是真的。他的人生有很多问题，唐家是一个，卫家是另一个，他夹在两方势力中间，左右为难。在遇见她之前，他常常做噩

第三章 有情人

梦，梦见所罗门称霸一方，颁布细致繁复的条文，连树木间的精确距离都做了规定，违抗者，杀。他从噩梦中惊醒，冷汗浸湿了头发。想起梦中所见，他方才明白，他梦见的不是所罗门，是小舅舅。小舅舅一句话，卫家可生、可死。到时候，卫朝枫该如何自处，他没有答案。

她听了，轻微地叹气："我知道，你有很多事瞒着我。"

卫朝枫僵了一下。程意城明白，自己猜对了。但她并不打算苛责他什么。

"卫朝枫，人活着，难免有不能说的秘密。你有，我也有。所以，你可以瞒我一些事，但我希望，你不要骗我。"

两人之间，一阵沉默。

他很难不为自己争取被原谅的权利："如果，是善意的谎言呢？"

程意城的笑容定格在脸上。

双方都是聪明人，她已明白，他瞒着她的一部分人生，或许在将来会令这段关系万劫不复。她看着他，眼里满是对这份感情的舍不得。

"如果，真的那样的话，你会让我很为难。卫朝枫，我希望，到时候，你不要让我太为难。"

日子重新恢复了平静。

卫朝枫的小店生意日渐平稳，程意城的工作也告一段落。生活一如从前，波澜不惊。

她没有想到，会这么快再次见到尹珈上。

周六下班，程意城走出公司大楼，一辆黑色轿车缓缓地停住。车窗摇下，尹珈上向她招呼："意城，这么巧？"

程意城明显愣了一下，随即礼貌地走过去："尹先生，你工作的单位也在附近吗？"

"不。我到附近办点事，正好路过，就看到你了。"

"这样，那当真是巧。"

"你去小卫的店里？"

"对。"

"那上车吧,我送你一程。"

程意城想起卫朝枫的警告,于是摇了摇头:"不用了,也不远,我坐地铁过去就行了。"

"顺路,不麻烦的。"驾驶座上的男人很快便下车了,亲自为她打开后车门,"上来吧,这里不能停车,咱们再耽误下去我就要被交警罚款了。"

程意城骑虎难下,说了声"谢谢"便弯腰坐上了车。

尹珈上很健谈。这一路,他先同她聊了一会儿工作,再从他的角度给出专业性意见,最后不忘谦虚一声,他也是随便聊的,讲得不对还希望她多包涵。聊了一路,程意城很难不对他生出些好感。想到卫朝枫的警告,这一丝好感又迅速地被她用理智压下去了。程意城对卫朝枫很信任,方方面面。

车子停在弄堂口,程意城下车,尹珈上跟着下车。她道:"你不用送我过去了,这段路我走过去就行。"

尹珈上很热情:"我还没吃晚饭,既然来了,就一起去店里吃点。"

程意城顿时无语了。但尹总都这么说了,她也不好意思拦着不让卫朝枫做生意,两人遂一起走去店里。

卫朝枫正在后厨备货,肖原走进来告诉他:"卫哥,程姐来了。"

"好,告诉她等一会儿,我清点好数量就出去。"

"嗯。卫哥,还来了一个人,和程姐一起来的。"

"谁?"

"他说他是你未来姐夫。"

卫朝枫手里正在清点的菜都掉了:"什么玩意儿?"

"就是那个人自己说的啊。"肖原重复了一遍,"他说他姓尹,是你未来姐夫。"

真是晦气,怕什么来什么。

卫朝枫扔下一把青菜,指示肖原把剩下的物资清点完毕。肖原

"哎"了一声，接过他的活。卫朝枫擦了擦手，走了出去。

店里，尹珈上正在热情地点单。程意城尴尬得很，搞不清楚他是真的来吃饭还是另有目的，他这样的人怎么也不像是吃得惯麻辣烫的人。但人家尹总就是很热情，一定要吃，她也不能拦着他。

尹总抬起头，看见卫朝枫正走过来，立刻热情地寒暄："卫老板！"

程意城在心底叹气，她果然受不了这类生意人。前一秒叫"小卫"，后一秒叫"老板"，开口闭口都是假情假意，虚伪得很。

尹珈上在人情处理上，显然是个中好手。他放下取餐的号码牌，走向卫朝枫："一直想过来看看你这家店，都没有机会。今天正好遇到意城，顺路就过来了，卫老板不会不方便吧？"

卫朝枫看了他一眼，没理他，他走向程意城："调味料不够了，要马上用。"

"哦，好。"程意城立刻应声，"那我现在就去买，五瓶够吗？"

"先买五瓶吧，救救急。等关店后我再统一去进货。"

"好。"

"不要去附近超市，要去'阿福商超'买。它虽然远一点，但口味独特，我一直是在它那里进货的，换了牌子怕客人不喜欢。"

"好，知道了。"

卫朝枫捏了捏她的脸："注意安全。"

程意城冲他一笑，拿了包就走了。卫朝枫目送她，看着她上了公交车，才收回视线。

店里刚好没有客人。卫朝枫叫来肖原，告诉他今天打烊了，让他先回去。肖原"啊？"了一声，表示不理解，这么早就打烊了？消费晚高峰都还没开始啊。他满脑子的问号，但看见卫朝枫神情冷淡，肖原立刻吞下所有疑惑，拿了包说了一声"卫哥再见"，猫着腰就逃了。

屋内只剩下两个人了。

卫朝枫拉下卷帘门，声音刺耳。光线昏暗，一盏吊灯晃了几下，影影绰绰的，照得两个人的表情模糊不清。

卫朝枫态度冷淡，欠奉热情："说吧，找我有何贵干？RM 资本的尹总。"

尹珈上笑了，卫朝枫承认了，意味着他今晚的计划已经成功了。

他笑得非常满足："我果然没有认错人。我该如何称呼你？是叫你小卫，还是唐总？"

"随便你，你可以慢慢研究。"卫朝枫双手插在裤袋里，冷淡地提醒他，"不过你最好快一点，等程意城回来，你不会再有机会能和我这样谈。"

尹珈上摊了摊手，并不受他威胁："唐总，我很想借这个缘分和你成为朋友，你不打算给我一个机会吗？"

"不打算。"

"呵。"尹珈上好整以暇，提醒他，"如果你姓唐，你当然有资格这么说。可是你现在连这个名字都不敢拿出来用，还有多少资格可以这么说，是一件很值得怀疑的事。"

"哦？"

"我想，程意城还不知道你的来历吧？她是个好女孩，干干净净地长大，对这个世界还有很多期待。在这种期待里，绝不会包括真实的你。"

卫朝枫的脸色很冷。

尹珈上明白，他戳到了卫朝枫的痛处。

"不过其实我也没有资格说这句话。真实的你是怎么样的，连我都是从坊间传闻中了解的。今天有时间，我也正好想问问，你在担任莱卡食品首席执行官期间，到底用了什么手段，让一家食品企业成了巨无霸集团？听说你突然下台，是被迫的，涉嫌挪用公司公款，这又是怎么回事？"

卫朝枫笑了一下："我怕我讲了，你不敢听。"

尹珈上的脸色一冷，不受他恐吓："敢不敢听，也是要先听了再说的。"

"好啊，那让我先打一个电话给我小舅舅。"卫朝枫拿出手机，顺势就拨下一个电话号码,"我下台之前,和小舅舅签过生死状。关于莱卡食品的一切内幕,绝不泄露半分,除非,我是被迫的。我会把你的名字告诉小舅舅,让唐家和你对接。尹总,你要不要试试看?"

尹珈上闻言僵在原地。

惹卫朝枫事小,惹上唐家事大。但凡一个家族凭一己之力做到垄断组织的最高形式,这就意味着,它已经是一个相当成熟的巨兽体系。普通人,惹不起。

尹珈上确定自己惹不起。他虚应一笑,很明白自己和卫朝枫的边界各自在哪里:"这当然不用试。我今天来,也只是想认识一下你而已。"

"好,尹总也是爽快人。说吧,你想威胁我什么?"

"最近我的公司出了点问题,在并购项目上资金链面临断裂。干我们这行的,职业生涯中落下一个污点,再想取得投资人的信任,就很难了。"

"你想要钱?"

"是的。"

"要多少?"

"一个亿。"

卫朝枫笑了。

"尹总,你当我开银行的吗?"

"你当然不是开银行的,但和银行比起来,我相信你更容易凑齐这笔钱。一个亿,对你而言不算多,它甚至比不上你为谢劲风一掷千金购回谢家祖宅的零头。这件事当年闹得沸沸扬扬的,连我也有所耳闻,这才敢问你要这点小钱。"

卫朝枫低下头骇笑。一个人不惜一切要作恶,来来往往的,无非为一个"钱"字。成年人活得一塌糊涂,因作恶而攫取了更多快感。

他抬起头看向尹珈上:"不错,一个亿,不算多。但是尹总,你凭什么认为你用一个程意城威胁我,就能让你在我这里值一个亿?"

尹珈上突然心里一沉。他最担心的，就在这里。

程意城对卫朝枫，究竟意味着什么，没有人知道。在最初想起卫朝枫就是唐硕人的时候，尹珈上除了震惊，剩下的就是对程意城的同情。太可怜了，被一个男人玩成这样。唐硕人被唐家流放在外，难免寂寞，找一个女人陪着自己，实属情理之中。明白了这一点，尹珈上承认，他拿程意城去威胁唐硕人，无非是赌一把。反正赌输了，他也不赔本。

卫朝枫笑了："我不过是寂寞，找人陪的。你还真信了我们有感情？"

尹珈上面无表情，出言试探："可是，程意城对你是有感情的。"

"哦？"卫朝枫扫过去一眼，眼风很艳，"那证明我玩得不错，活也不差。"

尹珈上心里一沉，很难捞起来。

他赌得不小，却还是输了。眼前这个人，哪有半点对程意城的在乎？那些话听着，连尹珈上都不寒而栗。他想起卫朝枫当日在程家的温情模样，当真是觉得恐怖。这世上竟有人恐怖如斯，人前温情，人后败类。

尹珈上正要败走，却不料连上天都在帮他。

卷帘门忽然被人拉起，落日的余晖洒进屋里，映在来人的脸上，温暖如斯。

程意城问："怎么把门关了？今天这么早就关店了吗？"

一瞬间，地覆天翻。

卫朝枫的表情，一秒坠落。她是他整个计划中唯一的破绽。棋差一着，满盘皆输。卫朝枫心里升起些"命运"之感，每个人都有"命"，他命里的劫数就是一道情关。

尹珈上如梦初醒：卫朝枫是装的！

卫朝枫方才设的不过是心理战。他设局的速度太快，快得尹珈上根本来不及分辨。差一点点就被他骗过去了。尹珈上激动极了，整个人都有些发抖。

第三章　有情人

赢了——一个亿，到手了！

他朝程意城微笑，几乎是在感激她："意城，怎么忽然回来了？"

"哦，这个。"程意城有点尴尬，"上了公交车才发现，忘记带手机了。我身上又没现金，只能回来一趟。"

卫朝枫低下头一笑，她沐浴在夕阳的余晖中，美好得令他愿意做任何事，包括认输。他知道，尹珈上不会放过他。

"意城，你来得正好。我和小卫刚刚聊起，原来我们还认识一位共同的朋友。你说，这是不是缘分？"

"是吗？"程意城颇有些好奇，"是谁？"

"他姓唐……"

卫朝枫忽然暴怒："尹珈上——！"

一声怒喝，平地而震，将在场的两个人都震住了。

程意城愣在当场："卫朝枫……"

尹珈上倒很高兴。卫朝枫越是暴怒，证明他赢得越是彻底。这种掌控全局的滋味，实在太好了，尤其对手是卫朝枫。尹珈上承认，他的手段是卑鄙了些，可是卫朝枫也不见得是什么善人，卑鄙对他而言只是手段，而全无贬义。

"意城，小卫没事。"尹珈上乐得打圆场，"他不过是不喜欢我提那位朋友罢了。"

说完，他也不欲久留。一个亿已经到手，他根本不想在这间满是油烟味的屋子里待下去了。

"小卫，方才我让你帮的忙，你可不要忘记了。"他随手将一张纸条放进卫朝枫的衬衫口袋，压低声音道，"这是我的账户。两天之内，我要见到我要的。"

两天，一个亿。卫朝枫第一次被人明目张胆地威胁，值得纪念。

"只给我两天时间，你胃口不小。"

"夜长梦多，我很怕你。"说完，他彬彬有礼地退场，告辞走人。

程意城这两天没有睡好。她睡眠浅，很容易醒。

卫朝枫半夜有醒来喝水的习惯，睡前总会在床头放一杯水，以避免去客厅喝水弄醒她。这两天却没见他放。半夜，他起身离开，声音已经足够轻，但程意城还是醒了。她醒了就不容易再睡着，最快的入睡办法是被卫朝枫从身后抱着，枕着他的手臂，听着他的心跳，是她最好的安眠药。

是不是初恋都是这样的？完全是情难自禁。

这几日，卫朝枫半夜醒了，总是会离开。这一晚，他也是这样。轻手轻脚的，几不可闻，程意城还是醒了。她在黑暗中想了一会儿，坐了起来。她披上睡衣，跟着走出去。

卫朝枫正在客厅阳台上。

夜凉如水，月光笼罩，留下一道暗影。他端着一杯水，不紧不慢地喝着。喉间滚动，水声寂寞。她看着他的背影，有些惶恐。这样的卫朝枫全然是她陌生的，很清贵，很冷淡，浑然不似平日模样，宠着她，亲近她。她情难自禁，从身后圈住他的腰。

"你有心事？"

卫朝枫一怔，手里的动作也跟着一顿，他否认："没有的事。我吵醒你了？"

她摇头，侧脸贴着他劲瘦的背部。她要用他的体温，打消他给她的惶恐。

"那天尹珈上来找你，之后你就有心事了。"她也想视而不见，可惜做不到，"是他让你不好受了吗？还是说了不好听的话让你为难？"

程意城的想法很单纯，也很符合逻辑。从她的角度看，尹珈上带给卫朝枫的落差无疑是巨大的。一个是商界精英，一个是市井小贩；一个已经小有资本，一个仍然辛苦生活。这样两个人站在一起，连"比较"都是一种对卫朝枫的冒犯。

她将他转过身，抬起手捧着他的脸，认真地告诉他："卫朝枫，跟你谈恋爱的人是我，其他一切人都和我们的感情无关。我们两个，只需要看见彼此就可以了，知道吗？"

卫朝枫笑了，他点头："好。"

"那么，你现在可以告诉我，你生气的理由是不是和尹珈上说的那位姓唐的朋友有关？"

"是。"

"你不喜欢尹珈上提到他？"

"是。"

"为什么？"

"因为，我不喜欢这个人。"

程意城看着他，觉得有些冷。她下意识地抱住手臂，安慰自己是夜里的风太冷了，吹得她有些颤抖。

卫朝枫转身背对着她。双手搁在栏杆上，他微微弯腰，没有再看她。深夜，整座城市陷入黑色，像极了他的人生，目光所及皆是幽暗。

"他出身不好，属于在夹缝中求生。他试图为人生找寻过目标，可惜失败了。后来他为了报恩，决定遵循一条原则，有恩于他的人让他做什么，他就做什么。可是有一天，他做了很不好的事，让很多人失望了。"

"这失望的人里，也包括你吗？"

"对，也包括我。"

"那么你有想过，换了你在他那个位置，能比他做得更好吗？"

"我没有这个本事，我会做得同样令人失望。"

"不，你不会。"

"为什么？"

"因为你还有我，我永远不会对你失望。"

卫朝枫一怔，缓缓地转过脸来。

一阵夜风吹过，程意城的披肩长发有些乱，她将额前的散发拢到耳朵后面，让他看清她眼中的坚定，那里闪着明亮的光。

"卫朝枫，你女朋友永远不会对你失望。除非有一天，我们分手。"说完，她笑着问，"你会和我分手吗？"

"我不会。"他伸出手,紧紧地将她抱在怀里。

深夜,两个人都很冷,靠在一起,渐渐地就温暖了。好似人生,各自疲于奔命,以为人活一生不过如此,直到遇见彼此,学会了相爱拥抱、亲吻,一切疲于奔命都成为深夜温存的话语。

天会大亮,我会很好,只要你还在我身边。

"程意城,能不能答应我,永远不要和我分手?"

"那要看你的表现。"

"我会一直做你一个人的卫朝枫,永远只属于你一个人。"

人生很难,红尘更是处处不易,感情是最后的救赎,所以才说难得有情人。

千里之外。

东南亚小岛,度假胜地。

"密西岛"是私人岛,被人买下多年了。岛上种着一棵西谷椰子树,不伦不类的,却受人精心呵护。主人待它十分用心,一年四季亲自养护。据说,这是一棵纪念之树。

唐律十五岁时,姐姐唐枫对他说:"如果要种树的话,我想种一棵西谷椰子树。名为椰,产出的却是填温饱的食物。当地人叫它'米树',这名字我喜欢。人生太苦了,多少人一生所求不过是一饭之饱。"

那天,唐律听了,淡淡地对她道:"我会保护你一生都有一饭之饱。"

唐枫笑了,推了一下他的额头:"你少装酷,先长大点再说吧。"

姐姐没有料错他。他彼时年幼,力量全无,根本保护不了她一饭之饱。到最后,连她性命都没能保护得了。一场姐弟,阴阳相隔。有缘做亲人,却无缘再相见。他的痛苦自不必说,他的恨意也无须解释。

温泉池里,男人想起往事,眼神幽暗。

如今,他早已不是当年十五岁的少年。他在权谋中长大,若姐姐在,一定也会震惊,他长成了连姐姐都未曾想过的模样。兵不血刃,说一不二。他是彻底的集权主义者。

廊下走来一人,管事模样,头发花白。平日里,唐律称他一声"丰伯"，底下人也都跟着叫，恭敬有加。可见不是管事，是心腹。

丰伯弯下腰低声地道："先生，有件事要打扰您。"

"关于谁的？"

"唐硕人的。"

"他的事我不想听。"

这副态度端出来，换了旁人，早已退避。可丰伯是个例外，他见证了唐家两代人的成长，知道得多，也明白得多。

"先生。"他低声地提醒，"大小姐生前交代过，她只有唐硕人这一个孩子，虽然他的父亲是卫柏，但她还是希望，您能护他一饭之饱。"

有些感情，注定无法兑现；有些交代，注定要用一生负责。

唐律眼色很冷，面沉如冰。他一生最恨被人用承诺绑架，偏偏这个人是唐枫。他对她的承诺，被她巧妙地转嫁给了唐硕人。他痛惜唐枫几乎到痛心的地步，她为了卫柏，不仅丢掉性命，还搭上唐律的一生保住了对家血脉。

唐律放下酒杯，"砰"的一声，玻璃杯碎了一地。

一池温泉水震动，波纹粼粼。水面下，一具精壮身躯若隐若现，仿佛一个好战派，随时等待发动战争。

丰伯叫来下人，使了一个眼色。来人心领神会，迅速地收拾干净。

丰伯静待片刻。他知道，事关故人，唐律需要时间对抗情绪。

半晌，唐律终于过问："他出了什么事？"

"唐硕人有一笔资金异动，不太正常。"

"哦？"

"他给一个账户转了一个亿，账户名叫尹珈上。唐硕人动用的是瑞士银行的账户，是卫柏留给他的。他在唐家的账户都被您冻结了，他动不了。"

丰伯稍做停顿，提起往事，还是谨慎为好。

"先生，两年前，唐硕人在担任莱卡食品首席执行官期间，挪用公款为暴雪拉升股价，帮助暴雪度过危机。这件事在唐家引起轩然大波,至今还有人想借着这事大做文章。这次会不会又是?"

"不会。"

唐律截住他的话:"暴雪的体量摆在那里,一个亿这种小资金,砸进去一点水花都不会有。"

丰伯恍然:"这倒是。"

"唐硕人转账过去的那个账户名,查过吗?"

"已经查过了。"

"什么来头?"

"不值一提,金融圈一个小角色而已。"

唐律没有再追问,一双眼睛,盯着一池温泉水,好似要从平静的水面之下,捞起阴暗逼仄的秘密。

半晌,他轻笑:"真是太没用了啊……"

丰伯未听懂:"先生,您说什么?"

"呵,被人恐吓勒索,这种丢人现眼的事,他也肯。"

"先生,您的意思是,唐硕人是被人勒索的?"

"不然呢?"

"这……可能吗?他孑然一人,没有什么可以被人拿来勒索的。"

"为了女人就可以。"

对唐硕人,男人看透了。唐硕人的一言一行,都逃不过唐律的眼睛。

"男孩子长大一点,有了感情,有了顾虑,再有一点占有欲、一点舍不得,那么他的日子就会很不好过了。这一点,他倒是很像他的父亲。"

男人稍做停顿,直面事实:"也很像唐枫。"

这是他的痛心之处,也是唐家的禁忌话题。丰伯不语,只恭敬地站在一旁。

唐律交代下去:"你把这件事交给柳惊蛰,告诉他,收拾两个人,是我的意思。"

"好的。哪两个人?"

"一个,是那个姓尹的。敢勒索唐家的人,就要让他知道,下场是什么。"

"是。"

"另一个,就是唐硕人。被人打了都不还手,他日子过昏头了。收拾一顿,抽抽他的筋骨。"

"是,我这就去。"

周五夜场,是纽斯一周生意最好的时段。

晚上十点,小龙哥巡视完一圈,解决了几件顾客纷争,正准备去吧台喝一杯,就看见一个熟悉的身影。

卫朝枫坐在吧台边,手里握着一杯威士忌,正不紧不慢地喝着。

小龙哥惊了一下,立刻走过去:"卫朝枫,你怎么会在这里?"

对方看了他一眼,继续喝:"最近倒霉透了,过来喝一杯。"

"你开什么玩笑。"小龙哥一把拿掉他手里的酒杯,压低了声音,"这里的消费价格可不低,你一晚下来喝多少了?五杯?还是威士忌?你要死了,你好几千块钱没了你知道吗?"

卫朝枫烦得很,实在没心情理他:"行了,我知道。"

"你知道你还喝?"

"哎,你能不能别盯着我一个人管,有这么多客人呢。"

小龙哥瞪着他:"你和其他人一样吗?其他人过来都是有闲钱找乐子的,你呢,你可是将来有老婆孩子要养的人,哪来的闲钱?"

卫朝枫冷不防被酒呛了一下,难受极了。

他这副模样委实不寻常,小龙哥便放软了态度。他拿走酒杯,让酒保换两杯柠檬水。

小龙哥拿了一杯柠檬水,算是陪他:"出什么事了?跟我说说呗。"

"也没什么大事。"卫朝枫松了一下衬衫领口,透透气,"最近掉了一笔钱,比较郁闷。"

"哦!"

小龙哥恍然大悟。他拍了拍卫朝枫的背部,表示同情:"那的确挺郁闷的，这年头就属钱最难赚。"

开店做生意，赚的都是辛苦钱。利润率那么低，遇到熟悉的街坊邻居还要打个折。连他都佩服卫朝枫，他这一辛苦就是两年多。小龙哥看得出来，卫朝枫很有能力，要不是学历低，以他的能力去企业应聘一个轻松的白领职位，一定不难。可惜了，英雄埋剑遁尘世。

小龙哥小心翼翼地问："你掉了多少钱啊？"

卫朝枫随口胡扯："几万块吧。"

小龙哥顿时震惊："这么多啊？！"

他这一声把卫朝枫都吓了一跳，手里的柠檬水溅了半杯。小龙哥不提这事还好，提了简直让卫朝枫更郁闷。要是让别人知道他掉了一个亿，估计说出来都没人信。

小龙哥安慰他："没事。卫朝枫，想开点，这世上倒霉的人多了去了。看看那些，跳楼的、破产的，你这事就算不上什么……"

说到一半，他忽然想到了什么，说了句"你等等啊"，就匆匆地走了。过了一会儿回来了，手里多了一本杂志。

卫朝枫随口问："这什么？"

"安慰你的。"

小龙哥伸手弹了一下杂志封面："看看这标题，够不够惨？'金融新贵：牢房里悔不当初'。据报亭老板说，这期杂志卖爆了。难怪别人说，做金融这一行，做得好的进牢房，做得差的进病房，很有道理啊！"

卫朝枫顺势扫了一眼，就这一眼，他浑然清醒过来。

尹珈上的照片赫然印在杂志封面，头条要闻黑体印刷：涉嫌内幕交易、非法集资等罪名，经调查成立，一审判刑两年，终生被判市场禁入。从此涉足金融圈，再无可能。

"杂志拿来！"

卫朝枫猛地抢过杂志，把小龙哥都吓了一跳。小龙哥戗他："你别一惊一乍的好吗？好好说话不行啊？"

卫朝枫没有应声。

第三章　有情人

事实上,他已经听不见周围的任何声音了。一切嘈杂瞬间与他无关,他的世界陷入静默中。黑色袭来,除了被吞噬,别无他路。主宰他前半生的秩序重新降临。

"小舅舅——"

唐家最斯文的战争狂人,最冷硬的集权主义者,用前半生的养育之恩,换走卫朝枫一生的不敢反抗。

卫朝枫明白这份杂志意味着什么。这是小舅舅对他的警告:他对他现在这个样子,很不满意。他没来由地闻见一阵血腥味。他没有忍住,当即作呕,冲出去扶在墙角边吐得天翻地覆。

小龙哥急忙跟着跑出来,见此模样,也被吓得不轻。他去扶卫朝枫,却被他一把推开。卫朝枫含混不清地冲他吼:"走!"

小龙哥心想,坏了,该不会是喝到假酒把脑子都喝坏了吧?

小龙哥连忙打电话搬救兵:"喂?小程吗?你快来纽斯,卫朝枫他喝多了……"

程意城今天加班,接到小龙哥的电话,立刻向程昕打了一个招呼,匆匆地下楼打了一辆车,赶去纽斯。

司机一路飞驰。

到达纽斯门口,程意城下车。小龙哥正扶着卫朝枫,程意城喊了一声"卫朝枫!"卫朝枫都没理。

程意城走近扶住他,他真的喝多了,吐了两次,整个人处于半昏迷状态。

小龙哥言简意赅,对她解释:"他说他掉了一笔钱,不开心,所以过来喝几杯,结果就这样了。"

程意城反问:"什么钱?"

小龙哥摇头:"不知道啊,他没说,只说有好几万块钱呢。"

程意城一愣:"这么多?"

"是啊,所以他才喝成这样。"

两个人一顿胡乱猜测,自以为猜得七七八八的,也就不再纠结原因了。程意城谢过小龙哥，打了一辆车和卫朝枫一起回公寓。

　　小龙哥看着出租车离开时，还挺担心这两人。在他看来，卫朝枫人不错，很仗义，做事也公道，但不知怎么的，偶尔会让人看不懂，做出的事也格外离谱。这样的卫朝枫，能和程意城走到最后吗？即便最后两个人结婚了，对程意城而言会是最好的结果吗？稍微想一想，连小龙哥都觉得头疼。

　　小龙哥仰天感叹："智者不入爱河，建设美丽家园。"

　　程意城到家后，给卫朝枫放好洗澡水，照顾他简单地洗了个澡。她迅速地收拾了一下自己，趁洗澡的空当煮了一碗醒酒茶。一通折腾，看了一下闹钟，已经凌晨两点了。她走进卧室，卫朝枫已经睡着了。程意城不忍心叫醒他，把醒酒茶又端了出去。回到卧室，她坐在床边看了他一会儿。

　　卫朝枫睡觉是十足的小孩睡相，手里一定要抱着什么东西。平时和她睡，他一定要从身后将她牢牢地抱在怀里。她不在，他就抱一个抱枕。程意城摸了摸他的脸，看见他头顶的两个旋。听说头顶双旋的男子命由天定，人生注定剑走偏锋。她想，这是否就是他常常令她困惑的原因？一边给她承诺，一边全无解释。

　　她轻轻地叹气，躺下准备睡觉。

　　刚躺下，就被人抱住了。

　　手里的抱枕被他丢开，跌在地板上骨碌骨碌转了几圈，安静了。他怀里有了人，哪里还看得上抱枕。

　　程意城松了松他的手："你把我抱得太紧了。"

　　他听了，把她圈得更紧了。

　　"不要动。"他低声恳求，"你让我抱一下，就一会儿。"

　　程意城安静下来。她似乎已经习惯了他的反复无常。她不知道，对于他这样的反复无常，她是否会有一个临界点。如果有，又会是在哪一天。如果那一天来了，她会讨厌他吗？她仔细想，悲哀地发现，她没有这样的临界点。和卫朝枫之间的这场感情，她已经彻底陷进去了。

第三章 有情人

她问:"你现在是清醒的吗?是用真心在说话吗?"

"我是。"

"那你告诉我,你今天为什么这样失态?你一向不喝酒的。"

卫朝枫沉默了半晌。

"程意城。"他深埋在她的颈间,声音很哑,"我怕我控制不了自己的人生。"

很多日子以后,程意城才明白,这一晚的卫朝枫,对她发出了求救信号。

他真的曾经努力过,花了两年时间,将自己从命运中抽离。他的过去很不好,唐卫两家的明争暗斗令他心力交瘁,他清楚地确定他正在丧失自我,并且对这一过程感到潮水灭顶般的心灰意冷。

两年前,他拒绝不了谢劲风的求援,动用唐家控股的莱卡食品,用公款救助了动荡中的暴雪股价。他这一救,彻底引火上身。平衡被打破,战争也开始了。直到唐律出面,将人带走,才无人敢吭声。

小舅舅对他有养育之恩,卫朝枫没脸面对他。他下跪认错,一句解释都说不出口。唐律没让他起来,也没让他解释,只对他讲,巨头办事原因从来不重要,只看结果。于是卫朝枫明白了,小舅舅不再留他了。他瞬间痛彻心扉,眼中有泪。

将他从痛苦中拯救的,是程意城。她对他的前半生一无所知,亦对他人生的黑暗面一无所知。无知者无畏,从遇见他的那一天起,她就用平和、温暖、善良、包容,将他从昔日的阴影中一力拉起。

她带他吃饭睡觉、逛街购物,周末拉上他郊游、散步、做饭。她带他做的都是小事,无足轻重,好似人人都会。要仔细想才明白,人人都会,不代表人人都愿意。普天之下,只有一个程意城,愿意为了卫朝枫,时刻牵着他、挂念他,带他做尽寻常小事。

小事做久了就不叫小事,这叫过日子。从此,卫朝枫终生戒不掉程意城。没有程意城,他就没有可以过的日子。

被卫朝枫紧紧地抱着睡了一晚,隔日起床,程意城几乎抬不起手。

075

她觉得全身的骨头都在痛，就算是个抱枕也不能这么用啊，何况她还是个人。

伸手一摸，身旁没有人。程意城穿好睡衣，走去客厅。卫朝枫不知何时早已起来，还给她做好了一桌早餐。他的手艺很好，红豆吐司、燕麦粥、香煎三文鱼。程意城摸了摸盘子，三文鱼还是热的。可见他是算准了时间，她起来刚好能吃。多么心思缜密的男人，有心对女友体贴，可以分秒不差。

桌上留了一张字条，程意城拿起来看。卫朝枫的字迹映入眼帘："我有事，离开店里三天。"程意城放下字条，心情有些复杂。卫朝枫的复原能力属于一流，昨晚的失态模样，恐怕以后都不会多见。

这也挺好的，程意城想，她有什么好失落的呢。

正吃着早饭，程昕打来电话，告诉她立刻去公司。程意城问他有事吗，今天是周六。程昕告诉她，暴雪出事了，市场传言董事长卫鉴诚病重，暴雪实际上已经无人运作，有不明机构正在计划恶意收购。

程意城仿佛听见巨头企业即将倾塌的声音。她放下早餐，出门赶去公司。

申南城东面，环绕着一座山。山不高，却很有些历史古迹，很是为人称颂。近年来，山林东面进行了商业化开发，豪宅、高档公寓和配套商业体，一应俱全。其中一栋豪宅就隶属于暴雪董事会会长卫鉴诚。

卫鉴诚是狠角色。

媒体用十六个字概括他七十五年的生平：创立暴雪、港股上市、丧子风波、老将挂帅。十六个字，半身荣耀，半身血泪，个中滋味恐怕只有卫鉴诚自己明白。

对于唐家来说，这是一个可恨的对手。对于唐律，这更是一个可恨的人。卫鉴诚做过两件事，令唐律怒火中烧——第一件，是不许卫柏和唐枫合葬；第二件，是当初不要卫朝枫。

第三章 有情人

卫朝枫夹在两方势力中间，左右为难。这份为难的心情，在他走进卫家时，变得更具体了。

管家张叔带他进屋，讲了很多事。张叔说，自卫柏遇难之后，卫鉴诚就很少笑了，一向酒量不错的他，也很少喝酒了，仿佛一夜之间失去了所有的爱好。卫朝枫明白，爷爷是恨上了。他恨唐枫，恨唐家，更恨自己无力保住卫柏。从此他活着，不是为了恨，而是这一种恨，令他活着。

"这些年，董事长很不容易。"陪卫朝枫上楼时，张叔轻声地告诉他，"心脏手术都做了两次，连医生都说，他早已不适合高强度工作。可是暴雪能靠得住的只有他一个，他实在停不下来。"

卫朝枫听着，没说话。

张叔陪在卫鉴诚的身边数十载，不免动容："董事长，其实是一个非常重感情的人。夫人去世得早，他再也没有娶妻，每晚睡觉前都要拿着夫人的遗照说好久的话，他说生死隔不了夫妻之情。后来，就是卫柏先生。接二连三的打击这么大，董事长说这就是命，他命里太苦了。"

旋转楼梯，四周陈设富丽堂皇。

卫朝枫一步一步地走上去，脚下有千斤重。

他推门走进主卧室，不巧看见一场争吵。

卫鉴诚靠在床头，刚看完手中的文件，脸色极差。他怒从中来，将文件扔了一地："时代不同了，什么人都敢对暴雪趁火打劫了。"

谢劲风弯下腰捡起地上的文件，她明白卫鉴诚未说出口的后半句：各路势力都在对暴雪趁火打劫，而且，大部分都成功了。

商业世界，规则就是如此。你强，我敬你畏你；你弱，我打你杀你；你苟延残喘，我必定践踏，直到你死。如今的暴雪，属于最后一种。

谢劲风收拾好文件，放在一旁。她端了药，柔声地道："董事长，喝药时间到了。"

"拿走。"顽固又执着，这是所有老去之人的特征。

挂了一辈子帅，拼惯了，卫鉴诚不服。可是事情就是这样发生了，他老了，这是全世界都无可挽回的事。

"董事长，您不喝药我是不会走的。"

"谢劲风！"他抬起左手，本想指着她让她出去，不料她正好凑近，就这样打翻了手中的药。液体滚烫，泼在谢劲风的右手上，她痛得变了脸色。意外来得太过突然，双方都有短暂的愣怔。

身后有人快步走来。

卫朝枫一把拉过谢劲风，将她的手放进冰桶。冰块带走灼热的高温，令她在疼痛中稍稍缓神。他看见她的额头迅速渗起的汗水，递给她一块手帕。谢劲风接过来，将手帕握紧。

卫朝枫叫来家庭医生，将谢劲风交给医生，交代道："如果她留下点烫伤后遗症，我找你负责。"

三言两语，唐硕人就回来了。控制场面，永居上风。某种程度来讲，很是欠些人性。

医生带谢劲风离开后，屋内只剩下一老一少。双方都是高手，都沉得住气。张叔重新端来药，卫朝枫接过来，亲自递给病床上的老人。

"我好不容易来一趟，喝碗药的面子可以给吧？"

他的态度不算恭敬，于卫鉴诚而言却有一种说不出的亲近感。大抵亲人就是这样，即便不常见，一旦见着了，交流都无须格式，开口就是亲近。

老人拿过他手里的药，仰起头喝下。

卫朝枫微微一笑。这老头脾气不算好，乖张得很，但脾气再差，也是他的爷爷，他对爷爷恨不起来。

卫鉴诚自嘲："现在的暴雪，很难看吧？"

"怎么会。空方做空是常有的事，一种玩法而已，没什么太复杂的。"

"你倒是清楚。怎么，做过不少？"

"现在不做了，以前那些就不说了。"

好大的口气，可见唐家待他不薄。卫鉴诚笑了一下，笑容有些惨淡："比不上唐家了。若你小舅舅要吞并暴雪，是股掌之间的事。"

卫朝枫闻言不说话了。一个是他爷爷，一个是他小舅舅。两个都是巨头，哪一个他都惹不起。卫朝枫除了沉默不语，什么都做不了，做什么都是错。

卫鉴诚看了他一眼，终究不忍心逼他。

"既然来了，就顺道去看一看你爸爸。"老人换了话题，赶人的意思很明显，"我累了，想休息了。"

说完，老人闭上眼睛，有不愿再问世事之感。

卫朝枫忽然开口了："我听谢劲风说了，有一股势力在做空暴雪，恐怕有恶意收购之嫌。"

他坐着，没有走。他知道，爷爷在听。

"既然今天我来了，就不会坐视不理。您好好休息，这件事我来。"

他稍作停顿，没有等来回应。卫朝枫知道爷爷听进去了，只是一时半会儿拉不下脸来求他或者谢他，而这些，卫朝枫也不需要，他的意思传达到位，就转身离开了。

关门声传来，卫鉴诚睁开了眼睛。一双布满皱纹的眼睛，隐隐有泪。他在卫朝枫身上清楚地看见了卫柏的影子，那种拿捏的态度、行事的风格，甚至说话的语气，都和卫柏如出一辙。

若是卫柏还在……

仅仅是这么想着，卫鉴诚就已经老泪纵横了。

卫柏的墓地就在别墅的后花园。花园很大，绿荫葱葱，树木错落有致，出自名家设计师之手，目之所及都有讲究。

后花园的北面柏树环绕，四季常青，卫柏的墓地静卧立于此。卫柏生前很喜欢柏树，这是一种不存在时令的树木，一年四季始终茂盛地生长。卫柏曾说，他喜欢柏树的生命力，太强悍了。所有人都以为他会像柏树一样，用强悍的生命力诠释暴雪第二任董事长的意义，直到唐枫的出现，令这一切戛然而止。

卫朝枫放下一束百合，轻轻地抚摸墓碑上的照片。遗照中的卫柏，相貌堂堂，温和清俊。卫朝枫想，太年轻了，这么年轻就被定格在这四方的照片中，多么残忍。

"爷爷对您，有过很多期待吧？"

一瞬间，卫朝枫原谅了卫鉴诚所有的倔强与乖张。爷爷父兼母职地养大了卫柏，看着暴雪在卫柏的手中成为足以威胁唐家的商业巨兽，却被唐枫一力毁了。她毁了卫柏也毁了暴雪，爷爷的恨，卫朝枫可以理解。

他发现，没有人比他更矛盾了。他可以理解卫鉴诚，可以理解唐律，他理解得越多，自身的活路就越少。

"爸爸，如果这世上真的存在可以被所有人谅解的路，您告诉我，这条路我该怎么走？"

山林有风，温柔地吹拂过他的脸，像父亲的抚摸，别有天地非人间。

天色不早了，卫朝枫起身准备离开。他刚转身，就看见了谢劲风。昨晚有雨，脚下的泥土湿漉漉的。她站着的地方，凹陷出一块脚印，可见已等待他多时了。

她柔声说道："我送你出去。"

卫朝枫的语气很淡："不用，你去陪董事长吧，他身边不能没有人。"

"你就这么迫不及待地赶我走吗？"

谢劲风看着他，目光哀伤。她和他的关系，曾令她无比骄傲。他为她，拯救了暴雪，得罪了唐家，这里面要说没有一点情分，谢劲风是不信的。

她有心结未解："之前打你电话，为什么不接？"

"我已经离开唐家了，帮不了你什么，没有接电话的必要。"

"那凭我和你的交情呢，也不接吗？"

"以前可以，现在不行。"

"为什么？"

"我有女朋友了，我不想让她误会。"

谢劲风陡然停住了脚步。她看向他，一脸的震惊。这是她第一次听见他亲口讲感情，她一直以为他对女朋友不过是玩的，当下听见他承认感情，她除了震惊之外，无以言表。

第四章 名利场

半山会所在申南城颇负盛名,今晚被人包场了。

会所采取会员制,会员又细分为五类,顶尖 VIP 会员严控数量,申南城不过数十人拥有席位。

郑随和,就是其中一位。郑随和名字叫随和,人却截然相反。他性格乖张,手法阴毒,以资本公司为载体,操纵巨额资金,在市场屡次兴风作浪。最近一次,甚至引起监管层介入,郑随和受到官方处罚,这才转为低调。处罚期结束后,郑随和一颗蠢蠢欲动的心勃然解放。他被禁锢太久了,急需一个猎物。苟延残喘的暴雪,无疑是最佳之选。

郑随和忙了一天,晚上去半山会所休息。岂料在门口就被人拦下了。侍者恭敬地告诉他:"郑先生,今晚会所被人包场了。"

郑随和浓眉一挑,闻出些不寻常的味道:"这儿,也有人包得起?"

正在侍者踌躇之际,总经理及时赶来:"郑老板大驾光临,我正等着您呢。"

郑随和反问:"你这儿不是说被包场了吗?"

"是啊,是被包场了。"总经理笑着解释,"卫朝枫先生正是为了等您来才包的场。"

"卫朝枫?"

郑老板满脸的问号:这哪位?

跟着总经理走进会所，郑随和半晌才想起这个名字。

这一阵子他对暴雪发起恶意收购，面子上的礼貌尚且维持着，三天前约谢劲风谈了一次。他的目的很简单，如果暴雪肯让步，他不会把事情做得很难看，但如果暴雪还看不清楚状况，那就别怪他不客气了。谢劲风听了，脸色白了一圈。她克制着，只转告他一句，这件事太大，她做不了主，三天后卫朝枫会亲自和他谈。

郑随和对卫朝枫的认识很有限。他知道，卫朝枫就是卫鉴诚的亲孙子，卫柏的独生子。但这又能怎么样呢？左右不过是个富三代。在申南城，这样的富三代太多了，郑随和见得不少，大部分都是拿着祖辈的积累耍威风而已。

郑随和悠悠地想，卫朝枫若是有他父亲当年的实力，倒还值得会一会。卫柏的处事和为人，郑随和还是服气的。在申南城商业史上，卫柏是一个绕不过去的名字，可惜英年早逝，折损在一个女人手上。

来到包间门口，总经理亲自为他开门。

屋内，卫朝枫正负手等他。

"郑先生，幸会。"

郑随和踱着步子进屋，很有些提防："卫总，你怎么知道，今天我会来这儿？"

"和人谈事情，总要先查查对方的底。手里有牌，事情也比较好谈。"

"哦？你这是特地堵我啊。"

卫朝枫一笑，拿起一份备好的礼物，单手递上："晚辈见长辈，即便是谈恶意收购这种事，该有的礼数也是不能少的。"

郑随和沉吟片刻，接过去。木盒精致，价值连城，他打开木盒，一只黑色美洲蝶，精致绝伦，以极富冲击性的视觉效果，映入郑随和的眼底。尖利的钢钉直刺蝴蝶腹部，好似十字架，将生命最后一刻的美感，以死亡的极端手法，表现得淋漓尽致。

郑随和大笑："不愧是卫柏的公子，我佩服。鄙人的私人爱好不是女人、不是酒，不过只是收藏蝴蝶标本。这一点，连跟了我半辈子的副手都不曾知道，却被你调查得一清二楚。厉害，厉害。"

卫朝枫笑了一下："郑总，爱好玩玩可以，陷得太深就不好了。"

郑随和的笑容渐收："哦？"

"蝴蝶翅膀下面的腹部，即便是成年后也依然保留着幼虫的样子，就是这么一小片样子，诱来了无数捕食它的天敌。这个世界上有一类人，刚刚好就是这样的，他们没有分辨力，又太贪婪。这种人幼虫似的腹部，最终将他们出卖了。"

郑随和听了，"啪"的一声关上木盒，将木盒随手搁在桌子上，直直地盯着他："卫朝枫，你今天是来弹劾我的啊？"

"不算是。"

卫朝枫摆手："我想弹劾你，就不会这么客气了。郑先生，我是来和你谈的。我知道恶意做空暴雪的人不是你，所以给你留了后路。你把幕后主谋的名字告诉我，我和你今天之后桥归桥路归路。将来郑先生做事，我即便不会帮，也不会拦路为难。"

郑随和笑了，笑声充满讥诮。

"卫朝枫，你不过是仗着卫鉴诚和卫柏打下来的暴雪江山而已。继承人，这样的小孩我见多了。靠一张嘴，哪个活得长久？除了暴雪继承人这个身份之外，你还有什么资本跟我谈？"

"我当然不会用'卫朝枫'的身份跟你谈。"他收了声音，亮了筹码，"我用'唐硕人'的身份跟你谈。"

这个名字，单是听见，郑随和的脸色就变了。

郑随和是老江湖。老江湖的意思就是，该知道的事他知道得不会少。什么人可以惹，什么人应该避，他一清二楚，绝不会像年轻人那样，去逞匹夫之勇。

郑随和难以置信："你是唐硕人？"

"对。"卫朝枫一笑，提醒他，"郑先生，'卫朝枫'对很多事都会袖手旁观，但'唐硕人'不会。"

郑随和倒退一步,被突如其来的意外给镇住了。

唐硕人在申南城颇负盛名,不仅因为他的身份,更因为他三年前执掌莱卡食品打下的赫赫战功。莱卡食品由唐家控股,因食品安全问题暴雷,一度拖累申南城食品出口总量,唐家为此大动干戈,唐硕人被空降执掌莱卡食品。短短一年,莱卡食品就在唐硕人手中完成三件"不可能完成的任务":重塑食品安全品牌、拉动莱卡品牌消费、提振食品出口总量。

三大任务完成后,唐硕人一战成名。然而一年后,他却在巅峰之时被突然撤职。关于撤职内幕,亦成为坊间的一个谜。

郑随和听过传闻,唐硕人就是唐枫临终托孤的独生子。郑随和和很多人一样,对这个传闻是不信的。他不信唐家有人肯收养卫家的孩子,他更不信唐家有人在杀机重重的家族内,还有余力去保一个幼子的平安长大。他没有想到,唐家真的有人敢这么做,也做到了。

郑随和沉声问:"唐律是你什么人?"

卫朝枫的神色一敛。这个名字仿佛一道神谕,终生镇压他。

"他是我小舅舅。"

郑随和的脸色一变,他缓缓地坐下,他需要重新权衡。

如果卫朝枫方才犹犹豫豫的,郑随和还不会如此震惊。卫朝枫刚才说话间的那种平静与笃定,比任何事实都具有说服力:他和唐律的关系,非比寻常。这意味着,传闻是真的,卫朝枫身后站着垄断联盟的现任当家人。

郑随和果断抽身,不蹚浑水:"你说得对,我不过是替人办事。那人说了,他意不在暴雪,不过是在敲山震虎,你就是他要震的'虎'。"

"'那人'是谁?"

"柳惊蛰。"

这个名字一出来,卫朝枫的脸色全黑。

郑随和现在置身事外,人都舒坦了不少,还有心情去同卫朝枫开玩笑:"你小舅舅的心腹大将都出马了,卫朝枫,你日子不好过啊。"

第四章 名利场

卫朝枫的心情很烦躁，没空跟郑随和闲扯，对他简单交代："明天上午十点，我在暴雪等你。我们签个协议，这件事就和你无关。"

郑随和爽快地答应："好。"

周四，程昕和程意城接到邀请，赶往暴雪参加公开调研。邀请函写明，暴雪副总会出席本次调研会，公开说明恶意收购传闻。

八点半，两个人抵达会场。容纳三百人的大会场，座无虚席。程昕在倒数第三排找到两个空位，和程意城落座。

程意城环顾全场，问："敢举行公开说明会，证明暴雪这次的恶意收购风波过去了？"

程昕摇头："不见得。"

"怎么说？"

"若是彻底过去了，就不会只派一个副总出席了。连谢劲风都隐身了，可见这件事尚未解决，恐怕背后还有我们不知道的诸多内幕。"

两个人正聊着，有同行感兴趣，一道凑过来讨论。几个人互相交换了名片，相互交流，共同促进。

一位姓徐的投资经理问道："你们听说了吗？暴雪为了对付这次恶意收购的危机，把未来的继承人都请回来了。"

"未来继承人？谁啊？"

"卫柏的独生子啊。"

"不会吧，这么多年从来没见过卫鉴诚身边有亲人出入过卫家和暴雪啊。"

"听说，这个继承人没有养在卫家，是养在外面的。"

"胡说八道吧，卫柏的儿子不养在卫家，难道养在唐家？"

"哈哈，确实，这不可能。唐家恨死卫鉴诚了，看到卫柏的儿子不赶尽杀绝就不错了。"

程意城拿了一瓶矿泉水，拧开盖子喝了几口。

程昕看出她的兴致缺缺："对暴雪这个继承人没兴趣？"

085

程意城放下矿泉水："我只对工作有兴趣。而我的工作范围是，预测暴雪股价的未来走势。其他的，和我没有关系。"

程昕挺佩服她的："女孩子对这类八卦话题不是天然地有三分好奇的吗？"

"还好吧，因人而异。"

"你有了男朋友，所以才对别的男人没兴趣。"说实在的，程昕是真的佩服她，"程意城，你是个好女孩。你的男朋友，他很幸运。"

程意城礼貌地笑了一下。

程昕从她这个礼貌性的笑容里，读到了落寞的滋味："怎么了，和男朋友吵架了？"

一句话，触到了她的心事。现代职场，十分忌讳私人情绪。程意城深谙其道，却仍然破戒了。理由只有一个：她已经整整一周联系不上卫朝枫了。

那日清晨，他留给她一张字条，只说"离开三天"。之后他就消失了，再无音讯。起初，程意城并未在意。他们两个尚未结婚，卫朝枫有私人生活也无可厚非。直到程意城昨晚的一通电话，改变了一切。

电话是她临睡前打的，并非为查岗，她只是想他。打了三次，电话终于接通了。卫朝枫的声音十分冷硬："什么事？"

不等她多说，他挂电话的意思很明显："抱歉，我现在很忙，过几天打给你。"说完，电话里便传出忙音。

程意城被这通电话挂断了很多东西。比如信任、了解、爱，就好像……她从未真正认识卫朝枫。

她从前喜欢蜀葵。这种花长得很高，甚至到丈许，很像她，拥有极高的心志。可是最近，她发现她不再喜欢了。太高的花容易褪色倒伏，不知道下一个花期又能活多久。

程昕有些不忍，于是劝道："如果你对他有很多疑问，那就问啊。打电话给他，约他见面，当面问清楚。程意城，你是他的女朋友，这是你的权利。"

第四章 名利场

程意城握着手机,手心有些发烫。

最终,她还是放弃了。

"不要了。怀疑一个人,很伤感情。"

程昕听了,内心很不是滋味。他几乎想要骂人:这么好的女孩子,那姓卫的也舍得?忽冷忽热的,玩这套不入流的手法。

九点,暴雪公开调研会准时开始。

会议室气氛紧张,提问者众多,原本计划两个小时的调研会被迫延长一个小时。程昕料得没错,暴雪的恶意收购危机并未解除。与会者发言透露,只是"暂时稳住了"。这几个字,留给外界的想象空间甚大。

十二点调研会结束。暴雪安排了自助午餐,为调研会的拖延表示歉意。午餐设在暴雪的宴会厅,位于十六楼。

程昕叫上程意城:"去吧。听说暴雪宴会厅景观甚好,可以一览申南城风光,就当免费观光了。"

程意城被他逗笑了,遂收拾好文件,跟着他一起上楼。人群聚拢在电梯门口,十部电梯同时运行,井然有序。程意城走在人群中,听见一阵哗然。

"快看,对面那个人好像是郑随和?"

"哪里哪里?"

"对面的VIP电梯,你快看是不是?"

"好像真是!郑随和为什么会出现在暴雪?"

"难道和恶意收购有关?"

"不会吧,那暴雪这次完蛋了,被郑随和盯上还了得?"

"对了,郑随和旁边那个人是谁啊?没见过啊,郑随和对他挺恭敬的。"

"哪个人?"

"就旁边那个,很帅啊,不知道是谁。"

程意城等电梯等得很无聊,跟着人群看了一眼。

就这一眼，地覆天翻。她全身的血液好似瞬间被冻住了。那个背影，不是卫朝枫是谁？

他正在同郑随和说话。大部分时间，郑随和说着，他听，偶尔侧身讲几句，郑随和低头称"是"。

一瞬间，程意城不那么确定了。能令郑随和低头陪着的人，会是卫朝枫吗？怎么可能？

她就这么犹豫地盯着那一路人。高管、秘书、保镖，还有谢劲风，将那人团团围住，程意城看不清他的脸。一行人走进专用电梯，谢劲风亲自为他按电梯楼层键。接着，她站过去，紧挨着他，私密距离宣告着两人之间的交情匪浅。

电梯门缓缓地关上了，程意城收回了视线。她不确定那人是不是卫朝枫，但她确定，谢劲风很喜欢他。

两天后，卫朝枫回家了。

晚上七点，月明星稀。

卫朝枫走进电梯，靠着电梯墙面，疲惫至极。他的抗压能力不差，许久不曾满负荷工作，刹那间结束，整个人有点接不住。仿佛悬在半空突然落地，一时还站不稳。走出电梯，掏钥匙开门，卫朝枫的心神一晃。他费了一点力气，稳住了自己。

暴雪的情况比他想象中复杂，柳惊蛰介入了，就意味着唐家介入了。他犹豫不决，最终没有去找柳惊蛰。几天后，他发现他不能再犹豫了，因为他的犹豫已经带来了新的问题：他一声不吭地从女朋友身边失踪了一个月。

程意城的那通电话，他接得颇为失败。

彼时，他正在和郑随和谈判，分不了神。他一心二用，疲于应付。既怕谈判有闪失，又怕她起疑。他解释不清，索性挂断了电话。

这会儿，他开门进屋，钥匙掉了好几次。干了坏事的人都这样，会本能地心虚。玄关处没有开灯，暗沉沉的。卫朝枫鬼使神差地，没有出声，摸索着换鞋。厨房的灯亮着，他悄无声息地走过去，看见了心驰神往的身影。

程意城正在煮粥。她靠墙站着,看着电饭煲上的数字在跳动。眼神没有焦点,明显在分神。

卫朝枫的心里一紧。程意城从来都不会有如此落寞的表情,现在她有了,都是他给的。

他实在是罪该万死。

"叮"一声,电饭煲发出提示音,粥煮好了。她从失神中清醒过来,连忙拿了碗,打开电饭煲盛粥。

万家灯火,粥可温。

卫朝枫为眼前的这一幕而心动不已。他健步上前:"我回来了。"

程意城着实被吓了一跳。

她方才心不在焉的,根本没注意到身后有人。冷不防听见他的声音,又忽然被他抱住,她的动作一颤,碗掉在地上,滚烫的一碗粥全数泼在了她的左手上。

程意城痛得当场失声。

"程意城!"卫朝枫连声音都变了。他一把抓过她的左手,打开水龙头冲洗,又迅速地打开冰箱,拿了冰桶,将冰水冲在她的手上。

"疼不疼?"卫朝枫紧紧地抓着她的手不放,一遍遍地确认,"红成这样,我用冰水给你多冲一会儿,再去上药。不然,等下起泡就麻烦了。"

放在心里的女朋友,到底不一样。

看见她手背上红了一块,他心疼极了,再也装不下任何事。浑不似那日在卫宅,谢劲风也同样被烫伤,他不慌不忙地,按部就班地给她简单处理好,交给家庭医生后,心里再无挂念。

"我没事。"见他紧张,她反而觉得没必要,"我自己涂一点药就好了。"

"你都这样了,我怎么能让你自己涂药?"

卫朝枫二话不说,将她拉进卧室。程意城没有反抗,任他牵着。

她顺从的模样给了卫朝枫岁月静好的错觉。

程意城坐在床头，看见卫朝枫拿着医药箱走来。

家里的医药箱一直都是他在整理，他在这方面好似受过专业训练，满满一箱药，品种齐全，在他手里分门别类地放好，甚至有很多药是程意城看不懂的国外产品。从前她并未留心，如今对他起疑，才发现处处可疑。

程意城拿起一盒药，认出上面的文字是法文。她想起过去他说的，拿来急救的医药箱当然要用心准备。问题就是，他是从哪里学来的这等急救本事？连法国药品也懂吗？

就在她左思右想的工夫，卫朝枫已经给她上好了药。他的手法甚好，不断地问她——

"疼吗？

"要不要我多涂一点？

"现在这样呢？

"感觉好点了吗？"

程意城连一句回应都没有。

卫朝枫丝毫不介意，心里挂念的都是女朋友。他迅速收拾好药箱，将它放进抽屉里。

程意城忽然开口了："药箱里的法国药，你也看得懂吗？"

卫朝枫的动作明显一顿。他关上抽屉，走到她身边，这才应声："懂一点。我有一个朋友，他是医生，我请教过他一些这方面的问题。"

"哪个朋友？"

四目相接。卫朝枫知道，他已经足够引起程意城的怀疑了。

程意城有一双好看的大眼睛，平时和他在一起，这双眼睛总是笑得弯弯的。卫朝枫很喜欢她笑起来的样子，从不刻意，一弯就弯到了底。就像她这个人，喜欢就是喜欢，爱就是爱，白天黑夜都满是温柔。然而现在，这双好看的眼睛里，再也没有了笑意。它有了很多别的东西，怀疑、质问、痛苦，每一项都是它不擅长的，这双眼睛被压抑得快要落泪了。

卫朝枫有很多方法可以将这个谎话圆好，但他没有，甚至差一点，他就想承认了。

"我那个朋友……他姓乔——"

程意城打断了他："先吃晚饭吧。"

"什么？"

"太晚了，我还没有吃晚饭，如果你也还没吃的话，就一起吃吧。今天没什么菜，你只能将就一下了。"

"不将就！"

卫朝枫猛地站起来，心情无异于"刑满释放""刀下留人"之类的。他积极要求表现："你去坐吧，我来端碗，我来盛粥。"

卫朝枫马不停蹄地去厨房，接过她方才的活忙忙碌碌。他现在一身的罪恶感，急需做点什么弥补。程意城给他一个判缓刑的机会，他连点头都来不及，卖点力气算什么，他简直想卖身。

程意城看着他，愈渐痛苦。所有处于恋爱中的女生，都是敏感的。他忏悔什么，弥补什么，她都看在眼里。她担心的事全都发生了，他同她即将形同陌路。

"来了来了，海鲜粥。我切了点葱花在上面，据说这样味道更好。你试试，怎么样？好吃吗？"

卫朝枫手脚麻利，将一桌丰盛的晚餐准备到位，端了粥放到她的面前。

"啪。"很轻微的一记水声。

她哭了。眼泪掉在他的手背上，冰冰冷冷地滑下去。

卫朝枫怔住了，有那么一瞬间，他脑中一片空白，他几乎是本能反应，一把将她搂过来。

"不要哭啊。"

他小心翼翼的，慌不择路。遇见程意城之前，卫朝枫没有两性经验，更没有哄女生的经验。他在唐家长大，那是一个纯男性的世界，讲的是权谋、力量、输赢。唐律也没有教过他这个，事实上唐律自己在这方面都一言难尽。

卫朝枫从来不知道，一个女生的眼泪，力量这般强大。他单是见到，就想认输，什么都愿意给她。

"我错了，是我不好。我不该不告而别，离开你这么久。"

他将她紧紧地按在胸膛前，衬衫迅速地湿了一片。她不想听他的道歉，仿佛他的道歉更证实了她的猜想。那通被挂断的电话，暴雪电梯间和他似曾相识的背影。她有预感，她快要失去他了。

都说坏的恋爱会让人失序。她不信。现在她懂了，这是真的。她越来越敏感了，失了风度，丢了理智，他的若即若离令她尝到初恋即将败北的滋味。

她想起那个背影，和谢劲风并肩站着，连谢劲风都对他深度依赖。程意城终于明白了，不是卫朝枫离不开她，而是她离不开卫朝枫。每次他离开，都是彻底的失踪，下落无从找起，电话永远忙音。从前她只当他忙，从未想过别的，比如，他和别的女生在一起。她真的被他伤了心，眼泪流得很急，全无声音。

卫朝枫慌了。

程意城不爱哭，他同她恋爱了一年，从未见过她哭。有次他们看电影，经典的爱情悲剧电影，整个电影院都是女生的抽泣声，唯独程意城心平气和的，临走前还不忘提醒他把喝完的可乐瓶带走。散场后，卫朝枫笑着打趣，她这样坚强让他很没有发挥的余地。程意城对他讲，她伤心起来很难痊愈，所以她不会让自己轻易伤心。

卫朝枫忽然明白了，她说的都是真的，她的坚强抵抗不了他的忽冷忽热，她被他伤了心，很难痊愈。

卫朝枫低着头，拂开她凌乱的长发，小心翼翼地道歉："对不起，我对你做了一些……很不好的事。"

他有很多抱歉，不知从何说起。总有一天她会明白，但不会是今天。所以他罪该万死，对她必然会造成的伤害他需要承担全部责任。

程意城懂了："卫朝枫，我很担心。"

"什么？"

"我怕我和你，走不到最后。"

女孩子谈恋爱，就是大人说小孩话，讲给情人听的。她走进了恋爱，就习得了小孩话，返璞归真。喜欢就是喜欢，害怕就是害怕，也不懂高段位的欲拒还迎，像小孩一样，与大人对抗没有赢的可能。世间那么多恋爱，受伤的常常是女孩子，道理就在此。

"程意城。"卫朝枫扶住她的肩膀，声音充满坚定，"我和你是绝对不会分手的。"

"好，那你告诉我，你这几天去了哪里，做了什么？"

卫朝枫欲言又止。

——什么态度！程意城起身就走，一句话都不想跟他多说。

卫朝枫眼疾手快，用力地将她拉回来："程意城，你给我一点时间。"

"我不想和你再谈下去了，放手。"

"我知道是我不对。我确实还有一点私事要处理，都是遇见你之前的旧事。等这些事处理完了，我们就结婚，好不好？"

程意城被他的异想天开怔住了："卫朝枫，你觉得我会同意吗？"

"概率不大。"

"那你还敢？！"

"……我不知道我还能怎样做才能留住你，所以只能冒险试一试。"

他总是这样，犯错了，就用真心要她心里软一软。

他拨开她额前的散发，将她眼中的泪水轻轻地擦掉，他在她的眼泪中终于看清了未来。

"程意城，我们结婚吧。我从很久以前起，就不想做你的男朋友了，我想做你婚姻中最重要的那个人。坦白地说，我也不懂从恋爱到结婚的正常程序该是怎样的。走得快了，怕你误会我心急；走得慢了，怕你误会我不够真诚。只有一件事，我是确定的——我比我自己认为的，还要喜欢你。我希望，你也能一直一直，喜欢我。"

他倾身吻她，情难自禁，再也不想见她哭。只想对她屈膝半跪，此生不渝。用他一生一次的婚姻，换她展颜一笑。

两日后，卫朝枫去了一趟卫宅。

躺了一段日子，卫鉴诚的精神好了些。听说卫朝枫要来，卫鉴诚坚持要下床，穿戴整齐后在书房等他。他是老派生意人，对"体面"二字有着至高要求。卫朝枫是为恶意收购的事而来，既然要谈公事，作为董事长，他当然要体面地谈。

卫朝枫在书房外面遇见了家庭医生。方医生告诉他，卫董事长的身体状况有些不寻常，按理说他是不能下床的，但他执意如此，精神看上去也确实不错，所以大家都不好劝太多。

卫朝枫听了，点点头。这老头倔得很，无论是对卫柏和唐枫，还是对他自己。

卫朝枫推门走进书房，在书桌对面坐下。他没讲太多客套话，将一沓文件交给卫鉴诚，大致向他汇报了郑随和恶意收购暴雪的事。

"终止恶意收购的协议已经签了。我亲自看过，没问题。协议在这里，您看一下。"

"好。"卫鉴诚拿出一副老花镜，戴上，拿起协议逐字逐句地看。

他戴上老花镜的样子，竟莫名地让卫朝枫心酸。他真的老了，老得连戴老花镜的动作都颤巍巍的，要小心翼翼、谨慎细致，才能将一副眼镜戴好。但就算这样吃力，他也不服输，还在做着更吃力的事。那份复杂至极的协议放在他的面前，他一字一句地看，要和敌人战斗到生命的最后一刻。

卫朝枫收回了视线，不忍再看，这老人纵有万般不是，也是他的爷爷。

谢劲风敲门进屋，给卫鉴诚拿来了药，提醒他该吃药了。卫鉴诚服下药后，顺手将文件递给谢劲风。

"你也看一下这个。"

谢劲风一愣:"这是公司最高机密,我不适合看的。"

"什么适合不适合。"卫鉴诚指了指对面的卫朝枫,"暴雪现在除了他,我能信任的人只有你。他若不肯回来的话,暴雪能依赖的人也只有你。"

谢劲风当即表态:"董事长,我不行的。我很了解我的能力,我担当不起带领暴雪的职责。"

卫鉴诚看了她一眼:"那你还不快抓住他?"

一语双关。

谢劲风知道,卫鉴诚是在帮她,无论于公于私,卫鉴诚对谢劲风的偏帮都无可厚非。这些年来,他的身边只有谢劲风,他早已将她视为一家人了。

谁承想,卫朝枫毫不领情,他忽然开口了:"我今天来,还有一件事。"

卫鉴诚:"什么事?"

"我要结婚了。我想和爷爷约一个时间,带我女朋友过来见一见您。"

一时间,屋内寂静无声。

卫朝枫敢作敢当,不给任何人缓冲的时间。

谢劲风手里的药碗掉在地上,摔得粉碎。卫鉴诚的老花镜都滑了下来,可见受的冲击也不小。

只有卫朝枫还能保持淡定的心态。他叫来张叔,将碎片收拾干净,又支开了谢劲风,只说要和董事长谈事情,她不适合在场。

谢劲风受了他这等轻慢,不顾卫鉴诚还在场,握住了他的手。他就要结婚了,她的心意再不说,就没有机会再说了。

可是卫朝枫不肯给她机会,他轻轻地拂开她的手,声音清冷:"上次就对你讲过了,我有女朋友了,我不想让她误会。何况现在,我们马上就要结婚了。"

说完，他关上房门，也不管将女孩子的心伤成了什么样子。他心里能容纳的感情很少，程意城那晚的眼泪，已经将他心里的感情包场了，再无人可以撼动。

他坐回去，连卫鉴诚都尚未回过神来。

"你讲清楚，你要结婚了是怎么一回事？"

"就是您听到的这样。我谈了一个女朋友，谈了快一年半了，我已经去她家见过她父母了，最近向她求婚了，我们打算尽快结婚。"

"你是以'唐硕人'的身份向她求婚的？"

卫朝枫不吱声，他那点不入流的伎俩根本瞒不过卫鉴诚。

连卫鉴诚都看不下去了，他训斥一声，骂他"不像话"，对这个不肖子孙很不满意。

"我以为你爸爸已经够离谱了，没想到你比他更离谱。"

"我知道。"面对卫鉴诚这样的老狐狸，卫朝枫低头低得很快。对卫鉴诚，要用亲情才有胜算。

他喊了一声："爷爷。"

声音里明显有恳求的意思："我很喜欢我女朋友，我没有办法失去她。所以，还请爷爷帮帮我。"

他这声"爷爷"，听得卫鉴诚通体舒畅，心里那点不愉快立刻被他这点讨好的小马屁打消了。但常年的胜负心还是让卫鉴诚想调高一下姿态："结婚这么大的事，你怎么不去求你小舅舅帮你？"

"算了吧。"

卫朝枫嫌弃得很，索性拒绝到底："他自己在这方面都没搞定，季清规恨死他了。"

卫朝枫平时看见唐律怕得要死，这会儿却是敢讲得很，可见是真的看不惯极了。

唐律早婚，连婚礼都没办，外界在很多年里都不得而知他已婚的身份。他甚至连卫朝枫都瞒着，若非卫朝枫有一次进他书房找他谈事，无意间撞破他抱着太太衣衫不整的样子，卫朝枫到今天都不会知道他结婚了。

在这方面,卫朝枫无条件地偏向卫家。卫家的人,别的不说,对待感情无疑是真诚的。无论是卫鉴诚,还是卫柏,对妻子都做到了有礼有节、相敬如宾。哪像唐家那些人,都野得很。在卫朝枫眼里,像他小舅舅那样敢在不上锁的书房就把人抱上桌撕衣服的,怎么看都不像是一个正派人。

卫鉴诚听了,气顺了很多,他思虑了一会儿,斟酌着开口:"那就下周二吧。你把女孩子带过来,吃一顿家常晚饭。我会把蒋桥约过来,让他亲自掌厨。你放心,这点场面,不会给你丢脸的。"蒋桥是申南城的名人,国际知名主厨,现就职于申南城五星级酒店,多少人去酒店吃饭就是为了一尝蒋桥的手艺。

听到爷爷这么说,卫朝枫笑了。他摸了摸后脑勺,竟然还有些脸红。

卫鉴诚看了他一眼,全都明白了。他这个孙子和卫柏简直一模一样,碰上中意的人,陷进去就是一生,没有人可以动摇他。

要带心爱的人见家长,卫朝枫平日再冷静,这会儿也坐立不安:"她……她不知道我和卫家的关系,也不知道我和唐家的关系。一开始,我的确是不想告诉她;后来,我几次想坦白,却没有勇气开口了,怕她误会我是骗子。所以,到时候,您能不能……能不能……"

卫鉴诚笑了笑,替他说下去:"能不能替你说点好话?能不能帮你把女朋友留住?"

"对。"

卫朝枫难得地不好意思极了。他也知道他这事做得很离谱,但事情已经离谱了,他只能硬着头皮求爷爷。

卫鉴诚没有为难他。虽然站在他的立场,对谢劲风更为偏袒。但听了卫朝枫的一番话,这些偏袒也无足轻重了。卫鉴诚想,那个素未谋面的姑娘或许更不容易,她被卫朝枫骗了这么久,要她原谅并且接受卫朝枫,可不是一件容易的事。

"下周二，你早点把女孩子带过来，我见一见。你解释不了的，我来解释；你不敢说的，我来对程小姐说。"老人对卫朝枫仔细交代，"早点结婚也好。结了婚，心就定了。有喜欢的人陪在身边，是一件幸事。你要好好地珍惜人家，一生待程小姐好，懂吗？"

卫朝枫重重地点头："嗯！"

这几日，程意城发现卫朝枫的心情很好，做什么事都带着高度热情。他将日常经营做了完整复盘，列了一张流程图，该做什么、该怎么做，一应俱全。程意城看见后，愣了好一会儿。若非认识卫朝枫，她一定以为他在外企工作。这份逻辑完整的思维导图，实在不像是一个混迹街巷的人做得出的。

对此，卫朝枫解释："我聪明呗，自学的。"

程意城便打消了怀疑，这么不靠谱的人，哪像是能去外企供职的。

卫朝枫将流程图交给肖原，一并将运营数据交给他。他亲自带肖原，手把手地教一遍，实践了几日。肖原又累又困惑，最后问他："卫哥，咱们这是在干什么？"

"你先学，这家店早晚要你来接手。"

"我？那卫哥你去哪儿？"

"问那么多干什么，叫你学你就学。多少人想跟着我学都没这个机会，我亲自带着你教，你还有意见？"

"哦。"肖原摸了摸头，只当他又在吹牛。

连店里的熟客都察觉出了卫朝枫的异样。

李奶奶问他："小卫，你最近是不是有喜事啊？"看他那兴奋的模样，连走路都跳着走。

卫朝枫大言不惭："对啊，我快要结婚了。"

这下子，店里可就热闹了。一连几天，街坊邻居都来恭喜。李爷爷、王爷爷都慷慨地送来红枣和鸡蛋，祝他早生贵子，让他结婚时一定要通知他们。卫朝枫照单全收，表示一定亲自把请帖送到他们手里。

对婚事，程意城虽然也很向往，但显然没有卫朝枫那么亢奋。在她看来，卫朝枫亢奋得不正常，反而显得他很紧张。平时，卫朝枫是起床困难户，没有工作的话，一觉睡到下午都正常。最近他却变了，每天四点多就醒，醒了就亢奋，翻来覆去地往她身上扑。

这天，程意城推开他，拿手机看时间——凌晨三点四十五分。

她怀疑他不是亢奋，而是多动症。

卫朝枫又黏过来："我就抱抱，我什么都不干。"

程意城困极了，在他怀里找到舒服的位置，枕着他的手臂继续睡。

只听卫朝枫说："咱们明天一早就去领证，好不好？"

"别说傻话，快睡觉。"

"我是认真的，好想结婚啊。"

程意城的感觉没有错，卫朝枫在兴奋之外，更多的是紧张。

昨天他接到蒋桥的电话，蒋主厨亲自将下周二的晚宴菜单和他对了一遍，并且告诉他，卫董事长已经看过了，提了一点意见。蒋桥在电话里提前恭喜卫总新婚愉快，这让卫朝枫明白，爷爷已经将他的婚事有步骤地透露给外界了。恐怕过不了多久，媒体就会跟进，他作为卫家第三代，即将站上新世界的中心舞台。

程意城能不能接受？卫朝枫没有把握。他的身份甚为敏感，一旦亮相走向前台，掀起的舆论风暴将前所未有。纵然他有誓死保护她的决心，对晦暗不明的未来依然有轻微的恐惧。

领证，这是卫朝枫当务之急最想做的事。

程意城的性格他很了解，法律关系对她而言，意味着至高无上的权威。一旦领证，他和她就有法律上的夫妻关系。程意城处于恋爱关系里尚且不会轻易说分手，处于法律关系中更不会轻易说离婚。

他很卑鄙，他知道。如果卑鄙是唯一留住她的方法，他绝不回头。

"程意城，领证才九块钱，不贵的，我们先去把证领了，好不好——"

"不可能的。我还要去我爸妈家一趟，对他们讲一下这个事，听听他们的意见，可能还要请亲戚朋友吃顿饭。再说了，我的户口本还在我爸妈那里，要领证我也得回去拿啊。"

卫朝枫闻言不吱声了，他的心思复杂，睁着眼睛到天亮。

周一，程意城下班回家。吃好晚饭洗完澡，忙了一会儿工作。关上电脑，走出书房，卫朝枫迎面走来，递给她一个盒子。

很精致的礼物盒，四四方方的，用丝绒缎带系着蝴蝶结，一看就很贵。

程意城揶揄："用这么大的盒子装求婚戒指，是不是太浪费了？"

卫朝枫笑了："像这么大的钻戒我还买不起，sorry。"

程意城一笑，有些不以为意，打开盒子，一件华丽的小礼服展现在眼前。鹅黄色的温柔，见上一面，连心都软了。

"呵。"

"程小姐，希望你喜欢。"

"这么漂亮的小礼服，不会有女孩子不喜欢的。"

"很少见你穿裙子，还怕你会不喜欢。"

"不会。"

"那为什么？"

"因为，不是每个女孩子都有当公主的权利。大多数女孩子还是要脱下公主裙，像一个勇士那样去战斗，才能为自己挣得未来。"

卫朝枫安静了良久，他轻轻地拥抱她："在我这里，你永远可以休息一下，穿一穿喜欢的公主裙。"

"好。"

情话哄人，即便她不信，也会愉快地接受。有情男女总喜欢谈论真心，但真心到底是什么，又有谁能给出答案。若非天长地久，岁月堆砌，断然见不到真心。真心也会变、也会走，今天他是真心的，明天就不是了，那么这样的真心又有什么意义？所以程意城选择活在当下。

她选的卫朝枫，她自己负责。

"那么，你能告诉我，送我这么漂亮的小礼服，是要干什么？"

"明天晚上早点回来,带你见一个人,一起吃晚饭。"

"什么人?"

"家里人而已,不用紧张。到时候去了我再给你介绍。"卫朝枫故作轻松,着实不敢讲真话。

卫鉴诚出身名门世家,对场面上的事精通又周到。结婚是大事,即便卫朝枫旁敲侧击地表示吃一顿普通的家常饭就好了,卫鉴诚也不见得会听进去。蒋桥告诉卫朝枫,按照卫董事长的要求,他提前两天已经派了一支五人队伍的先遣队过去了,食材空运到卫家,卫鉴诚亲自把关。卫朝枫听了,顿时觉得头大无比,他不知道程意城见了这阵仗会是什么反应。

程意城浑然不知他的焦虑,她将礼服收起来,按原样叠好后,放进了盒子里。

"我明天请个假,下班早点走,估计五点就能到家了。对了,去你亲戚家吃饭,需要带礼物吗?你也是本地人,应该和我们家那儿的风俗一样吧。那我明天还得抽空去买一点水果才行……"

她正说着,冷不防被人从身后抱住了。他将她抱得很紧,她听见他的心跳,仿佛两人融为一体,从此天长地久。

他低声道:"你什么礼物都不用准备,你只要跟我走就可以。"

突如其来的亲密令她脸色潮红,她下意识地推开他:"谈正经事呢,你严肃一点,不要玩。"

"我没有玩,我现在做的就是正经事。"

程意城刚要推拒,左手无名指上忽然一阵冰凉。

他握紧她的手,不许她拒绝。

程意城当然知道她的手指上多了什么——一枚对戒。

"没有来得及买钻戒,对你感到很抱歉。"十指紧扣,他从此将她视为卫太太,"昨天选了一下午,买了对戒。本来一直想给你一个正式的求婚仪式,看着你收下戒指,戴上它。可是我发现我连这个都等不了了,只想让你戴上,永远永远不要摘下来。"

程意城愣怔了，随即笑了，这就是她一生一次的求婚，和她想的截然不同。放在卫朝枫身上，她又觉得毫无违和感，可以全盘接受。

她转身看着他的眼睛，满是真诚："卫朝枫，你是我选的男朋友，所以无论你怎么样，我都对我自己负责。你的对戒很漂亮，我收下了。"

很果断的回答，率性又帅气。

卫朝枫顿时就笑了，这就是他的卫太太，有不输任何人的无畏和勇气。她的无畏令她平和，她的勇气令她耀眼。他在街巷见到她，从此放不下。他用两年的流放生涯，换回一个程意城，他值了。

这一夜，卫朝枫赶到医院时，已是凌晨四点。

他昨晚疯得厉害，在卧室折腾得够呛。睡前习惯性地拿起手机，看见十八条未接来电，他的脑子是蒙的，完全反应不过来。最后，谢劲风的一条短信令他回过神来。

短信内容言简意赅——

董事长心脏病复发，在医院抢救，速来。

卫朝枫的脸色一变，穿了衣服立马赶去医院。

凌晨四点，医院里阴暗森冷。卫朝枫在 ICU（Intensive Care Unit 重症加强护理病房）病房外面见到院长和主治医生，院长告诉他，卫鉴诚的情况不太好，什么时候能醒过来很难说，但不幸中的万幸是，没有生命危险。卫朝枫听了，点点头，拜托院长尽全力抢救。

意外猛烈而至，谢劲风坐在病房外面的长椅上，尚未缓过神来。卫朝枫在她的身边坐下，她看了他一眼，眼泪落下来。

他掏出手帕，递给她："没事的，有我在。"

谢劲风没有接，她落泪，不光是为董事长，更是为了卫朝枫脖子上那道清晰的痕迹。她知道他有女朋友，但亲眼见到他同女友缠绵的证据，还是令她痛彻心扉。

卫朝枫问："怎么回事？"

他有预感，这是人祸，而非天灾。他前几日刚见过卫鉴诚，根本不像是会突然倒下的样子。

"是人祸。"她证实了他的猜想，"你将恶意收购的外人挡在了门外，但没有料到，暴雪内部也出现了'野蛮人'。几个有实权的管理层联合起来，对董事长提出了管理层收购，否则就带走全部核心团队，架空董事长。董事长一怒之下，心脏病复发。其实我知道，他是伤心。那几个管理层都是董事长一手带出来的，到头来，却是'农夫与蛇'的故事。"

卫朝枫听了，没有作声，既在他的意料之外，又不算太意外。

天下事，沾了"名""利"二字，无非就是那么一回事。为名，为利，你反我，我背叛你，往日情谊都不讲。说到底，往日情谊放在今日，又值多少钱？连货币都会贬值，更何况情谊。

谢劲风递给他一份文件："打开看看。"

"是什么？"

"董事长心脏病发前还在看的东西。医生将他抬上救护车时从他手里掉下来的，我看见了，就把它一并拿来了。我想你可能会想看。"

卫朝枫打开，只看了一眼，就震住了。

一封长信，三十页，信纸还是二十多年前的款式。信纸的页脚处已被磨破，卷起一层毛边。卫朝枫摸着毛边，明白这封信被卫鉴诚看了很多遍、很多年。

他忽然很怕，这是一封不能看的信。他看了，怕是从此覆水难收。

展信，黑色的钢笔字迹映入眼帘，苍劲有力，如翠柏。字迹如人，多年前卫柏之名横扫申南城商界，人们提起他，首先提到的就是卫柏的一手好字。那时谁也没想到，写得一手好字的卫柏会独独写不好一个"情"字。

信很长，卫朝枫一页一页地看，看到最后，连心都碎了。

三十页的信，二十九页都在写暴雪。写暴雪的过去、现状、未来，写二十年后的暴雪可能会面临的问题、能够解决的程度、需要妥协的底线。卫朝枫简直不敢相信，这封信是卫柏在二十多年前写的。信上所列桩桩件件，都在历史长河中一一实现了。

卫朝枫从这封信里，看到了一个首席执行官的远见、一个企业家的情怀，以及一个儿子的抱歉。当日的卫柏明白此信一寄，从此岁月无可挽回。于是他用他全部的磅礴远见和孤注一掷，为暴雪做了最后一件事。

信的最后，只有一页纸，卫柏写了自己和妻子。他写唐枫已孕，无论男女，名字都叫卫朝枫。将来他们二人若有不测，他记得父亲说过绝不想见到这样的卫家后代，所以唐枫拜托了唐家的一个人，力保孩子能有一饭之饱。只是唐家凶险，诸多难测。养育之恩一旦背负在身，卫朝枫怕是再也回不到卫家。他希望到了那一日，父亲不要太为难这个孩子。卫朝枫只是一个牺牲品，延续了父母自私的爱情和两代人的恩怨。

在信中，卫柏对卫鉴诚写下一句"对不起"。

因为，他任性了。

"朝别暮还见，不悔十月枫。"

一封绝笔信，落款处写着"卫柏"二字。

卫朝枫仰天，眼中有泪。这封信太狠，断了他所有的后路。卫柏和唐枫两条人命，换来了唐卫两家的鸣金收兵，卫朝枫坐拥沾了血的静好岁月，有什么资格再去谈儿女情长。

谢劲风告诉他："管理层的要约收购已经发到我手上了，期限是三天。他们的目的很明确，要在董事长清醒之前完成公司的大换血。到时候，就算董事长醒了过来，也来不及了。"

卫朝枫沉默了半晌，他收起信，问："公司里还有多少人是可以用的？"

"不多。董事会站队董事长的，不会超过三个人。其他的，都认为换下董事长会比较好。"谢劲风说着残酷的事实，"趁火打劫，人性如此。"

换言之，一旦陷进去，就是苦战。所幸卫家还有卫朝枫。卫朝枫从来都是在苦战中过日子，苦战于他是日常，是习惯，更是本能。

他吩咐谢劲风："把证券代表给我叫来。"

"你要做什么？"

"草拟公告，连夜通过监管层审核发布。"

"什么公告？"

"首席执行官的任职公告。"

他拿着父亲的绝笔信，心如止水，再无犹豫。

唐律教他的：反常者必不久。泰山崩于前而色不变，麋鹿兴于左而目不瞬，是为"稳"。那些被小舅舅压着学、流过血、吞过眼泪的日子，他没有白过。如今登台亮相，分明已是合格的暴雪首席执行官。

"把公告写得清楚一点，告诉所有人，唐硕人回来了。"

隔日，程意城上班，踩着时间点打卡，只差一分钟就要迟到了。打完卡，她坐在工位上喘了很久，这是方才剧烈跑步的后遗症。

周禾禾路过，连忙给她倒了一杯水。程意城向来是模范员工，九点上班通常八点半就到，留半个小时的时间泡咖啡、收拾桌面。像今天差点迟到的模样，属实少见。

周禾禾见她的脸色不对，不禁问："意城，你没什么不舒服吧？"

"没事，早上出门晚了，路上跑得快了点。"

程意城简单地解释过后，周禾禾遂放心离去。

其实，周禾禾猜对了。程意城今天真的很不舒服。

这种不舒服的感觉，是从她一早发现卫朝枫不见了开始的。她昨晚被他折腾得厉害，最后被他抱着睡着了。她醒来时却发现，身边已经没了人。卫朝枫没有给她留下只言片语，她打电话给他，他也没有接。放在平时，她或许不会多想，只当又是一次他擅长的"无故失踪"。可是今天，她却做不到。

他昨晚刚把对戒戴在她的手上，他们两个人刚刚才发生了那样一场缠绵，他怎么可以说不见就不见，不负责任地玩失踪？

——不，不能这样想，程意城及时地拉住了自己。

她仍然选择相信卫朝枫，他不是那种不告而别、不负责任的人。虽然他常常对她不告而别。但用上"不负责任"四个字，还是太严重了。程意城舍不得这样想他。每一个深爱着对方的女孩子，都舍不得对另一半苛责，情愿自己辛苦一点。谁叫她喜欢他呢，没办法。

中午，程意城终于打通了卫朝枫的电话。

他接起电话，声音很正式："什么事？"

程意城觉得他很陌生，好半晌才回过神来。

"卫朝枫，是我。我没什么事，就想问你，今晚的家宴几点开始？"

"家宴取消了，抱歉。"

卫朝枫的声音听上去很匆忙，说一句，断一句。电话那头，有人在不停地催促他，卫朝枫示意周围的人不要出声，他走到走廊另一边，挤出时间同她讲话。

"程意城，是这样，我家里出了点事，这几天我回不来了。你等我，好吗？等我办完了家里这点事，我马上回来。到时候，我接你去我爷爷家一趟，见一见他老人家。我保证，这次我一定做得到，绝对不会食言了。"

这番话放在任何一个男人身上，程意城都会冷眼旁观地给出一个"信他就有鬼了"的评价。

但卫朝枫……她是真的舍不得。她不知道他哪里来的本事，可以在对她一而再再而三失约之后，仍然令她相信他。很多日子以后，程意城才明白，或许他对她是有真心的，但同时，他身为首席执行官具备的超越常人的谈判能力，也确实令他在她那里偷梁换柱地攫取了更多信任。

程意城的心情很低落。

下午两点，一宗重磅新闻发布：暴雪新任首席执行官，即将在本周四火速上任。

市场始料未及，一片哗然。

程意城身为研究员，很快便接到了任务。程昕指示她："把周四一整天的时间空出来。当日，暴雪举行公开说明会，据说新任首席执行官会亲自出面，对目前暴雪的一系列传闻进行澄清，包括管理层收购这类恶性事件。"

程意城有些愕然："这么快，火速上任？"

"对，看来暴雪也是没办法了。"程昕将传闻告诉她，"据说卫董事长病了，谢劲风把继承人找回来了。卫柏的独生子，神秘得很。"

周四一早，程昕和程意城驱车赶往暴雪。他们有预感，今天的发布会必定爆满。到了现场，两个人才发现还是低估了今天爆满的程度。两个人被拦在大楼外面，保安严阵以待。人流已超限，已经禁止进入。程昕拿出邀请卡，对保安解释说，他们在邀请之列。保安拿了邀请卡看了一眼，便还给他，表示这件事他也没办法，今天受到邀请但进不去的人太多了。

程昕顿时无语至极，最后不得不打电话给总公司，让公司高层出面和暴雪负责人沟通，这才得以放行。

盛夏，天干物燥。在室外站久了，汗流浃背。

"我从来没见过这样的阵势，太夸张了。"

"别说你，连我都没有。"程昕脱了外套拿在手里，边走边聊，"听说这个新任首席执行官，就是三年前空降莱卡食品把申南城食品出口逆差都扭转过来的人。失踪了好几年，如今现身暴雪。这种新闻，放在财经圈和娱乐圈，都是高流量的话题。估计今天除了研究员，记者也来了不少，把原本研究员的席位都占掉了。"

程意城揶揄："我跑发布会都跑出娱乐记者的感觉来了。"

"哈哈，这不是很有趣吗？"

"太惹眼了，我不是很喜欢。"她摇头道，"我还是喜欢安安静静的生活。"

"差点忘记了。"程昕笑了，"你是一个和平主义者。"

电梯门开了，程意城走进暴雪第一会议室。

顶楼，谢劲风敲门，步入首席执行官办公室。

落地窗环绕，58层好视野，将申南城金融中心的风光尽收眼底。黄金地段，寸土寸金，暴雪坐拥独栋高楼，本身就是"巨头"象征。如今很多人想打垮这头巨兽，唐硕人第一个不允许。

谢劲风推开最里间的门进去，卫朝枫正抬起左手戴腕表。谢劲风看了一眼，认出那表价值不菲。卫朝枫的手腕很漂亮，有力而分明，透着一股拿捏之姿。谢劲风知道，他是真的回来了，一举一动都透着"我说了算"的意思。

她情不自禁地走向他，又忽地停住，看见他左手无名指上的对戒。

很低调的款式，熠熠生辉。他不是戴在中指，而是无名指上，这就不是一枚对戒了，这是他女朋友刻在他身上的印记。就像他脖子上的痕迹、深夜的辗转反侧，以及偶尔的汹涌欲望，都是他女朋友留在他身上的印记。谢劲风想，他这个女朋友还真是厉害，让卫朝枫即便离开她，也像未曾离开过。

卫朝枫戴好腕表，拿起西服外套，一边穿一边看向她："有事吗？"

谢劲风收回了情绪："我得到消息，部分高管没有放弃对暴雪的管理层收购计划。他们安排了人，在等一会儿的发布会上准备向你施压。换言之，你的处境很不好。"

卫朝枫听了，有些不以为意："改朝换代，流血和牺牲是难免的事。他们要来就来吧，我正好看看，有没有值得会一会的角色。"

谢劲风悬着的心陡然放下，她问："你以前，有遇到过值得会一会的人吗？"

"当然有。"

"谁？"

"在唐家，柳惊蛰算一个。他那个人不太好搞，吃过他亏的人不算少。"

她听得入神，忍不住要在他的心上比一比："这些有趣的事，你告诉过你女朋友吗？"

闻言卫朝枫的动作顿了一下，没有说话。

谢劲风一笑："开玩笑的，你不说也没事。"

没来由地，她一阵轻松。对卫朝枫有女朋友这件事，她也许并不需要介怀。连她都看出来了，卫朝枫这个女朋友还能谈多久，答案恐怕已经呼之欲出。他当日说的"要结婚"这件事，如今看来更像是一个游手好闲的玩笑。他游手好闲的日子结束了，他的玩笑也不再是真的。

卫朝枫穿好西服，忽然道："既然是玩笑，那就不要说。"

谢劲风一愣："什么？"

卫朝枫看向她："我不喜欢这种玩笑，我女朋友也不会喜欢。自找没趣这种事不要做，很没有意思。"

谢劲风的脸色顿时白了。

程意城坐在会议室里，揉了揉太阳穴。周围实在是太吵了。从她进入会场后，沸腾的声音就没有停止过。人们交头接耳，议论纷纷。"唐硕人"这个名字几次三番地跳进她的耳朵里，她屏蔽不了，被迫参与这场时事新闻大讨论。

"听说暴雪这位新任首席执行官，就是卫柏的独生子，他为什么姓唐？"

"据说是跟母亲姓，在唐家长大的。"

"不会吧，那卫鉴诚肯把暴雪交给他，心也太大了吧。"

"谁说不是呢，唐卫两家争了几十年，到头来还是便宜了这个继承人，两头的好处都被他占了。"

"说得我都要同情自己了，怎么就没有这种富三代的命呢，哈哈。"

程昕递给她一瓶矿泉水，看透了她："觉得无聊？"

"不至于。只不过，兴趣不大。"

"呵。"程昕看着她,很佩服,"程意城,你是怎么做到的?"

"什么?"

"只是谈了一场恋爱,交了一个男朋友,就好像已婚了半辈子,心如古井。"

程意城笑了:"还好吧,可能我比较守旧。"

"守旧的意思是?"

"只想谈一场恋爱,只想爱一个人。没有负担,从一而终。"

程昕听了,不免有些动容。在现代社会,连爱情都是速食。忽然遇见老派人,会令人生敬,郑重其事。这是程意城的风骨。

"程意城,你一定值得。"

"呵,谢谢。"她礼貌地回应,只当他在客气。

其实,她是有点无聊。四周喧闹,"唐硕人"之名屡次响起。她听了,甚无好感。名字美则美矣,敌不过太多是非。豪门多恩怨,连她一介外人都知道,唐硕人必是风暴中心。她一生向往静好岁月,与之不是一路人。当然,她还是有兴趣见一见,这位传闻中的首席执行官,究竟是何种模样。

天遂人愿,下一秒,她就见到了。

年轻的首席执行官登台亮相,完全不按常理出牌。发布会不设主持人,没有介绍词。他砍掉一切繁文缛节,单枪匹马地上战场。谢劲风快步追来,跟在他的身后,低声对他讲了一些事。他听了,侧身与她耳语几句,谢劲风随即点头。一场私密至极的交谈,宣告着两个人深厚匪浅的私人关系。

程意城抬起眼睛看过去,当即愣住了。

人间名利场,正式重新洗牌。

"各位,初次见面,容我自我介绍。我姓唐,唐硕人。"

第五章
情与义

一个人活在世上，难免会遇到意外。

高考失利、公司裁员、夫妻离婚、身患绝症。每天翻一翻《新闻晨报》，社会版的人间悲欢，不计其数。程意城一直认为她对意外事件的伤害，是有承受力的。若非如此，人活一世，怎么也活不好。

直到她看见唐硕人。

连痛苦都感觉不到，她是彻底蒙了，程意城摘下眼镜。她的近视度数不深，只有一百度，也没有散光，平时很少戴眼镜。今天这类重要公事场合，她才会戴。

这一刻，她摘下眼镜，反复擦拭。一定是她看错了——要不然，就是眼镜的问题。戴上了眼镜，反而连人都会认错。

她的动作反常，甚至引起程昕的怀疑。他按住她的手，低声地问："你怎么了？"

他看了一眼她手里的眼镜，提醒她："镜片都快被你擦坏了。"

可不是吗？她的力道之大，足以摧毁镜片。她将镜片视为这场闹剧的凶手，将内心升腾而起的怨恨都发泄在镜片上。

她抽回手："没事。"

说完，她重新戴上眼镜。一瞬间，她在心里哀求——不要再认错人了，这个玩笑她承受不起的。

111

然而，天不遂人愿。她知道，她真的输了，台上那人，不是卫朝枫，还能是谁呢？

她听见他的声音清冷，不无威严："诚如各位所猜想，此前我供职于莱卡食品，担任首席执行官。如今我来到暴雪，有一件事无疑是确定的——以暴雪的体量，我必将赋予暴雪十倍于莱卡食品的壮阔未来。"他今天就将话放在这里了，"有我唐硕人一日在暴雪，申南城商界就必有暴雪一席之地。我言出必行，我们未来见分晓。"

话音刚落，会场掀起轩然大波。

程意城的心里很痛很痛，太陌生了。这哪里是卫朝枫，这分明是陌生人。

一场发布会，开足了两个小时。发布会结束后，人流不肯散去，绕在唐硕人身边有堆积之势。谢劲风动用三倍于平时的安保力量，将唐硕人平安地接走了。

程昕快步走出去，想进一步打探消息。转头看见程意城仍然坐着，他叫了她一声，程意城示意他先走，她有些不舒服，可能是生理期来了，要再休息一会儿。程昕听了，也没有怀疑，女生生理期那些事他也不好意思多问，遂交代了她几句自己注意，匆匆忙忙地走了。

人流散去，声音渐远。

一屋子的人，将她心里的声音都抽走了。她的胸口闷得厉害，想张嘴说些什么，喉咙里发出的却尽是怪异的沙哑声。

"暴雪……唐硕人。"她念了一遍，忽然一阵恶心。她疾步跑出去，按指示箭头的方向找到卫生间，伏在洗手池旁干呕不止。

她的初恋，失败至极。

最后的下场如此不堪，连念一念他的名字都让她恶心。她恶心她的纯真，给了一个骗子；她恶心她的真心，被他证明从头到尾都是一个笑话。

程意城伏在洗手池旁良久。半响，她恢复了一些平静，心里的念头除了"走"，再无其他。这里是暴雪，是唐硕人的地方，她单单想起这个，浑身就发抖得厉害，她一刻也不想待下去。

程意城拿起手提包，转身就走。

她走得很快，后来几乎是一路跑到电梯间。人流高峰已过，电梯间空空荡荡的。程意城走进电梯，按了一楼，电梯迅速地下行。她弯腰靠在电梯墙壁上，对自己失望透顶。

一楼大厅里，卫朝枫走进电梯，着实费了点力气。

媒体将他团团围住，若非安保足够专业，他根本脱不开身。电梯门合上后，连谢劲风都松了一口气。几个高管见准机会，对新任总裁汇报公事。经过一个上午，这些有眼力见的老江湖已然明白，唐硕人和外面那些要花枪的富三代根本不是一类人，用"富三代"概括他都是错的。这是名利场的熟客，相当难缠。如今他空降暴雪，之前那些打着暴雪主意的人，恐怕有不少要遭殃了。

谢劲风按下顶楼数字键，电梯上行。

暴雪的观光电梯颇负盛名，一览申南城的风光。十部电梯，相对运行，构成暴雪总部气势恢宏的风景线。

眼见，一上一下，两部电梯，就要擦身而过——

卫朝枫正对高管交代："下午把这几个项目负责人叫过来，我亲自听他们解释——"

正说着，他抬起头朝对面不经意地扫了一眼，顿时愣在当场。对面电梯里，一个弯腰靠墙的身影，清醒又孤独。像是察觉到有人在看她，她也抬起头向这边望过来，同样愣住了。

两部电梯，单行速度每秒两米，相对速度每秒四米。四目相接的瞬间，连一秒都不足。若非有情人，谁能在不足一秒的时间看到彼此，还能看清彼此眼中的覆水难收？

卫朝枫忽然大喊："程意城——！"

"砰"一声，他用了力道，左手砸在透明玻璃上。声音震耳欲聋，周围几个高管无不被他吓住了。

他不断地喊她的名字："程意城！"

一切都是徒劳，无济于事。

他乘着迅速上升的电梯，眼睁睁地看着她的电梯迅速下坠。像极了卫朝枫和程意城的人生，从此殊途，不再相见。

卫朝枫转身，对谢劲风厉声吼道："封锁暴雪！一个人都不准放出这栋楼！"

如今卫朝枫大权在握，拿出首席执行官的权利，做的第一件事就是公权私用。他即使犯天下大忌，也要留住心上人。

谢劲风亦被震住了，不知他意欲为何，只下意识地听话点头："好、好。"

卫朝枫按下最近一层楼层键，停住电梯，火速地跑出去。转身进了旁边向下运行的另一部电梯，直达一楼。

"叮"一声，电梯门开了，卫朝枫跑出电梯。茫然四顾，一时竟不知该从何找起。

不能慌，他闭上眼睛告诉自己：事情已经发生了，他再慌也无济于事。他对这栋大楼十分熟悉，这是程意城比不上的优势，他要利用一切优势，在她离开之前截住她。

他在心里计算她方才走出电梯的地点，距离最近的出口，以及可能会去的周边出口。他在脑中完成一张搜索地图，他按着地图一处一处找，不肯放过任何一个和她相似的人。

其间他两次找错了人，连"抱歉"都忘了说。中途还被人缠上了，一个被他错认的女孩认出了他，大叫了一声："唐硕人！唐总！"一时间，人群蜂拥而来。每个人都在侧目：这位新任首席执行官在焦急万分地找人，找的究竟是谁？

卫朝枫艰难地脱身，用眼角的余光不经意地一扫，终于找到了心里的人。

出口偏僻，程意城正站着，向安保人员出示邀请函和工作证。保安为难地表示，不能放她出去，这是上头刚下的命令。程意城也不恼，只镇定地表示她并非暴雪职员，只是第三方机构的研究员，这道新命令约束的恐怕只是暴雪员工，她这会儿公司有急事，还希望不要为难她。保安听了，被她礼貌又不失威严的理由打动，正要放行——

卫朝枫强行出手，横加阻拦："拦住她！谁敢放她走——！"

程意城的身形顿时僵住了。

他这个人，这个语气，这类行事作风，全都犯了她的忌讳。她猛地从保安手中夺回工作证，眼看就要硬闯。保安挡在她的面前，挡住她一半去路，她以为他要强行阻拦，岂料完全错了。

年轻的保安压低声音，竟是在乞求她："小姐，还请高抬贵手不要为难我，我也需要这份工作养活家人——"

刹那间，程意城收住了脚步，钝痛不已。她竟无意间做了她最痛恨的那一类人。为一己私利，挥霍私权，完全不顾旁人性命。她从来不曾是这样的人，直到遇见了唐硕人。

一瞬间，她对他恨之入骨。

她一生都在为安宁的人生奔波，为什么他要来毁掉她全部的努力？

卫朝枫健步上前，一把抓住她的手，强行将她带向自己："程意城，不要信你现在看见的，我可以解释——"

"啪——"

一记忍无可忍的巴掌，重重地落在卫朝枫的脸上。

这一记巴掌打得很用力，一点都没有手下留情。卫朝枫被打得措手不及，重重地偏过头，瞬间便尝到了齿缝中的血腥味。

他的嘴角流了血，她视而不见。往日那点情分，如今皆被恨意盖过，一干二净。

"放手。"她挣了挣，没能挣开他的禁锢。她给他下了最后通牒，"不要让我觉得你恶心。"

他留不住她了，这个念头一闪而过，卫朝枫起了自毁的心。若今日留不住程意城，卫朝枫的余生该如何自处？他看着她，脸上是前所未有的平静。那是暴雪未来董事长之姿，挥霍不惧一切的强权。

"程意城,我们谈一谈。"

说完,他将她拦腰抱起,就在汹涌人潮的注视下,径直抱着她离开了。

位于暴雪顶楼的首席执行官办公室,在业内很有名。它的设计者是卫柏。当年卫柏涉猎甚广,建筑和美学亦在其中。在他的设计手稿中,每一个细节都被赋予了意义,将建筑与情感的关系推向更高秩序。

程意城坐在沙发上,以手撑额,头痛欲裂。恍惚间她看见桌上的一张相片。年轻的卫柏穿透岁月,挣脱时光的束缚,正在相片中徐徐地望着她。

程意城觉得痛苦。听闻卫柏生前最重"信义"二字,若他知道卫朝枫对感情做了背信弃义之事,他会如何定夺?

一阵脚步声传来,她的手被人握住了,缓缓地放下。卫朝枫半跪在她的面前,正抬起眼睛望着她。

半小时前,他不由分说将她强行带来这间办公室,代价是脸上又多了一记巴掌。程意城一点都没手下留情,打得够狠,清脆的巴掌声回荡在办公室里,震到彼此的心里。卫朝枫本来已经流血的嘴角,再经受一次,狼狈得很,也真的痛到他了。他"嘶——"了一声,吞咽下齿缝里的血。

程意城偏过头,眼中有水光掉下,她不是为他落泪,她是为自己。

她一路走来,二十六年的人生,待人礼貌、与人温和,从小到大"三好学生"奖状上永远有"团结友爱"这句评语。谁能想到她会变成今天这样,当众打人,还是两次。她不是怕她打痛了他,她是害怕从此她就变了,变得面目可憎、歇斯底里,总有一天连她自己都难以辨认。

卫朝枫小心翼翼地将她抱紧,他明白自己罪孽深重:"程意城,我不疼,你不要哭啊。"

程意城在他的怀里落泪,她用了很大力气,让自己冷静下来。最后她推开他,告诉他,她想坐一会儿。卫朝枫点点头,扶她坐在沙发上,他见缝插针去休息室把自己收拾干净,收拾得有个样子了,再出来面对她。

他半跪在她的面前,握着她的手,良久无言。这是他认错的姿态。小舅舅教过他,男人要有男人的样子,可以跪,但事不过三。一可以跪父母,跪的是生养之恩;二可以跪恩人,跪的是雪中送炭;三可以跪生死,跪的是置之死地而后生,有朝一日将跪下的东西十倍夺回来。

而卫朝枫,三种皆不是。他半跪的是心,他是随了自己的心,想要对她一往情深,此生不渝。

"我让秘书订了午饭。折腾到现在,你应该和我一样,都还没吃饭吧。"他轻声地对她说,"一起吃一点。你向来三餐规律,吃得晚了,容易胃疼。"

程意城看了他一眼:"你现在都有秘书了?"

卫朝枫遭了一顿怼,一句话都说不出来。他现在出息了,何止有秘书,还有高管、控股权、近一万号员工,他有的太多了,挤得她原本的位置都剩不下多少了。

程意城忽然觉得没意思,事已至此,等问清楚,一拍两散也不会有遗憾。

"你那天要带我见的家里人,是谁?"

"是我爷爷。"

"暴雪的卫鉴诚董事长?"

"嗯。"

"之前你说,你还有一个小舅舅,他又是谁?"

"我小舅舅是……唐律。"

这谁?不认识。程意城默不作声。

卫鉴诚她还算是知道的,申南城的名人,老牌企业家的代表人物。可是后面那个,程意城连听都没听过。

忽然,她想到了什么:"就是最近在美国接受反垄断调查的那个唐律?"

卫朝枫顿时无语至极，你看看，好事不出门，坏事传千里。他家那帮亲戚就不能给他长点脸吗？

程意城的脸色白了一度，可见受到的冲击不小。如果说卫鉴诚尚且在她可以接受的范围内，那么唐律就是她完全没有想过要接受的人了。这不是程意城能不能接受的问题，卫朝枫和她根本是两个世界的人。每一个垄断家族都是一部传奇，而每一部传奇都充斥着金钱、权力与生死，这是程意城不想沾染的世界。可是卫朝枫，偏偏是从那里来的。

程意城下意识地抽回手。

卫朝枫明白，这就是她拒绝和他再有关系的表示。他一把抓住她的手紧紧地握住，将一些重要立场表明："程意城，我的确是由小舅舅抚养长大的，但是我和他是不同的。唐家的大小事，包括生意、资金往来，都是我小舅舅一个人说了算，我并不参与、也不过问。如今我回到卫家，将来会以暴雪的发展为重。暴雪是上市公司，我的一切行为都会受到严格监管。你不要先急着否定我，不妨留下来，看看我说得对不对，好吗？"

"你还需要我留下吗？"她看着他，为他从头到尾的欺骗而痛心，"如果你需要我留下，怎么会骗我这么多？卫朝枫，我和你在一起快两年了，你竟然瞒了我两年。当中有那么多的机会，你一个字都没有讲过。你拿着你做过的这些事，要我留下，还要我相信你，你自己不觉得可笑吗？"

两年的时光，一场荒唐，连她都可怜自己。

"知道我为你担惊受怕了多少次吗？"

那些他不告而别的日子，她在深夜辗转反侧。怕他辛苦，怕他受累，她拿着电话一遍遍地嘱咐他，要好好休息，不要太辛苦了。后来，她在暴雪见到那个像极了他的背影，她确定自己没有认错，却还是欺骗自己，一定是她认错了。她那时就对自身感到了怜悯，如果那个背影是卫朝枫，她将如何自处？她想不到答案，承受不了这样的后果，索性同他一道自欺欺人。

程意城看着他,红了眼圈:"卫朝枫,为什么你要一边说爱我,一边将我变成一个彻底的笑话?"

人言可畏。她的父母、她的亲友、她全部的社会关系,他几乎都参与了。如今,他留下那么大一个笑话要她独自面对,她茫然四顾,不知前路在哪里。父母那一关,首先过不去。言之凿凿要独立,将独立女性视为口号挂在嘴边,男朋友要自己选,谈恋爱要自己谈,到头来,仍是应了那句老话:不听父母劝,吃亏在眼前。他要她如何自处?

卫朝枫将她紧紧地搂入怀中:"对不起。程意城,真的对不起。"

明知总有一天,谎言会无所遁形,他却一拖再拖,眼睁睁地看着事态恶化。这样糟糕的处事方式,卫朝枫从未有过。他也是第一次喜欢一个人,他也会不知所措,他也会做错事。

"我开不了口讲我的事,是因为我知道,你不会喜欢。唐卫两家的事,太不好了,我父母用两条性命的代价,换回了我小舅舅和爷爷的鸣金收兵。这样的事讲出来,你会害怕吗?你一定会。坦白说,在很多年里,连我都对家里的事很回避。而我遇到你之后,了解了你,知道你必定会选择最安心的那一种生活方式,而我注定不属于这一种。所以,我自私了一回,我想等一等,等你喜欢我、有很多很多喜欢之后,再告诉你,或许你就会舍不得离开我了。我承认这样的做法很自私,但我控制不了自己。"

他用了力道,将她抱得很紧。她承受不住他的重量,陷进沙发里,他跟着陷进来,像极了过去无数次缠绵的样子。

"程意城。"他一边道歉,一边求饶,还要不死心,让她一再心软,"我对你的感情是真的,我不是玩的。你相信我,好吗?"

再相信他一次?太难了。

她看着他问:"失踪那几次,你和谁在一起?"

卫朝枫顿时沉默了。

她懂了:"和谢劲风在一起。"

卫朝枫:"我……"

她对他失望透顶。

"卫朝枫,我和你没什么好说的。"

程意城拿起包,举步欲走,连多看他一眼都不愿意。

卫朝枫立马急了:"是,我是见过她。但是,我从来没有背着你单独见她。每次见她都是在公事场合,有我爷爷,有暴雪管理层,甚至有几次,郑随和也在。我没有理由单独见她,她从来不是我女朋友,我也从来没过女朋友,你是第一个,以后也不会再有了。"

此刻她对他心灰意冷:"女朋友算什么?分了手,就什么都不是了。"

"不会。"

卫朝枫斩钉截铁:"我们不会分手。"

好似要验证这句话,他倾身就吻。她尚未反应,身体已有本能。她微微地仰起头,恰好承受一个深吻。两个人,亲密无间,连步调都一致,这是无数次缠绵的后遗症。他根本拥抱不了别人,她也接受不了别人的拥抱。情人间最私密的那些事,谁也骗不了谁。

程意城痛恨这种本能,她用力地将他推开:"不要碰我,我拜托你。"

卫朝枫被推得有些踉跄,险些失态。

他不肯对她放弃:"程意城,你听我说——"

她不肯再给他机会,程意城站起来,给他下了最后通牒:"你给我一点时间,我需要好好地想一想。在我想好之前,你不要来找我,拜托你。"

卫朝枫这一等,就是半个月。

他过得很紧张,完全活在精神性的高压之下。白天,他强迫自己专注于公事,将陷入泥潭的暴雪用力地拉回正轨;晚上,他强迫自己履约,给程意城时间,在她想好之前不打扰她。

等待,无疑是痛苦的。

第五章　情与义

思念与日俱增，他开始有梦魇的征兆。他常常梦见她，梦境很旖旎，他将白天不敢付诸的行动全部执行，完全是失控状态。他惊醒，发觉是一场梦。可是痛心的感觉如此刻骨，眼前都是她在哭的模样，她在梦里都在受他欺凌。

一连四天，都做同样的梦。凌晨四点，卫朝枫翻身下床，洗了一把冷水脸。他抬起头，看着镜子中的自己，双眼通红，那是想念一个人快要失控的迹象。

他决定结束坐以待毙的日子，他要进攻。

隔日，卫朝枫亲自去了程家。

程家父母看见他身后那辆保时捷，还是愣了一下。老两口想，这孩子浮夸的毛病得改一改，上一次他借了法拉利，这一次他借了保时捷，长此以往可不是好事。

谁承想，卫朝枫走上前，勇敢地将事实认了："伯父伯母，这车不是借的，是我的。"

程家父母被震在当场，现在开一家麻辣烫店都这么赚钱？短短时间都能挣出一辆保时捷！

卫朝枫哄着二老进屋。

他在程家待了一个晚上，主动坦白，把错误认了。当然他没那么傻，会去断了未来岳父岳母的好感。卫朝枫用了一点小伎俩，认错时的措辞可委婉了，只说他有一个亲戚，早年白手起家，后来有了点成绩，他最近跟着这个亲戚做事，将来也不会再开小吃店了。这当中他和程意城发生了一点误会，她一时半会儿生他的气，也是在理的，但两人间的感情是牢固的、经得起考验的，所以还请伯父伯母不要往心里去，在他心里，早就将二老当成了自己的父母云云。

卫朝枫先天条件不差，一张脸能令程意城都觉得"好看"，可见是真的好看。他今天来又是准备过的，举手投足间都是首席执行官的气质，讲话又谦卑，在程家父母那里委实获得了不少好感。

最后，卫朝枫将目的表明："伯父伯母，此前我已经向程意城求婚，她同意了。今天过来，就是想向伯父伯母表明我的心意——我非程意城不娶，希望伯父伯母成全。"

程家二老对视一眼。其实，他们是有顾虑的。连他们都看出来了，眼前这个年轻人不简单，恐怕如今他做的事，也绝不是他口中"一点小生意"可以概括的。但是，他们不得不承认，他们被卫朝枫打动了。他就那样看着他们，希望他们成全，老两口怎么也说不出一个"不"字。

或许，是在他眼中，看到了真心吧。就像几十年前的他们一样，看见心爱的人，眼里都是光，亮得发烫，连眼神都在诉说着他的爱情，只想在一起，天长地久。

程文源沉默了良久，终于开口了："小卫，你今天来的意思，我们都懂了。只要意城没有意见，我和她妈妈也不会有意见的。"

卫朝枫笑了，他非常非常感激。

简心华轻轻地叹气。作为母亲，她太了解女儿了。她担心未来会有诸多不测。简心华忍不住开口："小卫。"

"嗯，伯母您说。"

"如果你和意城真的是准备要结婚的，那么你要记得，不要让她伤心。她伤心了，就很难好了。她会用那点伤心，反复地折磨自己，这孩子从小就这样……"

说着，老人的眼圈已经红了。无论女儿幸福还是伤心，都是出嫁，都是离开父母。天下父母，一生做的都是同一件事：养育孩子，然后目送她离开。这是大爱，卫朝枫要用一生疼惜才能回报。

他对程家父母郑重承诺："我会用一生守护程意城，我保证。"

这一晚，卫朝枫睡在程意城的卧室里。

程家小，没有多余的房间给他住，只有程意城的房间空着。时间很晚了，夜晚行车不安全，程家父母将房间简单地收拾了一下，希望他不要介意。卫朝枫怎么会介意，程意城的房间，他喜欢都还来不及。

推门进屋，映入眼帘的是一幅毛笔字。程意城的毛笔字练得不算好，在童年这事很是给过她一点沮丧。但她并没有放弃，转而将它视为一个爱好。无关名利，单单就是自己写、自己看。卫朝枫细细地看，"上善若水"，像极了她这个人，利万物而不争。

　　一个书柜、一张床、一张书桌，就是这间屋子的全部，连洋娃娃都没有。程意城说过，小学时喜欢过一个洋娃娃，可是太贵了，她连"想买"这个念头都没有讲出来，她给自己找到的办法是每天放学后去商场看一眼，日子久了，这个洋娃娃是否会属于她已经不重要了，重要的是它已让她足够快乐。

　　卫朝枫躺在床上。床略小，连翻身都要小心翼翼，完全比不上他睡惯的大床，可是却比他睡过的任何大床都熨烫进他心底。他一夜好睡，梦里全是她在笑。他憧憬着未来，断然不会想到，程意城将他晾了半个月，不是因为回避他，而是被监管机构带走了——

　　她对暴雪出具的评级报告，涉嫌内幕交易。

　　程意城被监管机构请走的那一天，她正在公司开会。

　　监管人员显然收到过"低调处理"的指示。程意城被带走时，没有惊动任何人。只有一个人是例外：程意城的直属投研总监，程昕。

　　程意城被带走四天，需要"配合调查"，她完全不明所以。

　　调查人员反复地问她同样的问题："和暴雪现任首席执行官唐硕人是什么关系？出具的暴雪评级所依靠的推断是否和唐硕人有关？她所在的机构凭她一纸研报，在唐硕人公开就任之前精准介入暴雪流通股，发布会复牌之后获得巨额利益，对此，她有何解释？"

　　程意城的态度很明确："没有做过任何违背市场准则的事，其他的，任凭调查。"

　　谈话人拿着笔，对她衷心地规劝："程小姐，你要想清楚，你这种情况，非常危险。一旦证据落实，你再想坦白从宽，也是没有机会的了。"

　　程意城还是那句话："我没有做过。"

谈话人的语气一转:"那唐硕人有没有做过?"

程意城一愣,不明白他什么意思。

谈话人的声音陡然尖厉:"是不是唐硕人主动透露给你,他即将担任暴雪首席执行官?"

程意城笑了,她觉得讽刺。她最痛恨的,就是唐硕人的隐瞒。到了这间办公室,为什么人人都在逼她说出相反的事实?

谈话人索性挑明了:"程小姐,如果你能做出以上证明,那你自己的严重程度可以大为减轻,全部责任都将推到唐硕人的身上。"

程意城当场被震住了。

当晚,她做了一个梦。

茫茫大海上漂着一艘巨轮,一个经验丰富的捕鲨者坐在船头。他抽完烟,拿起今日的捕鲨工具:一个正在流血的人。他将这个人放入海里,但却并不急着她死,事实上她身上的伤口只划开了一点点,伤口不深,血流得不快,非常缓慢地将周围的海水染成红色。时间静静地过去,他心里想杀的那一条巨鲨,终于嗅到了血腥味,疾驰而来。就在它游近她时,捕鲨者手中的刀,精准地刺中了它的心脏。

程意城夜半惊醒,冷汗湿透了全身,她终于明白,她不过是诱饵,他们最终想要杀的,是唐硕人。

隔日,程意城见到了程昕。

他能行动自如地来见她,程意城非常高兴。这至少说明,他暂时是安全的。两个人在谈话室见面,程昕坐下。他瘦了一圈,看上去风尘仆仆的,可见这几日没少被她牵连。

程意城非常过意不去:"你还好吗?他们有为难你吗?"

"配合调查而已,不算为难。"程昕一如既往地乐观,在困境中亦能自给自足,"再说,这边的居住环境也不差,还能洗澡,我还以为只能洗脸,都做好馊掉的准备了。"

程意城被他逗笑了,只听程昕道:"倒是你,吓了我好大一跳。从前总是听你提起男朋友,从没听你提过,原来你男朋友来头这么大。"

第五章　情与义

程意城很是头疼："你要笑话我就笑吧。我不怕告诉你，我也是现在才知道。"

"哈哈。"

难得在这种境地，两个人还能旁若无人地开玩笑。程昕是天生的乐观派，和骨子里悲观主义的程意城在一起，倒是相映成趣。

程昕揶揄她："下次你和唐总如果有内幕交易，请务必带上我一起发财。"

"然后和我一起进到这里？"

"哈哈，我就打个比方。你程意城会内幕交易，是我听过的最不可能的笑话了。"

程意城的心头一热："你信我？"

"当然信你。不只是我，还有公司老总，我们都信你。"

程意城的心头一暖，被这突如其来的同事关系弄得眼圈发红。

现代社会，"同事关系"并不是一个好词。越来越多人期待的同事关系无限趋近于陌生：在公司，只谈公事；下班之后，请勿打扰。在竞争日趋严酷的今天，自我保护机制取代合作机制，占据了个人意志的制高点。写字楼的每张脸都套上了相同的脸谱，公式化的笑容、公式化的握手、公式化的陌生。

程意城无疑是幸运的。

她刚想说点什么，只听程昕道："所以，这件事根本不可能是你做的，那就只能是唐硕人做的。你把事情讲清楚，把责任推给他，不就好了吗？"

程意城的笑容瞬间凝固在脸上。

她的脸色猛地泛白，她听懂了他的意思："你今天来，原来是来当说客，劝我投诚的？"

程昕连忙摆手："程意城，不要把话讲得这么难听。"

他承认，他被说服了，但更多的不是监管层说服了他，而是他自己说服了自己："你先认清你现在的局面。唐硕人和你是即将结婚的关系，而他前不久正式担任了暴雪首席执行官，在此之前半个月，你出具了对暴雪'买入'的评级报告，公司根据你这份报告买入了暴雪流通股，在唐硕人就任之后获得了股价拉升的巨大利益。这样的事实摆出来，你认为还有多少人会信你？"

"但这是事实。我不需要所有人信我，我只需要调查清楚事实真相，还我清白。"

"怎么调查？所有人都会像我方才说的那样想。"

"这当然可以调查，唐硕人这两年的生活轨迹、人际关系，去问一问这些人，看他们知不知道他和暴雪的关系，看他们怎么评价我和唐硕人之间的关系，就知道我没有说谎。"

"如果监管层认定你们两个联合起来是在演戏呢？"

"呵，我演戏？"程意城笑了，讥讽露骨，"我演两年戏，然后把自己弄到这里来？"

程昕摇头："程意城，你太固执了。唐硕人值得吗？如果像你所说的，他连他的真实身份都瞒着你，那他就更不值得你为他扛这种责任了。一旦坐实了内幕交易的罪名，你就是够被判刑的下场啊！"

程意城沉默了半晌。她只是一个普通人，听到"判刑"两个字，当然会感到恐惧。何况她还是从小到大的好学生、好女儿。一旦涉案，该有多少人对她失望。头一个，就是她的一双父母。方才程昕对她的考问，何尝不是她自己对自己的考问：为了唐硕人，她值得吗？

程昕见她不说话，便趁热打铁："所以，听我说……"

"不用说了。"

程意城忽然起身，关门送客："你走吧。"

程昕看着她，明白了："你还是喜欢唐硕人。"

程意城没有正面回答："这和喜不喜欢他没关系，我只是尊重事实，不会无中生有。"

说完，她转身就走。

程昕看着她的背影，明白了她的态度。她没有一个字在说喜欢唐硕人,可是她的动作和态度,都替她说了。

和程昕会面之后,一切照旧,局面没有变好,也没有变得更坏,程意城又被"配合调查"了两天。

一个人的时候,她常常想起过去,想起过去两年和卫朝枫在一起的日子。程昕有一句话颇为打动她:为了一个连身份都隐瞒的卫朝枫,她值得将自己陷入可能会有的牢狱之灾吗?

夜深人静,程意城失眠了。月色朦胧,她靠在窗边。说不喜欢,还是喜欢。怎么可能不喜欢他呢?左手无名指都戴上了他买的对戒。

她不禁对月自问:"我好没出息,是不是?"

她没来由地感到很孤独,他骗了她,她以为自己恨透了他。临到危险关口,本能反应却是选择立刻保护他,宁可牺牲自己,也绝不害他。唐硕人会知道她为他不惜被困在此处吗?恐怕不会知道的。他早已不是她一个人的卫朝枫,她这么想着,心里难过得很。

隔日,程意城的"配合调查"意外地结束了。

一个领导模样的人亲自将她请了出去,对她连连抱歉说不好意思,都是他们搞错了,之前是接到群众举报,例行公事调查,委屈了程小姐,如今已经调查清楚了,不会再有误会发生,程小姐可以离开了。

程意城跟着走,又停住了,问:"那,卫朝枫……不,唐硕人呢?他会有事吗?"

"这怎么可能!"自称领导的"张主任"拍着胸脯向她保证,"暴雪是上市公司,唐总的一切行为都受到严格监管。我们已经查清楚了,举报信上说的,纯属对唐总的污蔑。暴雪作为本地的龙头企业、纳税大户,将来还要靠唐总带领公司再创新业绩,为申南城 GDP 做贡献啊。"

程意城懂了。

申南城商界,水很深,不是她可以抗衡的。

张主任亲自将她送到门外。

台阶下,一辆黑色的轿车停在路边。车窗关着,程意城看不清里面的人。

张主任摩挲着手，再次对她致歉："这次真是不好意思，让程小姐白白受了几天委屈。我们也是例行公事，没想到连柳先生都被惊动了。还望程小姐看在一场误会的情面上，在柳先生面前美言几句，千万别伤了柳先生和申南城的投资关系……"

程意城蓦地心里透亮：这是有豪门出手，用真金白银的身家实力，以对申南城的投资额为筹码，将她平安无事地保了出来。

她看向那道紧闭的车窗，她知道，那扇窗隔绝的不只是人，还有一整个陌生世界。

程意城走下台阶，在车前站住，与它保持一个足够安全的心理距离。

后车座的车窗缓缓地摇下，程意城看见一双很漂亮的眼睛。这双眼睛藏在镜片后面，正注视着她。被这样的一双眼睛直直地盯着，自持如她也很难保持冷静。

司机下车，为她打开一旁的车门。

程意城迟疑了一下，素未谋面，她如何保证自己的安全？

一个清冷的声音响起："程小姐，幸会，我姓柳。"

程意城懂了："是卫家，还是唐家？"

男人莞尔。他很少和女人打交道，尤其这还是唐硕人的女人。他本来打定主意，对这趟浑水拒绝到底。最后他没拒绝得了，实属上头任务压下来。然而现在，他改变了些许想法。他喜欢和聪明的女人打交道，因为不累。

他看向她，与她正式照面："唐硕人一般叫我柳惊蛰。"

程意城懂了，这是唐家出手了。

司机做了一个"请"的动作，程意城上车了。

黑色的轿车甚为豪华，柳惊蛰靠左坐着，右腿搁在左腿上，见她上来了，他看向她，意思是正等着你。

程意城很不喜欢和柳惊蛰这类人打交道，她的直觉和社会经验都告诉她,这类人很难缠,有明确的既定目标,一旦出手,势必是要拿下目标的。而如今,她就是他的目标。

她兵来将挡,先走一步棋:"虽然不知道你为什么要出手帮我,但我还是感谢你。"

"不必。"他倒也爽快,"我要救的人不是你。"

程意城点头,她当然是明白的:"我知道,你是为了唐硕人。"

柳惊蛰看了她一眼,眼中有赞赏,对她已经猜到自己即将受伤仍然坦然面对的态度而赞赏。没有女孩子天生就能承受痛苦,她挨了这一记重伤,不知道多久才会好。或者,根本不会好了。

他决定将事实坦白:"程小姐,虽然对你有些失礼,但我想有件事你必须要知道。"

"什么?"

"你和唐硕人,现下面对的局面不太好。"

"我知道,但我相信事实。"

"你可以相信。时间足够多的话,公众也可以相信。但唐硕人的问题不是'相信',而是时间。坦白讲,他没有时间了。"

程意城止住了声音,她忽然有些怕,怕柳惊蛰继续讲下去。她害怕,是因为她知道,一旦她听了,她和卫朝枫之间恐怕就真的覆水难收了。

柳惊蛰看了她一眼,收回了视线。他从不习惯对手无寸铁的女孩子下手,除了这遭。程意城这个浑水他蹚得真是要命,将来唐硕人若是知道了,一定会将他这个人都掀了。

"唐硕人这个时候接手暴雪,本身就是极不正常的。他接手的速度越快,就越证明暴雪实质已岌岌可危。而一个巨头企业,一旦岌岌可危,会发生什么?对,会引来无数想要吞并它的鲨鱼。你和唐硕人,就是被这群鲨鱼盯上的目标。"

程意城顿时觉得头痛,而更多的是委屈。她只是喜欢上一个人,想要结婚、好好过日子而已,却接连遭遇欺骗,还要被拖下水,成为你死我活的利益争夺筹码。

程意城很痛苦，她怎么就把日子过成了这样？

"为什么要缠上我？"她的声音冷静，柳惊蛰却听出了她心底的委屈，"卫朝枫从来没有对我说起过暴雪。明明是他骗了我，为什么现在却要我承受和暴雪相关的争权夺利？"

"因为你是他的女朋友，因为你是他喜欢的人。"柳惊蛰的声音很平静，"因为唐硕人无懈可击，你是他最大的弱点。只要对你动手，就能拖他下水，这样的事，没有敌人会错过。"

程意城的心里一紧，到底还是喜欢他，听见他有危险，她再大的委屈都往后放一放，心里挂念的都是他。

"他是不是不太好？"

"是。确切地说，他很不好。他的处境很不妙，暴雪的管理层没有放弃管理层收购计划，对他这位空降的首席执行官采取了集体辞职、带走团队的对抗态度。这倒还是其次，以唐硕人的能力可以应付。但另外的一些，他就很难应付了。"

"另外的一些？"

"那些人已经对你动手了，以举报信的名义，将内幕交易的罪名往你身上扣。一旦坐实了你的罪名，唐硕人也脱不了干系，他很快会被调查。不管最后监管层是否查清你们的罪名，那些人的目的已经达到了——利用你牵制唐硕人，使暴雪首席执行官的位子悬于空白，他们进而完成管理层收购。等到你和唐硕人的事实真相调查清楚后，他再回到暴雪，也已经晚了。"

一瞬间，程意城的心里透亮，她看向柳惊蛰，问："我不适合再和卫朝枫在一起了，是不是？"

柳惊蛰用沉默表示了礼貌。

他的态度给了她最好的回答，程意城向后面靠去，仿佛顿失力气。

后座软软的沙发承受了她的重量，很像卫朝枫的拥抱，每一次都抱得她温情荡漾。

一场感情，她必定不会对他袖手旁观。她出事不过是诱饵，刀子的最后指向，是唐硕人。她那么喜欢过的卫朝枫，如今深陷重围，她在恨他之前已经对他心痛不已，还怎么忍心不帮他？

柳惊蛰一改平日寡言的习惯，多说了几句："程小姐，唐家绝不会干涉唐硕人和你之间的关系。只是如今，这是权宜之计。你可以相信，以唐硕人的能力，不出一年，必定会带领暴雪走上正轨。首席执行官这个位子，他不是没坐过。他既然坐上去了，只要给他时间，他一定会将这个位子坐得稳。"

程意城反问："你的意思是，我暂时离开，等风波过去了，再回到他身边？"

"有什么不可以？"

"我的理念不允许。"她扬起头冲他微微一笑，"既然都要走，走得更远一些、更久一点，不是更安全吗？"

柳惊蛰从来没有见过一个女孩子这样笑。恬静的、决绝的，她用最恬静的态度，表明了她的自杀式承诺。

"他很喜欢你。"柳惊蛰告诉她，"关于他的身份，他不是存心骗你的。我相信他是太害怕失去你，所以才不敢说。有件事你大概不知道，他为了能和你继续平静地过日子，曾经被人勒索了一个亿。他付钱付得很爽快，根本没有犹豫过。"

程意城闻言捂住了嘴巴。

左手无名指上的对戒，在泪光中熠熠生辉。这是相爱的证据，谁都不曾负过谁。

周六，傍晚忽然下起雨来。

天空阴沉沉的，一阵雨，一阵风。雨势渐大，马路上到处可见狂奔躲雨的人。

申南城中心城区，高楼林立。即便是周六，写字楼依然灯火通明。

程意城在暴雪总部大楼前站定，将雨伞稍稍抬了抬，摩天大楼尽收眼底。很漂亮的高楼，气势恢宏，放眼申南城都是数一数二的存在。她有幸和这栋楼的现任主人谈了一场彼此不负的恋爱，她不后悔。

程意城走上台阶，收起雨伞，被安保人员拦住了，要求她出示通行证。

她礼貌地回应："我找唐硕人，没有通行证。"

保安看了她一眼，叫来保安队长。队长当过兵，见过世面，一看眼前这女孩从容的架势，就知道她和唐硕人的关系差不了。

队长向她直言："程小姐，没有通行证，我们不能放你进去，这是规矩。我建议，你可以打一个电话给唐总，他正在首席执行官办公室开会。"

"好的，没关系，我等等。等他开完会，你们按流程告诉他一声，我和他有约。"

"好。"今天的程意城格外有耐心，因为知道她将不再久留于此地，所以在离开之前的所有时间，她都愿意挥霍在此。

卫朝枫没有让她等太久。

二十分钟后，他结束了会议，秘书告诉他，一位程小姐正在楼下等他，卫朝枫听了，连话都没有听完整，扔了钢笔就跑出办公室。他一口气跑到专属电梯，对着向下键一通狂按，嘴里牢骚不断："这个破电梯，给我换了它！这么慢。"

谢劲风从办公室走出来，听到这句话，脚步停住了。她知道他要去见谁了，除了他的那位女朋友，世上再没有人搅得动唐硕人的心。

电梯门打开后，他直下一楼。

一楼大厅里，卫朝枫从电梯出来，跑着去见人。他的反常引起诸多侧目，暴雪上下纷纷猜测这位新任首席执行官一改平日的冷峻，究竟所为何人。

当程意城撑着雨伞等待的身影出现在眼前时，卫朝枫终于笑了，他非常非常满足。

他走过去，走得很慢，像是要确认她是在等他。而她也大方地给了他正确答案,她给他时间一步步地走向自己。有那么一瞬间,卫朝枫想到了结婚、孩子、一辈子,他甚至连孩子的名字都想好了。

程意城被他搂进怀抱中。他抱她那么紧,好似要把这些天没有抱够的时间都弥补回来。他全然不顾周遭哗然,眼里只有女朋友:"怎么不给我打电话啊?"

程意城的眼眶一热,满心满怀都是对这个人的舍不得。

她收敛了情绪,对他微微一笑:"首席执行官要有首席执行官的样子,定了规矩就要执行,不要带头破坏规矩,对底下的人影响不好。"

"好啊。"卫朝枫在她的腰间一搂,习惯性地亲昵,"以后我要我老婆来监督我才行的。"

她的笑容渐落,又很快稳住了,对他道:"上去吧,我有话对你说。"

方才淋了雨,原本以为不要紧,没过多久却发作了。程意城在电梯间咳嗽了一阵,卫朝枫不由分说将她推入私人休息室,给她放洗澡水,让她赶紧洗热水澡。

程意城本想拒绝:"我没衣服换。"

卫朝枫将换洗衣服拿给她。

面对她匪夷所思的视线,他解释得理所当然:"我怎么可能不在我的私人休息室准备我老婆的衣服。"

程意城听了,笑了一下,说了一声"好"。

她那一声"好",在卫朝枫的心里荡漾了半天。在他看来,这就是她同意了。他们不会再是男女朋友的关系,他们即将成为夫妻。

程意城洗完澡,穿好衣服,衣宽袖长都正好,很合身,可见他用了心。她看了一眼镜子中的自己,蒙着一层雾,她抬起手将玻璃上的雾气擦去,拿起干毛巾一点点地擦干头发。

还是干净整洁一点好了,她想,最后在彼此心里留下一个这样的模样才是最好的。不张扬,不刻意,会让人记得一点时间,又不会记太久。

程意城走出浴室，卫朝枫已经准备好了晚餐。

秘书正在向他汇报："蒋桥先生亲自送来的，他还有事，就先回去了。蒋先生交代，今晚这顿晚餐有不满意的地方务必告知他。"

"知道了，出去吧。"

"好的。"

一番对话，三言两语。程意城靠在门后，听完后，沉默了半响。

她要走的决定是对的，卫朝枫再好，也是唐硕人了。唐硕人有太多她不能接受的东西，不走，将来怕是结局难堪。

程意城走出去。

这间办公室位于暴雪总部顶楼，落地窗环绕。入夜，整座申南城的夜景尽收眼底。

程意城站在窗边看了一会儿，暴雪，是一个很棒的地方。这里，需要一个心无旁骛的首席执行官。

卫朝枫在一旁摆好筷子，叫她："先过来吃饭吧。我刚开完会，也还没吃晚饭。已经七点多了，你三餐一向规律，吃晚了胃不舒服——"

程意城忽然打断了他："卫朝枫。"

"嗯？"

"我们，分手吧。"

卫朝枫手里的筷子掉在地上。他控制住情绪，弯腰将筷子捡起来，拿纸巾擦干净，重新放在桌上。准备好晚餐，他才迈步走向她。刚走到她面前，就将她抱住了。

"我知道，你还在生我的气。"他低声在她的耳边讲，"还没有消气的话，就冲我来，不要说气话。"

程意城一点点地推开他："卫朝枫，我对你生气不会是这个样子，你知道的。"

她拿出足够多的勇气，对他做最后的坦诚："之前真的有对你很生气，但现在已经没有了，我特地过来找你，也不是为了这个。在感情上，我一向不喜欢和人不清不楚的，尤其是对你。所以，我今天来，就是来和你讲清楚的。"

她望向他，一如从前，平静又包容。平静地结束，包容他和她之间略显遗憾的结局。

"卫朝枫，我们，分手吧。以后的路，我不再和你继续走下去了。"

一瞬间，时间静止。

程意城从不会玩以退为进那一套，程意城说了到此为止，就一定是后会无期。

爱一个人，守一生，不枉人间住百年。这件事，她不愿陪他做了。

"我不分手。"卫朝枫抵着她的额头，扶着她的肩膀，指尖用力到几乎弄疼她了。

他一字一句地告诉她："程意城，我是绝对不会和你分手的。"

程意城静默了良久。

有那么一瞬间，她感到很多安慰。这场感情，她舍不得，他亦然。走到这一步，她觉得很好、很够了。并非天下所有的有情人都一定会在一起，有时不合适，纵然喜欢，也还是分开更好。她想推开他，他不准。他将她揽入怀中，抱得比任何一次都要紧。他伏在她的耳边，将长久以来未曾说出口的话，全都说了。

"程意城，我知道你不喜欢暴雪，不喜欢唐家，也不喜欢唐硕人。没关系，我可以改。我也知道你在担心什么，害怕什么。就像我对你说过的，暴雪是上市公司，受到严格监管，我的一举一动都在严密监管之下，绝对不会发生你想象中的那些事。我承认，商业竞争势必会有阴暗面，但那也只是公对公。我绝对不会让自己踏足禁区，做出令你无法接受的道德之外的事。程意城，你喜欢的清欢人生，我保证，我给得了。"

程意城几乎就要动摇了，她在彻底动摇之前将他拒绝："成年人的性格已定，人生轨迹完整成型，说要改，谈何容易。何况，我并不打算给你慢慢改的时间。"

卫朝枫闭上眼睛，他留不住她了。

程意城推开他:"卫朝枫,我相信你,如果没有我,你完全能像以前一样,做一个优秀的首席执行官。相对地,我也是。如果没有你,我也一定能像以前一样,好好工作,好好生活。而现在,我们吵得够多了。所以,我们分手,不是因为别的原因,只是因为不合适。"

"我跟你怎么会不合适?"他有点看不懂她了。

"如果没有暴雪这件事,我跟你已经结婚了。现在有了暴雪,我还是我啊,我永远都只会是你一个人的卫朝枫。过去、现在、未来,这一点都不会变。你为什么就是不肯给我机会,在尝试接受之前就全盘否定我跟你两年的感情呢?"

"因为感情这种事,不需要给机会。喜欢就是喜欢,不合适就是不合适。强行在一起,为了对方而改变,会很痛苦的。我看得出来,谢小姐很喜欢你,如果你一定要和我谈机会,那么你又为什么不肯给她机会呢——"

卫朝枫忽然怒不可遏:"现在谈的是我跟你之间的事,扯什么谢劲风!"

程意城被他吼得愣在当场。他终究不再是她认识的卫朝枫。过去的卫朝枫,哪里会有这样的面目,这是天下所有当权者才会有的模样。

卫朝枫自知失态,吓到她了。他看见她迅速泛红的眼睛,将她用力地抱紧:"对不起,我不是故意吼你的。我只是太急了,想要留住你——"

卫朝枫满身的负罪感,他也很无力。明明说好了,要将她视为一生的爱人去守护,可为什么总是做不到,一再失言,将她弄得遍体鳞伤。

他抱得太紧,几乎令程意城有窒息感。她推拒他,失败了。挣扎间,她的手机响了。她用力地推开他:"能不能放开我?我要接电话。"

卫朝枫克制着,给了她最大的耐心,放开了她。

程意城接起电话,原来是房东打来的。

房东在电话里客气地对她讲,已经收到程意城付给她的最后一笔房租了,也知道她和卫朝枫退租的事。今天房东去检查过房子了,一切完好，非常干净，房东对程意城和卫朝枫这两位租客很满意。房东将房子租给他们两年，他们将房子维持得相当像样，收到程意城的退租消息时，房东万分惋惜，私心希望他俩将来还能来租房。

电话挂断后，卫朝枫的脸色阴沉："你退租了？"

"对。"程意城也不瞒他，"你的东西我全都帮你收拾好了，已经寄给你了。过两天就会到，你记得去拿。应该不会有遗漏的，你可以清点一下。"

"程意城，你——"

卫朝枫第一次对女朋友感到了不理解，以及从中生出的一丝真实的难过。

"程意城，我一直把那里当成我和你的'家'。我以为你至少……会看见我对你的感情。"

"卫朝枫，那里是你的'家'，还是你的'过家家游戏'？"

旧事重提，桩桩件件，都是他率先失约。

"是，在那个'家'里，你对我很好，你尽到了一个男朋友应该尽到的各种责任。可是在那个'家'外，你对暴雪也很好，对卫家也很好，甚至，对谢劲风也很好。卫朝枫，没有一个女朋友会愿意成为男朋友心里众多人和事之一的'好'，也没有一个女朋友可以忍受你对他人无限制的'好'，更没有一个女朋友可以忍受你的这些'好'是建立在欺骗的基础上的。所以，我退租了。"她说了重话，已经覆水难收，"卫朝枫，那里根本不是我们的'家'。我跟你，从来没有过'家'。"

这一刻她想，纵然是因为答应了柳惊蛰，为了力保卫朝枫的安全而分手，但其实，她方才那些重话何尝不是真心？对他的喜欢和担心是真的，对他的恨和失望也是真的。

何解？分手，未必不是一个坏选项。至少，它是一个选项，比无路可走要好得多。

"所以，卫朝枫，我才会对你说，我们分手。我想要一份没有瑕疵的感情，我想要一个不会游走在'家'里'家'外的男朋友，我最想要的，还是一份给得了我安全感的婚姻。而这些，你现在全都给不了我。所以，对我而言，和你结束，是最好的选择。"

程意城从不轻易提分手，一旦提了，必是不打算回头的。这是所有老派的女孩子惯有的做法，认真而又深思熟虑，再痛苦的路，一旦选择走下去，就会坚定地走。所谓"分手"不过是通知他而已，他同意或者不同意，都已经改变不了什么。

话已至此，双方都再无话可说。

她没有看他，而是坚定地告别："我们，就到这里好了。"

终究说不出一句"再见"，仿佛心里还留了贪念。程意城起身离开，步履匆匆。

卫朝枫站着，两个人擦身而过，谁都没有伸手拉住谁。

她快步走到电梯口。好了，好了。一切都过去了，他没有留她，她也没有做得太难看，像一对体面的成年人，有头无尾，总会遗落在时光里，这样最好。

电梯来了，"叮"一声，停在她所在的楼层，电梯门缓缓地开启。

程意城作势迈入电梯，身后响起一阵脚步声。

他追过来挽留她，她猝不及防，掉入一个怀抱中。

电梯门开着，她没有走得了，身后站着卫朝枫。前方是新人生，身后是旧情人，天下有情男女最难选的关口，终于轮到他们两个了。

"程意城，你说得对，我们之间走到今天，全是我的错。我的错我认，我负责。"他紧紧地抱着她，给了一个很重的承诺，"所以，你可以选择分手，我也可以选择等你。"

闻言，程意城愣住了。

这个选项，不在她的认知范围内。她从未曾想过，卫朝枫会用慢性自杀的惨烈方式，来对抗分手的长久孤独。

其实，连卫朝枫自己都未曾料到，他可以为一个女孩子做到这一步。只是想和她在一起，单单这么想着，他就全无顾虑，连分手都顺着她。

"程意城，你听好，我们这样好了。"他将此生最大的底线给她，

第五章　情与义

"我听你的，我们暂时分开一段时间。在分开的这段时间里，我会一直等你。你记住，我对你的求婚永远有效，我身边不会再有别的女人。我知道暴雪的事对你造成了很多伤害，我给你时间，让你尝试接受。你可以慢慢来，我不介意等你。我以前用的那部手机，从今天起只为你一个人而开机，工作电话全部接到另外的手机。这部手机会二十四小时开机，带在我身上，只要你想，随时打电话给我，我会立刻去你身边，我保证。"

原本下雨的夜晚，一粒两粒地，忽然下起了雪。

程意城走出暴雪大楼，连撑伞都忘记了。她微微地扬起脸，细雨夹着雪轻打在她的脸上，渗透衣服侵入肌骨，她又冷又痛，好似隐疾发作。

她无端地想起很多事。想起两年前，刚认识他的那几日，她出院，他送她回家。她敏锐地察觉，他似乎对她有意思，但在医院照顾她的那几日，他又全然不说，只将她照顾妥帖，再没有进一步。她一个女孩子，总不好开口问他。两个人一路暧昧地沉默着，走到家门口，他忽然握住她的手将她带进怀里，距离那么近，他几乎就要吻她了。他保持了君子风度，问她，要拒绝吗？要拒绝还来得及。她在心里笑了，脸上却极力地保持镇静，对他反问，你可以试试看，看我会不会拒绝你。他听了，就真的试了。一吻缠绵，从此她就是卫朝枫的女朋友。

暴雨倾泻，程意城忽然转身回望。

恢宏的暴雪总部如帝国般，带着近半个世纪的厚重历史，矗立在她面前。它存在着，不可动摇，既存在卫朝枫那里，又存在她这里。这一道鸿沟，她要如何逾越，她没有答案。

手机振动，她拿起来看。屏幕亮起，显示着一条短信——

我会等你，一直等你。

屏幕迅速被打湿了。有些是雨水，有些是泪水。

第六章 旧情人

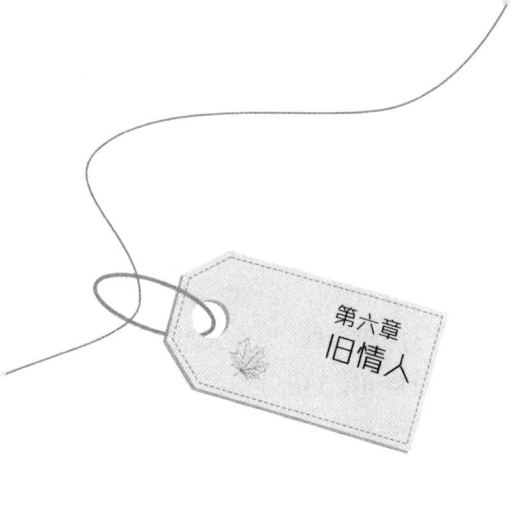

周日,晚上十点,小龙哥按规矩巡视纽斯。视线一扫,看见了吧台边的卫朝枫。

午夜场,卫朝枫坐着,面前放着一杯龙舌兰,身边绕着两个美女。美女极力搭讪,他不理,只自顾自地喝酒。身上的一件灰色衬衫松了领口,一身正装模样,可见是从公司直接过来的,整个人还未从执行公事的张力中解脱,紧绷得很。

小龙哥当下不痛快,直直地走过去,他指着卫朝枫,亮开嗓子对纠缠不休的美女大声地喊道:"这男人有老婆的,结婚好几年了,你们好好的样子不做,是不是要做第三者被人唾骂啊?"

美女被怼了一通,讪讪地,自找没趣地走了。

小龙哥将卫朝枫面前的龙舌兰拿走,下了逐客令:"我这里不欢迎你,你给我走。"

自从知道卫朝枫就是唐硕人后,小龙哥就耿耿于怀,至今心结难除。

他想起来就觉得离谱,前一阵,他还是从酒吧客人的嘴里知道了卫朝枫的来头。那一阵,纽斯突然多了很多生面孔,每晚都来光顾,旁敲侧击地向他打听卫朝枫的事。小龙哥一脸蒙,还以为卫朝枫在外面欠债,债主上门追杀他来了。小龙哥仗义得很,将卫朝枫的事瞒得滴水不漏,谁来问他都说不知道、不认识。没想到,最后反而被客人嫌弃了。

那几个客人私下里嘀咕："就知道以唐总的身价，不可能和这里的人有交情。"

小龙哥费了点力气才弄明白他们口中的"唐总"是谁，当即五雷轰顶。那几日，他恨透了卫朝枫，觉得这人未免太看低人了。都是两三年的交情了，卫朝枫竟然能把身份瞒得这么好，信口胡诌的那一套悲惨身世骗过了弄堂里所有人。他是看不起这里的人还是怎么的，怕他们知道了他有上亿身家会问他借钱？虽然小龙哥确实想问他借点。

小龙哥心里无名之火顿生，便没给卫朝枫好脸色："你走吧，我们这儿庙小，伺候不起你这尊大佛。"

"龙振彪，连你也给我找碴是吧？"

卫朝枫今晚喝了不少酒，不算太清醒。在纽斯，很少有人敢直呼小龙哥的真名，因为小龙哥不喜欢。曾经，卫朝枫喊过一次，那是和小龙哥闹矛盾的时候，他故意气他的。而今晚，是第二次。这一次的矛盾，显然和之前的小打小闹不可同日而语。

"砰"的一声，小龙哥把酒杯往吧台上一放，连力道都重了："怎么，想打架啊？"

"不想。"卫朝枫又要了一杯酒，继续喝，"是我欠你们。无论是对程意城，对你，还是对这里的所有人。"

小龙哥没想到他会说这个，一时怔住了。

在程意城面前，小龙哥不敢说自己惨。因为程意城明显更惨。恋爱同居两年，见过家长，只差一步就领证结婚了，结果发现男朋友的一切都是假的。这种遭遇，放在程意城身上，打击确实不小。

小龙哥无条件地站在程意城这边，便耻笑卫朝枫："换了我是程意城，早就跟你分手了！你这种骗子，留在身边干什么，留着结婚吗？可笑！"

卫朝枫听了，尽情地被他骂，连一句辩解都没有。好像他等的就是这个，来一个人将他骂得痛快，最好再给他两拳，将他的人生打出一条明路来。

　　小龙哥骂爽了，瞥了一眼卫朝枫。明明是一身顶级奢侈品定制的正装，小龙哥却分明看见一副支离破碎的躯体。他认识卫朝枫三年多时间了，比程意城还久，却从未见过这样的卫朝枫。痛苦的、隐忍的。他的痛苦连讲都讲不出，只能隐忍。

　　小龙哥喝了一杯水，顺了顺气，问："怎么，被我说中了，程意城真跟你分手了？"

　　"她跟我提了分手……"

　　"她跟你提你就同意啊？你是不是脑子进水了？你不会求她留下啊？你以前不是很会这一套的吗？"

　　什么叫很会这一套……

　　卫朝枫放下酒杯："你是不是卖我假酒啊？味道这么苦。"

　　"是你心里苦，唐总。"小龙哥讥笑他，"不过也对，女朋友都跟你分手了，是该够你苦的。"

　　"我们没有分手。"

　　"你去求她了？"

　　"对。我们现在，没有分手，但也没有在一起；说是情人，也不知道还是不是……"

　　小龙哥顿时无语至极。他对卫朝枫的恨，忽然消退了一大半。因为很明显，这小子已经傻了啊。这么明显的分手事实，还需要说得这么清新脱俗？

　　小龙哥总结："别给自己幻想了，你们事实上就是已经分手了。"

　　"没有。"卫朝枫偏执起来，眼神灼灼，"我们没有分手，我们只是暂时分开一段时间。"

　　"好啊，那你告诉我，你们要分开多久？半年？一年？十年？"

　　卫朝枫顿时不说话了。

　　连小龙哥都开始同情他了，眼前这个卫朝枫，明显是被分手这件事刺激到了，整个人都有点稀里糊涂的。

"卫朝枫，趁这个机会，你好好想想。暴雪首席执行官这个位子，你刚坐上去，能不能坐稳，需要多久时间坐稳，都是问题。还有程意城，你要把人家追回来，需要多久时间，这又是新的问题。你不能'既要又要'，这两者都是大问题，是需要你花很多时间都不一定解决得了的。你必须拿出点精神来，分清主次，把自己的生活先带上正轨，才有时间想后面的事。"

卫朝枫喝了一晚上酒，喝够了，也不想再喝了，他看向吧台旁的人："龙振彪，谢谢。"

小龙哥瞪了他一眼，语气有些不善："都说了不要这么叫我，恶不恶心。"

卫朝枫扶着额头，笑了。

小龙哥还想讥讽卫朝枫几句，忽然住了口，他看得清楚，卫朝枫以手扶额的动作下，掩饰不住的是早已泪流满面的脸。

卫朝枫明白，小龙哥是对的。

"既要还要"，对现在的卫朝枫而言，是一件不可能做到的事。

暴雪每况愈下，迅速地成为猎物，引起各方争夺。小龙哥说得对，暴雪首席执行官这个位子，卫朝枫能不能坐稳，需要多久时间坐稳，如今完全是一个未知数。摆在卫朝枫面前的暴雪，状况堪忧。经历了长期内斗，暴雪人心动荡，内部开始分崩离析。卫鉴诚是留洋派，接受的是正统西式教育，信奉放权管理。可在企业动荡期，这一套就不管用了。放权的结果就是子公司各自为政，不顾集团整体利益，"一等二靠三要"，出了事一概找总部。

卫朝枫用一周时间，亲自去下面走了一趟，把集团所有子公司摸了个清楚。走完他就明白，这么干绝对不行。理清思路后，卫朝枫提刀了，干的第一件事就很遭人恨——资源整合。

这无异于自毁前程的事，除了卫朝枫，没人敢干。他是空降派，名义上是卫家第三代，实际上却是在唐家长大。除了卫鉴诚，卫朝枫根本不认识其他人。就算认识，以卫朝枫那个事不关己高高挂起的性子，也不见得会把旁人放在眼里。

三个月，资源整合完毕，卫朝枫究竟得罪了多少元老级人物、干了多少连卫柏都不敢干的事，没人说得清。一句话总结，他基本上就是把不能得罪的人全都得罪了。

卫朝枫下了猛药，药性剧烈，暴雪犹如大病一场。资源整合之后，暴雪上下，卫朝枫一人集权。他在唐家耳濡目染，见过唐律如何单肩揽权，集权经营这回事被卫朝枫学得十有八九。

得罪了人，免不了被穿小鞋。很快，一只小鞋落地：八位核心管理层集体请辞，带走了号称暴雪"中流砥柱"的管理层里的中坚力量。

没有钱，还可以勒紧裤腰带过活。没有人，倾塌就是一瞬间的事。

事实证明，卫朝枫不愧是卫朝枫，能引进来也能走出去。就在他找遍公司上下再也找不出一个可以用的高级管理人时，卫朝枫想到了一个撒手锏式的存在：柳惊蛰。

柳惊蛰在唐家被称为"职业救火队"，对内他能宅斗，对外他能并购。当初卫朝枫因为动用公款被唐律撤职之后，就是柳惊蛰火速接手了风暴中的莱卡食品。他把广告做得感天动地，"做良心食品，创申南城之未来"的广告词一出，将唐家的社会责任感渲染得空前高涨，成功地在卫朝枫之后迅速地创下新一轮业绩高峰。

唐律原本的意思是这业务并非唐家主业，派柳惊蛰过去也只是为了洗刷卫朝枫事件的不良影响，差不多就行了。谁知柳惊蛰接手后事情的发展完全超出了预期，莱卡食品的盈利能力非常强悍，甚至在唐家主业之一的港口运营失误之际及时垫资，挽狂澜于既倒。

这样一个人，卫朝枫实在太需要了。

卫朝枫和柳惊蛰的关系冷冷淡淡的，一向不算好。柳惊蛰有点精英主义的毛病，眼高于顶，在唐家除了唐律，看谁都不顺眼。卫朝枫每次见他跩得二五八万的那个样子，就不爽得很。

还好，干大事的人脸皮都比较厚。这会儿卫朝枫也不管和人关系不好了，亲自上门请人。意料之中，他遇到了空前的阻力。

阻力来源于两方。一是卫家。卫鉴诚首先不同意，理由还是那些老生常谈的东西。事关暴雪，连亲生儿子卫柏都靠不住，抛下他和唐家的小妖女私奔了，那撕破脸的唐家人还能靠得住？就算靠得住，那还有尊严问题、历史问题、脸面问题。总之，一句话，不行。

另一边，唐家也未必肯。唐卫两家在申南城商界的豪门之争持续了两代人，关系之差可见一斑。唐律能平衡各方的重要原因就在于他中立不表态的态度。当时卫朝枫被寄养到唐家，唐律没少受闲话。但很快这些闲话就没了，原因就在于大家很快发现，他对这亲外甥也没见得有多好，打起来够狠，打得所有人都同情卫朝枫了。这件事也就过去了。而现在，如果唐律放任柳惊蛰去暴雪，恐怕在唐家掀起的波澜也不会小。

柳惊蛰算是摸透了两方的心思，对卫朝枫开口提要求：要他过去可以，但必须拿点筹码来换。

言下之意就是，这筹码还不能小，要有分量。

一个巨大的压力又一次掉在卫朝枫的头上。

卫朝枫，注定今生不大容易。

卫朝枫的优点是胆子大，缺点是胆子太大。深思之后一咬牙，卫朝枫做了一个惊人的决定——转让股权。

转让股权不是一件小事。在外人看来，他这就等同于自敞大门，引狼入室。卫朝枫敢想敢干，他甚至想好了冷处理的对策，准备瞒天过海不打算告诉卫鉴诚，一鼓作气将事情落实。生米煮成熟饭，到时候卫鉴诚就算想杀了他也晚了。

但是他低估了柳惊蛰的城府。

柳惊蛰存心考验他的诚意，耍了一个心机，把消息放给了媒体。一时间满城风雨，媒体形容卫朝枫"狼子野心"，更有甚者，将当年唐枫出卖暴雪的陈年往事挖了出来，撰写成文，文章标题惊悚：母子连心，唐家报仇十年不晚。在媒体的大肆渲染之下，卫朝枫被推向了风口浪尖。

卫鉴诚正是通过媒体知道这件事的，他怒火中烧，当即命人将卫朝枫绑到病床前。

卫朝枫一反常态，态度强硬，硬是顶住来自卫鉴诚的压力，将交易达成，他以每股四十八元的价格转让了暴雪百分之十的股权。

百分之十不是一个小数目，它已经超过百分之五的举牌线，柳惊蛰一旦持股，就有资格进驻董事会，插手暴雪的最高决策。

卫朝枫就是拿着这百分之十的股权，单枪匹马地去了唐家。当然，他没那胆子敢去找唐律讨价还价，但迂回战术他还是懂的。柳惊蛰的态度就代表着唐律的态度，于是卫朝枫直接找了柳惊蛰，把话放在台面上："百分之十，就这个数目，你有眼光你就拿。这次不要，将来再想进暴雪，我告诉你，有我卫朝枫一天，就不可能。"

那晚卫朝枫走后，柳惊蛰去找唐律。这么大的事，他做不了主。这百分之十的股权，唐家不拿，心里不爽；拿了，更不爽。不错，百分之十很有诚意，可是卫朝枫的开价实在是太没有诚意了，分明是想狠狠地敲诈唐家一笔。

面对柳惊蛰的询问，唐律只讲了一句话："有钱大家一起赚，可以。将来不想一起赚了，也有'我赚你不赚'的方法。事情总要一步步地来，就算是给唐枫面子。"

柳惊蛰懂了，这就是他暂时同意的意思了。

尘埃落定，卫朝枫用百分之十的股权堵住了悠悠之口，柳惊蛰空降暴雪，揽权上任。柳惊蛰坐镇暴雪，卫朝枫松了一口气。

这段时间，失眠成了他的常态。他心里清楚，他引来了唐家，他对不起卫鉴诚，作为补偿他只能狠狠地在价格上讹一笔。可是问题又来了，他讹的不是别人而是他的小舅舅，卫朝枫无数次梦见唐律问他是不是不想活了。

他就这样白天示强悍于人前，晚上焦虑失眠，精神极度紧绷地过了半年。而更惨的是卫朝枫的私生活。他的性生活次数直降历史最低点，很平稳地始终保持为零。他不是没有机会，他的机会一大把。更有甚者，直接送人上门，卫朝枫烦得要死，掉头就走。他顺便长了记性，每次见人都把"我女朋友"这句话挂在嘴边，什么"我女朋友不让我晚回去""我女朋友不让我喝酒"，说得像模像样的。时间久了，连柳惊蛰都担心他的精神状况，他这症状和臆想症差不多了，好像他真有女朋友似的。

卫朝枫和柳惊蛰联手，暴雪东山再起。卫朝枫抽空去了一趟卫家，为转让股权的事负荆请罪。

卫鉴诚看见他，二话不说抄起一旁的水晶花瓶就往他头上砸过去。一声剧烈的撞击声后，一块碎片顺着卫朝枫的眼角割了下去，顷刻间血流如注。谢劲风站在一旁吓得魂飞魄散，上前拉过卫朝枫却被卫鉴诚厉声喝住了。卫鉴城对他的伤势无动于衷，亲自领他来到卫柏的墓前，一拐杖打在他的腿上，让他跪了一整晚。

这一晚，卫朝枫没开口解释过半句。倒是卫鉴诚在打他时老泪纵横，一生苦难都化成一句厉声的责问："我还没有死，你怎么就敢？"

七十多岁的老人指着墓碑，泪光与火光并存："你跪，你给我就在这里跪。你自己去向你爸爸交代，你这位唐家的硕人少爷，是怎样将暴雪守住的！"

卫朝枫抿紧嘴唇，没为自己辩解半句。他相信卫鉴诚半生沉浮，一定会懂他这么做是最上策的方法，否则暴雪早已无力回天。可是感情上的关，卫鉴诚这一生都不可能过去了。如果打了他能让爷爷好受点，那就打吧。

后来，卫朝枫的眼角被缝了四针，留下一道终生不褪的伤痕。那疤痕自眼角处蔓延成一道弯，好似将眉间的心愁都注进了眼睛里。

乔深巷帮他上药，忍不住红了眼眶。卫朝枫倒是不介意。出来做事，这种程度的委屈，他受得起。

他指指眼睛，说："这里，没事。"又指指心，说，"这里，有事。"

乔深巷知道他说的是程意城。在他牺牲了"卫朝枫"的人生换来一个站在顶尖高度的"唐硕人"之时，他再没有收到过来自程意城的任何消息。他每天带着只为她留着的旧手机，孤独得很。

这才是，回首百年身，梁唐晋汉周。

周六是 SEC 董事会主席唐涉深的千金三周岁生日。

唐涉深举行私人晚宴，卫朝枫应邀前往。

他到得晚，一进门就是全场的焦点。暴雪如今风头正劲，这位年轻的首席执行官大驾光临，宴会厅响起不少窃窃私语，攀交情的、谈合作的、相亲的，各怀心思的人都往卫朝枫身边靠。

今晚的主角小朋友唐炜彤正被爸爸抱着，一见卫朝枫，眼睛一亮，立刻奶声奶气地喊："卫酥酥！"

卫朝枫应声而来，冲她哈哈一笑，很给面子地从他爹怀里抱过她，给她撑足了场面。从唐炜彤出生起，卫朝枫就没缺席过她的生日。小朋友本能地亲近卫朝枫，三岁又是小孩最有趣的年龄，小朋友一口一个"卫酥酥"，马屁拍得很足，把卫朝枫哄得心花怒放，每年送生日礼物都是大手笔。

唐太太上前和卫朝枫打招呼。唐炜彤一看见妈妈，立刻钻去妈妈怀里。卫朝枫将这团小肉球抱给程倚庭，顺便将这位唐太太打量了一番。话不多、很安静，卫朝枫很难想象，眼前这个女孩子当年会有那么决绝的勇气，一个人怀着孕也要远走他乡，坚决要和唐涉深离婚。

四下无人，卫朝枫问了一个惊天的问题："程倚庭，当年你坚持要和唐涉深离婚，是因为恨他吗？"

程倚庭一愣，随即笑了，大方地点头："恨。"

"那后来，又为什么原谅他？"

"因为喜欢。

"所有我恨他的理由，都是因为我喜欢他。没有喜欢，就不会有恨了。"

卫朝枫听了，沉默了半晌，若有所思。

程倚庭抱着唐炜彤上楼喝牛奶，唐涉深走过来，搂住她的腰陪她一起去。卫朝枫看着这一家三口的背影，竟无端地羡慕起唐涉深来。

第六章 旧情人

他闯下那么大的祸都能被妻子原谅，那么自己呢？程意城有可能原谅自己吗？

唐涉深照顾好妻子女儿后，抽空下楼，找卫朝枫聊几句。

卫朝枫正在吧台边喝酒。对他感兴趣的男男女女不算少，绕在他身边，走了又来。如今卫朝枫炙手可热，私生活却是一片空白。他固执地守住感情的边界线，不许任何人越界，无意中引来更多人的前赴后继。

唐涉深走过去，卫朝枫正将身边的两个富豪千金打发走。其中一个拿起他面前那杯喝过的威士忌，轻饮一口还给他，玻璃杯沿留下半个唇印，明目张胆的勾引。卫朝枫不为所动，心里着实烦得很，他叫来侍者："这杯子脏了，换杯酒给我。"侍者立刻为他服务，旁边的千金表情难看极了，脸上挂不住，一时间恨透了卫朝枫。

唐涉深拍了拍他的肩膀："为你前女友守身如玉？可以啊，今晚你得罪的人可不少。"

能参加今晚宴会的，非富即贵，旁人攀交情都来不及，只有卫朝枫随心所欲。他随心所欲自然有随心所欲的资本，如今的暴雪就是他最好的底气。

卫朝枫有些心不在焉："跟你聊几句，准备撤了。"

"这个时间点，回家太早，回公司又太晚。你去哪儿？"

"回公司，我还有个项目要跟。"

"放松一点，你绷得太紧了，钱是赚不完的。"

"这是我答应了程意城，和她暂时分开才换来的时间。代价太大了，我怎么可以浪费。"

唐涉深听了，看了他一眼。

卫朝枫拿起一杯威士忌喝。今非昔比，唐涉深方才明白，这一年卫朝枫把命都拼给了暴雪究竟是为了什么。原来，他并非只是为暴雪，更多是为程意城。他付出了和女朋友暂时分手的代价，换来他对暴雪的心无旁骛。他付出的代价太大了，不做出强于预期十倍的成绩，他绝不原谅自己。

唐涉深问:"不去找她吗?"

卫朝枫的动作一顿,酒杯里的冰块晃荡了一下,叮叮当当地响。

唐涉深继续讲:"你再不去找她,你这就不是'暂时分开一段时间了'。一个女孩子,刚和男朋友分手,短时间内不谈新恋爱是正常的,但一年的时间可不短了,你那个女朋友要是谈了别的男朋友,在我看来也正常。"

卫朝枫"砰"的一声放下酒杯,语气充满不善:"你能讲点好的吗?"

"我讲的是事实,忠言逆耳。"

"你——"

卫朝枫听得刺耳,正想找碴几句,手机忽然振动。他指了指唐涉深,意思是你别走,等下算账,随后接起电话。

电话是谢劲风打来的,带给他一个坏消息:"你吩咐'朱雀'拿下星实产业,失败了。当中出了点意想不到的问题。"

卫朝枫当即心情不爽:"什么问题?"

"星实的总经理颜嘉实看出了'朱雀'背后的实控人另有其人,已向'朱雀'表明,希望能和实控人坐下和谈。"

卫朝枫倒是有点意外:"颜嘉实?"

"对。"

"不是他,他没那本事。"

没错,"朱雀"是影子公司,隶属于暴雪金融控股。卫朝枫用它来做事,实属给市场面子。暴雪树大招风,卫朝枫这一年来得罪了不少人,被唐律警告了一次。卫朝枫很快便收敛锋芒,起用影子公司做事。

当下听闻"朱雀"被人看出后面有人,卫朝枫感到有点意外。

从星实的各项指标看,它正对卫朝枫的胃口。总经理颜嘉实更是和卫朝枫不在同等量级的对手。颜嘉实生性温和,对家族事业颇为反感,一度离家出走,跑了两年外卖。星实内斗激烈,颜嘉实一年前被迫召回接手公司。在卫朝枫看来,这个机会太好了。壳好,人不行,那么只要想办法进去把人换掉,整个壳就能被一口吞下来。

这种类似于生物界蛇吃蛋一口吞的方法，思路没有错，只是残酷了一点而已，这就是现在的卫朝枫。

卫朝枫吩咐："你去查一下，颜嘉实身边、星实内部，还有什么人在帮他。"

谢劲风忽然没了声音。

卫朝枫也没多想："没事的话先挂了。"

不料，他被谢劲风叫住了，她颇有些不情愿地问："这个项目你非做不可吗？"

"这个自然。项目起了头，没有特别理由我不会停下来。"

"那如果，有特别理由呢？"

"比如？"

"比如我不想做这个项目。如今，暴雪在申南城一家独大，类似星实这样的标的多的是，没必要守着这一家不放。"

卫朝枫听了，没辩驳，声音很淡地接了她的话："好啊，那你休息一阵，我换人做。"

谢劲风被他这句话刺伤了自尊心。

这就是现在的卫朝枫，从不跟任何人辩驳，谁不合他的意他就换掉谁，她也不是例外。首席执行官这个位子他坐得够稳，他成了一个彻底的集权主义者。

卫朝枫问："还有问题吗？"

一阵报复心态涌上心头，谢劲风冷笑："我查过了，是颜嘉实的助理帮他分析的'朱雀'事件。"

"哦？真人不露相啊，一个助理这么厉害。"

"何止，还是你认识的人呢。"

"谁？"

"程意城。"

谢劲风满意地听见电话那头的呼吸陡然不稳，她火上浇油，要把从卫朝枫那里得到的伤害全都报复回去："程意城小姐，现在还是颜嘉实的女朋友。听说,她已经获得了颜嘉实的父亲颜董事长的首肯了。"

卫朝枫今晚在宴席上砸了酒杯,大发雷霆。

千里之外,程意城正和颜嘉实并肩加班,岁月静好。

颜嘉实,星实产业董事长的独生子,人如其名,做人挺务实,脸也长得不错。星实在家族企业排行榜上虽然挺有名,但和暴雪显然不是一个量级的。暴雪是为数不多凭借卫柏单打独斗可以和唐家抗衡的财团,在暴雪这种级别面前,星实完全被碾压。

颜嘉实的成长轨迹有些特别。中规中矩地读书,成绩优异,他直到读完经济学硕士才离开校园。

一切问题也都从离开校园开始,也许是校园生活过于乌托邦,颜嘉实遭受的挫折教育十分不到位,踏入社会后屡次受挫,对商界那一套尔虞我诈反感至极。最后,他叛逆了一把,离家出走跑了两年外卖,和劳动人民打成一片。

程意城正是在他跑外卖的那段时间里认识的。

和卫朝枫分手后,程意城离开申南城,来到苏市重新开始。租房、找工作,她和过去彻底告别。偶尔她会想起卫朝枫说的那句,"我会等你,一直等你",纵然每次想起都会无端地心痛,但更多的是释然。

她相信,时间会治愈一切伤口。

卫朝枫今非昔比,在私人关系方面,他的机会一大把,他那句"我等你"在时间的考验之下,或许最终会成为两人心照不宣的过期誓言。

任何过期的东西都不必当真,包括誓言。

颜嘉实是在无意中救了一次程意城之后才和她熟起来的。

在苏市,程意城初来乍到,刚租房时出租屋内连设备都不齐全,她去了好几趟家具店才将家具买齐。一连七天厨房都没有开伙,早饭随便对付,其余两顿全靠外卖。

颜嘉实凑巧接了她好几趟外卖,送了四天后,他对她说:"程小姐,一个人住的话注意安全,这小区治安不太好,前段时间发生了好几起盗窃事件,都是针对独居女性的。一个人点外卖次数多了,容易被盯上。"

程意城听了，说了声"谢谢"，并未往心里去。

四天后，颜嘉实的警告成了真。

程意城那天有面试，面试结束后她在大排档吃了一顿晚饭，回家时天色已晚。她敏锐地察觉到，似乎有人在跟着自己。她警觉起来，加快了脚步，身后的脚步声也跟着随之加快。程意城心下"咯噔"了一声，明白真的有人盯上她了。

她心神不宁地跑到小区门口，急寻摆脱跟踪者的方法，冷不防看见颜嘉实送完外卖正走出来。程意城灵机一动，上前热情地打招呼："你怎么这么晚才回来啊？走吧，正好一起回家，我买了一条黑鱼，今晚给你做酸菜鱼汤喝。"

说完，她挽起颜嘉实的胳膊就往家里走去。

老实人小颜惊了一下，但很快他就明白了。程意城身后不远处，一个鬼鬼祟祟的身影停住了脚步，正盯着他俩。

颜嘉实立刻牵起程意城的手，顺应着接了她的话："我多跑几单外卖还不是为了你？我辛苦一点，就可以让我女朋友不要这么辛苦了。"

两个人说笑着回家了，在外人看来这对小情侣十分般配，一起为生活而奔波，情比金坚。

这天之后，再也没有鬼祟的身影出现了。

经此一遭，程意城对颜嘉实是有感激的。萍水相逢，救人于危急，这不是每个人都能做到的。两个人就此成为朋友。

程意城想要中断这段友谊，是在颜嘉实对她坦承身份之后。

就在两个人成为朋友的第一时间，颜嘉实就向她坦诚了自己的情况，包括家庭、父母、工作，等等。程意城听闻，震惊了半天。她的前男友就是这类隐姓埋名的富三代，怎么现在好不容易交了个外卖小哥做朋友，又是个隐姓埋名的富三代？

颜嘉实不喜欢说谎，他的想法很简单，如果要做朋友，那自然是要交代清楚的。他的这一举动无意间挽救了这段友谊，第一时间争取到了程意城的谅解。

程意城无不惆怅地想：看看，什么叫以诚相待，她前男友那种简直就是反面教材。

两人关系的更进一步，是在颜董事长出现后。

颜董事长亲自登门拜访，这在当初令程意城着实惊了一下。接下来，颜董事长朴实的谈话却将她打动了。

他诚恳地对她讲明颜嘉实和家族企业之间的矛盾，恳请她和颜嘉实一起到星实工作，因为他知道，颜嘉实对她是信任的、服气的，如果有她的陪伴，颜嘉实回星实工作也不会是难题，至于薪水方面，程小姐开口就是。

程意城很难将这个送上门的工作机会拒之门外。

因为，她已经四个月没有工作了。

这是一个无人知晓的秘密：监管层对她的那次调查，被记录进了她的档案，她从此成为投研机构的黑名单人员。在金融圈，一条不成文的规定再次在她的身上印证：宁可用一个资质平平的新人，也绝不可以用一个档案不干净的人，因为风险过高。这就是她为卫朝枫付出的代价。

程意城曾反复自问：为了卫朝枫，她断送了前程，值得吗？她想不出答案。只是她肯定，若再来一次，她还是会做出当日同样的选择。

"卫朝枫，我们两清了。"当晚，她摘下左手无名指上的对戒。

隔日，程意城奔赴星实就任，担任总经理助理。她就任后完成的第一件事，就是将颜嘉实带回星实。颜董事长喜不自胜，自此对程意城委以重用。三个月后，颜董事长被程意城的人品和能力折服，私下里对她讲，颜家上下都很喜欢她，将来若是有缘分能成为一家人，那就太好了。

程意城听了，只当这是对她的鼓励，礼貌地拒绝了。她不知道，颜董事长并非是一时兴起，而是他看出来了，儿子对这位程小姐，已经一往情深。

颜嘉实不否认，他是真的动心了。他很务实，连喜欢一个人也不讲套路，喜欢就是喜欢，他找了一个机会认真地向程意城表白，同时送上一枚对戒。

程意城愣了一下，下意识地想要拒绝。

颜嘉实拿着对戒，放在她的手里，对她讲："戴久了一枚对戒，要戴一枚新的，是需要一段时间适应的。没关系，我会等你。"

程意城顺着他的视线，看向自己的左手无名指。

原来，戴久了一枚对戒，真的不是摘下了就会忘记的。她的无名指上已经留下一道清晰的刻痕，昭示着过去的时光里，她爱一个人爱了那么久。

那晚，程意城失眠了，她打开抽屉，重新拿起卫朝枫送给她的那枚对戒看了许久。

颜嘉实的表白没有让她有丝毫开心，但仿佛她有了新的追求者，就意味着和卫朝枫的感情彻底结束了。程意城拿着对戒，舍不得放下，想起那些爱过他的日子，眼底隐隐地有泪。

程意城今晚和颜嘉实被迫加班，原因就在朱雀。

朱雀通过定增，不声不响地对星实出了手。当星实有所察觉，朱雀已经越过举牌线，如同雪夜的狼群，徘徊在猎物的门口。

颜嘉实明显力不从心。他意不在此，回公司接手总经理一职纯属责任感驱使，日常事务尚且刚能应付，碰上朱雀这类黑天鹅事件，颜嘉实的心态有些消极。

程意城鼓励他："做企业不易，人人如此，你要打起精神来。"

颜嘉实顺势提要求："那我可以要求加夜宵，吃一份酸菜鱼吗？"

程意城笑了："可以。"

他得寸进尺："和你一起？"

程意城点头："也可以。"

颜总这回满意了，吩咐秘书立刻点了大份的酸菜鱼外卖，再配几个小菜，送到总经理办公室。

时间将近九点，秘书室几个秘书将外卖送进办公室，关起门来聊八卦。

颜嘉实从前不爱吃酸菜鱼，回到星实后却喜欢得很，尤其加班时，总会拉住程意城一起吃。

最后，还是首席秘书刘秘书揭秘：听说程意城小姐有一回和颜总假扮情侣，程小姐那晚就是烧了酸菜鱼请颜总吃来表示感谢，颜总自此就喜欢上了。

程意城其实不喜欢吃酸菜鱼，太辣，幸好刘秘书今晚点的酸菜鱼辣度不算高。程意城几乎没怎么吃鱼，就着白米饭吃了好几筷子酸菜。

两个人吃饱了，精神也好多了。

程意城对颜嘉实直言："这场硬仗，你要有心理准备。"

"怎么？"

"一个真正的资方不惜隐藏自身，设立影子公司入主市场，大多数原因都只有一个——他的实力太强了，会引人瞩目，一旦动手必将牵动市场，容易受到各方弹劾。换言之，朱雀的背后，有我们无法估量的势力在主导。"

颜嘉实反倒笑了："如果他能令星实发展得更好，他要拿去，我也无妨。"

程意城知道他意不在此，对商业世界非常无感，但无感到这个地步，还是出乎程意城的意料。

她觉得有必要将一些商业竞争的阴暗面讲给他听："诚然你说的有几分道理。但前提是，你不在乎星实不要紧，星实的两千多号员工也不要紧吗？新的资方一旦入驻，就会将企业'清洗'，换成自己人把控，这几乎成了一种定式。到时候，这两千多号员工，有多少人会丢掉饭碗，你想过吗？"

颜嘉实自知失言："对不起，我让你见笑了。"

"你是总经理，你不需要跟我说对不起，你只需要过得了自己良心那一关。"

颜嘉实不得不承认，程意城实在擅长洞察人心。她几句话就拿捏住了他的情绪,将他从浑浑噩噩的悬崖边拉回。

两个人正谈着,总经理办公室的电话忽然响起来。

程意城接起来听,竟然是朱雀打来的。

朱雀的项目负责人毕恭毕敬地告诉她:"我方同意,实控人于下周二会亲自和星实见面详谈。"

这就是要动真格了。

程意城爽快地答应:"可以。"

对方又提要求:"实控人要求,和谈当日,请程意城小姐到场,无须颜总传话。"

程意城愣了一下,但她很快便反应过来,看来对方已将她调查得一清二楚,知道她看出影子公司的戏码,实质影响着项目。

电话挂断后,程意城笑了一下:"看起来,我们都要好好休息才行了,这场仗会很难打。"

"怎么?"

"对方有备而来,恶意收购的目的很明显。"

相比颜嘉实,程意城显然更淡定:"放心吧,虽然我们可能会输,但我也不会让对方赢得太舒服。"

颜嘉实看着她,充满了好奇:"你一点都不感到害怕吗?"

"还好。"她笑了一下,对他坦诚地道,"我有经历过比这更不好的事。而星实,在我最困难的时候给了我工作,所以我一定会努力保住这份工作的。"

周二。

和谈当日,程意城起得很早,仔细化了妆。妆容很淡,很不适合今天需要用气场碾压对手的场合,但程意城喜欢。如今的程意城很少会在意外界的评价,只求随自己的心就好。

和谈约在苏市顶级酒店,服务一流。程意城到得早,酒店经理领她到会议室,里面只有颜嘉实一个人。这间和谈会议室是朱雀方的人订的，据说是为了迎合实控人。这个传闻中的实控人对工作的品质要求甚高，不是最好的一概不要。

"你来了？坐这里。"颜嘉实招呼她，"和谈而已，订这么奢侈的会议室，是给我下马威吗？"

程意城心里认同这一点，但她并不打算说出来。

"怎么会。"她笑道，"估计是对方派头大，底下的人为了迎合老板做样子而已。"

颜嘉实评价："跟我们不是一路人啊。"

程意城没有反驳。

颜嘉实有些喜悦之情，全然罔顾自己正要面临的和谈危机。在他看来，"我们"二字，包括了程意城，而她的不反驳，就等于告诉他，她和他是一起的。

颜嘉实不是一个对商业很有企图心的人，在他心里，得一良人、在陋巷、一瓢饮，显然更重要。而程意城，就是他心里认定的"良人"。

时间到了，星实管理层全部到位。朱雀的人来了六个，唯独实控人还未到场。

颜嘉实大方地表态："没关系，我们再等等，也不急于这一时。"

全场大概只有他端得出一份泰然自若的心情。

无欲则刚，颜嘉实是真正的无欲无求。就在等待的过程中，他还有心情同程意城约饭："等一下会议结束，我请你吃酸菜鱼，怎么样？"

"你饶了我吧，我昨晚刚陪你吃过。"

"昨晚是办公室外卖，怎么能和堂食比。我们今天换一家，我带你去一家新店。"

"好啊。那你首先要答应我，好好工作，不许敷衍。"

"呵，程意城，我爸请你来星实盯着我真是没找错人，我都被你盯得死死的了。"

两个人旁若无人地低声交谈，浑然不知这一幕落在外人眼里是怎样的亲密。

第六章 旧情人

坊间传闻，星实的颜嘉实和程意城早已是情侣关系，"酸菜鱼"正是二人的定情见证，星实很快就会有女主人，连颜董事长都对此乐见其成。

颜嘉实趁机探她的口风："我爸跟你讲的提议，你要不要再考虑考虑？"

"什么提议？"

"和我们成为一家人啊——"

"公司和团队，荣辱与共，我们当然是一家人。"

"程意城，你知道我不是这个意思，我是想要你成为我们颜家的女……"

可惜，程意城无心："你少来了，再说连酸菜鱼都不陪你吃了啊。"

"好了好了，我不说了，我们还是去吃鱼。"

朱雀背后的实控人正是在这一刻走进会议室的。

他方才在门口站了五分钟，会议室内那对男女的对话被他全数听去。谈话内容向他证实了传闻，颜程二人纵然不是情侣，关系也绝对亲密。

他含着一股醋意，怒火中烧，"砰"的一声，他重重地用力，推门进入。

朱雀的人一见到他，立刻全部站起来，齐齐地向他颔首致意："唐总。"

男人没理会。

副总上前，将会议室首座的椅子拉开，请他入座。

他将手里握着的手机放在桌面上——是他和前女友分手时承诺过一直会带在身上的那部手机。他落座后，罔顾所有人的注目，眼神锁死在对面一个人身上。

"各位，今天这场谈判，我跟你们谈。"

程意城当即愣在当场。

颜嘉实问："请问您是？"

他浑然不看任何人，只对程意城偏头一笑，别来无恙。

"暴雪，唐硕人。"

整场会议，都由唐硕人控场，所有人心里都有了数。

无论是暴雪和星实，还是唐硕人和颜嘉实，两相对比，都实力悬殊。若无意外，唐硕人将赢得毫无悬念。

且不论朱雀方面对唐硕人的绝对服从，就连星实的一众管理层也心悦诚服。因为——唐硕人实在太会谈判了。

资深媒体曾评价：和唐硕人谈判是一件很享受的事，尽管你会输，仍然不会妨碍过程本身的享受。

今天程意城终于明白了，这句褒奖并非空穴来风。唐硕人谈判，第一讲逻辑，第二讲循序渐进，最后讲双赢。尤其最后一点，能做到的人少之又少。

从前程意城没有机会见到他的这一面，如今见到了，坦白讲，她很难将视线从他的身上移开。这是一个全然不同于卫朝枫的男人，精明、果断，有原则地周旋，适度地重利。他将商业谈判的火候拿捏得如此之好，几乎令人心悦诚服，仿佛能和他在商业竞争中交手，本身已是一种荣幸。

会上，有星实管理层提出关键质疑："唐总，您如何看待朱雀入主星实后人员变动上的问题？"

这是一个棘手的问题，是所有收购都无法避免的困境。唐硕人一旦处理不好，就将受到来自星实管理层的集体对抗。

他放下手里的钢笔，反问："茱萸实业听过吧？"

众人一愣。

他不疾不徐地给出答案："贵方的态度决定我的态度。我向来不吝于给出最优条件，商业合作的本质就是共赢，但前提是双方开诚布公，遵守游戏规则。如果，贵方想效仿茱萸实业，意不在良性合作，那就别怪我到时候，将星实变成第二个茱萸实业。"

一番话，从他嘴里讲出来，人人脸色为之一变。

唐硕人说得出、做得到，茱萸实业就是最好的例子。

这茱萸是申南城的一家老牌实业公司，因经营不善导致连年亏损，半年前被唐硕人盯上。几回合谈判后，暴雪欲将之收入囊中。然而中途生出变故，茱萸实业管理层以"人员变动问题未经解决"为由，请谢劲风代表暴雪坐下和谈。谢劲风原本不欲出面，但那阵子唐硕人在外地抽不开身，谢劲风这才代表其前往。

谁承想，这一去，居然是鸿门宴。

当晚，谢劲风惨遭滞留。茱萸实业管理层开出条件：要收购，可以，但必须保证管理层的利益不受损，并且有更高的上涨空间，否则，谢劲风就别想安然无恙。一封勒索信直接被寄往暴雪首席执行官办公室。唐硕人打开信，一张照片掉出来。照片上的谢劲风衣不蔽体。

唐硕人勃然大怒，他当即报警。

警方介入，一宗商业事件由此演变成一桩刑事案件。

两个月后，案件落幕，肇事者受到法律制裁。唐硕人也开始着手处理茱萸的其他问题。茱萸实业管理层一共分八级，他在最短时间内完成控股，上任第一天即下令，四级以上全部裁撤，一个不留。

这一人事决定震惊了业界，这一道裁员令，被媒体称为"屠杀令"。

据说，茱萸实业内部有人求情：此次刑事案件只是个别管理层的行为，其他管理层并非知情人；一道裁员令，牵连甚广，四级以上的管理层人数众多，全部被裁恐怕会危及企业自身。

唐硕人置若罔闻，他放话："这家公司就算倒闭，拖累暴雪，我也不在乎。我要的是所有人看清楚，敢动我暴雪的人，下场就是这个。"

如今，舞台换人，他的对手变成了星实。

程意城反感至极。她没有想过会从他嘴里听到"茱萸实业"的名字。半年前，这桩商业纠纷轰动了申南城，连远在苏市的程意城也有所耳闻。她到底还是在意，才全程跟踪事件的发展。

媒体称，被绑架的人是谢劲风，所以唐硕人才会勃然大怒。若换了旁人，恐怕他不会把事情做得那么绝。所有人心照不宣：暴雪的这两位最高层，关系非同一般。有记者拍到谢劲风脱困当晚，唐硕人亲自将人接往卫家府邸。新闻照片出街，谢劲风受伤不轻，他抱着她回家。

程意城顿时心灰意冷。

他和她之间，怎么会变成如今这个模样？他为了别的女人冲冠一怒，然后坐下来，和她成为敌人。

两个小时后，全场再无人有异议。唐硕人给的条件实难拒绝，星实管理层集体表示可以接受。

颜嘉实亦有他的考量。他很清楚，凭他的能力，绝不足以带领星实走得更好更远，如果唐硕人可以，他除了将星实拱手让人，也没有别的办法。

一切似乎已尘埃落定。

始作俑者却忽然开口了："不知程小姐对本次合作有什么意见？"

一屋子的人都愣住了。如此重要的场合，他单独点名一个总经理助理是何意？

他倒是会做人，拿出大方的态度，光明正大地以权谋私，和她搭讪："久闻程小姐在星实，举重若轻。如果你有意见，我会认真考虑的。"

程意城的脸色不太好。昨晚的酸菜鱼让她的胃很不舒服，现在对面那人的态度更令她反感。那些为他葬送的前程，那些想念他的夜晚，都在他那句"荣茵实业"面前，成为笑话。

程意城看向他，平静地反问："你将一宗残酷的商业行为，定义为'合作'？"

众人皆愣怔，看向程意城。

话已出口，她反而无畏。坦率地向他质问："星实不是荣茵实业，也不屑成为荣茵实业。你大可不必用过去的战绩，在今天的场合用以威胁和炫耀。星实或许在经营管理和盈利能力方面有短缺，但在企业价值观和员工福利方面，向来称得上是业内标杆。从这一方面讲，对这样一家公司发起恶意收购并且不惜威胁以达成目的，你的这一行为，非常没有品。"

一时间，全场无声，茶水杯泛起涟漪，死寂一般。

被质问的当事人全无反应，他没有反应，其他人更是屏气凝神，不敢有一丝动作。

颜嘉实笑了一声，打破了寂静，这笑声里没有对唐硕人的讥讽，只有对程意城的善意。他感谢她在公司落难之际，为星实挣回一丝尊严。

他情难自禁，轻轻地握住了她放于台面的手，轻声地道："谢谢。"

程意城轻轻地回握，意思是分内之事，应该的。

对面的人看着她，脸色阴沉——那双轻轻交握的手，实在是……太碍眼了。

那么他呢？他算什么？他在她那里放了承诺，一放就是永恒。就为这句承诺，他等她等到今天。这一年里，他等不到她的任何回应，只能以公谋私跑来见她。谁承想，见到了，却是如今这样的局面。她的眼里再没有了他，低声与颜嘉实耳语的样子那么自然。

情人陌路，不过如此。

他心里很冷，嫉妒犹如一把火，将理智烧得一干二净。

"原来程小姐是这么想我的，真是可惜。"他冷笑，存心要作恶。

"那好，我收回今天开出的所有条件。既然程小姐将我的合作之意定义为'恶意'，我有理由相信，这就是星实的态度，那我就按'恶意'的流程来。从这一刻起，这件事不再由朱雀负责，升级为总部事件，暴雪会重新拟定条款。到时候，我不会再像今天这样坐下来和各位一一对谈，所有问题皆由收购组解释，我概不负责。"

当晚，程意城受到一众讨伐。

星实管理层脸色不佳，颜董事长亦颇有微词。

她那几句话，让唐硕人十分下不来台，恐怕这些年他都没受过这种屈辱，他当下的反应实属情理之中。推翻谈妥的一切条款，话里的意思就是"怎么野蛮怎么来了"。他公然摆出敌对态度，星实的前途十分堪忧。

只有颜嘉实看出了点别的，他出其不意地问："你和唐总，是不是认识？"

"没有。"

"真的？"

"嗯。"

"程意城，有没有人告诉过你，你说谎的时候耳根会红？"

她一愣，似曾相识的话，从前他也说过。那时，她的反应是怎样的？笑着闹着，被他抱在怀里，对他好生喜欢，天长地久都在眼前。

程意城抬起头望向颜嘉实，平静地对他道："我不想谈这个。"

颜嘉实分明看清了她瞬间微红的眼眶。

程意城不欲继续，转身离开总经理办公室。

颜嘉实犹豫了半晌，终究不忍心。纵然他喜欢她，也绝不以他的喜欢为第一。喜欢一个人，放在第一位的，永远应该是对方好不好。

他追上去："程意城。"

她稍作停留，并未打算听他讲太多。

四下无人，他鼓起勇气，与她谈私事："不用瞒我，我看出来了，你和唐总认识。而且关系不一般。"

程意城没什么情绪："所以呢？"

"你不用紧张，不是你的问题，是唐总露出了破绽。

"难道你没发现吗，今天整场会议，他的眼里都只看得到你。"

会议桌上，他们二人坐在两边，彼此遥遥相对，眼神里都是藕断丝连。

可是——那又怎么样？改变不了感情的覆水难收，和她隐隐作痛的心。

程意城一言不发，转身离开了公司。

下着小雨，她没带雨伞，在雨里慢慢地走。已经是晚上九点了，她也不觉得饿。心里装了很多事，将饥饿感挤得无处生存。

如今的程意城好似得了一种"缓慢症"，不再对任何事着急，不再对任何人仓促。浑不似当年，总是跑着去他店里，一分钟都不愿耽搁，看见他就会高兴。想起从前，她总是会有一点难过。卫朝枫带走的不只是她的感情，还有她的热情，以及希望。

第六章　旧情人

程意城抱臂而立，她没带雨伞，淅淅沥沥的小雨淋得她有些冷。她裹紧外套，站在路口等红灯变绿灯。

身后，一辆黑色的轿车急速地驶来。

刹车声刺耳，轿车停在她的身边。程意城微微地被惊到，退后了一步，正要避开它，却已经没有机会了。后车门打开了，一只骨节分明的右手伸出来，迅速地抓住她的左手，用力地将她带上车。

旧情人，重逢时连拥抱的姿势都不会变，昔年如何，还是如何。完全是记忆中的模样，为她而有的习惯，他保留至今。

一吻缠绵，她知道他是谁了。

"卫朝枫——"程意城用力推开他。

反抗失败，加重了他的报复心，他在她的唇间肆虐，报复白天她对他的冷落，报复她在他面前轻轻地反握住别人的手。他倒是要看一看，过去那么多感情，她还记得多少，还记不记得他说的会一直等她，永远永远不分手。

都说情人间是不讲道理的。好好谈，没结果，用吻却可以。因为亲吻不会说谎。耳鬓厮磨，能将很多讲不出口的话都讲好。

唇齿触碰间，他顺势托住她的腰。完全是本能反应，她抬起手搂紧了他的颈项。他的心跳漏了半拍，心里狠狠地揪紧。她的本能反应给了他最好的反馈，向彼此印证一件事：他没有过别人，她也没有，他们两个人从来都只有彼此。

卫朝枫还想继续。

"不可以——"

一声制止，及时止住了他的动作。

领口处的两粒纽扣掉落在地，滚了两圈后停在角落里。像极了后座的两个人，拼命自控，否则就要失控了。

额头相抵，只听得见彼此的喘息声。

喉结滚动，咽下欲望。

他看向她，声音全哑了："你有没有，想过我？"

第七章 缠绵

心跳失速,对谁都不会有,只对他会有。多失败的人生,分分又合合,见了他还是会轻易地失序。

"你现在的身份,适合问我这个问题吗?"

"我要听你说答案。"

"我们分手了。"

"意思是,把我视为前男友?"

他的眼神灼灼,暗含着警告。程意城不欲挑衅,挣开他的手想走。

他快她一步,将她捞回怀里挟持。

情潮涌动,程意城的气息不稳。

眼前这是唐硕人,她不熟悉,应对起来手生得很。一双骨节分明的手搂住她的腰,将她带向他。她伸手抵在他的胸膛上,近在咫尺。

"可是,程意城,我从来没有把你视为前女友。"

腰间一双手,摩挲又游移,要将他和她之间生分的距离,一夜抹平。

"若非知道你在星实,这种程度的谈判我根本不会来。"

她没有辩驳,知道他所言非假。申南城这样的名利场,唐硕人手握暴雪,有绝对雄厚的资本对这类"小交易"一锤定音。他来,无非是为见她。

第七章 缠绵

他凑近她的唇边,似吻非吻,执意要一个答案:"所以,你有没有……想过我?"

突如其来的急刹车,解救了程意城。

司机根本不敢回头,只小心翼翼地汇报:"唐总,到酒店了。"

程意城推开他,搂紧了领口,她的上衣算是报废了。她仍心有余悸,对他很有忌讳。

卫朝枫的声音低哑,不肯放人:"跟我上楼,我们好好谈一谈。"

程意城面无表情地看向他:"分手了,跟你去酒店?我没那么傻。"

他笑了一下,仍不怀好意:"可是,你还有的选吗?"

"怎么没的选?"

话音未落,身后已响起不少司机没有耐心的"嘀嘀——"提示音。

酒店的侍者迅速地上前,在车窗外提醒:他们的车占了道,请立刻下车,后面的车子已经排队拥堵了。一切都在卫朝枫的计划之中。

他好整以暇,等她决定:"你是要坐在车里继续和我耗下去,还是跟我上楼?"

一瞬间,程意城对他又爱又恨。她终于有机会见识,卫朝枫不欲她看见的另一面。这世上大部分人面对唐硕人,都是要输的。

两个人下车后,司机将车开去车库。

晚间消费高峰,酒店生意爆满。站在电梯口,人来人往的。程意城揪紧了上衣领口,生怕走光。她脸皮薄,站在人群里难免会紧张。

卫朝枫步步跟随,上前去牵她的手。

程意城:"放开。"

意料之中的被拒绝,他不以为意:"跟我来。"

"不——"

他握住她的手,将她带近身边:"这里人太多了,我带你乘另一部电梯。"

正中下怀。她信他一回,被他牵着手,转身跟他走。

幽静的长廊,转角尽头赫然停着一部电梯——VIP专属,电梯间还有专人服务。

"唐总,这边请。"一位经理模样的人笑脸迎人,为他提供周到的服务。

卫朝枫简单地吩咐:"去顶楼套房,你不用跟着。"

"好的。"

电梯门缓缓地合上。

酒店经理训练有素,全程以微笑示人,绝不会对VIP客人表现出过度好奇。

程意城仍感到一丝不自在,她揪着领口,自知这一动作十分暧昧,不知旁人对她会做何感想。

唐硕人的朋友?情人?还是,露水情缘?

她不愿旁人这样想她,这样的念头,单是起了,就令她有灰心之感。当年的日子多好,为什么如今会变成这样?站在他身边,就已令她浑身不适。

身后,卫朝枫冷不防地将她拦腰抱起。

"你干什么——"

罔顾她的拒绝,他看透了她的心事:"程意城,你在心里骂我是不是?"

她冷脸以对:"不骂你,难道还夸你?"

"呵。"

卫朝枫顿时就笑了,他最喜欢的女朋友,永远那么有意思。

两个人做惯了情人,失而复得,总是急于求证。如今他大权在握,对小打小闹早已没了兴趣,无论是名利权势,还是感情,他都要最好的。

程意城就是他心里最好的"好"。

关门,隔绝了世界,他径直将人抵在玄关处,理智不多,还剩一点,他全数给了心上人。

"可以吗?"

第七章 缠绵

"不可以。"

一腔热情,遭她冷落。他笑了一下,拿出好耐心,同她慢慢来。

"好,那我再等等。"

等,这还能等?

他低下头,轻轻地靠在她的颈窝处,凑得那么近,薄唇几乎快要碰到她的耳垂。

"我好想你。"

声音性感,听得她渐渐失序了。从脸颊到耳朵后面,娇嫩的肌肤晕开一层粉红色。

他握住她的手,指尖在她的掌心摩挲,要把白天她对他的那点见外,好好地同她算一算。

"把我晾在一边,然后和你的新朋友说笑握手。程意城,你好会。"

"不要乱说。"她反驳,"他不是我的新朋友,只是普通同事。"

"哦,这样,普通同事——"

"是我误会了。"他一笑,正合他意,"所以,现在误会解开了,我可以吗?"

她被他逼至角落,无处可去。她心里已经同意了,眼里还是见不得他得意。

"还是不可以。"

"好——"

他点了点头,下一秒就让她知道,他的"好"并不是真的好,也可以是另外的意思。

"好可惜,我不打算再等了。"

他猝不及防,倾身向她,一记深吻,缠绵到底,他甚至没忘记抬手扶住她的后脑勺以免碰撞。这样的小细节他从前做得够多,完全是本能反应,分手一年了也全然没忘。

程意城的心里一软,就被他得寸进尺了。

在狭小的玄关处,暧昧的空气渐渐升温。

程意城忽然停住了，她看见了一道伤——卫朝枫眼角的伤疤。

这道伤疤平时被他用额前的散发遮住了，不近身很难看见。两个人亲密接触，近身缠绵，他这才瞒不过她。她抬手抚过，伤口愈合的形状突兀，看着就疼。

"你脸上这道伤是怎么回事？"

"爷爷打的。"

"他为什么打你？"

"不乖，不听话，就打了。"

程意城沉默了半晌。

商业世界，生死恢宏。不乖，不听话，哪有这么简单。是他温柔，不愿叫她担心，模糊了词汇，将一桩生死之事小事化无。

她忽然心疼不已，情愿他是精明强悍的唐硕人，也不要他再做会受伤的卫朝枫。

她低声地道："不要再被人打了，知道吗？"

卫朝枫笑了一下，以为她是客气，还有心情同她开玩笑："你心疼啊？"

程意城没有说话。

一句玩笑话，听者有意。

见她的脸色不对，他紧张起来："我开玩笑的。"他收起了笑容，仔细地安慰，"你放心，这点小伤一点都不疼，缝了几针而已，几天就好了。我答应你，以后我不会让自己陷进危险里，不会让你担心。"

"谁担心你——"

她不愿承认，推开他作势就要走。卫朝枫怎么肯，拉住她的手就往怀里带。一对旧情人黏黏腻腻的，眼见就要走火。

程意城一阵咳嗽，方才淋了雨，有感冒的迹象。卫朝枫及时抽身，满心只有她的安危。

"你身上都湿了，这不行，先去洗热水澡。"

"我不——"

"乖了,听话。我不进来,你自己洗好出来,可以吗?"

"都说了我不——"

程意城全然不是他的对手,三两下就被他推进浴室。也好,她不再挣扎。关门时听见他在打电话,钦点主厨亲自送消夜——

"尽快送上来,对,半个小时之内。蒋桥,我警告你,不要把我女朋友饿到了。"

多熟悉的情话,从夜市,到酒店,他都这么说。

她的心头一暖,信一回错觉——卫朝枫回来了。

洗完澡,没有衣服可以换。他似乎有心电感应,进来又出去,放下一摞干净衣服。她拿起来穿,是他的衬衫。

走出浴室,两个人皆是一愣。

好似两年前的夏天,沐浴、阳台、晚风,她常常这样穿。

卫朝枫的眼神幽暗,手背上的青筋若隐若现。

还是她打破了沉默:"走之前我洗一下还给你。"

话未讲完,人已被他搂过去。

"我和你,是这样生疏的关系吗?"他抵着她的额头,要在她那里讨她心软。

分手一年,他的胜算不多,有一点,算一点,他要从所有和她要好的新朋友手里,再次将她抢回来。

被搂住的她有些不知该如何面对昔日的旧情人。

曾经种种,满满占据她两年的时光,填满她爱一个人的心。

他吻着她的脸颊,一路向下……情话断断续续地从他嘴里讲出来。

"所以,你不能把我晾在一边。

"不能在我面前,同你的新朋友那样握手。

"不能不要我。"

最后,他还要不惜演一演,在她那里博得更多同情:"从小到大,我爷爷不管我,我小舅舅经常打我,只有你,对我那样好。你能不能,再对我好一次?"

信他就有鬼了——

她心里这样想。

冷不防抬起眼睛,看见他眼角那道伤疤。

蜿蜿蜒蜒的,触目惊心。昭示着他的谎言里,一半是真。在名利场上,做错事,他不只会被小舅舅打,还会被爷爷打。

她真的会心软。

两个人对峙,视线焦灼,双方都在赌,她赌他有几分真,他赌昔日的恩爱,在她那里还占几分重要。

他眼里全是小情绪,哪里还有半分首席执行官的影子。在她面前,他轻易地就做回了"卫朝枫",要她哄,要她来爱他。就像小孩子终于找到了回家的路,要紧紧地拽着钥匙,手心弄疼了也绝不放手。

程意城就是他人生的"钥匙",他弄丢了钥匙,找不到回家的路。他受够了,再也不许自己迷路。

半晌,程意城微微一笑:"幼稚鬼。"

好似被他打败,一瞬间,她原谅了他的所有。

人生不易,输赢都像在乱舞。她即便输了,也不要紧。最重要的是她肯放过自己,承认还是喜欢他。

卫朝枫一怔,也跟着笑起来。

"程意城。"

"嗯。"

"程意城……"

"我在的。"

分手太久,连喊一喊名字都很满足。她有回应,他更是舍不得停下。那些梦里的重圆,终于被他等到了。

两个人做回小孩子,抱着笑闹。玄关处那么点地方,承受一场久别重逢,甜蜜胜新婚。屋内没有音乐,却有起舞。两个人笑闹着,好似交谊舞。没有章法,感情就是最好的章法。

"我真的……好想你。"

"我也是。"

他笑起来，非常非常满足。下一秒就将她拦腰抱起，她一时没防备，小小地惊叫一声。像古老童话的大结局，相爱的情人总要抱着转圈起舞，让心爱的女孩子做一回独一无二的公主殿下。

若非房间门铃的声响，两个幼稚鬼还要抱着闹一会儿。

"客房服务，送消夜。"

卫朝枫没有动，仍然抱着失而复得的人，依依不舍。

门外，酒店侍者再次提醒。

程意城任他将自己搂在胸膛前，拍了拍他的背部，她的情绪渐稳，对他轻声地道："去开门吧，消夜来了。"

"好。"

侍者推着餐车进门，不自觉地见到屋内的二人——唐硕人一身黑色衬衫，正装示人，动作却是私人的，他左手搂着女孩子的腰，紧紧不放。女孩子穿一件大号男士衬衫，明眼人一看便知，那是专属于唐硕人的私人订制。

两位侍者走出房间，悄然议论。

坊间传言，唐硕人有一个交往多年的女朋友，但从不见他带出来过，人人猜测这是假新闻，如今看来竟是真的。

屋内，卫朝枫拖着程意城的手，走去餐厅吃饭。

一桌海鲜料理，出自顶级名厨之手，程意城不吝表扬："好香。"

他还有私心，偏要在她那里和新朋友分个高下。

"和酸菜鱼比起来呢？"

程意城好整以暇，看向他："想听实话？"

"当然。"

"都不喜欢。"

"哈？"

"其实我最喜欢的是……西贝面馆。"

卫朝枫顿时无言，精明如唐硕人，一时也被整不会了。

程意城顿时就笑了,趁他愣怔之际,她推开他,打算坐下好好吃饭。

卫朝枫反应过来,一把将她捞回身边:"哦,程意城,你变了,你都学会敷衍我了。"

她被他抵在餐桌旁,动弹不得。她索性放弃,笑着捏了捏他的脸:"幼稚。"

餐桌旁,承受一场笑闹。

他在她的唇边轻轻地亲,亲一下,又一下,他好喜欢他自己的女朋友。

"明天,我们就去吃西贝。以后,都不吃酸菜鱼了,好不好?"

程意城又无语又想笑:"你现在这么八卦?还想着这件事呢。"

说到这个,他可就不困了,白天在谈判席上被她劈头盖脸那样骂,他没当场把她拉走,都算自控力好的。

他"哼"了一声,把心里那点小委屈让她听见:"你那么帮他。"

"我在星实为颜总办事,我帮他是职责范围内的事。"

"包括今天在会议上那样骂我?"

"立场不同,我自然要维护我的公司和上司。"

好吧,又被刺激到了,他转过脸调整心情,以防被女朋友气死。

"程意城,你该不会真的认为,我对星实是'恶意收购'吧?"

谈公事,她不会让步:"难道不是吗?"

卫朝枫简直没法说:"小姐,你好好想一想啊。保留一定的股权给颜家、保证不裁员、保证不裁撤任何一位管理层、保证颜家在星实的经营权,我都做到这样了,这算哪门子的恶意收购啊?那些真正的恶意收购你去看一看,哪个不是明抢的?茱萸实业你总知道吧,那才叫恶意。"

程意城的情绪稍淡,茱萸实业——她实在不喜欢听他讲。

她不再看他,而有意回避:"吃饭吧。"

卫朝枫的心里一软,忽然就想对她投降,她怎么样都可以,只要不再伤心。程意城的伤心他见过，全然是无声的，只会转身，然后走。最初的迹象就是像现在这样，从眼神开始对他回避。

他瞬间放软了态度："又怎么了，我说说而已。"

"不要说了。"她低声地讲，"从前我们吵得够多了。"

卫朝枫的心里顿了一下。

痛得不剧烈，但就是痛。轻轻的一句"从前"，令他记起犯过的错。那么大的错，差一点就要失去她了，怎么舍得再来一次。

"程意城，"他抵着她的额头，全然是情人间的亲密，"我们不会再吵架，我保证。"

"嗯。"

"所以你可以在我这里讲条件，以私人关系。"

他动用首席执行官的权利，要以公谋私一回了。

她看了他一眼，好似求证："真的？"

"你可以试试。"

"好，我是这么想的，你可以收购股份，但控股权要给颜家，你不能在股权比例上占最大份额。另外，经营权也要给颜家，董事席位你最多占一个，不能主导企业实控权。"

卫朝枫听得一愣一愣的——她还真试啊？

若非这话是从他女朋友嘴里说出来的，他一定会笑死。这么异想天开的事也敢当他面说？

谈公事，程意城向来不开玩笑："就这点要求，怎么样？"

什么叫"就这点要求"？这点要求还不够吗？已经足够离谱了。放眼整座申南城，都没哪个首席执行官肯这么干的。

卫朝枫哪肯让自己吃亏，他心思一动，顺势强买强卖："好啊，你答应和我明天就去领证结婚，我全部照办。"

"你自己听听，你说的这是人话吗？"

又没的谈了。

他伸手搂住她的腰，将她带向自己。声音沙哑，浑不似谈公事，完全是情人间的低语："那你要我怎么样啊，你那些条件有多离谱你知道吗？这已经不是简单的商业合作了，而是要我送钱送人送技术给星实，帮你那个颜总做大做强企业了。暴雪不是我一个人的，我也要向董事会交代。"

程意城沉默了半晌，面前一碗海鲜粥，是她最爱的，此刻舀一勺咽下，也是食不知味。

她承认，她有私心。

那段时间她很难，申南城容不下她，就像她对柳惊蛰承诺的那样，走得更远一点，卫朝枫就会更安全。来到苏市，原本以为可以重新开始，直到现实给她重击：她的档案里多了一笔调查记录，从此断送了前途。找工作成为一件极其困难的事，在她这个年纪，换行就意味着一切清零，HR宁可用一个刚毕业的新人，毕竟一来新人薪水极低，二来年轻，没有结婚生子的风险。

她那时才明白，像她这样的普通人，其实没有太多的试错成本。一步错，步步错，人生的一副好牌打错一张，就会输到底。将她从输到底的人生中半道解救的，正是星实。

总经理助理，对那个时候的程意城来说，是超高规格的职位了。从入职工作至今，她对星实的印象很好，这是一家老牌企业，虽然缺乏创新，盈利能力不强，但每年保持低位增速，不裁员，不压减员工福利，如果没有卫朝枫这个外来入侵者，星实完全可以继续"乌托邦"的世界。

她拒绝不了自己的私心，要在他那里动用和他之间的私人关系了："以暴雪如今的体量，诸如星实这类标的，绝对不少。你何必盯着一个星实不放？不如你退一步。"

"退一步的意思，就是要我退出项目？"

"嗯。"

卫朝枫听了，低低地笑了一声。

"程意城，你真的以为我退一步，星实就会安全？我告诉你，不可能。像它这类标的，我盯上了，别人也会盯上。坦白告诉你，就我知道的，盯上星实的人不少。像颜嘉实这类没有能力扛起家业的富三代，是所有收购方眼里最好的标的。如今我进来了，才能挡住其他想进来的人，一旦我退出，会有更多人扑上来。你信不信？你想要的'乌托邦'星实，根本不可能长久存在。商业竞争的本质就是你死我活，这是自然规律，谁也改变不了。"

程意城闻言默不作声。这是事实，她得认。可是世上千万条道理，就属事实最难认。

她下意识地反驳："他是我朋友，你不要这样说他。"

卫朝枫心里很不舒服——当着他的面护短，她是不是真当他没脾气的？

他的声音很低，隐隐地有威胁："你是不是真的喜欢他？"

她存心不愿他过分得意："不喜欢他，难道喜欢你？"

寻衅到一半，她就没了声。不是没话说，而是没法说。她左手还拿着勺子，被他突如其来的深吻弄得措手不及，勺子掉在碗里，溅起的粥汤洒了她一手。他来势汹汹，为她方才那句气焰嚣张的话。她挣脱不了，被他一把抱起。

大床柔软，深陷进去。

"你刚才不是答应，不会乱来的吗？"

"前提是你心里没有别人。"

眼底的欲望刻骨，令她明白他不是在说笑。

从前在唐家，他从未涉足情场，对那类关系兴致缺缺。唐家是纯男性的世界，没有女人，唯一的例外就是季清规。他在唐家听过一些私事，丰伯偶尔提起，总是一脸的担忧，说先生和太太又冷战了，每次都弄得伤筋动骨、生生死死，底下的人也跟着遭殃。卫朝枫很不喜欢这样的感情，因为太累。

直到遇见程意城他才明白，感情没有不累的。你爱一个人，承受不起任何她不爱你的可能性，怎么会不累？

从此，欲望汹涌，情关难过。

"程意城,以前你说你痛恨我瞒了你那么多事,于是从你说分手的那天起,我再也没有瞒过你任何事。每天晚上我都给你发短信,告诉你每一天我在做的事。到今天为止,一共392天,我给你发了392条短信,你有看见吗?你一条信息都没有回过我。以前你说你不喜欢不清不楚的感情,于是我再也没有摘下过对戒。对外坚称我有女朋友,描述的都是你的模样。我做到了,可你呢?你手上的对戒,什么时候摘下的?摘下的时候,有想过我吗?"

都说感情是一场豪赌,那么他在这一场豪赌中无疑没有赢过。戴上了对戒,再也摘不下来;心里有了人,换不了谁了。感觉不对,连身体都抗拒。浑不似和她在一起,心里尚且没想法,身体已经靠了过去,想要亲近想要抱紧,好像只有这样做才能找到所谓的安全感。

程意城闻言心里一软。情人间的事真的很难讲,明明她那样痛苦过,知道当时的他也同样痛苦,她的痛苦忽然就止住了。这场感情,她不算太失败,他的痛苦为她挣回了自尊。

她看着他问:"那你解释一下,5月12日那天,你在短信里说,暴雪出面救下了谢总监,媒体可不是这么写的。"

卫朝枫一愣,旋即笑了——是秋后算账啊。没关系,他行得正,等的就是这个。

"媒体拍到的那张照片,上面的人不是我,是我爷爷的秘书,我爷爷派人将谢劲风带回了卫家。我当时不在现场,我在暴雪连夜处理关于茱萸实业的事。我爷爷在卫家府邸照顾谢劲风,他是暴雪的董事长,代表的是暴雪对谢劲风的歉意。他出面,比我出面好多了。"

她耿耿于怀这么久的事,被他三言两语撇得一干二净,可见是做足了准备,这一年里洁身自好,把自己从各种绯闻中绝缘,为的就是这一刻在她面前扬眉吐气。

"程意城,你有看我的短信,每一天都有看,是不是?"

"嗯。"

没有比他们两个更好的"等待"了。爱过一场,再分手,谁都没有背叛谁。

"白天在会议室，看见你手上空空的，对戒都被你摘掉了，那一刻我真的以为，你和颜嘉实的传闻是真的，你要换人来爱了。整场谈判我都被你分了心，最后你还要帮他，把我那样骂一顿。"说到最后，委屈得不得了。

程意城笑了一声："你现在身价那么贵，皮那么厚，还怕被我骂两声？"

"你帮他就是不行。"

"呵。"

"程意城，你谈恋爱态度不端正！"

他等了一晚上机会，在"硬来"和"慢慢来"之间犹豫不决。如今终于逮到了机会，动作立刻不规矩起来。

她在他靠近时顺势搂住他的颈项："你还没回答我，星实的事，你打算——"

"我这叫没回答你？"

深吻缠绵，是他对她的无条件投降。当她那样讲了之后，他就明白，或早或晚，他都会点头同意。程意城从不开口提要求，他怎么舍得拒绝？

她仍心有余悸："可是你刚才说，董事会不会放过你……"

"无所谓，我会去摆平。"

他用力地握住她的手，十指紧扣。他对她的感情太多了，早已说不清楚。

"董事会放不放过我算什么，最重要的是你放过我。"

沿着锁骨，一路向下。停留在她的胸口处，心脏跳动的地方，他吻下去，温柔又刻骨。

"只有你这里，我摆不平。"

隔日，颜嘉实一早到了办公室，副总就向他汇报了一个消息：朱雀方面来电，再次和谈的时间延后两日，这是唐硕人的意思，据说唐硕人昨晚凌晨三点亲自打电话给朱雀吩咐下去的。

凌晨三点——颜嘉实愣了一下,对这个时间感到很熟悉。

他拿出手机翻看短信,昨晚程意城给他发了一条短信,时间也是凌晨三点。短信中她向他请假两天,只说有私事要处理。颜嘉实一早看到这条短信,也没有多想,只迅速地回复"同意"。程意城自入职星实以来,加班是常态,连年假也没休过一天。如今要请两天假,颜嘉实也觉得没什么不妥。

这会儿,他留了心,不禁怀疑起一些事来,他想了一会儿,还是忍不住给她打电话。

电话很快便接通了,接电话的人却不是程意城。

"喂?"

电话那头的声音很慵懒,显然还在睡觉,是被这通电话吵醒的。

颜嘉实着实震住了,他记性极好,对声音过耳不忘,何况是昨天刚刚在谈判桌上对星实大动干戈的人。

他的呼吸一室:"唐总?"

"嗯。"卫朝枫的态度就随意多了。

在他心里,程意城早就是他老婆了,他跟老婆一年没见,要腻歪两天实在太正常了,这种以公谋私的事他连瞒都不想瞒。

"颜总是吧?我是唐硕人。程意城的休假是我替她向你请的,两天后我会送她回星实,顺便和你谈星实的控股问题。你放心,看在程意城的面子上,我一定最大程度地对星实让步。这笔买卖我完全亏本做,至于细节,到时候我会先让秘书发过来。"

颜嘉实有些目瞪口呆:"你、你和程意城是什么关系?"

卫朝枫一笑,在情敌面前大言不惭:"她是我未婚妻。"

说完,当即不客气地挂了电话。

刚挂断,他就被人打了一下。程意城拿过手机,翻看短信和电话记录,顿时头痛欲裂:"我就知道我不能把手机密码给你。"

卫朝枫把她手里的手机扔掉,不由分说地将她拖入怀抱中:"好了，不要谈他了，我除了想在谈判桌上见到他，其他时间都不想见。以后少在我面前提他啊，我要闹的。"

"好啊，你闹一个我看看。"

"那我闹了，你别后悔。"

他掀了被子，猝不及防地将她往下拖。程意城惊叫一声，重新掉下的被子缓缓地覆盖住两个人。

一周后，暴雪发布对星实的控股公告。

公告一出，舆论顿时一片哗然。原因无他，因为暴雪开出的条件实在太大方了。星实管理层意气风发，连颜董事长都连连致谢。唐硕人的一纸公告，不仅给星实送来了资金和技术，还送来了决策权和经营权，他自己什么便宜都不占，外人直呼看不懂。

只有颜嘉实沉默不语，他没有出席签约仪式，而是有意避开了程意城。程意城几次想对他解释，都被他避过去了。在他心里，着实过不去唐硕人那句"看在程意城的面子上"。

事实上，卫朝枫在背后要摆平的局面并不简单，首当其冲的，就要面对来自暴雪董事会的弹劾。

"唐总，关于星实这桩 Case，烧进去的资金量，已近天价，似乎有违常理。"

周二，董事会，几位董事的一席话，就将矛头对准了他。

卫朝枫一反常态，辩解不了一句，因为，他们说的是事实。

他要维持星实的现状，成全程意城"乌托邦"的理想，除了砸钱托底外，没有任何办法。在公事方面，卫朝枫不是一个得过且过的人，事实上，他在程意城提要求的那天晚上，就已经暗自想过后续的处理方法了。

那晚，卫朝枫深思之下找到了一条路：短期内，用暴雪的资金为星实托底，同时，尽快从暴雪抽人，接手星实具体的经营权，职位安排在颜嘉实之下，也就是"虚职实权"的处理方式。这样一来，既能将星实带上正轨，又不损颜家的颜面。换言之，在他扭转星实亏损局面之前，这完全是一笔见不到任何好处的买卖。

董事会对他的不满，可以想见。

"唐总，暴雪没有理由对这样一家没有长远竞争能力的公司进行托底，董事会的诉求是，还希望你仔细考虑。"

"董事会的意思我明白，各位放心，我不会让在座的各位董事难做。"他扫视全场，将心底的计划和盘托出，"托底星实的资金，我不会从暴雪实体利润部分抽调。这个任务，交给暴雪港城国际。"

此言一出，各位董事集体松了一口气。

众人纷纷靠向椅背，坐得舒舒坦坦的，方才对卫朝枫的不满瞬间烟消云散。只有一个人紧锁眉头，舒坦不了——暴雪港城国际负责人，梁晋唯。

要解释梁晋唯是什么人，就要先弄清卫朝枫口中的"暴雪港城国际"究竟是什么。事实上，它的全称很复杂，叫"暴雪控股港城国际金融信托公司"。谁都说不清楚这个"国际金融信托"究竟是个什么东西，干的是什么业务，它的执业范围足以媲美人类想象力的极限。

一年前，卫朝枫接手暴雪，暴雪迅速下滑的盈利能力曾一度令卫朝枫举步维艰。他要整合资源，就不能没有钱。当他摸清底细、东拼西凑都凑不齐他想要的资金时，卫朝枫就明白了一件事：他缺少一个"钱袋子"。

暴雪港城国际就是卫朝枫现在的"钱袋子"。

这是卫朝枫资源整合后一手建立的全资控股公司，建立之初的业务很简单，就是"钱生钱"。如果说实业是理想，那么金融，就是通往理想的必经之路。

公司初上规模之后，卫朝枫挖来了梁晋唯坐镇。

在唐家，梁晋唯的名声不大，人缘却绝好。他担任莱卡食品首席财务官八年，和卫朝枫做过上下级，也和柳惊蛰搭过班，哪任领导下台前都想把他拉拢带走。打工人做到这份上，应该说是很有两把刷子的。

第七章　缠绵

梁晋唯和卫朝枫的关系淡淡的，真正熟起来却是在卫朝枫挪用公款拉升暴雪股价那次事件之后。因为，他被人带去唐律那里问话了。至于原因，他心知肚明，卫朝枫动用那么大体量的资金，账面瞬间留痕，他这个首席财务官不是主谋就是从犯。

事实上，梁晋唯就是从犯。而他会帮助卫朝枫的原因，说起来也很无厘头：因为，梁晋唯以前接触过的唐家那些人都太不是好人了，一比较之下，卫朝枫就显得还可以。

梁晋唯当年看见卫朝枫的两难境况，竟一时心软，成为从犯。

不过，很快他就后悔了。梁晋唯以前没见过唐律，当天又是被一群黑西装带进去的，心理压力可想而知。他心如死灰，抱着"搞不好要死"的念头进了书房。谁知他一句都还没答，卫朝枫"砰！"的一声闯进来，直言"这件事和梁总监没关系"，然后惊人一跪，将责任全数揽下。

梁晋唯看在眼里，当场明白：交，卫朝枫这种朋友，绝对值得交！

两年后，卫朝枫挖人来暴雪，梁晋唯没多加考虑，收拾包袱就来了。他来得匆忙，第一天连食堂饭卡都没办好，还是借卫朝枫的。卫朝枫带他去食堂吃饭，中途遇见了柳惊蛰，莱卡食品"三人组"就此在暴雪食堂正式重聚。

这场面把柳惊蛰都惊讶到了：卫朝枫就像个蚂蚁工兵，东挖一铲，西挖一铲，竟然把梁晋唯都挖来了，他这是要挖走唐家多少墙脚。

此时此刻，卫朝枫在董事会上那样放了一句话，梁晋唯皱着眉头深思了五分钟，当场表态——

"这不行。"

全场无声。

梁晋唯坐得稳八年莱卡食品首席财务官，除了稳健就是耿直。他看向卫朝枫，再次重复一遍："真的不行。"

会议室陷入尴尬的寂静中。人人都知梁晋唯和卫朝枫的关系匪浅，连他都当面驳回说"不行"，可见是真的不行。

卫朝枫拿着钢笔敲敲桌子："哪不行？"

梁晋唯："资金量太大，时间太紧，星实这个窟窿太烂，我能力有限，办不到。"

整个董事会，只有梁晋唯确切地清楚卫朝枫准备问他要多少钱。

他是财务管理出身，账面上那点事根本瞒不过他。半个月前卫朝枫将星实的财务数据交给他，让他"心里有个数"，梁晋唯翻了一晚就明白了：卫朝枫这要命的，不是要他钱生钱，而是要他去抢了。

看看星实那堆支出，光是人员福利费一项就看得梁晋唯吐血，除了加班费、高温费、节假日礼品慰问费这类正常支出，还有夫妻和谐奖励费、幸福家庭慰问费、社区建设突出贡献嘉奖费……最后那项"公司感谢有你费"，见多识广如梁晋唯，也是无论如何都看不懂了。

他在那天就打电话给卫朝枫，直奔主题："你到底什么时候结婚？能不能快点结？"

整个申南城，每天盼着卫朝枫结婚的不是卫鉴诚，不是唐律，而是梁晋唯，这，就是一个会计人的觉悟。

卫朝枫当然知道他在问什么，他直言不讳："你就当帮我一次，好吧？程意城开的口，我不好拒绝。"

梁晋唯是老实人，说话耿直："你这个女朋友要的嫁妆，也太高了，这是要我去抢银行的程度了。"

"不至于，只是短期之内压力大一点。"

"这还叫不至于？连国企都不敢这么搞。"梁晋唯把那堆人员福利费背给他听，"主业做得那么烂，社会责任倒是揽得那么快，他们是不是正常人？企业要吃饭、要盈利的，一群人在那里瞎搞，自我感动得要死，懂不懂'先主后次'这个道理？"

"梁晋唯，差不多点。"

后者听了，听出些卫朝枫的警告之意，遂住了口。

卫朝枫道："你的意思，我明白。站在我的立场，我承认你说的都对。"

"那你还？"

"因为，我换一个角度去想的话，这件事就可以有另一个解释。"

"什么解释？"

"如果它不是这样一家企业，程意城也不会有现在这份工作。"卫朝枫的声音淡淡的，都看透了，"她会离开申南城，也是因为和我分手。她的主业不是这个，星实还肯用她，是有器量的。所以，就当是我感谢它。"

梁晋唯对他这个公然以公谋私还要说出来的行为感到很无语，可能这就是他不能理解的恋爱脑吧。

今天的董事会，梁晋唯知道，这是最后反驳卫朝枫的机会。虽然卫朝枫的行为在他的眼里确实很大义，但没道理卫朝枫要大义、他就要先被推出去送死是不是？

思及此，梁晋唯尽显钢铁直男本色，说什么也不肯："我把数据给你看，家底都在里面，你自己去想行不行。"

卫朝枫忽然道："我知道现在肯定不行。"

梁晋唯："什么？"

卫朝枫："我跟你去港城。加上一个我，你觉得行吗？"

梁晋唯的动作一顿，呼吸一窒——卫朝枫的意思，是他想的那个意思吗？

除了在唐家和卫朝枫并肩做过事的几个人之外，没有人真正了解卫朝枫的底细。当年卫朝枫一战成名，靠的是莱卡食品，但梁晋唯知道，卫朝枫真正擅长的业务不是这个，而是金融运作。

梁晋唯刚接手暴雪港城国际，仔细翻了一遍财务数据，就被卫朝枫打下的基础惊到了。他问："你到底干了些什么事，哪里搞来那么多钱？"

卫朝枫笑了一下，告诉他："法无禁止皆可为。"

作为朋友，梁晋唯在那天有些庆幸。幸好卫朝枫还有唐律管着，把他踢去了莱卡食品从此不沾那些旁门左道，否则以卫朝枫这个基础，滑向危险的边缘那是早晚的事。

这会儿，只有梁晋唯听出了卫朝枫的言下之意：他要亲自下场，重操旧业去搞钱了。

梁晋唯立场一变,迅速墙头草起来:"那可以。"

他毫无后顾之忧,甚至拍起领导的马屁:"有唐总过去,我没什么不行的,必将全力以赴,配合公司完成任务。"

卫朝枫当晚直飞港城,一待就是半个月。

他亲自下场,效果惊人,暴雪港城国际的账面盈余噌噌地往上涨。其间他还腾出手,从暴雪实体经济抽调了五个人,空降星实担任副总,全面接管生产、管理、财务、销售、采购五大条线,将一团烂账的星实拎了个清楚。

梁晋唯全程陪同,对他颇有想法。卫朝枫这个恋爱,谈的代价也着实太大了。

梁晋唯身在名利场,见多了豪门女友,深知这类女人最爱的无非那几样:钱、身份、男人的真心。要是按这个标准来,卫朝枫的日子会好过很多。偏偏他那个女朋友不是一般人,思想觉悟高得惊人,谈恋爱不要钱不要身份,要卫朝枫带领民营企业高质量发展。你说说,这怎么搞?

晚上七点,卫朝枫结束了暴雪运营例会,和梁晋唯去员工食堂吃饭。

食堂位于中环,寸土寸金。一年前,柳惊蛰嫌弃暴雪港城国际连个像样的食堂都没有,害得他顿顿去酒店。卫朝枫烦死了他那点精英主义的毛病,于是大笔一挥,一步到位,按五星级酒店的标准将暴雪大楼第十二层全数批建成食堂。

食堂建成第二天,卫朝枫和梁晋唯去吃饭,果然看见柳惊蛰也在,身后跟着个陈嘉郡。正值大三暑假,大学有实习要求,柳惊蛰连和卫朝枫招呼都没打,亲自把陈嘉郡调来暴雪港城国际。

那天,卫朝枫和梁晋唯不仅见到顿顿去酒店的柳惊蛰陪着一个大学生来食堂,还听见那两人的一番对话——

"柳叔叔,这里的食堂真的很好欸。之前我查官网介绍,还以为没有食堂呢,我都打算每天中午带饭来吃了。"

"带什么饭,不用。你在这里还缺什么,记得跟我说,我去让卫朝枫准备。健身房要吗?"

"不不不,不用了,我每天下班后会夜跑的,方便。"

"夜跑不安全,女孩子容易遇到坏人,让卫朝枫建一个不是更方便?我去对他说。"

卫朝枫:"……"

梁晋唯:"……"

见识过柳惊蛰谈恋爱的段位,梁晋唯看着卫朝枫,对他有一股挥之不去的深刻同情。同样是谈恋爱,人家柳惊蛰怎么就能谈得那么丝滑,不费吹灰之力?卫朝枫连半点精髓都没学到,还在这儿扶贫。

这天,两个人在食堂吃上饭已近七点半。

除了坐镇暴雪港城国际搞钱之外,卫朝枫还要腾出手去管星实的日常经营,另一方面,暴雪的正常业务他也不能旁落,毕竟这才是他的主责主业。卫朝枫每天只睡三个小时,忙得焦头烂额。

梁晋唯喝了一口粥,对他道:"我给你一个建议。"

卫朝枫连眼睛都没抬:"说。"

"星实这件事之后,你和你女朋友,最好在公事上做切割,不要有交集。"

卫朝枫听得懂他的意思。

梁晋唯深入星实这桩事之后,才明白卫朝枫要兑现承诺意味着什么。不仅意味着卫朝枫要以一己之力将星实扭亏为盈、带入正轨,还意味着过去那些他最擅长的行事方式,他都不能用。他要全面修改一直以来的行事价值观,去变成他女朋友喜欢的样子。

梁晋唯是现实主义,他冷眼旁观,多少觉得卫朝枫这段感情的持续性有点问题:"像星实这类事,再多来几次,你吃不消的,和你女朋友也走不长远。"

在饭桌下,卫朝枫当即踢了他一脚,他踢得用力,梁晋唯价值不菲的黑色西裤上留下一个深深的脚印。

卫朝枫被触到了雷区，毫不留情地道："乌鸦嘴，扣你奖金——"

梁晋唯还想反驳两句，卫朝枫的手机忽地振动。他看了一眼屏幕，来电显示是"董亚洲"。

在暴雪，董亚洲的地位不低，他稳坐暴雪副总裁之位，分管地产业务。暴雪地产业在董亚洲手里做得风生水起，一力奠定了暴雪地产的金字招牌：贵。暴雪每况愈下那几年，董亚洲动过离职的念头，最终他却没有走，原因正是卫朝枫。卫朝枫空降接手，经过一顿资源整合，就令董亚洲明白：这是一个真正会干事的人。对打工人而言，跟对老板，很重要。

这两年，卫朝枫没令董亚洲失望。他完全符合董亚洲对首席执行官的期待，甚至超出了预期——直到卫朝枫把他踢去星实。董亚洲这才发现，卫朝枫精明圆滑的性格里，有一个很要命的例外：对待女朋友，卫朝枫相当纯情。

一周前，董亚洲被卫朝枫调往星实，接手最棘手的业务——销售。去之前，董亚洲对星实有过最坏的估计，当他去了之后，才发现他的最坏估计都稍显乐观了。

星实销售部信奉"三不"文化：不喝酒、不陪聊、不应酬。卖产品，主打就是一个随缘。

董亚洲顿时苦不堪言，直接致电卫朝枫："唐总，星实这帮人，我带不动。"

卫朝枫对星实的了解比董亚洲深刻得多，明白他并未夸张。他想了一下，径直吩咐："你这样，把暴雪地产销售队伍抽调一支过去，先把局面稳住。"

"唐总，这会不会太牺牲我们自己了？"

"你做事就好，董事会方面有意见我会去解释。"

"哦，好。"

电话挂断后，梁晋唯意味深长地看了他一眼，意思是：看吧？

卫朝枫扶额，头痛不已。

梁晋唯还想损他几句，忽地看见不远处一个身影越来越近。等他看清来人，当即起身致意："卫董事长。"

卫朝枫一愣，转身看去。真的是卫鉴诚。

他丢下碗筷，立刻上前扶住爷爷："这个点，您怎么来了？"

自从卫朝枫上位后，卫鉴诚就处于半隐退状态。卫鉴诚的健康状况一年不如一年，当初暴雪管理层反水那件事给他带来了毁灭性的打击，从此落下了病根。卫朝枫看在眼里，颇为心痛。即便卫鉴诚没养过他一天，那也是他血脉相连的祖父。

卫鉴诚微微一笑，如今看着慈祥了不少："老丁七十大寿，晚上我过去了一趟。知道你最近也在港城，就顺便过来看看。"

卫鉴诚嘴里的"老丁"，就是丁氏珠宝行的董事会主席丁泰。金融危机那一年，丁泰冒着倾家荡产的风险，配合监管层，几乎抛售了手里全部的黄金库存，以平息市场因通货膨胀的恐惧而掀起的黄金疯狂抢购潮，以一己之力稳住了动荡的金价。自古险中求胜最显仁义，金融危机结束后，丁泰当仁不让地坐上了商界有功人士的头把交椅。

这样一个巨头，谁都想和他攀交情。但丁泰这两年，就对卫鉴诚这老朋友盯得紧。原因很简单，他看上老朋友家的孙子了。

今晚在宴席上，丁泰趁着薄醉，对卫鉴诚软硬兼施："你就把你们家的卫朝枫让给我吧，我们家颂宜喜欢他喜欢得不行，全家人都心疼死了。老卫，你就当帮帮忙，去做做卫朝枫的思想工作嘛。"

丁家枝繁叶茂的，丁泰有八个孙子，但嫡亲的孙女就只有一个丁颂宜。丁泰重女轻男，丁颂宜从小养在丁泰的身边，是真正的顶级名媛。半年前，丁颂宜和卫朝枫在慈善晚宴上见过一面，聊了几句。不知卫朝枫是怎么聊的，把丁颂宜聊得一见钟情，回家就说想结婚。

这会儿趁没有外人在，卫鉴诚多少想试探卫朝枫的口风："你和丁颂宜是怎么一回事？"

卫朝枫："谁？不认识。"

卫鉴诚：好吧。

虽然离谱，但也在意料之中。就像方才在宴席上，他对丁泰的回应一样："老丁，这件事，我帮不了你。我们家卫朝枫有女朋友了，谈了好几年。"

丁泰顿时很不服气："哪家的千金？"

卫鉴诚笑了一下，将程意城的颜面维持得滴水不漏："独生女，都是父母的千金，哪家都一样。"

暴雪港城国际是卫朝枫的"钱袋子"，坐镇的梁晋唯又是唐家人，卫鉴诚从不会来。他今日现身，令卫朝枫多少有些意外。意外之余，也有些感动：卫鉴诚想尽力在人生的最后岁月里，化解对唐家的恨意。

卫朝枫扶着卫鉴诚，到顶楼办公室休息。

他刚为女朋友干了那么大一件以公谋私的事，在董事会里闹得风风雨雨的，这会儿就怕卫鉴诚质问。他心一横，索性先把错认了："星实那件事，其实是因为——"

"你不用跟我解释。"卫鉴诚接过他递来的茶，道，"如今暴雪由你做主，这点小事你自己拿主意就行了。"

"哦，好。"

卫朝枫得了便宜，乖巧得很。

一老一少在办公室聊了一会儿，都是隐秘的公事话题。卫鉴诚提醒他，近日汇率异动，国际贸易往来可能生变，暴雪在这方面占比不低，千万要注意。卫朝枫点点头，表示已经注意到了，以如今的全球局势看，稳定压倒一切，他心里已经有了打算。卫鉴诚听了，欣慰地喝了一口茶，便不再多言。

两个人聊了几句，顶楼传来一阵轰鸣声。暴雪顶楼是停机坪，专供卫家私人飞机起降。能随时随地动用这种特权的，除了卫鉴诚，就只有如今的卫朝枫。

卫鉴诚看了他一眼，声音幽幽地道："都这么晚了，你去哪儿？"

卫朝枫一本正经地找了一个极其冠冕堂皇的理由："刚入股星实，趁有空多过去了解下，未来的价值回报也能更精准测算……"

卫鉴诚盯着他，眼神犀利，意思是你接着编。

"好吧，我说。"卫朝枫有点招架不住，便闷声招了，"我女朋友在星实，我想过去看她。"

卫鉴诚笑了一下。

年轻，还能为爱情赴汤蹈火，几天不见就心痒难耐，这是好事。随着岁月渐长，这些好事会越来越少，人生只剩乏善可陈。他走过一生，已到暮年，不禁感慨良多。有时也会想，当年执意拆散卫柏和唐枫或许真的是他错了。真正的爱情都是拆不散的，能拆散的还能叫作爱情？

他拍了拍他的肩膀，轻声地道："去吧。"

卫朝枫有些受宠若惊。他从小听多了卫鉴诚当年是如何逼得他父母走投无路的，如今有这待遇，他措手不及。

卫鉴诚替他整理了一下衬衫，嘱咐道："你喜欢程小姐喜欢了这么多年，人家女孩子还不肯跟你结婚，你该好好反思反思。反思好了，程小姐有哪里对你不满意，你就快点改了。然后早点结婚，把心定下来，知道吗？"

卫朝枫得了忠告，心里很有些感动："嗯，我明白。"

私人飞机轰鸣，飞去千里之外。

回去的路上，卫鉴诚闭着眼睛，对开车的谢劲风道："听我一句，换一个人吧，你会好受些。卫朝枫心里有人了，他是和他爸爸一样的，喜欢上一个人，宁死也不会放弃的。"

说完，老人睁开了眼睛，又道："这些年，你对暴雪、对卫家，仁至义尽，我都看在眼里，绝不会亏待你。趁我还有些力气，只要你同意，我可以介绍更好的男孩子给你认识。我的那些老伙计们都几次对我提到你了，世家青年里不乏比卫朝枫更好的。"

谢劲风目不斜视："董事长，您的好意我心领了，但我不需要。"

卫鉴诚平静地劝她："你和卫朝枫没可能的。"

闻言谢劲风的眼眶一红，不再说话。

第八章 器量

今晚程意城很尴尬。原因就在董亚洲。

董亚洲到星实十来天了，跟谁都谈不来，只和程意城能聊上几句。星实就像个养老单位，人人在这里过着"你好我好大家好"的生活，对董亚洲这几个空降鲇鱼相当抵触。董亚洲的激进作风，只有程意城能理解。

董亚洲对程意城很有好感，在他看来，这就是星实唯一的正常人。毕竟是大城市来的，浸淫过申南城金融中心的工作节奏，明白企业生存的本质就是你死我活。市场经济，你不想办法抢，谁来惯着你？

董亚洲今晚和程意城核对销售数据，稀巴烂的销售额对得董亚洲很冒火，当着程意城的面就开了免提，对着卫朝枫一通输出。

程意城全程听完电话内容，十分尴尬。

董亚洲一线出身，业务能力很强，人情世故却很一般。只知道卫朝枫在星实有个女朋友，但具体是谁，他从没弄清楚过。本着"男人都爱大胸妹"的劣根性认知，董亚洲第一时间把程意城从"卫朝枫女朋友"的位置上排除了。在他看来，程意城好是好，但跟卫朝枫显然不是一路人。

两个人结束加班后，已是晚上九点了。

程意城请他喝咖啡，顺势平复他的心情："不好意思，星实这边，拖累董总了。"

"不客气，叫我亚洲就行。"

董亚洲仰起头喝了半杯咖啡，没什么心机地跟她讲八卦："我们唐总为了给星实输血，人都亲自去了港城，盯着暴雪港城国际拿钱出来，梁晋唯被他搞得苦透苦透，我们其他人还算好的。"

听见一二真相，程意城不是没有想法的，她心有愧疚，于是再次致歉："真的不好意思。"

程意城回到办公室，没有下班，她坐了一会儿，有一些事要想。

一室寂静，墙上的钟静静地走着，忽然，有人开了办公室的灯。

一室明亮，突如其来的刺眼灯光令她有些不适，程意城捂住了眼睛。

颜嘉实一愣："你怎么还在？"

"哦，没什么。"眼睛稍稍适应后，她看向他道，"等下准备走了。"

见他手里拿着一沓文件，程意城了然："你也刚和林总开完会？"

林总，即暴雪行政管理部高级副总裁林致清。作为暴雪行政管理部的资深高级管理人，林致清被誉为暴雪行政人的灵魂，集团日常行政管理在林致清手里变成了暴雪对外的一张靓丽名片。卫朝枫在暴雪开启企业反腐那半年，各条线都不断地有猫腻涌出，董亚洲的销售部更是重灾区，只有林致清的行政管理部全身而退，林致清从此坐稳了卫朝枫亲信管理团队的重要一席。

和董亚洲一样，林致清也是一周前被卫朝枫空降星实的五大高级管理人之一。作为行政管理部要员，林致清的直接对标人，就是颜嘉实。简单地说，他将颜嘉实拎到管理部老大的位子上坐稳，他的任务就算完成了。

三天后，林致清就后悔了，他同样致电卫朝枫，一通输出，比董亚洲还要早四天。

"唐总，我能力有限，能不能让我回暴雪？"

"不用跟我说这个，你自己想办法。"

"颜嘉实完全不是这块料,他那个助理倒还行。我能把程助理拎到管理部老大的位子上坐稳吗?"

林致清当然是被拒绝了。

事实上,星实这一边,也被搞得焦头烂额,他们本来就是一个养老单位,祖上传下来还有几块地皮,靠收收租金勉强度日,虽然不富裕但很安逸,十几年下来早就被磨平了锐气,一线城市那硝烟味弥漫的"35岁裁员""大厂996"新闻听上去就像都市怪谈。

卫朝枫一来,好了,整个养老单位被迫进步。时代的脚步太大了,哪是那么容易追上的?

程意城看向颜嘉实,终于鼓起了勇气,深刻地反省:"我是不是……做错了?"

颜嘉实少见地没有回答,他性格温和,又对她有感情,极少会将她的问题晾在一边。他这个沉默的态度摆出来,程意城就明白了他的回答:他也认为,她做错了。

"程意城,我始终认为,世界运行,是有秩序的。"他坐下来,和她面对面,平静地同她聊天,"士农工商,没有谁比谁好,只有谁更合适。拿星实这件事来说,我很早就对你说过了,我意不在此,也完全明白我的能力配不上公司的长远发展,如果唐总可以带它走得更远更好,我愿意认同他的收购结果。"

一瞬间,程意城颇有些后悔:"是我的问题,我不该以我的意志为转移,让所有人配合我的理念来行事。"

颜嘉实笑了一下:"程意城,你不诚实。"

程意城没说话。

他看透了她,说:"你是想借唐总和暴雪的手,将星实带上一个比较平稳的阶段,你离职的时候就会比较安心,认为对我、对公司报恩,是不是?"

程意城没有否认,他说对了。

他看着她,不禁有些伤心。她对他的好,都是为了离开。

"你已经决定,要和他走了,是吗?"

触及私事,程意城不愿意对一个外人讲:"这个不方便谈。"

"没关系,我只是想起,从前我们刚认识的时候,你对我说的一些话。"

回想过去,记忆中都是刚刚认识时的好。

"我记得你那时对我说,你来苏市是因为离家近。比起申南城,你还是喜欢小镇的生活。"

"嗯。"

这是事实,程意城不否认,她出身乡土,根在乡土,即便工作后留在现代社会,仍然心系乡土。那是一个伦理社会,日出而作、日落而息,连记忆都是多余的。秦亡汉兴,没有关系;庄稼熟了,才是头等大事。乡土社会中讲究伦理,夫妻和睦、恩爱一生,仿佛人人如此、本当如此。连语言在此都显得多余,没有人会将"我爱你"挂在嘴边。眉目传情,眼神里什么都有。

颜嘉实看着她,几乎为她痛心:"可是,他不会是这样的人啊——"

程意城接下他的话:"你是想提醒我,我和他不合适,对吗?"

颜嘉实鼓起勇气,点头承认:"我知道,这样讲,显得我很卑鄙。但经过这些天,我更加证实了这个想法。所以,我想对你说,如果有一天,你也认同这个想法,我随时欢迎你回来。星实也许不在了,但我永远会在。"

她听懂了他的弦外之音,正欲辩驳:"颜总——"

"砰!"的一声推门声惊天动地,粗暴地打断了两个人的谈话。

屋内的二人均惊了一下,齐齐起身,向门口望去。卫朝枫长身玉立,显然站在门口多时,方才屋内的一番谈话,全数被他听去了。

卫朝风脸色冰冷,遥遥地看着屋内的二人:"谈完了吗?"声音讽刺入骨,"想好了怎么劝她和我分手吗?"

屋内的气氛降至冰点。

程意城这样的乖学生,头一次有一种被人抓现场的感觉,她的第一反应就是解释:"卫朝枫——"

卫朝枫盯了她一眼,程意城倏然住口,这是一个很不善的眼神,暗含警告。她没有见过这样一面的卫朝枫,一时之间愣住了。

他不疾不徐地缓步走进办公室。

卫朝枫一言不发,径直走向程意城,上前牵起她的手握紧。他握得太紧,将她不谙世事的一双手,像捏水蜜桃一样紧捏在手心里,他再用力一点,仿佛就会捏断她。

程意城觉得痛,但她没有说,她从不喜欢在外人面前和他争执,何况今晚是她不对。

颜嘉实看在眼里,很难不为喜欢的人说句话:"你弄痛她了。"

卫朝枫停下脚步,他微微侧身,投过去一眼。

就这一眼,令程意城明白,今晚的卫朝枫已经怒火中烧。

就因为他一时心软,当初答应她分手,才让外人有机可乘。这是卫朝枫做过的最大错事,他在心底将自己恨了无数遍。

"颜嘉实,我警告你。"他声音阴冷,"程意城是我的女朋友,也是我的未婚妻,麻烦你管好自己。下次再让我听见你诱哄她和我分手的话,我不会放过你。听闻颜董事长心脏不太好,预约了美国心脏手术专家,下个月即将赴美进行手术,这个手术我能不能让它无法进行,你可以试试。"

"唰"的一下,颜嘉实的脸色变得惨白。

夜色里,一辆黑色的轿车一路疾行。

后座的氛围不太好,两个人坐着,中间隔了一点距离。对旁人而言不算远,而对程意城来说,却是最远的一次。他从前惯会哄人,有她在身边,总是用抱的。

她看了他一眼,去拉他的手,卫朝枫不轻不重地甩开,转过脸,以手撑额,看窗外的风景。

程意城鲜少见到盛怒之下的卫朝枫,他待她从来都是最有耐心的,很少发脾气，往往她什么都不说看他一眼，他就投降了。如今被他拒绝，她犹豫了半晌，还是收回了手。

司机将车停在酒店门口，卫朝枫下车，摔门就走。司机一时有些无语，不知道当下是什么情况。卫朝枫没让他下班，他也不敢走。

还是程意城替他拿了主意："张师傅，您回去休息吧。"

"那唐总那边？"

"他没事的，发脾气而已，您先回去好了。"

"哦，好。"

程意城下车，对司机挥手。

司机想了想，又道："程小姐，要不，我再等一会儿。万一……一会儿您需要人帮忙，我也可以为您接应。"

豪门恩怨，司机见得不少，尤其涉及男女，更是一本无头账。双方势均力敌，尚能自保，而程意城，显然不属于此类。司机和她接触了一阵，心里就明白：这是一个善良的普通人。意思就是，再善良，也是普通人。若唐硕人存心为难，她必将遍体鳞伤。

这也是程文源和简心华对这门婚事持反对态度的原因，过来人都明白，婚姻的第一要义是"均势"。这世上当然存在违反"均势"仍然幸福的婚姻，但极少，程意城和唐硕人这场感情，是否会是"极少"中的一个，极其考验当事人。

程意城显然对此有所准备："没关系，我不会有事的，您放心。"

司机踌躇着，唐硕人并不是一个好相处的老板，他开出的高薪和他的严苛程度是成正比的："程小姐，我很少见唐总这样，我怕唐总为难你。"

程意城柔柔地一笑："他不会。"

一句话，昭示着不为人知的亲密。司机懂了，不知怎么的，他也笑了，方才对她的担心烟消云散。若非唐硕人给足了安全感，一个普通女孩子，断然端不起此等态度。

"那好，程小姐，我先走了。"

"嗯，明天见。"

事实上，程意城确实没有在逞强，她是比较了解卫朝枫的。别看卫朝枫发脾气阵仗大，其实持续不了多长时间，全看她怎么哄。她有心要哄，一分钟就没事了，最多两分钟，不会再多了。

乘电梯上楼，程意城走到房间门口，一看，果然连门都没关，像是就怕她不进去，卫朝枫把门开得敞亮。他这脾气发得着实差点意思，她要是再晚来几分钟，他能掉头下去找她，连一点尊严都没有。

程意城进屋后，关门落锁。卫朝枫正站在客厅吧台前，一个人咕咚咕咚地喝水。听到关门声，知道她来了，他没转身，硬气地背对着她，脸上那点心事就差写在背上："我要闹了，快来哄我。"

程意城也不急，缓缓地走向他。她出其不意，拍了他一巴掌，柔声地问："你真跟我生气呢？"

她这一巴掌拍下去，拍的部位真是妙极了。一巴掌拍完，卫总的气消了一大半。

卫朝枫看了她一眼，态度是居高临下的，内心却是心痒难耐的。他这个女朋友勾人的本事是顶级的，只要她想，她就能将他勾得晃晃荡荡、任凭差遣。

他放下水杯，扣住她的腰，将她压在吧台边："我气着呢，不会好了。"

"我只不过和颜总随便聊了几句，那些话不当真的。"

这话，他就不爱听了。

"随便聊了几句？"卫朝枫冷笑，"你随便跟人聊，就能聊到和我不合适？再继续聊下去，是不是就该和我分手了？"

"不。"她摇头，"我们不合适，是事实，其实也根本不需要我和别人聊。"

闻言卫朝枫的声音一变，警告她："程意城——"

"你先听我说。"她看向他，眼神坦荡，有一种自我审视的无畏在里面。

第八章 器量

"我和你,本来就是两个世界的人。是那一年的阴差阳错,给了我们'合适'的错觉。"

从前,她也曾天真,抱着一丝侥幸,认为爱情可以磨灭一切距离,但其实,怎么可能呢?

卫朝枫已将生死、权谋、规则、名利全都完整体验的时候,她还在小镇的周末补习班苦苦地挣扎,最大的愿望不过是考上一所985。这就叫距离。

人生而平等,是最大的谎言。除了安慰自己,别无他用。

"如果当年,我们是以原本的面貌互相见面,我一定不会喜欢你,可能连认识你都会很抗拒。不是因为你不够好,而是我不想让自己太辛苦。"

梁晋唯、董亚洲、林致清,已让她应接不暇,而卫朝枫,还在他们之上。她亲眼见证过世界的高度,为人与人之间的天差地别而感到一丝无望的悬空。从小到大,她都喜欢握在手里的生活,就像下雨前收衣服,睡觉前盖被子,她对人生所有的安全感皆来源于此。直到他空降她的人生,强行参与。

"坦白说,对你,我犹豫过。可是最后,我还是舍不得。舍不得你喜欢别人,舍不得你对我的好,去给了别人。单是想想,就会很难过。"她看着他,眼里都是心碎的勇敢,"所以,尽管我清楚,我们之间存在很多'不合适',但我也还是想,再努力试一试。"

她伸手搂住他的颈项,给了他一个女生最大的坦诚:"我不想就这样把你让给别人,让给那些……比我更'合适'你的人。卫朝枫,唔——"

话未说完,他已倾身向前将她吻住。

一吻到底,完全不给她任何犹豫的机会。她被他的力道弄得措手不及,重心不稳地向后面仰去。他顺势搂住她的腰,用力地将她抱上吧台。吧台有些高,她双脚离地,有一丝悬空之感,便下意识地将他搂得更紧了。

情人间的坦诚总是缠绵的序曲。尤其是女孩子的主动，最脆弱，也最动人。这份勇气，值得他一生呵护，永不辜负。

"我不会是别人的，永远不会。"

私事亲密，除了对她做过，再没有人了。这就是独一无二的意思，这就是承诺。

她用坦诚换来他的理智，记起方才所为，他摸了摸她的手，不禁有些懊悔："刚才，我弄痛你了吗？"

"一点点。"

她近来有进步，在他面前渐渐地学会了撒娇。不常做，偶尔为之，每次想起来，都是情难自禁。

她看了他一眼，小声地控诉："刚才，你好凶的。"

卫朝枫顿时就笑了，有感情，连控诉都听得心痒，他听懂了她的言下之意，要他来哄一哄才好。

"因为，我没有你想的那么勇敢。"他拂过她额前的碎发，将之拢到耳朵后面。动作私密，只对她会有，他继续道："我也会很害怕，怕你被人动摇，无端地怀疑我和你之间的持续性。"

他不是第一次听到这样的猜测。乔深巷提过，梁晋唯也提过。他们顾忌着和他之间的私交，才没有点透。那些话，听过就算了，他从来都习惯了自己拿主意，尤其是感情。可是，程意城不是，她有她的骄傲和自尊，听得多了，会怎样想，他没有把握。

"可是现在，你把我说服了。你让我相信，我有一个很勇敢的女朋友，一个很有主见的未婚妻，将来，还会有一个很爱我的卫太太。我真的……很喜欢这样的程意城。"

她笑着捶了一下他的肩膀，不愿见他太得意："还没有结婚，叫卫太太还有点早哦。"

"哪里早？"他握着她的左手，还在为她刚才拍他那下而记忆犹新。

"卫朝枫，你好讨厌啊——"

两个人笑闹起来,他让她几回合,就在她有点小得意的时候趁势反压,一把托住她的腰抱起。身体陡然离开了吧台,她低低地惊叫一声,下意识地搂紧了他,就这样主动将自己送到他的手上,完完全全地受他控制。

她有心结未解,趁着和他亲密无间,她鼓起勇气,低声地道歉:"对不起,之前我对你任性了。"

"嗯?"

"公司运行要符合经济规律才可以,我明明知道,还妄想借你的手,满足我自己的私心,以令自己将来离职的时候对星实过意得去。害得你和你的同事那么辛苦,我真的不对。"

"你说梁晋唯他们?扯淡。"

卫朝枫根本不把兄弟当回事,对女朋友百般维护:"梁晋唯每年拿我1500万的年薪,叫他做这点事,他还敢有意见?他随口说说的话你不用信,不在我面前叫几天苦,年底怎么和我谈涨薪的事?"

程意城:好吧。是她天真了。

她以为高级管理层拿百万年薪已经够高了,直到卫朝枫刷新了她的认知。

"那星实的事——"

"傻瓜,你真当我亏本做生意啊?"

他本来是不打算说的,要把自己弄得越狼狈越好,这样才能在她那里讨到很多好处。但他没想到她真的那么好骗,竟还做起了自我批评,卫朝枫仅剩的那点良心也过意不去,将心底的打算和盘托出。

"这么个地级市,规模以上工业企业就那么几家,星实虽然是个养老单位,但经年累月盘根了这些年,解决了这么多就业岗位,和地方政府的关系非常好。我的打算是,前期苦一点,将它拉到正轨上,然后用这个,去和地方政府谈发展规划。能谈下来的话,单是政府补贴这一块,就不会小。"

程意城:好吧。这是唐硕人,她怎么会以为他轻易会让自己吃亏?

卫朝枫对女朋友心疼得要死。这么好欺骗，竟然为他和暴雪那群人精过意不去。他不好好地补偿她，他都觉得对不起她。

卫朝枫抱紧了她，低声和她咬耳朵："我们去房间。"

她顺势搂住他："我都还没问你，你今晚怎么过来的？白天都还在港城。"

"私人飞机过来的，两个小时就到了。"

"真是耗油费啊！"

他被她这个反应弄得既无语又想笑，最后亲了亲她的唇角："可爱。"

卫朝枫一脚踢开房门，将她放在床上，居高临下地对她郑重地告诫："以后再有人对你讲挑拨是非的那些话，你就按我说的回应。"

"什么？"

"你直接告诉他，这辈子和卫朝枫结婚，合适得不得了。"

程意城被他说得有些羞涩，满脸通红。

他看出她的推托之意，小情绪立刻就上来了："哦，程意城，你还想拒绝？"

开始了，无理取闹开始了。对付这样的卫朝枫，她有足够多的经验，她从不会在这时候和他正面反驳。

她笑了一下，搂住他劲瘦的腰，在他的腰间摩挲："你油费都烧了，就专程过来和我谈别人？"

卫朝枫的喉结跳动，在她面前他真的很没用，女朋友随便勾一下，就能让他把原本想算的账全都一笔勾销。还要被她牵着走，任凭差遣。

"程意城，你好会勾我啊。"

"那你上钩吗？"

"上。"他当场投降，对她投降，对感情投降。

卫朝枫给自己放了两天假，和女朋友在酒店腻了两天，很快，舒服的日子就过不下去了。

原因很简单，暴雪出事了，而且出的事还不小。他的名字频繁地登上财经新闻,舆论发酵,连颜嘉实都有所耳闻。

颜嘉实寻了一个机会,拦住程意城问:"暴雪最近出事了,你知道吗?"

"你指哪件?"

"遭人反水的那件事。"

一周前,暴雪在上东城进行一宗收购案,突然遭遇并购方反悔。这是近年少见的独角兽控股事件,涉及巨量资金,暴雪前期已经投入了资金进去。一旦失败,牵连甚广。暴雪试图封锁消息,但以失败告终。

媒体的嗅觉灵敏,捕风捉影地探知到事件进展后公开发布,引起舆论一片哗然,将暴雪置于更为被动的境地。两位暴雪的最高层,唐硕人和柳惊蛰,最近都在上东城亲自处理这件事。

程意城道:"我知道一点,但不太清楚,还是以官方发布的消息为准。"

事实上,她没有说谎,卫朝枫从来不对她讲公事,尤其是负面新闻。

那天,他和她一夜缠绵。天还没亮,卫朝枫就被一通电话叫走了。电话打得很急,是柳惊蛰亲自打给他的。卫朝枫凌晨两点才睡,凌晨四点接到了电话,整个人处于浑浑噩噩的状态,被吵醒时只想摔手机。柳惊蛰用几句话就让他清醒了,卫朝枫边接电话边穿衣服。程意城被他吵醒后,问他什么事,他没多说,只说要马上飞一趟上东城处理点事情。程意城交代他注意安全,他说了一声"好",亲了一下她的脸颊就匆匆走了。

颜嘉实看着她,问:"你不去一趟上东城吗?"

本来他是不想说的。但她偶尔为之的坐立不安,他看在了眼里。最终,感情打败了私心,他给她鼓励和勇气。

"我想,他应该很需要你的支持。"

突如其来的建议,像夏天的小蚊子,叮了一下她的心,既痒又痛。

她没有想好:"再说吧。"

当晚,程意城坐在书房里,打开电脑看了一晚上资料。她的作息一向规律,八点洗澡、九点看书、十点睡觉。她喜欢规律的人生,这让她有安全感。直到遇见了卫朝枫,这一切被打破了。

凌晨十二点,程意城摘下眼镜,揉了揉酸痛的眼睛。看了一晚上资料,她算是确定了,暴雪确实遇到了问题,卫朝枫的处境十分不妙。暴雪此次涉及的收购资金堪称巨量,能参考的同类案例非常少。对方敢公然反悔,必定准备了后路。卫朝枫处于十分被动的不利地位,他会怎样应对,成为媒体关注的焦点。

连程意城都替他累,她知道,卫朝枫对她足够好,所以从来不说这些事。这些事太不好了,和她喜欢的平静人生背道而驰,他尽力想成全,以一己之力将所有"不好"的事挡在了她的世界之外。可是他忘记了,两个人相爱,还要结婚,她总不能永远被他保护一辈子。一丈之内是夫妻,他不好过,她岂会独善其身?

"你还真是会让人担心啊——"她心里这么想着,犹豫再三,还是给他打电话。

打了两次,无人接听,第三次,电话终于被人接起,接起的人却是谢劲风。

她在电话那头礼貌地告诉她:"唐总正在和并购方开会,没有办法接你的电话。"

"这样,没关系。"

"他很忙,在上东城我会照顾他。"

"你照顾他?"

"是。于公,我是暴雪董事会秘书,必将坚守职责,同我的上司共同进退;于私,我和他有八年私交,我必将和朋友全力以赴。程小姐,你还有何问题?"

"不,我没有。"

"好,那就容我说一句,'再见'。"

第八章 器量

"再见。还有,多谢。"

"谢什么?"

"多谢你照顾好我男朋友。"

电话挂断后,忙音突兀,想必谢劲风在摔电话。

程意城心如止水。生气?她当然有,但不多。始作俑者不是卫朝枫,她拎得清对错。现代女性,最忌不分缘由一哭二闹,仿佛有了恋人关系就有了特权,不作威作福弄得鸡犬不宁就亏了自己。程意城不好这个,她在精神上足够独立。

说到底,她还是信任他。情人间若没有信任,将一切全无。至于需要多少信任才够用,则因人而异。程意城无疑是最大方的女朋友,她对卫朝枫的信任,从来都是尽己所能、爱人不疑。

千里之外,上东城。

国际五大金融城,上东城强势地占据一席。金钱、时间、博弈,各花入各眼,上东城从没有标准答案,只看你是否玩得起。

晚上九点,卫朝枫离开公司大楼,身边还有柳惊蛰。蹲守在外面的媒体一拥而上,安保人员费了很大力气才将一众媒体拦在安全距离之外。

现场混乱,还情有可原。这两个人一同现身的场合非常少,表面上的理由冠冕堂皇,说是岗位职责不相容,其实就是私下关系不好。柳惊蛰本来就是被迫空降的,台前还会给卫朝枫面子,私底下高冷得很,根本没把卫朝枫当回事。另一边,卫朝枫也是。别人没见过柳惊蛰的过去,他可是见过的,柳惊蛰在唐家干的那些事,随便拎一条都能大做文章。

这回暴雪突遭商业反水,为了解决这事,他们两个人算是首次合作。双方再不情愿,也不得不联手应对。

卫朝枫走下台阶,少见地跟柳惊蛰密聊:"必要的时候我会砸到底部,需要的资金量不能出问题,你那边有问题吗?"

"你都这么说了，我还能有问题吗？"柳惊蛰不慌不忙地道，"闹成这样，极限了。被动的不是你，是他们。事情真闹大了，唐家不会坐视不理，毕竟持有暴雪百分之十的股权。我手上的资金想进来，理由也光明正大。"

"不用。"卫朝枫一口回绝，"暴雪的事和唐家没关系。"

柳惊蛰落后他一步，看了他一眼——可以啊，如今翅膀硬了，连这种话都敢说。

"柳惊蛰。"像是看穿了他那点揣测，卫朝枫头也不回地警告，"省点力气，不要想搞事。你既然来了，就脱不了身。你我一条船，懂吗？"

柳惊蛰不置可否："哦？未必吧。暴雪的死活跟我有什么关系。"

卫朝枫不怀好意地公然威胁："你的名气太大，现在等同于被人握住把柄了。要是救不了暴雪，让人笑话，小舅舅会不高兴的……"

闻言柳惊蛰的脸色一沉。

两个人下楼，各自上了各自的车，明明是顺路，却谁都不想一起走。

柳惊蛰摇下车窗："资金量的事我会摆平，你的问题你解决。就这点事，你要是敢扯我后腿，我连暴雪一起收拾。"

卫朝枫心下不爽，皱着眉头看着他离开，想了想，又觉得柳惊蛰说得有道理。柳惊蛰确实没输过，来了暴雪却遭遇诸多不顺，可见是给足了卫朝枫面子，规规矩矩地经商做生意，没把他在唐家那套旁门左道的功夫拿出来用。

卫朝枫开车回家。

零号湾公馆，上东城顶级豪宅。这是卫鉴诚送给他的，让他在上东城办公时住。卫朝枫进屋，洗完澡就往床上躺。他解决问题的办法很简单：不给自己制造新的问题。

他现在急需睡一觉，持续两周精神高压，体力渐渐有些不支。一个人静下来，脑子里都是杂音。但他想女朋友的力气倒还是有的。卫朝枫趴在床上，摸出手机，打电话给程意城。

电话接通后，他就忽然娇气了："我要死了，我头好痛。"

"你怎么了？"

时近半夜，程意城的声音听上去很清醒，显然刚睡下不久。卫朝枫对女朋友撒娇起来很有一套，她很难拒绝他。

"我听说了，暴雪遇到了麻烦。事情闹大了，是不是不好收场？"

"麻烦是有一点，不过还好。早晚能解决，时间问题而已。"

"柳惊蛰也在上东城？"

"对，他比我还早来两天。"刚说完，他就有些不耐烦起来，"好了好了，我们不要提他了，他那个人没什么好说的。你怎么不关心关心我？"

程意城道："你不是有人照顾吗？"

"谁照顾我啊？"他满是抱怨，"你不在，我吃饭睡觉都是一个人。合作方请我吃饭我都不去，我很乖的。"

程意城笑了一下："好了，快点睡觉吧，不要再熬夜打电话了。"

"不如你明天就过来？"

"嗯？"

卫朝枫突发奇想，觉得这个主意真是妙极了："程意城，明天你过来吧，就当陪陪我，我真的快被上东城这帮人搞死了。我去对颜嘉实说，放你三天假，他不敢不批。"

程意城立刻拒绝他这种以公谋私的行为："不用，我去说就行了。"

"你这是答应了？"

"嗯。"

"那我明天等你，飞机落地了打我电话。"

他顿时心满意足，跟她讨价还价："先说好，明天见面，你要先亲我两下。"

"不要。"

"那亲一下，一下总可以吧？"

她红了脸，轻声地妥协："只能一下哦。"

卫朝枫笑了:"好。"

电话挂断后,他心里一把小算盘打得飞起:到了他的地盘,亲一下怎么够,他抓紧点时间,搞不好还能尝点甜头……

卫朝枫这一觉睡得很沉。

清晨六点,天色蒙蒙。

早几年,卫朝枫的睡眠质量堪忧。卫鉴诚买下公馆,亲自请来名家设计师,重金打造屋内布局。窗帘一拉,遮光性极好。爷爷这份好意,卫朝枫收下了,内心却波澜不惊。说到底,在唐家,他见过更好的。

半睡半醒间,卫朝枫听见了脚步声。

声音很轻,小心翼翼的。来人推门进屋,在他床头搁了一杯水。他有半夜喝水的习惯,昨晚太累都忘记倒水了。来人俯下身,想把他睡得乱七八糟的被子拉好,随即又踌躇迟疑,担心弄醒他。她弯下腰看他,被他的无害睡姿吸引了,忍不住伸出手,想要碰一碰他的脸。

这是一个女人,还是一个非常了解他习性的女人。

卫朝枫没有睁开眼睛,人却已经清醒。清晨,欲望汹涌,惊喜不期而至,他一点也不想压抑。他早就投降了,对女朋友俯首称臣。

他忽然出手,将她牢牢地扣住,用力地带上床。卫朝枫睡觉向来随性,平时被女朋友管着,好歹还穿一条内裤,昨晚就他一个人,哪还顾忌这个,洗完澡就往床上趴,没几分钟就睡着了。如今和女朋友肌肤相亲,他满脑子的想法,手也没闲着。

"那天,临走前留了钥匙给你,就等你过来。既然来了,我就不会让你走了哦——"

一床被子落下,复刻那晚的缠绵。

卫朝枫刚一动作,下一秒,他陡然停住了。手上传来的陌生触感,令他惊在当场。卫朝枫的脑中炸了一声,像演恐怖电影,他有非常不好的预感。

他瞬间掀了薄被,翻身下床。打开壁灯,室内大亮。卫朝枫看清床上的人,顿时头痛欲裂。他立刻背过身去,内心非常崩溃。能进这栋公馆的女人，除了程意城就只有另一个，开灯见人不过是证实而已。

卫朝枫近乎失语，他迅速地捡起掉落在地上的衬衫穿好，没有再看她一眼，避嫌的意味十分明显。

欲望褪得一干二净，他阴沉得不像话："这是我家，你怎么会在这里？"

屋内死寂一般地沉默。

谢劲风知道，她应该立刻解释，给彼此台阶下，可是她当真被刚才的卫朝枫吓到了。那完全是陌生人，她认识的卫朝枫，从来都欠奉热情。经此一遭，她始知他不是没有热情，而是他把所有的热情，都给了程意城一个人。

卫朝枫的脸色很差，径直吩咐："暴雪地产在新城的负责人文锦松，五年协议期到了，我打算把他调回申南城。位子空出来，你过去接手。那边的日常事务决策你拿主意就好，重要事项决策你直接向董事会汇报，不必经过我。公事上，我们以后没有交集。"

这就是划清界限，将她流放的意思了。她不能接受。

"卫——"

刚想开口，却被他下句话全数堵了回去。

"这套公馆送你了，我以后不会再来。爷爷那边，我会去对他说。"

他将钥匙丢给她，一丝留恋也无。

唐涉深那么大一个前车之鉴摆在他的面前，卫朝枫说什么也不会让自己陷进这种火坑。人家那还是公司的私人休息室，睡了个女人被太太撞见，一句"离婚"把唐涉深闹掉了半条命。要是被程意城知道他在私人公馆出了这种事，他就算切腹，恐怕程意城也会冷笑着把刀递给他。

卫朝枫觉得自己无比冤枉，这股冤枉令他怒火中烧："刚才冒犯了，对不起。我认错人了，除了抱歉我没什么可说的。还有，以后麻烦你，离我远一点。"

可她泥足身陷，事已至此，她反而有了勇气，好好地问一问："如果没有程意城，我们有可能吗？"

"没有。"

"那么，当年你帮我购回祖宅，又听我的话，不惜动用唐家的利益帮暴雪脱离泥潭，是为什么？"

"前一个，是因为我父母落难之际住过，我感谢它，所以绝不会让它旁落于他人之手；后一个，我并非为你，我是为卫家、为祖父、为我父亲，你只是一个传话人，换谁来告诉我这件事，结局都一样。"

三言两语，便揭晓了一切原委。

她耿耿于怀那么久的事，真相竟是这样的。就像世间所有说不清楚的那些事一样，看似大情大义，其实大多数是人为赋予，而真相，并不是想象的那样。

他说完，径直离开了。摔门声传来，震耳欲聋。

走出公馆，卫朝枫的心情差到了极点。十几度的天气，他只穿着一件衬衫，连外套都忘记拿了。卫朝枫上车后，"砰"的一声甩上车门。动作粗暴，带着无处发泄的火光。

陌生女性的身体触感在他的脑中挥之不去，让他无比反感。反感之后，是他对程意城的强烈愧疚。他喜欢从一而终的关系，就像他的父母那样，难得有情人。而程意城，比他更喜欢，来不得半点瑕疵。

他在唐家见得多了，他小舅舅嚣张成那样，也从不拿两性关系开玩笑，干净得挖地三尺都挖不出黑料，就这样还搞不好夫妻关系。他卫朝枫有几斤几两，敢越界这个？

卫朝枫火冒三丈，对谢劲风也是对自己，一拳砸在车窗上。他心情恶劣，踩下油门。跑车轰鸣，带着发泄般的速度疾驰而去，和身后刚下计程车的程意城擦身而过。

"卫——"程意城来不及叫住他，跑车已经拐弯，消失在路口处。

她顿时揶揄："真是，耍帅的毛病一点都没改。"

她在心里想着等下见了他一定要好好地说说他，城市交通还是要多用新能源车，干净、环保，噪音污染也没那么厉害。像他这样开一辆耗油跑车到处溜达,速度飙得那么快,对企业形象也不好。

赶早班机是一件很累的事。昨晚卫朝枫一个电话,弄得她一晚没睡好,索性便早早地起床,给颜嘉实打电话请假,搭最早的班机过来。

申南城早高峰堵车,打车不易,最后,还是颜嘉实开车送她去的机场。他解释得轻松,只说"上班顺路",程意城知道,这句解释里包含了一个男人的风度和豁达。她无意隐瞒她的感情,一路借着机会,向他表明她已心有所属。她和卫朝枫分分合合了三年多,却怎么也分不了,恐怕很难有意外再让他们分开。颜嘉实笑了一下,便大方地表示,如果最后是这样,他一定祝福,毕竟喜欢一个人不是为了自己幸福,而是为了对方幸福。

"零号湾公馆——"

程意城沿着路牌走了几步,很快便看见了标识,她从包里翻出钥匙,决定先进屋把行李放下。

开门进屋,就听见一阵哭声——从断断续续到放声大哭,这是一个女人的声音。

程意城愣了一下,随即循声望去:这个哭声,还是从主卧室传来的。旋转楼梯就在眼前,她几步上去,就能推开主卧室的门一探究竟。

可是她没有。她的人生一向不复杂,没有对这类事件的处理预期。冷不防发生,程意城是蒙的。她就像好学生做题目,做不出眼前这道题,那道楼梯就是卷后答案,而她全无勇气去翻。

楼上的哭声很嘶哑,是一个女人伤心之后的模样。

程意城认得这个声音,程意城知道她是谁了。她很难将卫朝枫和眼前的一幕联想在一起。她信任卫朝枫,几乎成了一种本能,要她否定对他的信任,就是要她违背本能。她扶着行李箱,扶了几次都扶不稳。

那些她没有看见的,她拒绝想象,可是手里的钥匙,还是给了她一个无法忽视的事实:这把钥匙,他不只给了她一个人。

程意城头也不回地走出去,关上门,径直离开,她实在没什么好说的。

这一天，对卫朝枫无话可说的，还有柳惊蛰。

原因很简单，因为卫朝枫今天在谈判桌上的表现实在太差了。

为解决资金问题，柳惊蛰动用关系斡旋，找来上东城金融界老牌巨头汇林银行。柳惊蛰的谈判功夫是一绝，不仅说服汇林低利率贷款，还说服汇林作为第三方担保进入本次收购。汇林银行在上东城的影响力首屈一指，有它做担保，基本就等同于昭告外界：钱不是问题。

柳惊蛰做事一向做到极致，在谈判前就将条件开到了板上钉钉的程度，今天双方坐下无非是表个态度，切磋一下细节就差不多了。汇林那边也乐见其成，丁晋周亲自过来了。柳惊蛰见到他，心里稳了一大半。坊间传言他听得不少，丁晋周被称为汇林下任继承人，有他出面，几乎就能一锤定音。

谁承想，卫朝枫差点毁了柳惊蛰的心血。

两个小时的谈判，卫朝枫全程不在状态。不仅搞错了合约条款，在汇林提出的关键问题上也没有给出令丁晋周满意的答复。

丁晋周在汇林做了十年首席财务官，对风控的把握堪称上东城银行界第一人。面对卫朝枫的举棋不定，丁晋周合上笔记本电脑，把态度放在台面上："如果作为首席执行官，是这样模棱两可的态度，我没有办法在合约上签字，sorry。"

一场水到渠成的谈判顿时陷入不冷不热的尴尬境地。

中场休息，卫朝枫被柳惊蛰拖去休息室。

柳惊蛰一脸怒容："你在搞什么？"

面对质问，卫朝枫也不瞒他，索性做起甩手掌柜："下午，你代表暴雪继续谈下去吧，我谈不了。"

柳惊蛰简直被他气笑了："什么叫你谈不了？这是你的分内之事，谈不了也得谈。"

虽然处理烂尾工程是柳惊蛰的强项，但不代表他喜欢。这种烂摊子处理多了，十分有损身心健康。他甚至怀疑正是因为有他在这里，卫朝枫才敢光明正大地甩手不干。

卫朝枫倒也不笨，他顺水推舟，想到一桩人情，物物交换："我今天真谈不了，就当我欠你一次人情。之前，陈嘉郡问我借钱，我让她不用还了。就当我替你照顾她了，咱俩扯平了。"

柳惊蛰一愣，没料到还有这茬事。

他作为监护人负责的女孩子竟然敢私下问人要钱，这事的严重性可比商业谈判严重多了，简直是家风出了问题。

柳惊蛰的脸色一沉："你说什么？陈嘉郡问你借钱？"

"对，她去迪士尼玩，钱包和手机都被人偷了，借工作人员的手机打电话给我，我过去找她的。"

"她跟什么人去迪士尼？"

"同学吧，男男女女的都有。"卫朝枫心不在焉的，几句话就把陈嘉郡推入火坑，"大学生谈恋爱挺正常的，我看她班上有个男生挺喜欢她，那天一直陪着她还要借钱给她，不过她没敢要，估计是被你管得紧，怕的。"

柳惊蛰不禁冷笑："管得紧？还敢问你要钱？"怎么不管他这个监护人要？怕他给不起？

这小孩今天不打一顿看来是不行了，他这么想着，立刻拿出手机发短信，把陈嘉郡叫回家。

"看我今天晚上怎么收拾她。"

有了这笔人情做交易，柳惊蛰便迅速地放过了卫朝枫，接手暴雪这摊烂尾工程，和银行坐下继续谈。

傍晚六点，谈判结束，双方签字合作。

送汇林一行人离开后，柳惊蛰站在私人角度对丁晋周说了一声"谢谢"。后者表示不用客气，他最后会同意，看中的不仅是暴雪，还有别的东西。

柳惊蛰的眉峰一挑："别的？"

丁晋周的笑容温和："比如，唐家在暴雪的百分之十股权。有这个隐形担保，我做一做明面担保，顺水推舟的人情，何乐而不为？"

柳惊蛰低下头笑了，上东城藏龙卧虎，都是精明强悍的生意人，都是利益至上的高手。

程意城拦了一辆计程车直接去机场，搭最早的班机返回苏市。

当晚，她接到卫朝枫的电话："你来上东城了？"

"没有。"

"那——"

"我有事，不说了。"

电话挂得很不留情面，卫朝枫原本混乱的心情这下更乱了。手里的一沓照片被他甩在桌上，因用力过猛，照片顺着桌面滑过去，掉了一地。

柳惊蛰推门进入办公室，正好看见了这一幕。他看了一眼花花绿绿的照片，顺势弯腰捡起一张。零号湾公馆，程意城的侧影被拍得高清立体，她正手持行李箱离开。

柳惊蛰又看了两张，一张，是卫朝枫摔门离开公馆；还有一张，是谢劲风裹紧风衣离开，眼睛红肿。

柳惊蛰久在名利场，对这类事见得不少："被记者拍到，摆平花了多少钱？"

卫朝枫没理他，看来是数目惊人的一大笔。

柳惊蛰简直佩服他："你挺厉害啊，你爷爷、你爸爸、你小舅舅都没干过的事，你倒是胆子大，这么快就干成了。"

卫朝枫这会儿脆弱得很，听不得他这类风凉话，他拿定主意，要连夜返回申南城："这边交给你，我要立刻回去一趟。"

"向女朋友负荆请罪？"

"嗯。"

倒是没想到他承认得这么快。柳惊蛰看了他一眼，难得八卦："你真出轨了？"

"你有毛病吗?"

看来是没有,就是脑子不太行,谈恋爱谈了好几年还没谈出个结果,时不时地还会把女朋友气走。

柳惊蛰善心大发,教他一回:"不是你没出轨就可以没事了。女孩子,对专属感很在意……"

说了一半,他又忽然觉得没用,懒得再说:"算了,这么高级的你也听不懂,你回去慢慢哄吧。"

卫朝枫动身回城,径直去找程意城,后者态度冷淡,一连几天,卫朝枫都寻不到机会和她好好见面。

程意城作息规律,很少失眠。自那日回来后,却再也睡不好了。闭上眼睛,她就会想起那道旋转楼梯。失眠到半夜,她坐起来靠在床头发呆。

以前在前海基金,办公室那类事她见得不少。一些人自比现代男女,将爱情视为速食汉堡,咬一口,味道不合,立刻就扔,然后去买下一个。还有些,甚至连这个步骤都嫌费时间,他们要省去排队重新买的时间,一次性同时买多个,然后一起吃,哪个合口味就留下哪个。其余的倒也不会立刻丢,毕竟花了钱,留着放在冰箱里,偶尔深夜寂寞了拿出来浅尝也未必不可。

程意城很反感这类爱情观。

周禾禾给她科普:"你过时了,现在这个,不叫速食汉堡,叫'养鱼'。时间短,效率高,很多人都这么干。"她指出一个例子给她看,"人力资源部的钱菲,喜欢市场部的周源,这事人尽皆知。周源有女朋友,但避讳过钱菲吗?没有。每次团建做游戏,那小手拉的,比男女朋友都更像谈恋爱。去KTV唱歌就更离谱了,连交杯酒都喝过。但要是谁去问周源,是不是和钱菲谈上了,他绝对否认。这种'养鱼'的男人就最可恶,一边对女朋友甜言蜜语,一边给对他暧昧的女生留有幻想的余地。"

程意城很讨厌周源那类男人,她对卫朝枫的喜欢,恰恰也因为这个。卫朝枫生性冷淡，以前和小龙哥那么火热的人混在一起，也不见他的热情高涨到哪里去。唯独对她不一样，和她在一起他热闹得就像换了一个人，这就叫专属感。

一晚没睡，程意城起身去客厅倒水喝。

路过窗口，她看了一眼，楼下，那辆保时捷还在。

卫朝枫靠在车门前，拿着手机在发消息。天色刚蒙蒙亮，手机屏幕亮着的那点光，将他手里的动作照得一清二楚。打了又删，删了又打，几个字的信息被他弄得比董事会决议还要复杂。

程意城的手机振动，进来一条信息，她没去看。一夜失去了专属感，她过不去心里那道坎。

关系降至冰点，更加速了两个人之间的无话可说。程意城不想见他，在公事场合也避开，有时卫朝枫存心堵她，她应付得冷冷淡淡的，卫朝枫一席解释堵在喉咙口，讲不出半句话。

还是颜嘉实心肠好，将程意城的反常看在眼里，不忍见二人起争执，便告诉卫朝枫当日的情况："她去上东城找你了，还是我一早送她去的机场。但下午她就回来了，说是去了你家一趟。"

卫朝枫听了，说了一声"谢谢"。虽然记者给他照片敲诈他时他就知道这些事，但他仍然为颜嘉实的磊落说了一声"谢谢"。卫朝枫对颜嘉实一向不怎么看得惯，如今心平气和地对他道谢，可见是真有愧疚，把平时那点高冷的脾气都磨没了。

晚上九点，程意城回了公寓。刚下公交车，就看见等在公寓门口的卫朝枫。

她在这栋公寓租了快一年半，平时混了个好人缘，公寓物业负责看门的吴伯对她格外照顾。今晚一见她，就悄悄地指着卫朝枫对她说："他每天来堵你，你认识他吗？不认识的话要不要我报警？"

程意城："不用了，他是我朋友。"

吴伯懂了："哦哦，男朋友。"

"不是，普通朋友。"

卫朝枫走过来牵她的手。手没牵到,就听见她那句"普通朋友"。他没说什么,只跟着她上楼。

走出电梯,程意城将他挡在门外:"回你的别墅去,别跟着我。"

"程意城,我们谈一谈。"

"不必了。"

"不行,必须谈。"

程意城抬手就是一巴掌。她没想打那么重,事实就是打得很重。当他拿出首席执行官的那一面,总能将她的怒气勾起来。卫朝枫一点都没躲,他心里清楚,打了骂了还有和好的可能,如果她将他晾在一边从此不闻不问,那他就真的没可能挽回她了。

程意城的心情差到了极点,她打了他,她心里却更难受了,不懂和他之间为什么会走到这一步。他那么有分寸感的一个人,在她看不见的地方竟也会和人不清不楚的,这样的认知比任何事实都让她心灰意冷。

程意城转身进屋,用力地关上房门。

卫朝枫抬起手,不由分说地挡住了即将关闭的大门。

"砰",一声沉闷的响声惊天动地,程意城眼睁睁地看着他的左手被房门挤压变形。

她捂住嘴巴,几乎怀疑这只左手从此会残废。

"卫朝枫!"她用力地拉开门,那只挡住她房门的左手在一瞬间无力地垂下去。

程意城迅速地握起他的手。

门外的卫朝枫,已经脸色惨白,汗如雨下。

第九章 因缘

这一晚,程意城在医院忙到凌晨。

挂号、看急诊、做检查、等报告,时间匆忙地流逝。报告出来后,医生看了一下,说线性骨折、大面积淤青,情况不乐观,住院吧,先观察几天。程意城顿时揪紧了心,马不停蹄地去办住院手续。

据说第二天当柳惊蛰知道卫朝枫入院这事,十分无语。他无语的不是卫朝枫会严重到住院这事,而是唐家有那么好的控股医院,卫朝枫竟然没去。后来柳惊蛰听说卫朝枫去医院是程意城陪他去的,顿时就懂了。把女朋友吓得不轻,为他担心这个操心那个。真是精明,拿首席执行官对付人的那套功夫对付女朋友。

程意城确实担心不已。

当年在弄堂里,卫朝枫大伤小伤不算少。开门做生意,常有闹事的,有时是顾客,有时是宵小,一言不合动几下手,也在情理之中。至于厨房烫伤那些小事,更是不计其数。消费高峰,客人催得紧,根本顾不得自身,往往深夜收工回家后,哪里一疼才发现,哦,原来伤着了。

她见过卫朝枫包扎伤口的模样,单手操作,嘴里咬着一截绷带。神色自若,仿佛肉身在世间承受的一切悲苦他都可以忍受。程意城见一次,心疼一次,见得多了,心疼就变成了爱。

第九章　因缘

办好住院手续后，见到了主治医生。

医生拿着报告，对她交代："你是家属吧？这几天多照顾病人，他这手伤得不轻，在出院之前完全不能用力，记住了？"

"嗯，记住了。"程意城用力地点头，像一个听话的好学生。

又聊了几句，她送医生出去。卫朝枫打了止痛针正睡着，程意城关上房门，走到客厅点外卖。

这间病房够大，隔音效果也好，她在客厅不会打扰他休息。

外卖来得很快，外卖员小哥在楼下等她，双方一见面都对彼此生出一些同情。程意城觉得外卖小哥不容易，这么晚了还奔波在外，外卖小哥觉得她更不容易，凌晨一点了还在医院没吃饭。

外卖点了皮蛋瘦肉粥，几份小菜，两个奶黄包。程意城关了客厅大灯，开了一盏小台灯，坐在餐桌前吃饭。病房的条件马马虎虎，她一边喝粥一边思索，今晚可能要睡沙发了。但是睡了沙发离卫朝枫就远了，万一他不舒服需要人帮忙，她没听见怎么办。程意城想了各种可能性，最后决定还是睡在病房里，拿一张躺椅将就。

她正喝着粥，冷不防地被人抱住了，程意城的手一颤，勺子掉在碗里。

卫朝枫从身后紧紧地抱住她，声音里都是对她的忏悔："我有这么好的女朋友，还让她伤心，我真的很抱歉。"

她方才下楼，他其实就醒了，听到她关门出去的声音，他心灰意冷，以为她仁至义尽，从此就要丢下他。他不怪她，他能理解，她身为女朋友，不远千里去找他，却发现他的屋里还有另一个女人，换了谁都会想和他一刀两断。但理解是一回事，不能接受却是另外一回事。他也很冤枉，他也有很多话想说。

深情深情，一个东西一旦往"深"了讲，就没有容易的。海洋最深处暗无天日，地球最深处岩浆崩裂，人心最深处正邪难辨。他们两个人并肩走了三年多时间，当中走散了，又找回了路，这条感情路走得越来越深，也越来越不好走。

为这条路点亮灯光的，还是程意城，就在他心灰意冷之际，他听见她又回来了。他再也躺不住了，强撑着起来。他不敢惊动她，只悄悄地拉开房门，就看见她正坐着吃外卖。

她没有走！他定睛看她，心跳加速。到底是初恋，分分合合，还是初恋。初恋总是刻骨铭心，最难抹去。

橘黄的灯光晕染着清瘦的身影。这是他最喜欢的身影，最坚强也最温暖。她和他吵架，吵得颇具风度，放在第一位的永远是他的安然无恙。架还没吵完，卫朝枫已经喜欢她喜欢得不知如何是好了。

程意城隐隐地有些头疼，不欲在深夜与他起冲突："去躺好。"

"我不躺。"

"快点去睡觉。"

"我不睡。"

"你一定要往枪口上撞是吧？"程意城也来气了。

她放下筷子，把外卖往桌前一推，将他整个人拎到眼前："好，你谈。谈你和谢总监那些不得不说的过去，谈你们两个为暴雪并肩搭档造就的商业传奇，谈你和谢总监在上东城是怎么互相照顾把彼此照顾到一个屋去的。你谈吧，谈。"

两个人对坐着，程意城将台灯往他的脸上一照，公安缉拿要犯的氛围顿时就位。

卫朝枫面色尴尬道："怎么还照上灯光了呢，气氛搞得过了。"

"你闭嘴。"程意城抱着手臂，"是你要谈的，我可没逼你。"

"我没有啊——"

"这种废话你不用浪费时间说。"

"真的没有。"他握住她的手，"我没有过去，遇到你之前我都是一个人。"

为了增强说服力，卫朝枫不惜拉上平时关系极差的柳惊蛰："你刚才说的并肩搭档，那就更谈不上了。跟我并肩搭档的是柳惊蛰，我跟他搭档得可好了，大家都叫我们'黄金搭档'。"

说完，他连自己都嫌弃得不得了。

柳惊蛰听见这话估计会恶心：我不是、我没有、别瞎说……

程意城甩开他的手。

"你们那天，是怎么回事？"

卫朝枫张了张嘴，又咽了下去。

一席解释到最后全无声音，只剩下一句保证："是我的过失。以后我会小心，不会再让自己陷入让你误会的境地，我保证。"

卫朝枫多少带着点"听天由命"的心情，像他这样的人，从小被教导承担责任的重要性，遇事绝不会轻易将一个女人推出去顶事。即便这事并非因他而起，他依然恪尽"责任"二字，能揽尽揽。遇事见性情，这就叫本性。

程意城看了他一眼，微微地有些心软。

卫朝枫的铤而走险，反而让他在她那里得到了谅解的可能性。诚然她看重忠诚，但比起指天发誓的模样，程意城更喜欢有责有为、有情有义的卫朝枫。

"有件事，我坦白告诉你。"

"嗯，你说。"

"我很讨厌你和谢总监之间若有似无的关系，没有分寸，不清不楚。"她看向他，对他说了重话，"所以，再被我看见一次，你不会再有机会解释。"

卫朝枫的眼前顿时一亮，他这样的理解力，将弦外之音听得一清二楚：这就是她从轻发落的意思了。坐得稳风险管理岗位的人都是天生的乐观派，有一点机会就要紧抓不放。卫朝枫自动忽略了她话里的威胁，紧紧地抓住她给的一线生机。

卫朝枫："谢谢老婆！"

程意城："你走开。"

程意城请了一周假，在医院照顾卫朝枫。

她并没有完全原谅他，纵然明白这事不能全部怪他，但在感情上她还是无法接受。她需要时间,来和他、和自己和解。

主治医生见惯了家属,几日接触下来,也对程意城的周到细致印象深刻。借着机会,医生对他道:"你这个女朋友你要是不小心弄丢了,有的你后悔。"

卫朝枫当然明白,可是程意城还是不愿搭理他。他寻着机会,去拉她的手,每次都被她躲开了。想同她说话,也没有回应。

而他也忙。人在医院,也根本停不下来。公事纷繁复杂,即便有柳惊蛰坐镇,也只能帮他,远不能完全替代他。而对柳惊蛰,卫朝枫也不是不设防的。从本质来讲,他们立场不同,不得不防。这样的商业内幕,有时程意城听见一两句,都替他觉得累。

他的一日三餐也难以规律,卫朝枫忙起来就没有时间观念,早午餐经常合并成一顿。有时一边吃饭一边开视频会议,把医生"好好休息"的建议当成了耳旁风。

程意城顶不喜欢他这样。

一次午餐时间,她推门进去,见他又是这副模样,她没说什么,放下盒饭,手里的力道却比平时重一些。卫朝枫的一对狗耳朵没白长,硬是从这声比平时稍微重一些的声音里听出了她的情绪。他飞快地合上电脑屏幕,罔顾一众与会人员,抱起盒饭追上她,坐在餐桌旁一脸乖巧:"吃饭了,吃饭了。"

他这点伎俩用得不少,日积月累,程意城很难不对他心软。

晚饭时间,是每天难得的温馨时刻。

卫朝枫很喜欢病房里的那盏台灯,程意城也很喜欢。橘黄色的光晕,不亮,却很温暖。光线映照的范围也不大,正好能照亮一张餐桌。吃晚饭时,开一盏台灯,能将两个人的身影圈进光晕里,犹如一个小世界,谁也进不来。

这一晚,吃好晚饭,程意城起身收拾,她刚站起来,就被卫朝枫伸手揽过去。他抱她的动作是经年累月练出来的,十分到位,轻轻地一搂就能将她抱在怀里,很难逃开。

他抵着她的额头，有点缠人："你什么时候能完全原谅我啊？"

程意城闻言不说话，半晌，她轻轻地叹息，声音很淡："我好怀念以前的日子。没有谢劲风，没有颜嘉实，没有暴雪，没有唐家。我们之间只有我和你，没有其他那么多人。"

他抱紧了她，明白了她的意思："现在我们之间也没有别人，一直只有我和你。"

"感情里没有，但生活里有。有那么多人，太挤了。"程意城很少说这些，因为说了也无用。

情人间多奇怪，针锋相对起来，表达能力那么强，引爆战争，难分胜负。一旦休兵，却都有口难言了，有时话到嘴边，又往往觉得没意思，也就不说了。世间误会，大抵如此。若非是真的舍不得，没有人愿意先做开口的那个人。

而卫朝枫，一直是先开口的那个人："我们结婚吧。程意城，我好想你做卫太太。"

他说着，半跪下去，用双手环住她的左脚。她低下头看，脚踝处冰冰凉凉的，是一条脚链。三颗粉钻，雕琢成三个花体字母，靠在一起，构成她的名字缩写。脚链扣处，挂着一枚枫叶吊坠，像极了他守护她的样子。

程意城看了一眼："收买我？"

"是道歉。"

情天恨海，人间英雄都得低头。

"曾经有人告诉我，两个人相爱，给喜欢的人戴上脚链，下辈子还能在一起。这个传说，不管真假与否，我都想试试。"

"谁告诉你的？"

"我妈。"

程意城看着他，眼神瞬间温柔下来。

讲起这些，他并不痛苦，可见父母给了他足够的爱，够他用完这一生："我爸曾经送给我妈一条脚链，很贵，很漂亮。所以我想，他们两个最后走的时候,也许痛苦会少一些,因为下辈子还会在一起。"

此刻程意城完完全全地原谅了他。一双好父母,造就了如今光明磊落的卫朝枫。在唐枫、卫柏面前,程意城和卫朝枫那点情人间的小恩怨,又算得了什么。

她放下心结,摸了摸他的脸,重新与他亲近:"你有一个很好的爸爸,还有一个很好的妈妈。"

"那我呢?"

"差一点。"

"怎么会——"

"就是差一点,你和你爸没得比,那可是卫柏先生。"

"好吧。"卫朝枫笑了,"我爷爷也不差的,你什么时候肯跟我去见他?"

"卫鉴诚董事长吗?商业史上太有名的人了,我需要做做心理建设。"

"不用了吧,他两年前就想见你了。"

"先等你伤好了,我们再谈这事。"

"那我就当你同意了,不然我好不了的啊。"

程意城抱着手臂无奈地道:"无赖。"

她刚骂完,就被卫朝枫抱了过去。

两个人好久不这样了,又笑又闹,像两个大学生,拍拖会吵架、会和好、会比从前更爱对方。

卫朝枫在医院住了十天。起床女朋友扶,吃饭女朋友端,睡觉女朋友还给他盖被子。住院前他只是手受伤了,住院后他迅速地失去了自理能力。要不是医院都催他出院了,他铁了心想常住。

周一,告假多日的卫朝枫终于出现在了公司。

柳惊蛰一见他,当即一笑:"卫总,有力气来上班了?"

卫朝枫听得懂他语气里的连讽带刺。虽然他旷工属实,但跟柳惊蛰这种人就无须客气。何况比起管理公司,结婚才是他当下的人生大事。

"明天和银行的签字仪式，我不去了，你去吧。还有，下周万宏那块商业地皮的竞拍会，你也替我一起去了吧。竞拍价你看着办，溢价十倍以内都可以吃下。"

柳惊蛰被他这个甩手掌柜的态度震晕了："卫朝枫，我没对暴雪动手，你还真不客气了？"

"最近我没空，我要准备结婚的事了。"

柳惊蛰一愣，明显不信："你说你？"

卫朝枫顿时就不乐意了："不是我，难道还能是你？"

柳惊蛰单身了三十年，单得很有水平，绯闻不断，全是假的，往往到最后，他能把绯闻对象全都变成商业合作伙伴，共赢互利，赚钱第一。

卫朝枫带着点对单身狗的同情，在柳惊蛰面前显摆："我结婚的事不会远了。下周末我会带我女朋友见一见我爷爷。再和岳父岳母那边约一下，双方坐下来吃顿饭、谈一谈，把结婚的日子定下来，你就等着收我的喜帖吧。"

柳惊蛰听着，挑了一下眉毛，倒是没想到卫朝枫结婚的速度会这么快，一点婚前恐惧症都没有。

"好吧。"到底是喜事，柳惊蛰也不好在这种时候和他计较，"那先恭喜你了。"

"不用客气，你帮我多担待点公司的事就行。"

有了这句解释，卫朝枫旷工得更放肆了。

下午四点，业绩汇报会结束后，卫总交代秘书："今天五点我要走，四点半的项目评审会我不去了。"

秘书问："那首席执行官的签字流程？"

"找柳惊蛰。"

"好的。"

五点，他和程意城有重要的约会。

心里想着女朋友，四点就无心于公事，左思右想，他还要打电话确认："程意城？今天五点，约好了，你要来哦。"

电话那头柔声道："嗯，记得的。"

电话收线，程意城喝了一口红茶，近来睡眠不好，戒了喝咖啡的瘾。七八年的习惯，本来以为会不易戒掉，谁想完全没有。仿佛书生从戎，轻轻一脚就跨过去了。人生那么多事，桩桩件件都如咖啡般好戒，该有多好。

她正想着心事，身后传来一个声音："程意城？"

转头望去，竟是故人。

见没认错人，程昕缓步走过来，指了指身边的空位，礼貌地询问："有人吗？"

还是那么虚伪。

"没有。"程意城无意花费力气应对虚伪的故人。

这间咖啡厅正对着暴雪的总部，只隔着一条宽阔的马路，视野极好。程昕了然："和卫总有约，你在等他？"

"和你没关系。"

"呵，看来两年前那一场谈话，将我和你的同事情谊都谈尽了。"

"道不同，免去时间交往，人生会容易很多。"

"说起'道不同'，我倒真的佩服你。当日你不惜拿自身前程去赌，那般维护卫总，如今证明，你赌对了。卫总身价不菲，卫太太的位子炙手可热，你坐上去，到手收益率可观，确实比打工挣钱来得迅速容易。"

这般讽刺，她却不恼，听过算过，过眼云烟。

倒是程昕颇有些沉不住气，莫非这就是日后"卫太太"的气势？

"程昕。"她看了他一眼，淡然道，"你方才自己也说了，'卫太太'的位子，如今是我坐上去了。那么我就以'卫太太'的身份提醒你一件事，你晋升前海基金合伙人不易，但我想让卫朝枫在业界封杀一个人，还是很容易的。"

程昕闻言震住了:"你威胁我?"

"只是提醒而已。你若不信,想试一试,那么'威胁'也未尝不可。"

男人受辱了,心中有气,但仍极力忍耐,权衡再三,这已不是程意城,这是卫太太。"卫太太"三个字就意味着:她说得出,必然做得到,她的身后站着未来的暴雪董事会主席。

程昕不发一语,拂袖而去。

程意城静坐良久,她摸着左手上的对戒,心绪难平。其实她没有方才那般勇敢。威胁一个人,是生平第一次。程昕的出现,令她不得不再一次面对那些事。很久以前,那些很不好的事。

包括,为他葬送的前途。

"程意城——"

一声喊叫,将她唤了回来。

卫朝枫正推门进来,见到她已坐着等了,他快步走过来,眼神明亮。

"几时过来的?等了一会儿了?我刚才下楼被林致清叫住了,耽误了几分钟,下次见他我一定好好说说他,不像话,耽误我让我未婚妻等。"

几日前,他已改口叫她未婚妻。

一瞬间,程意城微微地笑了,方才那些困扰她的,都随着他的出现而渐渐释然。她忽然明白了很多事实在无须执着,因为不管她如何做,在旁人眼里都早已有了定论,她何必要为旁人活,不为自己活?

卫朝枫有一双很漂亮的大眼睛,她望着他,就想同他谈一场永不分手的恋爱。

她起身,任他牵手,同他一道走出去:"要去试见家长的礼服吗?"

"嗯,订了几套,带你去看看喜不喜欢。"

"我喜欢粉色的。"

"好,都是粉色的。"

两个人相爱,有感情,就算结局是无底的深渊,也不要紧。跳下去，亦是前程万里。

颜嘉实在机场送别程意城。

幼年，他跟随父母去佛堂，师父曾说："此子福薄，生有两劫，一为情劫，二为天劫。先劫伤心，后劫痛身，如渡两劫，余生可安。"

父母听了，心急如焚，而他是无神论者，完全不当一回事。

这些年未曾发觉，每一次送心上人去机场，都是为把她送至另一个男人身边。情劫已先至，他却无意算这笔账。

"辞职信，什么时候交给我？"

程意城停住了脚步，一愣。

"你们已见过家长，很快就会谈婚论嫁了。"知道她不到最后不忍开口，于是这口索性由他来开也好，"两个人隔着两座城，总有一个放下身段，要到另一个身边去。所以，你的辞职信，我批了。"

程意城的心中一暖，暖风呼啸，她感谢他："颜总，为了星实，你多保重。"

"嗯。"他开玩笑，"以后暴雪对星实的投资事宜，托赖你了。"

程意城一笑，并不当真。她知道他是有骨气之人，渡过难关，早已振作，必不肯寄人篱下太久。能屈能伸，颜嘉实是一块璞玉。

两个人挥手告别，颜嘉实送她至背影看不见了，方才转身离去。

其实他比谁都明白，有没有卫朝枫都一样，她不愿做他的女朋友，宁愿做他渡河的一块踩脚石，这是程意城的骨气。

开车从机场离开后，颜嘉实心绪不宁，到底是失恋，终有郁结。又是初恋，更是要命。

佛法六道轮回，三善三恶，天，人间，修罗，地狱，畜生，恶鬼。他不至于大恶，也不至于大善，只好老老实实做当中那一个"人"。可是没有人告诉过他，人间最苦，四苦之外还有情苦，还不能作恶，伤人伤己都不可以，他纵容一回自己，失意分神。

机场高速路，时速飙升，一流的好车，架不住开车人一秒的分神。

一切发生得在意料之外,却又在情理之中。一段单行闸道,颜嘉实没有刹车,当发现时已晚,为避开身旁车辆,他打左拐,直直地撞向护栏,撞出一道生死弧线,连人带车翻入高速路之下。

要出事,也一个人就好,不拖累身旁的车辆,不添一分恶,这是老好人的悲剧。

卫朝枫在卫宅陪卫鉴诚住了两天。

周六,他起得特别早,找回了当年开店做买卖的状态。那年夏天,他早起进货,与人砍价,一件白衬衫被汗水浸湿了,博得菜农同情每斤白菜便宜他一毛钱,程意城在一旁代他说"谢谢老板"。一同吃过苦,感情总是不一样。

一大早,卫朝枫开车出去又回来,停好车,打开后备厢,满满当当的空运食材。蒋桥算好了时间,给他来电,在电话里叮嘱他如何保鲜、如何烹饪,千万别浪费他空运给他带回来的心意。卫朝枫听了,忍不住揶揄了一句"我怎么做也做不过你蒋大厨啊",对方当即表示,他婚礼那日的宴席菜肴,蒋家包了。

张叔快步走出来,叫来几人帮忙,替他把食材送进厨房。卫朝枫脱下外套,边走边问:"爷爷起来了吗?"

"还没有。"张叔对他道,"董事长醒了,正坐在床头看报纸。"

聪明如卫朝枫,心中了悟。

人老了,到了那个年纪,睡眠不多,也舍不得多睡。一闭上眼睛,就有闯荡江湖留下的回音在哀诉。不起,不过是装一装样子而已。爷孙皆不是泛泛之辈,这是老的存心在给小的机会。

卫朝枫领情,挽起袖口,走进了厨房。

卫鉴诚自小留洋,一生精致。卫朝枫心中有数,烹饪不遗余力。推了早餐车进主卧,牛奶里倒入上等红茶,鸡蛋用芝士做,吐司用薄荷叶熏,熬的小米粥,不知他使了什么手段竟有些花香味。费尽心机,尽力讨好,哪里是早餐,分明是一出攻心计。

卫鉴诚放下报纸，摘下金边老花镜，看穿了他："这么费心地讨好我，为了你那个女朋友？"

卫朝枫也不否认。

自知心中二三肠都被识穿，他索性直言："今天晚上家宴，您不要吓她，也不要不喜欢她。她不像我，不经吓的。"

卫鉴诚挑起眉毛，看了他一眼：还没结婚，就护短成这样？

老人垂眸，不由得想起了卫柏，若他当年肯放一马，是否也能听到卫柏一句私心的护短？护短也是好的，总好过绝笔一封天涯尽。

卫鉴诚喝了一口红茶，好掩饰经年的痛，老来不中用，随意一想便会由心及脑地痛。

卫朝枫将爷爷照顾得无微不至，不该多说的，他一句不说。上一辈的痛到此为止就好，他不想继续，他是有力气好好过下去的，因为他有程意城。

下午，卫朝枫在厨房里准备晚宴，打发所有人出去。他其实从未变过，还是和从前一样，做事都喜欢一个人。身边的人若不是程意城，他谁都不要，谁都不喜欢。

一个人杀鱼，一刀下去，剖开鱼肚，有血渗出来，想起她从前说的话："买鱼来吃，鱼却受了伤，是放生养伤好呢，还是一刀解除痛苦，杀来吃好呢？"听来像是玩笑，仔细想想却像禅机，横竖都是对，横竖都是错。她的人生如同杀鱼，既下不了手一刀斩断情缘，又舍不得放生随它去，所以她活得够苦。

张叔走进厨房，看见忙中有序的卫朝枫。

一条好鱼，遇到了好厨师，一鱼四吃，清蒸、红烧、剁椒、熬汤，这都是见功夫的活。可见他日后不会失业，做不了首席执行官还能当厨师。燕窝鲍参，卫鉴诚天天吃，一桌家常菜，最能打动人心。

张叔的心头一暖，同他说心里话："谢谢您，弥补了董事长心里的遗憾。"

卫朝枫淡淡地回应："应该的。"

祖父的遗憾，他岂会不知。没有机会见证卫柏的幸福，当他想要原谅唐枫时，已经没有机会了。这一场悲剧，始作俑者，卫鉴诚占据了三分之一。还有那三分之二，一半是唐家，一半是卫柏、唐枫二人自己。

哀哉众生，五欲皆苦。

卫朝枫是有良心之人。带程意城到卫家，不是卫鉴诚成全卫朝枫的感情，而是卫朝枫在化解卫鉴诚身为卫家家长的遗憾。

时近下午，卫朝枫面无异样，心里却已起了焦虑。从中午开始，他就没有打通过程意城的电话。算算时间，这个点，她应该下飞机了。他再打过去，通了，却仍是无人接，卫朝枫开始有了不好的预感，他尽力稳住自己。

晚宴最后一道是甜品，他将蛋糕放进烤箱里。下一秒，她的电话终于来了。他心里高兴，一不小心烫到了自己。他用肩膀夹着电话，边用冷水冲手边接电话，就这样听见了一个噩耗："对不起，卫朝枫，我不能过来了。我这里出了事，我走不了了。"

背景音一片嘈杂，他听见电话那头气喘吁吁的对话——

"你是家属吗？你不能进去！

"你先签个字，他马上手术！

"你叫程意城是吗？签这里！"

卫朝枫不明所以，担心得很："出什么事了？"

程意城没有回答，她在忙着回答医生的问话，匆忙间把电话都挂断了。她忙成那个样子，连他都顾不上了。

天空阴沉，乌云密布。卫朝枫抬起头看了看，要变天了。万事俱备，只欠她的到场，涉及祖父的期待，他有些措手不及，不知如何收场。

正束手无策之际，楼梯上传来一阵脚步声。

卫朝枫抬起眼睛看去，当即怔住了。

卫鉴诚一袭立领中山装，出自发妻之手，剪裁庄重。卫朝枫一眼就认出，这是陪伴爷爷风雨一生的衣服，是奶奶生前亲手为他缝制的，意义自然非比寻常。上一次见他穿，还是两年前扶卫朝枫坐稳暴雪首席执行官的那一天。

老人昂扬，深情仍在："见未来的孙媳妇，还是这件好。你奶奶的手艺，这么多年过去了，也还不错吧？"

身上衣，枕边伴，春秋倒，系一生。卫家的男人，个个是情种。

卫朝枫的心里钝痛。他找了一个借口，转身出去了。

他到屋外打电话给程意城，奋力一搏："无论如何，我今天一定会等你，等你来。"

电话那头的人却无力顾及他，她接着他的电话，却还要同医生讲话。一通电话打得断断续续、不明不白——

"卫朝枫，你不要等我。

"医生，我现在去接颜董事长，请您务必保住颜总。

"喂？卫朝枫？等下再说，我要开车了。"

电话挂断后，卫朝枫明白了，是颜嘉实出事了。那个老好人，毕竟不坏。

他心疼女朋友，打电话给乔深巷："程意城有一个朋友出事了，姓颜，应该已经被送进苏市那边的医院了。你让你哥过去一趟，帮我照看一二，不要让他出事，我不想让程意城伤心。"

晚上，一顿家宴，只剩下祖孙二人。

他替女朋友扛下失约之罪："我给她买的机票不太好，误点了，怕是今晚赶不及了。"

卫鉴诚看了他一眼，心中有数。

闯过江湖的老人怎么会不知道这是他在为女朋友讲好话。有心来，怎么会来不了？水路、陆路、车站、码头，春运数十亿人口南来北往的，相当于一个小国的人口迁徙，还不照样回了家？落叶归根，有感情，到底不一样。

老人明事理，不忍拂他的意："这样，也是天意。来，我和你喝两杯。"

卫朝枫一把拦住他手中的酒，皱着眉头道："不行，不能喝酒。"语气就像爷爷在管教孙子。

卫鉴诚笑笑，心怀甚慰。这个孩子，被唐家养大，他白捡了个便宜。

他虎起脸，佯装恼怒："你女朋友失约，算你为她赔罪，敬我三杯。"

卫朝枫即刻松手，心中不是滋味。

卫鉴诚笑笑。这么好骗，可见是真正动了心。

热酒下肚，卫鉴诚连心都宽了三分，前尘过往，都不予计较："你小舅舅同意的话，把你父母合葬吧。是你父亲过去，还是你母亲过来，随你小舅舅的意思。"

卫朝枫一愣，等回味过来，竟有热泪盈眶。

一段历史，就此落幕，情义轻重有致，都是英雄，都是美人。

吃完晚饭，两个人又聊了一会儿。时近深夜，祖孙二人相扶着上楼。

卫鉴诚躺下，对他道："谢劲风的事，你做得对。"

卫朝枫一愣，以为他会护着多年爱将。

自从那天在上东城发生那件事后，他就把谢劲风调离暴雪总部。一为避嫌，二为平息干戈。外界对他这一举动颇为关注，有人说他冷血，有人说他揽权。总之，都是顶不好的评价。他也不争辩，只是铁了心不让她再和自己共事。

卫鉴诚沉声道："卫家的男人，不许做左右摇摆之事。不喜欢，就不要给她希望。有权无德，才是大患。你已二十有八，十四年读书，十四年成人，日后独揽大权，世间诱惑接踵而至，万不可负了伴侣，要好好对待程小姐。"

卫朝枫用力地点头，竟有些哽咽，他无福拥有父亲的教诲，隔了一代，受到祖父的教诲，一样好。

他为爷爷掖好被角，走了出去。到底做惯了首席执行官，有危机意识已成了本能。走下楼梯时打电话给家庭医生，他少见地严肃："方医生，董事长喝了酒，你过来一趟。"

方医生在电话那头直跺脚："坏事啊，怎么能喝酒呢。"

卫朝枫突地一个手抖，破天荒头一遭，他有点慌了。

坐在楼梯上，他心里不稳，总害怕要出事。他摸出手机，再次打电话给女朋友。电话接通后，他破釜沉舟："程意城，你听我说。我派私人飞机过来接你，你过来赴约，见一面我爷爷，见一面就好。见完一面我立刻再派私人飞机送你回去，让你守着颜总，好不好？"

这是暴雪未来董事会主席的架势，只要她愿意，再大的阵仗他也摆得起。

可惜流水有情，佳人无意。

程意城撑着额头，近二十个小时没睡，她已经到极限了。听他所说，好似天方夜谭："这种时候，我想不了这个。颜总可能……连夜要截肢。"

卫朝枫知道他要输了，但他仍不死心："程意城，算我自私一回。爷爷在等你，我不想让他失望——"

"对不起，我真的来不了。颜总是为了送我去机场，才出的车祸。"她眼里有泪，一腔负罪感，只求能还报，"明天一早，手术完成后，我就过来，我保证。"

她心里也很苦："卫朝枫，二选一，我没得选，对不起。"

事已至此，彼此穷途末路。

方医生到场，趁老人熟睡后，量血压，测脉搏。

卫朝枫守在门口，一刻也不敢放松，他神经紧绷。

程意城的失约，让一个老人的期待落了空，又喝了酒，雪上加霜。是他不好，急于求成，揠苗助长。

凌晨两点，传来方医生的痛呼："卫董事长——"

爷爷很早教过他，人活一世，万不可得意忘形，最后倒下去的样子,都是差不多的。

一代枭雄,逃不开生死轮回。在睡眠中故去,已是保全了尊严。没有痛苦,没有呻吟,甚至没有告别,没有遗言。

他一生心事已了。卫柏长眠,唐枫相伴,卫朝枫已成大器,暴雪后继有人。若说还有遗憾,怕就是未曾与程意城握一握手。但世间谁人无遗憾?雪中蜡梅,寒夜无人赏,一样美成绝。

泰山压顶,卫朝枫被噩耗击溃了,脚下一软,跪在床前。

七宝莲池,瞬间变成八热地狱。

他终将一生内疚,原谅不了自己,从此避谈程意城。

千里之外,程意城一夜未合眼。

手术室的灯终于熄灭了,一众医生逐一走出。主刀医生告诉她:"颜嘉实的双腿保住了,日后能否行走,全凭一己之力,看是否能渡过康健难关。"

程意城深深地鞠躬,她有私心,此生她对良心有了交代。

主刀医生连忙扶起她,不敢受这份大礼:"受人之托,忠人之事。唐总的话,我们自当尽力的。"

程意城怔了一下,才知道是那人出手帮了忙。她总习惯了他是卫朝枫,常常忘记他还是唐硕人。她走进洗手间,洗了一把脸,将自己整理清爽,洗去一身的疲惫。

一天一夜未合眼,她竟一点都不觉得累,过了良心这一关,她觉得值。

离开医院,程意城的脚步轻快。她心里高兴,记挂着卫朝枫,急于奔赴他的身边。她在医院门口撞上主治医生,打了一个招呼:"乔医生!"尾音上翘,可见真的高兴。

乔医生方才在接电话。放下电话,转身看到她,表情略不自然。他欲言又止,将手机握得滚烫。

程意城放慢了脚步,笑容渐隐。她对危机总有着本能的嗅觉,这是工作赋予她的。好比金融危机时,多少研究员就靠着这本能躲过了家破人亡。

乔医生深吸一口气,告诉她:"我刚接到消息。卫董事长……昨晚去了。"

程意城当即愣在当场,手里的包掉落在地上。

自那日起,程意城没有机会再见到卫朝枫。本来就是两个世界、两种人生,有心要避,一生一世也就避过去了。

她去暴雪找他,在公司楼下等。左右等不到卫朝枫,只等来一个无关痛痒的行政助理。行政助理公事公办,查看访客预约名单,没有她的名字,很快便拒绝她的到访。

她又去卫宅。第一次去,因路不熟,开着导航都走错了两次。一路开到山腰处,才知道"卫宅"意味着什么。这是真正的世家,历史悠久、戒备森严,她失去了"卫朝枫"这张通行证,连靠近都不行。

保安在山腰处将她拦住,上下打量,把她视为记者、专事打听那一类人。卫董事长守灵三日,葬礼在即,各种传闻在申南城掀起不小的震动。大批媒体蜂拥而至,想要拍到现场照片。

程意城有些焦急地询问:"我叫程意城,我找卫朝枫,不知是否能让我通行?"

对方的浓眉一紧,只当她是骗子:"程小姐,不知你是否搞错了,卫先生没对我们提过你。"

原来,他已将特权收回了。

对方出于好意,将她劝返:"卫董事长守灵三日,只许亲人进场。一是卫先生,二是谢总监。其他人,概不允许进入。希望程小姐你配合,不要让我们难做。"

原来他不仅将特权收回,还给了其他人,她多年不回申南城,再回来,已是雨打风吹。

卫鉴诚的葬礼办得极其隆重。卫朝枫给了祖父极大的哀荣,送别最体面的一程。申南城政商要员悉数到场,一为送一送卫鉴诚,二为会一会卫朝枫。如今的暴雪来势汹汹,卫朝枫正式执掌董事局,趁葬

第九章　因缘

礼之际同暴雪新任董事会主席握一握手，总不会错。

葬礼那日，程意城终于见到了他。隔着好远，他站在墓园的家属席上，以卫家第三代之姿迎来送往。一站数小时，也不累，身姿挺拔如苍松翠柏，像极了卫柏。

只一眼，程意城就红了眼眶。

短短几日，他瘦了好多。一身黑色西服，连剪影都清瘦了不少。这些年她看着他变了很多。当年刚认识他，他整日挂着笑容，和客人笑、和小龙哥笑、和肖原笑，笑得最多的还是和她，关心她、戏弄她、喜欢她。后来他去了暴雪，笑得就少了，他开始成为一个像样的首席执行官，只和她私下相处时会笑。再后来，他在她面前也不笑了。

卫朝枫不经意地转身，四目相接，他看到她了。

隔了好远，她揪紧了心。全世界除了中国之外，没有九曲桥这种东西，造一座桥到达彼岸，却在中间转许多不必要的曲折。这是美，却美得很复杂。

其实人心何尝不是？他在心里架起一座感情的桥，她兜兜转转的，找不到出口。他见了她也不来牵她的手，任她在他心里迷路。

卫朝枫的脚步一旋，平静地离开。他心绪难宁，不知该如何面对心上人。

一整日的葬礼，仪式冗长又复杂。卫朝枫应接不暇，滴水未进。送走最后一批客人，已是日落时分。墓园沉沉，他回头看了一眼。此后祖父就要和青松翠柏做伴长眠，此后这卫家，只剩下他一个人了。

司机问他："唐总，您现在去哪儿？"

"公司。"

"好的。"

司机得了吩咐，立刻发动引擎。

卫朝枫靠在后座上，他觉得有些累。其实，他不知道"家"在哪里。卫宅不是家，唐家不是家。他曾经有过一个家，就是和程意城一起住的那间小小的出租屋。他一直以为这个"家"会一直在，所以这些年来无论如何都不愿放开她的手,仿佛她不在,家就没有了。但如今,他偶尔心灰意冷,也会自问,是否一直以来都是他错了,那里其实也不是他的家,否则,为什么迟迟等不到她点头同意做"卫太太"?

黑色的轿车稳稳地停在暴雪楼下。不远处,正站着一个人。

司机跟了卫朝枫两年多,他和程意城之间的关系,司机看在眼里。这会儿,司机没办法装作看不见。

"唐总,程小姐好像在等您。"

卫朝枫的动作一顿,手里的纯净水溅了一手,他看向车窗外面,还是那个身影,还是那个人,连站着等他的样子都没变。当初她也是这样,安静地在楼下等他,然后向他说了分手。

他放下水,开门下车。天街小雨,他快步走向她,将手里的外套披在她的身上。照顾她已经成为他的习惯,心里再痛苦,这些习惯也改不掉了。

"以后不要在这里等我,我经常不在,你等不到我的。"

"卫朝枫,我很抱歉,我没有想过会这样——"

"我们不说这个。"

程意城浑身发冷,觉得他很陌生:"我们谈一谈,好吗?"

他截住她的话:"不要了。"

"你已经……不打算原谅我了,是吗?"

"没有。"

他知道求人原谅的滋味,非常不好受,有时求了,别人也不见得会原谅你。这种事不适合她做,他也不会让她做。

"程意城,我没有追责你的意思。我只是——"他只是,需要过自己良心上的关。

他以前从不信"命",近来却常常想到这个。感情一再遇挫,仿佛再努力也是在爬悬崖,一脚踩空就能将过往所有的努力抹去。一再努力,一再差一点,这就叫命。

"明天一早,六点的飞机,我去上东城办点事,短期内不会回来,会在那里住一段时间，处理一些积累的公事。"

吹来一阵风，吹乱了她的头发，他见到了，顺手将她额前凌乱的散发拢到耳朵后面。完全是从前的模样，只是心境有些许不同了。

"没有人打扰，我也想静一静，想些事情。"

"我也是'打扰'你的人吗？"

情不能生分，生了一分，日后八分九分都会跟着走。

他沉默了许久，给不出答案："程意城，你给我一点时间。"

两个人站着，小雨随着风，斜斜地打湿了肩膀，落了一肩膀的雨，就这样入了秋。

他在尽力找救赎："或许，几日就好，又或者，再多几日。我相信，等我从上东城回来，一切都会过去，我们会回到从前。"

自那日后，两个人再未见面。

卫朝枫打电话给梁晋唯，打算剥离星实项目。

梁晋唯的眉头一皱，一口回绝："不行，我不能接受。"

卫朝枫一时有些无言。

半年前最不肯接手星实的是梁晋唯，如今最不同意剥离的还是他。原因就在于——梁晋唯是个会计，还是非常顶尖的那种。是会计，就会非常在意一件事：沉没成本。

梁晋唯当初顶着巨大的压力，将暴雪港城国际的小金库几乎全部投向星实，如今星实的起色不错，假以时日成为苏市有名有姓的规模以上工业企业也是指日可待，那些前期投入就能摇身一变，成为投资成本。在梁晋唯的打算里，他苦了这么久，只坐等分红了。如今卫朝枫一句"剥离"，投资成本立即变成沉没成本，别说是没有分红，连成本也捞不回来。

梁晋唯说什么也不肯。

卫朝枫没有心情和他扯，索性放手："好，我把星实交给你，我不会再管了，你想怎么样就怎么样吧。"

隔日，卫朝枫去了一趟派出所，改了身份证上的名字，"唐硕人"三个字从此抹去，新身份证到手，赫然已是"卫朝枫"。

从派出所出来，司机见了他，叫了声"卫总"。

他点点头，算是默认。

这一消息迅速在坊间蔓延，引起了不小的哗然。有人说他叛变，有人说他恋权。唐家好手太多，论资排辈他唐硕人算老几，还不如乖乖地回卫家，做他权倾一时的卫家第三代。媒体评论卫朝枫，是真正的识时务者。没有人知道，他只是愧疚。

很快，关于他的另一桩事登顶新闻热搜。

一篇报道横空出世，直言卫朝枫与谢劲风婚事将近。新闻源头是葬礼那日，家属席上只有卫、谢二人，宾客在私下里揣测，这就是谢劲风入主卫家女主人的序曲。卫鉴诚生前曾亲自松口，对外界承认卫朝枫婚事将近，前后一关联，就更增添了新闻的真实性。

周刊出街第二日，卫朝枫看到新闻，他通览全文，甩下杂志，吩咐秘书打电话给杂志社。主编一听是暴雪董事局打来的电话，便亲自接听，秘书一字一句地转达："全文不属实。立刻撤稿，登刊致歉。明天见不到头版致歉信，卫总的意思就是法庭见。"

整个杂志社被卫朝枫的强硬作风弄得人仰马翻。

当晚，见到这篇报道的，还有程意城。洋洋洒洒的六千字，图文并茂，向她揭示了卫、谢多年交情的另一面。原来，在她未曾出现之前，卫鉴诚也是属意他们二人的。是卫朝枫的强硬态度，令卫鉴诚不得不服软。

程意城看着配图。葬礼上的卫、谢，分列家属席的位置，她看得好难过。她有一个很好的机会，可是错过了。说不上对错，就是错过了。

失眠的夜晚，她总是想和他发信息。信息社会，电子信息太冰冷了，一串字符打上去，说不好一句"我想你"。一部手机被握得滚烫，写了很多遍，没有勇气发送。

内忧外患，旧疾复发，她独自去医院挂妇科。

冗长的检查，寂寞无依，个中滋味但凡少女都没有勇气细说一二。躺在检查台上,打开双腿,冰冷的仪器捅进去,她一向被他惯着,许久未尝过这生疼滋味。

医生问:"结婚了吗?"

她低声地回答:"没有。"

医生看了她一眼,颇为同情,取样本,交化验单,两日后去拿化验报告。

妇科医生见她年轻,又是未婚,便多叮嘱了几句:"宫颈发炎,典型的妇科病。你还没结婚,还是注意点好。性生活方面节制一点,不要受长时间的太大刺激。男人不会注意这些,受苦的还不是你自己?"

程意城取回病历卡,不忘说一声:"谢谢医生。"

医者仁心,说话刻薄,未必是坏心肠。有些好话,必要耳提面命,才记得住轻重。

走出科室,程意城有一点难过,不是为自己,而是为感情。

她从不怀疑和卫朝枫一定会结婚这件事,可是如今她忽然发现,这件事也完全可能不发生。

走到医院楼下,视线一扫,竟看见门口停着一辆许久未见的保时捷。程意城的心跳漏掉一拍,下意识地把散落的头发拢到耳朵后面,女为悦己者容。

车确实是卫朝枫的车,而他却不是为她来的。

司机下车,打开后车门,卫朝枫抱起谢劲风就疾步走向 VIP 通道。谢劲风血色全无,这是生理痛、失血过多的征兆。这是她的旧疾,这些年用过中西药,养了很久,始终好好坏坏的。碰上这遭卫鉴诚葬礼,她通宵守灵、迎来送往,尽到了一个晚辈的责任。她受恩于卫家,这笔恩情足以抵消卫朝枫先前对她的流放。

卫朝枫恩怨分明,看在眼里。方才开会时见她脸色不对,当她捂住腹部倒在会议桌上,卫朝枫立刻中断会议,抱了人就走,吩咐司机开车去医院。

他一路将人抱进急救室,放上急救床。

医生对他道:"卫总,妇科检查,请止步。"

卫朝枫点点头,想要抽回手。

谢劲风紧紧地握着他的手不肯放。她眼中有泪,不明白他为什么就是不肯给她一个机会。

她在葬礼中对祖父的心意令卫朝枫服软了,不愿同病痛中的人计较。他抽回手,对她道:"我留秘书在这里,你放心。"

说完,卫朝枫转身离开了急救室。

一抬起眼睛,四目相对,熟悉的身影近在咫尺。一对情人,疏离多日,就这样不期然打了照面。

卫朝枫一愣,随即回过神来,快步上前,完全是本能反应。

"你怎么会在医院?

"来看医生?

"你有哪里不舒服?"

三连问,程意城一个也没有回答。她同他计较一回,不允许他刚刚送一个女生去看妇科后再对自己做同样的事情。

"没什么,路过而已。"

没事路过医院进来看看?卫朝枫不信这种鬼话:"病历卡给我看看。"说着,就伸手去拿她的包。

"都说了我没事!"

从来不说重话的人,忽然飙了高音,连路人都被惊扰了,纷纷转头看向他俩。她向来大度,今天却无论如何过不去。他几时回来的?有当她是女朋友,告诉过她吗?

大厅里人来人往的,程意城不欲和他起冲突:"谢总监在等你,你去忙吧。"

卫朝枫盯着她,目光灼灼:"你去哪儿?"

"我要回苏市了,公司还有事。"

"呵,为他照看公司?

"当日你在医院照看他的人,如今连颜家的家族企业也要一并替他照看了？你当自己是行政助理，还是颜家的女主人？他说了喜欢你，怎么，你心动了？"

程意城抬起头看他，脸色变了。

他亦然。

卫朝枫的心情极差："那我不耽误你，你忙。"说完，转身就要走。

一个医生快步走来："卫总。"说着递来一张单子。

私立医院，钱到位，方方面面都能照顾到。医生礼貌地对他道："谢小姐有些意外情况，马上要做一些检查，需要家属签字。"这年头，医患关系是大事，处处讲究落笔定责。

谢家父母意外身亡十多年了，谢劲风受卫鉴诚的照拂长大，根本没有家属，这事人尽皆知。如今能算点交情的，数来数去只有一个卫朝枫。医生将笔递给他，卫朝枫扫了一眼账单，万把块钱的事，对他习惯花钱用"亿"做单位的人来说简直像不要钱。他落笔签字，将账单还给了医生。

程意城看在眼里。你告诉我，什么叫"家属"？她忽然对他失望至极。

这段感情，不要也罢。

他放下笔，听见她说："卫朝枫，我们以后不要再见面了。"

他怔住了，像是听见一句不可能的话。

"是要和我分手吗？"

"嗯。"

卫朝枫笑了，随后是滔天的愤怒和失望。

"程意城，当初你对我提了一次分手，我舍不得你。如今你又和我说这句话，你真当我没你不行？"

他是有恨的，这段感情他理亏在前，所以处处忍、处处让，到最后，连祖父的期待都忍了过去、让了出去。他以为他能用忍让换来她的喜欢，谁知没有。不仅没有，还在今天再次提了分手。他恨透了她提"分手"的样子，那么果断，轻轻松松地就说出来了，浑然不顾相爱四年的感情。

"不。"她忽然轻声地道,"没你不行的人,一直是我。"

卫朝枫突然怔住了,他就要自责,却听见她讲完后半句——"以后我不会了。为你,不值得。"

话到此,两个人都明白了,覆水难收。

"好。"卫朝枫顿时心灰意冷,违心了一回,"我们分手。"

他快步离开,经过她的身边,谁都没有再看彼此一眼。

程意城走出医院,天色阴沉沉的。天气预报说傍晚有暴雨,看样子会提前。她茫然四顾,找不到回家的路。暴雨来临前刮起大风,肩上的包被吹得乱晃,勒得左肩生疼。她将包拿下来,抱在胸前。包里躺着她的病历卡,清楚地写着医生的笔迹。其实她也去做妇科检查了,其实她也想有他陪着的。

"分手了。"她轻轻地说了一声,好像连自己都不敢相信。要这样说一声,才能认清现实。

四年的感情,这就都散了。

程意城走着,眼泪忽然就流下来了。她有错,他也有错,在一起就是错上加错。七十亿分之一的概率,为什么要在那一个夏夜,让她遇见卫朝枫?

她走了一路,哭了一路。这是自家之痛,不必给他看见。万家灯火,最不缺的就是阴晴圆缺。男人女人,分分合合,就像一场场的戏,台上演,台下分,太入戏就不好了。戏要三分生,演得起,收得回,如见一个美人,即便一眼有销魂之色,"十年不识君王面,始信婵娟解误人",但时间一长,也就这样了,红花绿柳,换个模样,还一样是花,一样是柳。

程意城输就输在太入戏了。四年的光阴,大好的一生也就过去了。

在暴雨中,程意城失声痛哭。

第十章
人间开恩

自那日后，卫朝枫的情绪差到了极点。

看谁都不顺眼，逮谁都骂。四个助理没一个敢进董事长办公室，他手下的高管更是不肯撞枪口，公司的气氛被他一个人拉至冰点。倒是医院给他打电话，说谢劲风小姐出院前的总账单需要家属签字，烦请卫总过目。

卫朝枫："我不是家属，别来烦我。"说完，便摔了电话。

秘书听见后，默默地表示看不懂。他这话对着女朋友不说，等女朋友都走了才想起来说？

最后卫朝枫还是去了酒吧，他是VIP客人，不常来，一来就是大手笔，无人不识。他心里有火，把自己往死里喝。花钱大方，钱不当钱用，酒量又好，酒不当酒喝。他无意去惹任何人，却不知无意才是最诱惑的。盯上他的人不少，尤其是女人，都被他推开了。他觉得自己真的是疯了，连程意城提出的分手都敢同意。推拒多了，就引来了仇家。为女人惹麻烦，在酒吧不少见。他不想动手，无奈被人缠上了。

卫朝枫放下酒杯，那就动手吧。

他许久不和人打架，都忘了自己有多擅长。年少气盛时，没少跟人动手，后来学乖了，更明白按兵不动的厉害。今晚算是放纵了一把，重回少年期。一场打斗持续了十分钟，酒吧一片狼藉，目之所及无一完好。

混乱中,有人抄起酒瓶砸向他,卫朝枫来不及躲,眼见就要被迎头痛击——下一秒,那只砸向他的酒瓶不见了。

卫朝枫怔住了,一抬起头就看见那人已被制服,手中的酒瓶也被人夺了,拍破了正抵在喉咙处。在场所有人见了,人人心头一凛,明白这样的出手已不是玩玩闹闹的寻衅滋事。

这是游走在生死场的人来了。

卫朝枫酒醒了三分。放眼一看,才发现局面翻转,早已非他所能控制。他从地上撑着自己站起来,有一种不祥的预感。

一位老人走了进来。五十多岁,头发花白,穿着一身做工非凡的古朴布衣。

卫朝枫见到来人,当场怔住。

丰敬棠一如既往,为人妥当,做事稳重,走到他身边,传话予他:"先生来了,正在外面等你。"

卫朝枫的脸色一变,惨白非常,这世间唯一敢管他的人,终于来了。

他下意识地求救:"丰伯,我——"

老人看了一眼他伸来的右手,生起恻隐之心,提点他:"不要让先生等久了,否则你今晚会吃苦更多。"

卫朝枫松开手,他明白,丰伯没有骗他。他索性心一横,跟着走出去。

凌晨两点,世界沉睡,黑色崛起。

会所门外,一辆黑色的轿车稳稳地停在台阶下。车旁站了七八个人,身段站姿无一不在告知着身份:这是唐家的好手,可以寄千里之命,托三尺之孤。

周围清场,四下人影皆无。

卫朝枫走下台阶,看清了眼前的景象。他心里一震,今晚喝的酒算是全醒了。

第十章 人间开恩

后座车窗缓缓地摇下,一道目光扫向他,森冷至极。

卫朝枫定在原地,动弹不得。后背冒起一层冷汗,浸湿了衬衣。

车内,男人收回了视线,出言吩咐:"给我打。"

卫朝枫的审判日。

他跪倒在地,起不了身。全身上下无一不痛,喉咙黏腻,满是血腥味。他知道,小舅舅已是放他一条生路。带来的都是自己人,下手也懂得避及要害。皮外伤,不致命。换了唐家其他人,听不懂话中话,唐律一声令下,恐怕真会要他的命。

唐律看了他一眼,声音冰冷:"如今你姓'卫',架子大了,翅膀硬了。今时今日,没人管得了你了。"

"不会。"

台阶下,卫朝枫跪倒在地。嘴角流着血,一说话就咳嗽不止。但说来也怪,身上痛了,心里的痛就没那么多了。一身的浑浑噩噩都被打散了,人间天地又被打通了一条阳关道。

他开口,一腔肺腑之言:"我永远不会对小舅舅你还手。"

那个有良心的卫朝枫,回来了。当晚,他被带回了唐家。

唐律发了话:"我给你一晚时间,收拾好自己。收拾不好,我替你收拾。连带着你们卫家,我一并收拾。"

将话放在台面上,唐律丢下他就走。卫朝枫的三魂七魄,慢慢地回来了。

人有时骨头里就有那么一点贱性。娇生惯养,对他好,一有风吹雨打,就怨天怨地一身的病。反而对他狠,断了后路绝了心,生死都不惧,六道轮回都敢闯。

卫朝枫走进温泉室。近日他活得够烂,找死的事做得够多,他不想再做了。他要听小舅舅的话,将自己收拾干净。前尘翻篇,后世再来。

温泉室内走进来几个人。一个替他试水温,一个替他脱衣服,一个替他倒茶奉于池边。卫朝枫伸展四肢,任凭他人去弄,昔日心如止

247

水的唐硕人又回来了。

这是唐家,他成人的地方。上下秩序分明,超越性别。男男女女,自成体系。活得危险,也很纯粹。不谈情,不说爱,六根清净,争天夺地都敢一件件来。

温泉水暖,洗净一身污秽。又来了医生,蹲在池边为他处理一身的伤。

他闭着眼睛,听医生对他讲:"身上不碍事,七情最难过。喜、怒、哀、惧、爱、恶、恨,外面的人呢,把它叫作'红尘',我们呢,把它叫作'心魔'。捐去三纲五常,绝去七情六欲,金珠不失,痛痒无关,心哪,就好透了。"

唐家藏龙卧虎,医者不医身,医心。

卫朝枫睁开眼睛,唇角还肿着,眼神却清明了。一室雾气氤氲,他低声地问:"我还有可能好起来吗?"

对方笑笑:"'有没有',这是小事;'能不能有',才是要紧事。唐家不作声,你想有就有,想没有就无;唐家作了声,不让你有,你便是使足二十年功力,也是不能有的。"

卫朝枫笑了,挨了一顿打,终于将他打醒了。

是爷爷太溺爱了,隔代之情,溺起来也多三分。娇惯了几年,连世界都要围绕自己转。受点委屈就不得了,郁郁寡欢还不够,非要由己及人多伤一个人的心,才觉得够分量。重回唐家,受了一顿毒打,想起从前的日子,连生死都难说,方忆起人间有多好。他是生了心魔,才会走入无常道。

卫朝枫一夜好睡。无梦无痛,醒来似重生。脱胎换骨回人间,为人的力道都多了三分。他整理妥帖后去见小舅舅。

清晨,万物生机勃勃,唐律正在庭院与人饮茶。

卫朝枫走近,听见二人对话——

"方伯有异心,方家恐生变。老板,您要及早做打算才好。"

"没关系,让他闹。"

第十章 人间开恩

"听说，方伯在打柳惊蛰的主意。"

"有意思。我倒要看看，他这个主意，敢打多大。"

卫朝枫停住了脚步，手心里有冷汗。他离开太久了，重回地狱，需要适应。

唐律抬起眼睛，见他来了，对身旁的人吩咐了几句，将人支走。那人起身，经过卫朝枫的身边，礼貌地示意，但并未开口。卫朝枫看出这是唐家的好手。唐律带出来的人，个个是好手。

卫朝枫愧疚万分。是他没用，帮不了小舅舅，还要拖累小舅舅分神抽空担待自己。他为近日的所作所为羞愧难当，鞠躬致歉："我知道错了，请您原谅。"

对他好，才会费力气管教。能让唐律在百忙之中抽时间去负责的，今生今世只有一个卫朝枫。长那么大，还能有人管，是福气。天塌了有人撑，是非对错有人教。世间妖浊何其多，骄奢、醉乡、凶气、顺逆，浊气侵入有人拉一把，救命之恩。

他有心结未解："是我一己私心，让爷爷喝下三杯酒，酿成大祸，我原谅不了自己——"

话未说完，"砰"的一声，杯落桌面，小舅舅听不下去了。

"你内疚，是想做给谁看？给我看呢，还是给你自己看呢，还是想做给所有人看，你卫朝枫有多深明大义、忠孝两全？有这哭丧的心，忠孝都喜挂在脸上做与外人看，去做戏子好了，做什么首席执行官。"

气氛僵冷。

卫朝枫低着头，额前有冷汗渗出。

唐律望着他，眼中覆着薄冰："唱戏的，十年二十年成不了一个角；打仗的，三代五代人出不了一个将。唐家上下百千人，做的是活命的买卖。不懂活命的，我保不了几个人。时无止，分无常，当年就算是唐枫，我也无力保住。只有你唐硕人，杀伐争战，人喊马嘶，我保你从孤幼到成年。你二十三出唐家，进有'卫家'的新世界等你，退有'唐硕人'之名，撑着你旧世界的退路。进退皆有路，攻守都可走，大好人生你一把荒废,偏偏去学会了妇人之仁!"

推卸了暴雪,辜负了唐家,伤透了程意城,透支了他自己,卫朝枫大错特错。

孝庄对康熙说:孙儿,大清国最大的危机不在外面的千军万马,而在你自己的心。

千古之理,只有小舅舅会教他。

卫朝枫跪下认错:"小舅舅,我错了——"

新世界再好,旧世界不敢忘怀。

当晚,卫朝枫离开唐家。丰伯去送他,回来见到唐律,微笑着垂手道:"人精神多了,赶着去暴雪做事了。"

唐律不置可否。

丰伯见他的脸色不对,好似方才自己说错了话。丰伯想不出自己哪句说错了,遂住了嘴,立刻出去。

傍晚,唐家书房大门紧闭。屋内有二人,一人坐,一人站。站着的那人不是别人,正是负责卫鉴诚多年健康的方医生。

书桌后,男人坐着,问:"卫鉴诚的死是怎么回事?"

方医生不解,抬起眼睛看向老板,眼中有一个问号。

唐律点他一句,敲山震虎:"这些年,我只让你监视他,可没让你做别的。你要是敢背着我,做了点别的什么——"

方医生大惊,这才明白原来这人的心思已深到了这一步,怀疑到他头上来了。

方医生连连摆手:"不不不,我不可能违背您的意思干别的事。老板,卫董事长的突然病故,和我全然无关啊。"他紧张至极,连连解释,"卫董事长有家族遗传之疾,不出两年,小脑萎缩,行立失效,语言丧失,会形同植物人,丑态毕露。这事除了卫董事长自己,就只有我知道。他让我保守这事,我答应了。至于卫董事长的心脏问题,则是另一回事。他动过数次手术,他是明白的,一喝酒,很危险……"

男人静坐而听,一身黑色衬衫,自古"律"字表清规,唯他反其道而行。

他听完一笑，声音透着了悟："风光了一生，晚年落人笑柄，他怎么肯。倒不如借唐硕人之手，醉死了自己，从此勾住唐硕人的三魂七魄，一生内疚都为卫家卖命。卫董事长这一出苦肉计，一招赢过我十四年的养育之恩。很妙，简直绝妙。"

权谋和输赢，巨头之间的终生较量。卫朝枫、程意城，都是牺牲品，都是无辜的可怜人。

连方医生都有些不忍，不禁为卫家说话："这……大抵还不至于。卫董事长对卫总，是真心疼爱的。最后那三杯酒，诚然是卫董事长借程小姐之名从卫总手中喝下的，但到底是一出意外。卫董事长，不会忍心对卫总下这种重手……"

真假、是非、阴谋、意外，人已去，无从证。历史的不明真相太多，多一件又怎样。

唐律沉默着，用手指抚摸着婚戒，一下又一下。方医生站在一旁，心里惶惶的，仿佛他摸的不是婚戒，是生死。

男人停住手，做了决定："好。看在唐枫的面子上，我信一次这是意外。如果将来让我知道，卫鉴诚敢对唐硕人下这种毒手，绑他一生内疚在暴雪，毁墓灭碑，我踏平卫家。"

卫朝枫重回暴雪。

人还是那个人，眼神却不一样了。目光坚定，一扫之前的犹豫不决。半个月接连解决了数件棘手项目。外界不知缘故，都说卫董事长的故去让卫总变得不一样了。

柳惊蛰是个明白人。卫鉴诚没有那么大能耐，只有唐律可以。十四年的养育之恩，无人能及。柳惊蛰暗自权衡，是时候考虑离开暴雪了。这里绝非久留之地，他待久了，难保引起唐律疑心。在唐家，犯什么事都有商量的余地，除了不忠。柳惊蛰不会让自己陷入这等困境。

柳惊蛰要走,重担从此落在卫朝枫一个人的肩上。柳惊蛰给卫朝枫三个月的过渡期,足够令他在暴雪坐稳董事会主席一职。

从那日起,卫朝枫的时间被工作彻底占据了,他开始体会到比首席执行官更加沉重的重压。就像柳惊蛰提醒他的:"你要明白,你现在不仅是暴雪的首席执行官,你是暴雪董事会主席兼首席执行官。"

在他之前的两任暴雪董事会主席,都做得极其出色。卫鉴诚、卫柏,都是近代商业史的里程碑,对申南城皆尽到民营企业家之责任。

所以,卫朝枫呢?他没的选择,他必须成为卫家合格的第三代权力中心。

卫朝枫从此失去了自由,同时失去的,还有感情。他后悔分手了。确切地说,他从来没有真心想和她分手。

深夜,他靠坐在床头,将手机拿起又放下,手机被他握得温热。一夜未睡,等到清晨。算算时间,她已经醒了。

他将想了一夜的号码按下,电话接通,他的心跳失序,一声"程意城"就要喊出口——

10086的人工智能客服,声音甜美地告诉他:"对不起,您拨打的号码是空号。"

原来,她已将号码注销了。

这才是真正的分手。浑不似当年,彼此拖泥带水,等不到他的短信她都睡不好。卫朝枫握着手机,愣了半晌。等回过神来,手机直直地掉落在地上。

他终究控制不了想念,多方打听她的去向。原来她已不在申南城了。她离开了申南城,也离开了苏市,回到了故乡的小镇,在县城租了一间屋子,落叶归根。

他开车去找她,见到了她,却失去勇气上前。他跟着她,不远不近。他想看一看,她怎么样了,好不好,她身边还有没有可以让他上前的位置?

她重新做回了年少时代的程意城。租房、找工作,每周末固定去苏市探望颜嘉实。他的康健之路刚开始,她总有责任在身。言谈间他得知她和卫朝枫结束了,他欲言又止,既想留她,又不敢留她。最后还是程意城先开口,对他说抱歉,等他康健后,她不会再来苏市了。她要和前半生告别,好好地过下半生。

县城不大,一张人际关系网可以覆盖所有人。她和中学同学林双相逢,两个女生一见面,一个已是两个孩子的妈妈,一个还在漂泊人生。始知人生这条路,一旦转弯,再没有重新来过的机会。

她开始听父母的话去见相亲对象,程家父母高兴不已。程意城看在眼里,明白这些年愧对了父母。邻里传言她不是没听过,说她未婚同居,说她攀龙附凤,说她好好的一个女孩子、读了书进了城心就野了。她知道,会有这些话传出来,和卫朝枫那辆保时捷脱不了关系。县城乡情,总是见不得人好。

相亲对象叫赵刚,中规中矩的小镇青年,读书和工作都没有离开过家乡。毕业就考编,端起铁饭碗,从此扎根基层,与故土血浓于水。更难得的是,赵刚至今在感情上仍是一片空白。

在县城,赵刚很抢手。在程家父母眼里,赵刚完全符合程意城一直以来的人生理想:稳重、稳定、行稳致远。

"这男孩子是好人,你会喜欢他的。"妈妈这样劝她。

卫朝枫见到她和赵刚约会,是在一个傍晚。

两个人在吃鲜牛肉火锅,赵刚的脸一直是红的,他自我解嘲:"火锅太烫了。"

其实是他第一次对女孩子有好感,有点不好意思了。

一整晚,程意城的话都很少,但赵刚却并不介意。她偶尔谈几句,听得人十分舒服。赵刚看得出来,这是一个非常适合结婚的女孩子。一生一人,岁月相守。

两个人吃完饭,买单离开。赵刚让她等一下,他去开车。程意城点点头,让他注意安全。这句"注意安全"让赵刚高兴极了,转身走路差点撞到路人。

卫朝枫站在不远处,想起那日分手的模样,拿不出上前的勇气。

谁知,连老天都在帮他,一辆摩托车驶过,车主疾行,与她险些擦过,双方都受惊了,差点酿成车祸。

"程意城!"

卫朝枫健步上前,本能先于理智。她被他护住,下意识地抓住他的手。多年的默契,他顺势将她按进怀里。

她瘦了好多。

他懊悔至极:"对不起。那天,我说的话不是真心的——"

程意城被他抱在怀里,始终无动于衷。

他话未说完,就被人打断了。

"哎!你干什么?"

赵刚开车过来,看到这一幕,便急急地将车停在路边。他慌忙下车,一把将人从陌生男子的怀里拉走。他上下打量程意城,急需确认她的安全:"没事吧?怎么样?有没有哪里被伤到啊?"

比起揍人来让自己有面子,他选择把女孩子的安全放在第一位。妈妈说得对,赵刚是好人。

程意城拉下他的手,对他道:"没事,他认错人了。"

赵刚看了一眼卫朝枫,觉得这人可能精神有问题。小镇青年信奉的是"不惹事,安全第一",赵刚忙不迭地带程意城上车。

卫朝枫看着她坐上车,系好安全带,嘱咐赵刚"开车小心",然后便离开了。他忽然明白,程意城真的和他分手了。她不再恨他,也不再喜欢他,她把他留在了申南城,将他忘记了。

他和她走了四年,终究走散了。

那一晚,卫朝枫站在火锅店门口,站了很久。凌晨十二点,店里打烊了,店员好心地问他是否需要帮助,他没说话,店员遂离开了。他慢慢地蹲下来,在路边坐了一夜。

日子就这样过去了。

卫朝枫的生活开始变得规律,无限趋近于一个董事会主席该有的样子。他住在申南城中心，黄金地段的公寓顶楼，离公司步行十五分钟，离机场驾车二十五分钟，从此三点一线。

他的飞行里程开始呈指数级增长，秘书从四个变成六个，忙起来还是不够用。跟了他最久的黄秘书，以前还会和他谈笑风生，现在也不会了。有一次黄秘书讲，他像是变了一个人，可能成了董事长，压力更大了吧。

这话被经过的柳惊蛰听见，一时停住脚步。董事长办公室内的卫朝枫，正在对几个高管厉声质问。柳惊蛰看了一会儿，若有所思。卫朝枫成了卫家期待的模样、唐家期待的模样，前提是牺牲了他的女朋友。

公事以外，卫朝枫请了一位钟点工，每周二、四、六固定到家里打扫卫生。五十多岁的阿姨打扫起来一丝不苟，且从不多言，更不会借故攀交情。两个月后，卫朝枫开始付她双倍工资，顺便替阿姨解决了女儿的工作问题。阿姨从此对他除了卖力之外，还多了忠心。这就是现在的卫朝枫，很会用人，也很会笼络人心，和程意城喜欢的类型已是两类人。

不知她怎么样了？已经喜欢上别人了吗？

深夜总是最难熬，他失眠成瘾，想她想得痛不欲生，梦里都是那年夏天。醒来就像掉进了地狱，秋天快要过去了，夏天还那么遥远。每次难受至极，他就会开车去弄堂。

还是那家小店，还是那些街坊四邻。他们对他一如既往，他是卫朝枫还是唐硕人，对弄堂里的人而言都无关紧要。尤其是李阿婆，每次见他来都会拉着他一通好聊，聊王婶的儿子都结婚啦、李叔的小孙子都抱上了，最后总是催他："小卫啊，你赶紧的，怎么还不和小程结婚办酒席？阿婆我年纪大了喝酒都要喝不动了！"

听到这话，他总是说："快了，快了。"

他很可悲，他知道。如果沉迷于谎言可以令他拥有过去，那就沉迷吧。

只有肖原看出了他不快乐。一日，肖原壮着胆子，在他离开前轻声地问："卫哥，程姐什么时候会再来？"

他坐进车里，没有回答。

肖原急急地追问："程姐会来的，是吧？那年她都答应小龙哥了，和卫哥你结婚都不收我们份子钱的。"

卫朝枫发动引擎的手猛地停住了。

程意城很喜欢看卡通片，尤其是《加菲猫》。加菲和欧迪无意中走失，被卖到宠物店，加菲很焦急，担心主人乔恩会想念它。很快，一个清晨，乔恩走进宠物店，老板上前询问是否需要买宠物，他看见加菲，意外之喜，立刻把加菲再次买回去。一家团圆，皆大欢喜。

故事的最后，日落时分，那只世界闻名的肥猫对欧迪说：我永远不会去问乔恩，那天他为什么会走进宠物店。

程意城一直做着懂事的加菲。

你看到的幸福生活，其实无一不是成全。所有的平淡流年，都是有人负责了背后的沉重。

卫朝枫顿时心如刀绞，心神不定，一脚油门踩成刹车，把肖原吓得不轻。肖原赶紧替他叫来司机，才把车安全地开回去。

不久，连柳惊蛰都看出了他的异样。三个月交接期即将结束，柳惊蛰去找卫朝枫，将一沓重要文件交给他。两个人谈完公事，柳惊蛰的视线一扫，见董事长私人休息室里，枕头被子睡衣都在。卫朝枫显然住在公司多日，连家都不回了。柳惊蛰看了他一眼，这哪像一个打算成家过日子的人？

他多问了一句："你跟你女朋友打算什么时候结婚？"

卫朝枫没料到他会问这么私人的问题，他认识的柳惊蛰从不管闲事。他一怔，随即低下头签字："我们可能——"

"可能"了半天，也没下文。

柳惊蛰一听就明白了："分手了？"

卫朝枫心里钝痛，手里握着钢笔，连字都签不好。一撇一横写下去，哪里是"卫"，分明是一个"程"字。他握着笔，心事藏不住，泄露在纸面上，上亿的合同就算作废。

柳惊蛰都看不下去了，幸亏他还有备用合同。

卫朝枫一愣，这才发现这人虽然平时跩了一点，遭人恨了一点，但关键场合从不误事，能有无数办法将局面重新扶正。这才是柳惊蛰担得起"救火队"之名的原因。

卫朝枫索性不再瞒他："我们吵了一架，分手了。我可能……没有机会再挽回她了。"

"你挽回过吗？"

卫朝枫没说话，想起那日她形同陌路的样子，分明是恨透了他，他拿什么去挽回？

柳惊蛰顿时无语，抱着手臂对他道："去抢啊，朋友。"

卫朝枫：……

柳惊蛰："一时气话的分手，看那么重干什么。去抢，把人抢回来。道歉、哄好、结婚，就这么简单，你在那里纠结什么呢？"

卫朝枫知道柳惊蛰的作风很猛，冷不丁见了，还是有一种"不是一路人"的感觉。

"她已经很恨我了。"他很明白，"程意城是正经人，她有了相亲对象，我再这么乱搞，她会恨死我。"

"好吧。"柳惊蛰气定神闲，准备走人。

"分手也好，你也不亏。你那个前女友为了你，当年可是被按了'内幕交易'的罪名带走过的，被审了好几天也没肯拖你下水，为了保你平安无事还主动离开了你。听说这事对她影响挺大，被记录进了个人档案，进了金融圈黑名单，前途算是毁了。你跟她分手也好，你便宜占大了。"

卫朝枫猛地站起来："你说什么？"他一把拦住作势要走的柳惊蛰，"你把刚才的事讲清楚——"

现在要来求他了？晚了。

柳惊蛰事不关己高高挂起："你刚才不是说，看不上我的建议吗？"

卫朝枫连声音都高了："柳惊蛰！"

柳惊蛰急他一次，够了，算是给他长记性："她被带走的那件事，是我去摆平的。"

前尘往事，竟已过去了那么久。

"当时你们暴雪内部有人要搞你，借着她想把你拖下水，从而抢先完成管理层收购计划。你小舅舅要我保你，我做了最坏的打算，那就是程意城把罪名都推到你的头上。因为只要推到你的头上，她就能平安无事。但是后来我发现，她没有，她将你保护得很好，即便代价是前途尽毁，她也没有让那些人得逞。"

那年街巷，他们两个很辛苦，她总是笑着说，还好吧，喜欢一个人，为他做点事，不辛苦。

他现在才明白，她说的是真的。程意城喜欢了卫朝枫多久，就为他辛苦了多久，可她从来也不说。

柳惊蛰看着他，诚恳地建议："你女朋友对你情深义重。你就算要分手，也先把她这份情义还了。"

这一晚，程意城回家稍微有些晚，她花了一点时间，和赵刚提了结束。

两个人今晚约晚饭，约的地点很巧，约在西贝面馆。

赵刚提前订了位子，问她能吃这家吗，忌口吗？程意城愣了一下，随即说没有。

她到得早，一个人在店里坐了一会儿。

店里装了几台电视机，循环播放主题广告。几个小孩吃得香，一抹嘴，跟着广告喊台词："家有宝贝，就吃西贝！"

程意城完完全全地怔住了，她拉不回自己，想起当初的笑谈："其实我最喜欢的是……西贝面馆。"

看似笑谈,未必是在说谎,她说的都是真的。她真的有想过,以后有孩子,一定会和他一起,一左一右牵着孩子的手,来这家全国知名的儿童友好餐饮店,体会"家有宝贝"的幸福。

赵刚急匆匆地赶来,他坐在她的对面,礼貌地道歉:"不好意思,我来晚了。"

程意城就是在这一刻提了结束。

赵刚愣住了,他看着她,看见她泛红的眼眶。一瞬间他明白了,她的结束一定不是因为他的迟到。

赵刚轻声地问:"是不是上次的那个人?"

这话问得没头没尾的,程意城却听懂了,她笑了一下,没有回答,笑容很惨淡。

赵刚被这个笑弄得很心痛。怎么会有人舍得将她这么好的人伤成这样,仿佛慢性自杀。

两个人结束了一顿和平的散伙饭。

离开时,程意城不再愿意搭赵刚的车。赵刚看着她走向公交车站,追上去,轻声地叫了她一声:"程意城。"

"怎么了?"

"如果你心里还有喜欢的人,不如和他再勇敢地试一试。人活一辈子,爱人的能力会逐年减弱,最后完全消失。在有'爱'这一能力的年龄,去喜欢一个人,不是坏事啊。"

程意城一愣,随即笑了,这是她回县城后,唯一一发自肺腑的笑容。

"谢谢你,赵处。"

赵刚挥挥手,大方地道别:"不客气。要幸福啊,意城。"

晚上九点,程意城开门进屋。未等她开灯,屋内的灯光已经亮起。她一愣,没有意识到危险已至,就这样失去了最后的逃生机会。

客厅里,一个男人坐在沙发上,正等着她。见到她出现后,他好整以暇地打招呼:"程小姐,别来无恙,见到你可真高兴。"

程意城认得这个声音,这是一个故人,一个因卫朝枫而断送全部人生的故人。不速之客，不请自来，反客为主，登堂入室。而且，还有前仇宿怨。

程意城心下了悟。这个晚上，会有恶斗，摸不清底细，她只能以静止乱："好久不见，尹先生。登门拜客，自行入室，不是君子之道。"

尹珈上一笑，服气她的沉着："程小姐，我不是来做客的。而且，我也不打算做君子。"

明目张胆的威胁，衣冠禽兽所为。

程意城手握门把手，暗自计算逃生的机会与可能。

谁承想，对方早已堵死了她的生路："程小姐，我既然来了，就没想过让你离开。"

话还未说完，他使了一个眼色。一左一右，客厅与厨房立刻走出两个陌生的男人。身形魁梧，孔武有力，制住程意城犹如制住一只小动物，不费吹灰之力。

在劫难逃，唯有沉着应对，程意城看向他："你想做什么？"

男人也算痛快："寻仇。"

程意城打量他。这人，确实是变了。烟不离手，如泥如秽。牢里出来的，混过另一个世界，行为准则一并被打碎，重塑人格犹如死过一回。再见天日，下手都要狠上三分。

无端端地，她竟对他生起些同情："你也算读书人，如今你自己看看你的样子，仁义不施，廉耻道丧。当年你也算和我在程家共坐一桌和气过，'为善必兴，作恶必败'，这个常理你不懂？"

"程意城，你跟我讲道理？"他忽然怒火中烧，收了假情假意，一脸的怨恨。

"卫朝枫一手遮天将我送入牢狱的那一天，你有没有和他讲过善恶的道理？"

"尹先生，是谁先敲诈勒索，是谁先动手？还有，你若行得正，谁抓得住把柄将你送进那里？"

"是，你说得对。但程意城，你不要忘了，当年你也是混这个圈子的,这一行有多少干净,你也是清楚的。你还不是一样被带走调查过?若非唐家出面,你能有今天?"

"尹珈上,我跟你不同。当日就算没有唐家,我也敢接受调查。没做过就是没做过,时间会还我公道。"

"呵,程意城,你是真不怕死。都到这种时候了,还敢跟我争辩。"

他起身,直直地走向她。捏起她的下巴,逼她听他那一笔烂账:"卫朝枫这仇,跟我算是结下了。我只要他一个亿,他却这么狠,一点生路都不给我。将我投入牢狱,毁我一生前途,父母颜面尽失,与我断绝关系。我从此做不了正常人,永远背负恶名。这些,都是卫朝枫给的。"

人疯,无非为名利。常人对疯人,无理好讲。

程意城偏过头,认得清现实。为人鱼肉,她不与之争。

尹珈上捏着她不放,寻思:"听说,你和卫朝枫分手了?"

"和你没有关系。"

"情义两全。"逮到这么个女生,他觉得有点意思,"跟他分手了还这么为他说话。"

"呵,情义两全,你会放过我吗?"

"当然不会。"他笑了,"你的情义两全是对卫朝枫有的,碍眼都来不及,我哪里还会放你走。"

始作俑者心情大好,烟瘾上了,便不再管她,将她丢给两个陌生男人便出去,顺手关上了门。

两个陌生男人向她逼近。生死关头,她不放弃希望。再辛苦都过来了,毁在这里,不可以。求人不如自救,她见过场面,识过高低,体力不如人,就用脑。

程意城定了定神:"二位不怕今晚被人利用吗?"

两个男人闻言面面相觑。

其中一人来了点兴致:"你什么意思?"

千钧一发,她也不绕弯:"唐家听过吗?"

其实她并不懂这话的分量究竟有多少。只是想起卫朝枫每每提及唐家的避讳之姿,她就想,或许可以拿来赌一赌。她孤注一掷:"得罪唐家,尹珈上尚且落得这步田地,更何况你们?他要报仇,不敢动卫朝枫,动我,可以理解,却连最后一步也不敢亲自动手,要借二位之手。二位想一想,他在这屋子装上摄像头,将来东窗事发,把二位推出去做替死鬼,不是更好?"

话说到一半,当即被另一人打断,那人扼住她的喉咙,怒目狰狞:"你敢挑拨离间?"

她被锁喉,血气上涌,脸色发紫,尝到断气的滋味。但险象环生,方有一线机遇,和人斗,不拿出点牺牲,翻盘无望。

"是,我是挑拨。我与二位素昧平生,说这话当然是为求自保,但二位不妨想一想,我说的可对?我尚且想要自保,二位倒不想?二位不想,尹珈上可是想了。他不出手,拍下来,隔日嫁祸,天衣无缝。卫朝枫见了,头一个要寻的仇,就是你们。坐过牢,出来就遭人利用,被唐家盯上,生死不能,这滋味,难道你们想尝?"

面前的二人开始动摇了,道理没有错,细想一遍,她说的都对。

其中一个男人笑着问:"程小姐,道理我懂,但平白放过你,即便我肯,我朋友也不肯哪。"

处于弱势,她低下头:"是的,是这个理。"

说完,她伸手一指床头柜:"第二层保险箱,密码4869,存折里有七位数,卫朝枫昔日给的,我分文未动,全数给二位。就当今晚,我自己赎自己一回。尹珈上给二位的酬劳,及不上这个数吧?他尚且自身难保,哪有多余的钱。是拿钱从此无灾无难,还是从此和唐家结仇永无宁日,二位都是过来人,江湖经验数一遍,决断一二,不难。"

为首的年长男人笑了:"程小姐,你是痛快人。和那些正派人做事,亏了。不如和我们一起混,会痛快得多。"

"多谢你赞誉,我只求自保。你肯放过,我会记在心里。"

速战速决,拿钱走人。一场噩祸,险险地避开了。

第十章 人间开恩

程意城一身冷汗,紧咬牙关绝不肯让恐惧外泄。这是生死较量,不是你压倒我,就是我干掉你,逻辑不能错,思维不能乱,出口要成章成理,这才斗得过牛鬼蛇神。那两人拿了钱,迅速地走了。程意城不敢松懈,走下床找手机。九年义务教育没白上,第一反应是打110,不找卫朝枫找警察。

电话未放下,就被人一把捂住嘴,程意城心下一惊,闻到刺鼻的幽香。她顺着墙壁滑下去,软似无骨。

折返回来的尹珈上虽然恼怒,却也佩服:"卫朝枫看上的女人,可以啊。牢里的兄弟竟也被你唬住了,是我大意了你。"

迷药甚是厉害,短短几分钟,药性已发作。眼前一切皆虚幻,如梦似雾,眼睛一闭上仿佛能见到天堂的模样。他又从裤袋中掏出一把药,强迫她张开嘴,倒了一杯水,将药全数灌下去。

"程意城,你不要怪我。"他耐心地向她解释,"卫朝枫最珍惜的是你,他毁我人生,我让他尝尝同样的滋味。"

她忽然拿起一旁的刀具。一把锋利的水果刀,平日放在客厅切草莓、切杧果,今日却指向她自己。往手臂割一刀,伤口不致命,表皮流血,最痛。

男人见状,深感佩服:"割伤自己,痛一点,抗药效最好。保持清醒,才有活路。程意城,女生做成你这样,太辛苦了。"

他伸手抚摸她的脸:"倒不如求一求我,顺了我的意。"

她见他如见一个笑话:"我连卫朝枫的意都不想顺,更何况你?"

"好啊,有骨气。"男人一笑,用力地撕开她的上衣。

"你有骨气,就把这骨气端得稳一点,等下别求我饶你。"

他本来就是来寻仇的,有了机会,更不肯给她活路。

她想,没关系,忍一忍就过去了。他只辱不杀,这她是知道的。可是当他欺上身,她终于发现,还是太难受了。

她对感情还抱有很多期待。古镇长街,清风明月。夜晚千灯掩映,有老人摇着蒲扇讲述一串串遗落在时光里的旧故事。深院锁清秋,凤冠霞帔，出嫁那一晚有红烛照华容。垂挂的流苏被掀起，新娘在正好的年华盈盈一笑，丈夫抚过她的脸，一腔温柔熏神染骨。

一世三生，动人心弦。

程意城常常想，故事的后来是怎样的，那一晚的烛火是否幽燃至天明。镇上的老人告诉她：后面的故事，便要你自己来讲了。

她忽然不想偷生了，还有真心要赋予，怎么甘心让自己从此不清不白？

一把水果刀横在两个人中间，她举着，再没有要放下的意思。

尹珈上笑了："程意城，你不敢。"他料定了她，"即便我伤你，你也不敢伤我。做人太君子，就会像你现在这样。你捅我一刀，取我性命，下半生你连做梦都将背负一条人命。做恶人，需要天分。程意城，你没有这天分。"

他说得对，她不敢。路过菜市场看见杀鸡都要闭上眼睛，何况是对人。可是一个人要做一件事，穷途末路起来，总有办法。

"我不敢伤你，我总是还敢伤我自己的。"

不容他细想，她已经动手了。

对准自己，一刀下去，心脏三分之二在左，她的刀尖就往左。古语有云，有一事必有一累，多情多累，一死一醒，子虚乌有。

做人烈性至此，将恶人也震退了三步。刀尖入肉，寸寸深，血水从缝隙中争先而涌，连皮带骨，倒计时耗她性命。

他捂住嘴巴，不敢置信："程意城，你疯了？！"

她的唇色很快泛白。失血很快，她的生死都在他一念之间。

杀鸡尚且还要师傅带，何况是对人。恶人也有限度，超出限度，他顿失恶念，见她如见鬼神。一个女人心狠起来，恐怖得很。

灵魂与灵魂厮杀一回，尹珈上败下阵来。他被她震住了，下意识地拿起手机打120，连声音都在抖："这里需要救护车，医生，请尽快……"

看了她一眼，他有窒息感。看一个人从生到死，是一种折磨。何况眼前这女生,该闹时不闹,该哭时不哭,该惧时不惧,该痛时不痛。

穷鸟入怀,猎师也不杀,男人丢下手机,落荒而逃。

程意城一笑,她非常非常满足。办法都用尽了,她没有亏待自己,不枉此生。剩下的,全凭天意。

她随手拉过被脱下的衣物,堵在胸前。刀未拔,血流得慢一点,自救还有希望。她不勇敢,痛得很,她怕疼又怕死,如今孤身一人到这境地,全是天意。

手机振动,她看了一眼,是卫朝枫,她的号码是新的,可见他费了功夫,不知从哪里搞来的。

生死之外无大事,她忽然原谅了所有。四年的感情,终究是她过不去。用惯了他给的特权,总是沉溺于当年,不愿意正视他的另一面。其实,这何尝不是一种不公平?

她按下接听键,电话里,他一直在叫她。其他的,她听不清楚了。她心下有数,她的时间不多了。

要下舞台了,有大彻大悟之感。人生一场戏,头面戏衣,她脱下戏服,临走前看一眼,他还在台下,未和她散场,这样就很好。

胸前的衣物已堵不住血水了,痛得她说不出话来。她已经尽力了,给自己延长了这么久。她叫了他一声:"卫朝枫……"

疼痛难忍,她连话都无力说完整。

血流一地,洗净红尘。人间是非,翻篇重来。她嘱咐他最后一声,不枉喜欢他四年。四年不短了,她的一生也就喜欢这四年。

"你要好好的——"

通话未结束,手已滑在地上。

错了位,阴阳隔。"女朋友""卫太太",她哪一个都做不了了。做不了也好,当日和他吵那几句,比今日痛多了,她不想再那样了。

卫朝枫在电话那头一声凄厉:"程意城——"

三千世界,存殁参商。

白骨如山,公子红妆。

卫朝枫今晚遍寻程意城不着。

电话接通时,他正在下高速。开一小时高速从申南城赶往县城,就为说一句"对不起"——对不起,我错了。对不起,我们结婚吧,你不要喜欢别人。

分手多久,这些话他就练了多久。

听到她接起电话,他欣喜若狂,以为她肯给他机会。然而听着听着,他就听出了不对劲。她的声音又喘又低,浑然不是正常的语速,像告别。他顿时心里一沉,有很不好的预感。

卫朝枫一脚油门,疾速来到她租的小区,谁承想,他连靠近都不得。

小区以外五百米全部拦上警戒线,警车出动,封锁现场。深夜人潮汹涌,街坊四邻穿着拖鞋在看热闹。小县城就这么大,一点动静全县惊动,何况是凶杀案这么大的事。这一带向来平静,多年未曾有大案。

卫朝枫下车,在人群中奋力地向前挤,听见周围议论纷纷——

"听说是谋杀?"

"好像还死了人,吓人哦。"

"哎,那个房东我认识,老王嘛。刚听老王说,他把屋子租给了一个年轻女孩,没想到会出这档子事,老王吓死了。"

"现在的年轻人乱得很,搞不好是情杀哦。"

卫朝枫听着,心里乱成了一团。他想起程意城的房东就姓王。

他不顾一切向前挤:"让开,让开,麻烦让我过去!"

警戒线内,两名警察过来拦住他,他正欲跟人辩驳,就看见一辆救护车疾驰而来,停在路边。救护车上下来两名医生,一路狂奔跑去小区门口接应。很快,一辆移动担架被推出来。

两名医生推着担架夺路狂奔,大叫:"快点送医院!这个人失血过多快不行了!"

一副担架,一行人,从卫朝枫的眼前转瞬而过,他看清了躺在担架上的人，不是程意城是谁呢？

"程意城——！"

他不知哪里来的力气，一把推开人群，好几个人被他推倒在地。他冲进警戒线，一把扶住担架。

真的是程意城，这个满身血污的人，怎么会是程意城？

"哎！你！"医生冲他大叫，"不要妨碍我们救人！"

"我是她家属！"他告诉医生，"医生，让我一起去，她是我女朋友！"

"那你上来吧！"

救人，讲的是争分夺秒。医生也不跟他废话，一把将他拉上救护车，用力地关上车门。司机拉响鸣笛，呼啸而去。

车内，医生各司其职，和死神抢人。

卫朝枫几乎认不出她了，她整个人很糟，全身上下，无一完好。上衣被撕破了，一件好好的衣服七零八落地套在她的身上。脸上、手上、身上，都是血。他握住她的手，摸到她手上黏腻的鲜血，卫朝枫痛彻心扉。

他从来没有想过，他会看见这样一个程意城，他以为世间可怕的事不过那几件：她对他提分手、将他忘记、喜欢上别人。这一刻他才明白，那些都不要紧，只要她好好活着，就是最好的。

可怕的事远不是这些，而是别的。比如，这世上从此再没有程意城这个人。

医用仪器发出不好的声音，他听见医生在尽全力——

"再开快一点，她快没有时间了！"

"刘医生，我已经开到最高车速，实在快不了了。"

"刘医生，最近的悦心医院说没有条件救治这个危重病人。他们建议，她这种情况恐怕只有申南城圣林医院的顾楷医生救得了。"

"那立刻去找顾医生啊！"

"找过了，顾医生不在，今天晚上飞机去国外参加学术会议了——"

卫朝枫听着,捂住了嘴巴,发不出声音。

那年夏天,长街岁月好,他对她说:"我怎么会让我女朋友有危险,我女朋友连一根手指都不能有事的。"

他食言了,有些气话,他不该说的。人生三灾七难,都是寻常事,她都有勇气面对。只有和他之间的那几句争吵,耗尽了她四年的感情,她很难再好。

当日,司机老张曾担心唐硕人会欺负她,她一笑,说:"他不会。"

这句"不会",就叫专属感,她的感情、自尊、骄傲,都在这句"不会"里,所以才会在他接下她的分手提议时,失望透顶。

她高估了她自己,原来他不是不会啊。

救护车内,连医生都逐渐失去了把握:"再把车开快一点!她撑不住到医院了……"

她要走了,卫朝枫紧紧地握着她的手,眼泪忽然就流下来了。她是他一生最喜欢的人,怎么好眼睁睁地看着失去?

六神无主,他不想抱憾终生。

一身本事全无用,只剩下了本能。他凭意识求救,摸出手机打电话。电话接通后,他跪在担架前,跪求人间开恩。

"小舅舅,我求求你帮我,救救程意城,我求求你——"

程意城做了一个很长很长的梦。她梦见自己走在一段小路上,长五十米,宽两米,地是青石地,花是彼岸花。久闻不如一见,原来这就是黄泉路。

人们行色匆匆,茫然的、急切的、自愿的、被迫的。到了这地界,都成为一缕孤魂。众生平等,和前世别。

程意城的脚步暂缓,一阵剧痛当即自心口传来,她了然,原来黄泉路是不容人慢下的,这里没有回头路。

彼岸花穷尽,三生石静立,前世今生记载其上。凉茶亭有老妇淡然

第十章 人间开恩

舀茶，一勺又一勺，过路的魂魄——接过。喝过了，从此挥别苦痛哀乐。

程意城接过一碗。茶是好茶，可惜没有茶叶根茎竖立其中。听人讲，若有叶茎悬垂正中，就会遇上好事，可惜她没有。她随即又看开了，都来到了这里，无所谓好不好。

她心如止水，端起碗来喝。忽然脚下铃铛声作响，一股力道将她左脚狠狠地箍住，越收越紧，几乎掐进她的肌肤里。

程意城痛得脸色一变，低首一看——是卫朝枫当日亲手为她戴上的脚链。

往事如幕，言犹在耳："给喜欢的人戴上脚链，下辈子都能在一起。这个传说，不管是不是真的，我都想试试。"

孟婆见惯了生死，看了一眼，也颇为讶异："有人不肯放你走呢。"

程意城动弹不得，左脚被一股力道定住。他要她回去，不肯放她走。

孟婆对她道："你这脚上被绊住的，是情咒哪。意念这么深，只差追你而来。你若想回去，就是逆天而行。代价是要的，痛足肺腑筋骨，受足步步酷刑即可。撑过去的人可不多，你看，这青石路上多的是想要折返又痛得跪下来，如此反复最终还是放弃的人。"

程意城闻言低头不语：为他，再受一次刑，可还值得？

孟婆看了她一眼，道："这人间的男子啊，拥有时不珍惜，失去了就缠得这样紧，都不知苦的是女子。为这样薄情的男人，不值得。"说完，又催促她，"喝吧。断了情分，心就好了。"

程意城凝神不语，想起昔日她和他快乐的日子，想起他一个人孤独的模样，想起他说的："我会等你，一直等你。"

长街永远记着她和他的一腔盛年，是她走得急了。

程意城放下茶碗，向孟婆作别："这酷刑有多痛？我试试。"

这黄泉，她不去了；这酷刑，她为他再闯一次就是了。

她想从梦中醒来，却被一股力道阻挡。这股力道如此之强，给了她钻心之痛。

救护车一路飞驰，到达申南城圣林医院，等在门口的，正是顾楷。

医生大喜:"顾医生!"

顾主任健步上前:"来,我看一下。"

卫朝枫明白,这是小舅舅出手帮他了。他跟着担架,一路跑至手术室门口,却被医生拦下,告诉他不能再进去了。主刀医生顾楷抽出一秒时间,对他承诺:"你放心,这是唐先生亲自打电话交代的人,我们一定会尽力保她的。"

卫朝枫点头,动作机械又麻木。他尚未从应激中缓过来,暂时丧失了语言能力。

手术时间很长,左等右等,仿佛没有尽头。走廊里,卫朝枫坐在长椅上。双手黏腻,低下头一看,全是血。

不该这样的,她一个女孩子,这么怕痛,手上就有那么多血,那身上呢?她那么单薄的一个人,怎么能承受这么大程度的失血。

凌晨一点,柳惊蛰现身医院。

这一晚,他干的事已经够多了,两个小时前,他接到了唐律的电话。柳惊蛰接到电话时正在给大学生陈嘉郡辅导概率论,讲了一晚上马尔科夫链没把陈嘉郡的脑子讲通。他丢下笔,决定不干辅导小孩子功课这么要命的事,就接到了唐律给他布置的更要命的任务。

对方交代他马上办两件事:第一,配合警方,控制尹珈上;第二,去医院接应卫朝枫。

深夜救火,柳惊蛰虽然不情愿,但还是挂了电话就走,他忙了一晚上,到医院时已办完唐律交给他的第一件事。

医院走廊里,回荡着柳惊蛰的脚步声,他走过去,在卫朝枫面前站定,对他道:"是那个姓尹的人干的,警方已经把人带走,控制住了。"

卫朝枫握紧了手,骨节作响:"我要他死——"

"好啊,这个简单。"柳惊蛰不咸不淡地追问,"该死的人只有他吗?你不该死?"

能把女朋友照顾成这样,在柳惊蛰看来简直岂有此理。从前他以为,卫朝枫只是运气不好,跟女朋友无奈分手可以理解。假以时日,追回来好好过日子，事情也算完美，不经历时间考验的感情都算不上真感情。没想到他一整个料错了这两个人的发展走向。

"姓尹的不经吓，在被带走前已经全交代了。你知道你女朋友有多了不起吗？面对三个有犯罪记录的男人，她不慌不乱的，用计支走了其中两个，最后才落到姓尹的手上。直到他动手侵犯，她才拿刀捅向自己。"他看向卫朝枫，道，"我相信她不是要自杀，她完全是为了退敌。她一个人和三个男人斗到了最后一刻，很了不起。"

卫朝枫捂住耳朵，不敢听，却还是要听。单是听着，就像被人凌迟一遍。他不敢想，她当时有多绝望。自他那日和她争执，她就一直绝望着。连老天都看不下去了，宁愿她长眠不醒，从绝望中解脱。

往事一幕幕闪现，她对他那样好，他为什么不珍惜？

她会叮嘱他，一日三餐要准时吃，不要熬夜，会把来不及吃的水果榨成汁让他带着去店里；她会陪着他，将他带回家见父母，和他一起照顾生意，会在他早起进货时不仅跟他一起去还学会了和人讲价；她会心疼他，会摸着他眼角的缝针问他疼不疼，会告诉他他有一个很好的爸爸、一个很好的妈妈，会陪他住院凌晨一点才吃上晚饭。

她还会在很痛的时候，嘱咐他以后要好好的。

他在唐家学会了一身本事，尤其会看人。当年见到她的第一眼起，他就明白，这是一个很好很好的女孩子。是谈恋爱、结婚的上佳人选。

他在唐家很辛苦，他不想这么辛苦了。想好好喜欢一个人，过简单的小日子，做感情里那个不辛苦的人。他没有看错人，他要的，她全都给了他。他被惯坏了，越来越贪心，尤其见不得她对别人好。

"我不想的。"

生死界，一切罪孽现原形。

"不想对她说气话，不想接她的分手提议。我不想看见她对别人好，所以蓄意伤人。我知道错了，以后我一定不会了。"

柳惊蛰冷笑："你们还会有以后吗？"

他作了恶，触怒了神明，连上天都看不过去，要将被他伤害的人带走。转世为人，自在清净。

他抬起手捂住脸，眼泪从指缝间奔涌而下："我真的知道错了——"

傍晚日落，金晃晃的一圈滚边。

卫朝枫照顾程意城洗脸。

一个多月过去了，他已足够熟练。毛巾用温水浸泡，沿着额头向下，轻轻擦拭两遍。再换一块，重新用温水泡，从脖颈开始，擦拭到手指。从前她爱洗手，一点油腻都沾不得，如今她睡着了，他将她的习惯都记着。

怕她无趣，他不忘同她讲话："我今天过来晚了，中午出去了一趟，和今盏国际银行签金融合作协议。银行这帮人好难搞，一点议价空间都不给。

"昨天小龙哥他们来看你了，连李阿婆都来了，还交代我，你醒了一定要告诉她一声。

"李阿婆这阵子腿不太好，走不了多远。但她总记挂着你，所以我接她过来了一趟。我让秘书找人把她那间房屋翻修了一下，老屋子湿气重，她的腿估计就是受这个连累了。

"话说回来，你好久没去弄堂看看了，等你醒了，我们一起去，你说好不好？不说话，我就当你同意了。"

程文源和简心华站在病房外面，见到屋内的景象，两个人对视一眼，决定不进去了。程意城出事后，作为父母，他们不是没想过将女儿带走，从此和卫朝枫一刀两断。卫朝枫鞠躬恳求他们不要带走程意城，他们没同意。

程文源和简心华悔不当初，甚至后悔不该让程意城留在申南城，如果留在县城，现在她很可能已经和赵刚结婚了。提起赵刚，老两口心痛不已，那是多么令人放心的女婿，年纪轻轻的就当上了副处，还是党员，不比卫朝枫这个名利场常客来得靠谱？

第十章 人间开恩

顾主任站在一旁，恰好看见了这一幕。

到底是唐家的朋友，顾主任姗姗上前，告知二老，幸亏卫总送医及时，请来医学界一众专家泰斗共同进行手术，否则程小姐回天乏术。

程文源和简心华听了，这才不吭声。

颜嘉实也来探视了一回。他来，当真是不易，头上的纱布刚拆掉，额上的疤痕未褪，双腿虽然保住了也仍然不能走。那日，他是被贴身照顾的护工推着来的。

护工姓赵，只有二十二岁，学历不高，卖一身力气，被颜家高薪聘请，视颜嘉实为责任。

颜嘉实执意要来，她便瞒了医生，推他过来。当她将他送至程意城的病房，护工服已被一身汗水湿透了。颜嘉实见了，有诸多想法，对她真诚地说了一声"谢谢"。小赵的脸红透了，连连说"不客气"。二十二岁，尚未学会隐瞒心事，她对他还有别的心思。

卫朝枫支开了旁人，三人一室，从未有过的和平共处。

颜嘉实专程致歉："我很抱歉。正是因为我，她才在当日和你失约的。一直以来，我都有私心。这种私心，确实是一种不小的冒犯，还请你和程意城原谅。"

卫朝枫摆摆手，心境早已不同往日："我也很抱歉。我没能体谅程意城，是我的问题。在她因我受连累找不到工作的那一年，是你和星实给了她机会，我应该对你说声'谢谢'。"

都不是计较的人，度了情劫这关，泯恩仇就是三言两语的简单事。

又几日过去了。

顾主任查房，支开了旁人："卫总，有件事我想告诉你。"

"什么事？"

"我替程小姐做了全面检查，发现她妇科方面也有些问题。准确地说，是性生活方面造成的。"

卫朝枫听懂了："顾主任，有话你说。"

"我调阅了程小姐的病历，发现她三个月前就这方面的问题去看过医生，就诊地点在仁雅医院。"

仁雅医院，正是三个月前他送谢劲风去看生理痛的医院。

卫朝枫的脸色骤变，原来那日她在医院见了他，会那么激烈和反常，轻易地就对他提分手，是有原因的。这一刻他才明白，她是伤心了。

顾医生旁敲侧击，礼貌地告知："卫总，我知道你和程小姐感情深，年轻人谈恋爱总是情不自禁。但若要长久，很多事你还需好好学，不能玩太大。"

卫朝枫用力地点头："我明白，谢谢顾主任。"

病房内放着一盆莲花，是他从寺庙求来的。佛教说莲花，一生香，二生净，三生柔软，四生可爱。他将莲花带来这里，换水照拂，香、净、柔软、可爱，都有了，都是她喜欢的。

白天守着她，晚上加班就成为必然。每晚，卫朝枫都在病房内办公。

他对她寸步不离，公司所有人都知道如今在哪里能找到卫总。VIP病房条件优渥，他将客厅单独留出来，一到晚上，电话会议、视频会议轮着来。

申南城商界，暴雪独大。千头万绪，压在卫朝枫一个人身上。他一件一件来，守在她身边，从未有过的平静。

"中央地块我们不接，除非对方递来橄榄枝，价码到暴雪地产的心理价位再同他们谈。

"把手头的三四线项目尽快结束，具体数量还剩多少，明天报给我。

"上东城我去不了，让上东城分部负责人去竞标。若竞标输了，请他做好降级处理的准备。"

一晚工作，条理分明。

凌晨，卫朝枫合上电脑，揉了揉眉心。拿起桌上的一本书，他起身走进屋里。

每晚，他都会在睡前陪她读书。因为她说过，工作好累，生活好累，每天都好累，只有每晚睡前的读书时间永远不累。从前两个人住在一起，他常常去闹她，在她睡前读书时从被子里使坏，捏她的脚，然后是小腿，再然后是腰，再捏下去就是生冷不忌。程意城每次都会打他的手，叫他不要不正经。他一笑，对同一个游戏乐此不疲。他要看看，他能用几分钟让她扔了手里的书。最后，两个人总是笑作一团，再然后，就是温柔缠绵。

那样的日子多好，为什么他后来不珍惜？

读了七页书，想起从前，卫朝枫停下来。他还在，她也还在，只是睡不醒，也不知道还会不会有醒来的日子。

他放下书，握起她的手，包裹在掌心里："程意城，给我一个机会，我们继续走下去。"

他不要重新开始，人生也根本没有重新开始。他从未离开，他要继续和她走下去。

"我一直记着，你要我以后好好的。我听你的话，每一天，我都有好好吃饭，好好工作，好好过日子。那么你呢，你能不能也好好的？"

他的脸颊贴着她的手背，尝到了一丝咸味，是他自己掉了泪。他的感情走投无路，就像一副牌局。英俊的红桃侍从和美丽的黑桃皇后，躺在桌上沉默地诉说僵冷的爱情。他靠在她的手边，不愿再放开，沉沉地睡了一夜。

醒来已是清晨，天刚蒙蒙亮，可见还早。

他是被人惊醒的，他整晚握着的手，轻微地动了一下。动作很轻，但再轻也瞒不过卫朝枫，他几乎是立即从睡梦中惊醒。

"程意城？！"

一双眼睛缓缓地睁开，醒来即重生。

卫朝枫猛地站起来，喜极而泣："程意城——！"

两月有余，被他整晚整晚握着的手，第一次有了力道，反握住他的手。

她的声音低哑，重见人间："你哭了？"

——正文完——

番外一 公主殿下

申南城财经媒体圈盛名在外，一到年底，各类评选如火如荼，搅动名利场池水。

媒体深谙舆论之道，今年聚焦三大主题：公司业绩、反996、员工幸福指数。数据出炉，暴雪强势占据榜单首位，屠榜三大类评选指标。暴雪董事会主席卫朝枫一时风头无两。

申南城商界向来激进，卫朝枫入主暴雪董事会之后，却逆势而行，成为"反996"先锋，一度引起不小哗然。

坊间传言，卫朝枫确有私心。

据说半年前，卫总未婚妻生病住院，是从鬼门关救回来的。未婚妻父母对他有诸多不满，卫朝枫立下三大保证：不加班、不出差、不晚归，未婚妻父母见他态度还行，勉强接纳。

出院当晚，卫朝枫将未婚妻接回公寓，从此开始"公司——家"两点一线的生活。

卫朝枫到点下班，从不加班，业绩非但没落下，还一度强势上扬。有这样一位董事会主席，"不加班"成为暴雪的核心文化，员工幸福指数一度创下申南城企业界新高。

年度评选晚宴，卫朝枫罕见现身，一众圈内大佬热络过问他的婚事。

卫朝枫的口风很紧，一一挡回，他拎着一杯酒，打了几声重要招呼，匆匆地就要走。

商会主席蒋宗宁叫住了他："这么早就走？"

"七点半，不早了。"

"被未婚妻管这么紧？"

"未婚妻愿意管我就好了。"卫总放下酒杯，有诸多惆怅，"她根本不管。是我拎着绳，交到她手里求她牵好我。"

程文源和简心华在公寓陪女儿住了一周。这一周，让老两口对卫总的身价有了全面具体的了解。

简心华对程文源说，怪不得女儿犹豫，她从小就不会喜欢这类人。程文源忍不住叹气，说，可是她就是喜欢上了他这个人。

一周后，简心华见女儿无恙，气色也好多了，便提出要回去的想法。程文源还没退休，总不能一直请假陪在这里。程意城点点头，同意了。这半年，父母为她操心得够多了，鬓边银丝生，她过意不去得很。她拿手机给父母买回家的高铁票，简心华说不用，有人会来接他们回去。

这个人，就是赵刚。

当晚，卫朝枫回家就看见了门口的一幕：未来岳父母正拎着行李箱，同程意城告别，门口站着赵刚。

见他回来了，简心华也同他道别了几句，无非就是那些客套话：这段时间辛苦你了，还要麻烦你多照顾意城。

卫朝枫知道他们要走，但没料到会这么快。他司机、秘书一大堆，去哪里都能送，别说一个小时高铁的距离，就算是半个地球的距离都没问题，他私人飞机也不是没有。可是程文源客气地说不用了，赵刚会送他们的，他人都来了。

卫朝枫脸上乖巧地说"好的"，心里却不大痛快，涌起诸多想法——谁都能送，他就是不想让那个赵刚送。

因为赵刚留给他的心理阴影可太大了。

作为小镇父母，程文源和简心华不可避免地对赵刚生出诸多好感。原因之一就是：赵刚有编制。卫朝枫就算把暴雪做到两地上市的巨头企业，在未婚妻父母那里也还是低人一等。董事长怎么了？董事长有编制吗？企业业绩一旦下滑，他还不是照样要下岗？

卫朝枫一晚上没睡着，未来岳父母放着他不用，宁可劳烦一个外人，什么意思？不喜欢他，中意赵刚？

其实，这完全是他多虑了。

程家父母会劳烦赵刚，纯属巧合。赵刚今天正好到申南城办事，得知他们也要回去，就顺路捎上两位老人。他们本来就是同一个镇上的，邻里关系七拐八绕的都认识，老两口自然和赵刚更熟悉，搭顺风车也方便。他们当然知道可以让未来女婿送，但这都说了，这个女婿还只是"未来"的，当下还不是，总不好意思太麻烦他。

程家父母一走，未婚妻独自在家，卫朝枫上班都没心思了，每天就去上半天班。

这一晚，他下班到家，刚进玄关，就看见一个行李箱，卫朝枫愣了一下。

这又是谁要走？

他心里忐忑，关门进屋，看见阳台上晒着一床被子。卫朝枫对程意城的习惯了如指掌，每当她要外出，出门前都会将被子晒一晒，然后收起来。

当下，卫朝枫的脸色一变，她这是要走？

"程意城——"

"怎么了？"

主卧室内，程意城正在收拾衣服。

外套、衬衫、长裤、内衣，被她分门别类，叠得整整齐齐的。程意城有一种简约的秩序感，卫朝枫说不出地喜欢。这种秩序感放在家里，就是万家灯火。

见他进来后，程意城很惊讶："你今天回来这么早？"才五点半，天都没黑。

卫朝枫故作轻松地问:"怎么好端端的收拾行李啊?"

程意城没想瞒他:"明天我要回去一趟。"

"什么?"

"明天约了顾主任做复查,如果复查结果没有大碍,我就准备回家了。好久没回去了,总要回去看看。"

不行,卫朝枫的第一反应就是这个,但他不敢说。她为他受了那么多的伤害,最后差点连命都搭进去,如今无论她做什么,他都没有立场反对。

卫朝枫俯下身,将她手里的衣服接过来:"我来收拾就好,你去休息一会儿,别太累了。"

"每天都待在家里,睡得够多了,我不累。"

"顾主任说了,休息不嫌多。"说着,卫朝枫就将她手里的活接过去。

程意城只好作罢。

坦白说,卫朝枫有心照顾一个人时,会做得非常好。他从小在唐家被放养长大,学过极限生存法则,同龄人还在搞题海战术备战高考的时候,卫朝枫已在直面生死。多年前,他曾和程意城闲聊,如果去荒野求生,最后能活下来的人一定是他。程意城只当他在开玩笑,后来才明白,他未必在说谎。

程意城坐在一旁,看着他收拾。很多年前,就是这样的卫朝枫吸引了她。他有条不紊地忙碌,将工作、生活打理得井然有序。那时她就想,这是多么好的一个人,这样会生活。她唯一没想过的,是他要打理的事太多了,超过了她的承受范围。

程意城捧着热水杯,听见他问:"明天回去的话,你准备回去多久?"

"没想过,不确定。"她正想着事,随意地回答,"再说吧。"

闻言卫朝枫手里的动作顿了一下——她是不是不打算回来了?

他刚犹豫着想问，程意城已经放下了水杯，举步向外面走："我去煮粥。张叔今天拿来了好几箱新鲜海鲜，我做海鲜粥吧。"

"我来做好了。"

卫朝枫将最后一摞衣服收拾好，放进衣柜里，追上她："你坐一会儿，休息好就行。"

"我没有那么娇贵，都休息够了。"程意城难得有心情同他聊家常，"再说，让张叔回去的是我。张叔回了卫宅，家务事多出来，我自然要分担的。"

张叔是卫宅的老管家，跟了卫鉴诚一辈子，如今仍然在卫宅，负责老宅的正常运作事务。前些日子，卫朝枫将张叔请了过来。张叔的厨艺是一绝，又擅长打理家中大小事，卫朝枫原本的意思是他白天去公司，程意城身边不能没有人，请张叔来照顾她再合适不过了。很快，程意城就委婉地拒绝了。她习惯了自己的事自己做，被人那样精心地照顾，她本能地不适应。

但其实令程意城不适应的，还有张叔的一句无心之话。

那日张叔过来，见了她就叫了一声"太太"。程意城愣了一下，说"我不是"。张叔立刻会意，倒弄得他很不好意思。张叔也很困惑，卫朝枫整天将"我老婆"三个字挂在嘴边，搞了半天还根本不是，张叔很无语。

卫朝枫在厨房忙，程意城去阳台浇花。卫总的生活品质有目共睹，阳台被他改建成一座玻璃花房。他这一改建，倒建成了程意城最喜欢的地方。在申南城的中心区域，能拥有这样一个自然空间，才是真正的奢侈。

程意城打理完花草，洗了手，折返回屋里。卫朝枫已经做好了一桌菜，醋熘鱼片、豉汁蒸排骨、牛尾汤、清炒空心菜，都是家常菜，他做起来得心应手。知道她喜欢喝海鲜粥，卫朝枫最会费心思。先前特地请来国际名厨亲自指导，他学得快，一锅海鲜粥做得十分地道。

隔着厨房的玻璃门，程意城看着他忙碌的背影。

卫朝枫模样不差,如今又做惯了董事会主席,气质到底不一样,和当年穿梭在弄堂巷间的人早已不可同日而语。如今单单愿意为了她,挽起袖口融入人间烟火,要说她心里没有点感觉,是不可能的。

问题就是,她能再信他一次吗?

自她手术后苏醒,他们之间的交流并不多。一开始,是因为她没有力气,说几个字伤口就痛。后来,则是因为她发现,他的话也很少。他不再像以前那样,黏着她说个不停。很多时候,他看着她,欲言又止。次数多了,她也失去了同他说话的勇气。

两个人小心翼翼地相处,她不喜欢,可她没有力气再去改变什么。

昨晚,她在浴室洗澡,时间稍微久了些,左手忽然就抬不起来了。

出院前,顾主任再三叮嘱她:"你经历的是心脏大手术,是从死亡边缘救回来的,虽然如今看似安好,但和过去相比,一定不可完全相同了。程小姐,你明白吗?"

当时,她并不明白;而今,她渐渐地有些懂了。她已经不一样了,是一个需要被人照顾的人了。那么这个照顾她的人,一定就要是卫朝枫吗?

如果他对她,责任大于爱,那么这样的照顾,一点意思都没有,她不会要。

昨晚,卫朝枫敲门,听不到浴室的动静,便立刻闯进来。幸好有他,她才没有大碍。他火速将她抱起,抱去卧室,照顾她穿衣服、吹干头发。他做这些事做得心无杂念,仿佛只要她好,他怎么样都可以。

程意城心里有一丝悬空之感,太过小心的关系,都不会是好情人。

吃完晚饭,卫朝枫收拾好厨房,看见程意城正在客厅看新闻,他擦干净手走过去,站在她的身后给她揉肩膀。

"再过一阵,我请理疗师过来。需要的话,做一下日常理疗,可能效果会比较好。昨晚你的左手忽然没有力气,举不起来,万一将来我不在的时候你遇上这种情形,那就麻烦了。"

"不会的,可能睡姿不好,压着手了,没什么大碍。"

"我总是不放心你。"

他学过一点理疗，揉捏的手法甚好。体会过卫总的专人服务，连程意城都不得不服。

"你手上的理疗功夫跟谁学的？"

"东南亚的一位理疗权威教授。"

"你怎么会想学这个？"

"不是特意学的。季清规腿不好，阴雨天痛得厉害，小舅舅特地去东南亚，把教授请去唐家。不过最后也没什么用，季清规不喜欢和陌生人有肢体接触，一次理疗都没做就把人吓走了。"

程意城笑了："倒是被你捡了个便宜，跟人学会了这么好的手法。"

卫朝枫摇头："也不是。我小舅舅跟教授学的，我在一旁看，顺便学会了。"

"为了给太太治腿疾？"

"嗯。"

程意城不由得羡慕起来。

卫朝枫看了她一眼，就知道她心里在想什么。她这反应他见得多了，季清规当初一句气话，叫唐律"有本事你自己去学"，唐家上下听了，都是这反应。

卫朝枫实在忍不住为自己说话："程意城，我也不差的。"

程意城笑着附和："对，你也不差……"

刚说了几个字，就住了口。

他那句话是俯下身凑近她唇边说的。她稍稍转身，就能吻到他。两个人的距离那么近，似吻非吻。他方才扶着肩膀的双手，此时握在她的手上，好似连手上的温度都滚烫起来。她气息不稳，忍不住想，如果他吻上来，她一定不会挣扎太久。

卫朝枫却不再有进一步的表示："时间不早了，我去给你放洗澡水。"

说完，他向后面退了一步，暧昧全无。

程意城看着他走去浴室的背影，咬了一下嘴唇——这家伙，竟然学会勾引人了。

程意城洗完澡靠在床头看书。卫朝枫敲门进来，手里端了一碗牛乳燕窝。

他坐在床边，将她手里的书抽走，把碗递给她："不烫了，正好喝，喝完早点睡。"

"我今天称了一下体重，都胖三斤了。"

"胖了三斤才刚满九十斤，一点都不胖。"

"你什么时候连我体重都记住了？"

"出院的时候。顾主任反复交代，体重也是很重要的复查指标，所以我一直记着。"

程意城听着，点点头。心里有很多话，不知从何说起。她喝完，将碗还给他，叫了他一声："卫朝枫。"

"嗯？"

"我不需要你照顾我。以后的人生是我自己的，我不想背负任何人的内疚活着。"

卫朝枫一时失语，他下意识地说了一声"好"，连自己都不知道自己在"好"什么。

她忽然意兴阑珊，不愿再同他讲话："你也早点睡，明天还要陪我去复查。"

卫朝枫："哦，好。"

自出院后，两个人一直是单独睡。她没有同他亲近的意思，他也没有更进一步的勇气。

卫朝枫端着碗，关门离开，带上房门的一瞬间，他心都痛了。仿佛这道门关上的，不只方才的对话，还有他和程意城的未来。

她方才那些话，是什么意思？不需要他照顾，她要走了？那他怎么办，还有资格留下她吗？

卫朝枫不知道，他做过那么多伤害她的事，如果她已经不爱他了，下决心要和他结束,他有勇气说出那句得体的"再见"吗?

关门声传来,程意城今晚想看书的心情全部作废,手里的一本书,被她拿起又放下。

时间流逝,床头的闹钟安静地走着,她听着声音,心里却闷得慌。

程意城放下书,决定出去走走。刚打开门,她就怔住了——卫朝枫正靠墙站着,手里的一根烟幽幽地燃着。手边的烟灰缸里已经满是烟头,可见他今晚抽了多少。

他显然也没想到她会出来,四目相对,皆是一愣。

程意城皱起眉头:"你怎么抽这么多烟啊?"他从来不抽烟,她一直以为他不会。

卫朝枫熄灭了手里的烟,她皱起眉头的动作被他尽收眼底,他自知又要被她讨厌了。这一被讨厌的瞬间令他勇气顿生。反正已经被她讨厌了,索性将她讨厌的事做全,怎么样?

他扔了烟,上前将人一搂,紧紧地抱着:"不要走。"

他将她抱得很紧,几乎令她有窒息之感。他不放手,她越是挣扎他越是收紧手里的动作,昔日那个充满占有欲的卫朝枫回来了。

"程意城,不要回去。我已经和你分开够久了,以后的每一天我都不想和你分开。"

她误会他有心结未解:"卫朝枫,这些日子你的责任尽到了,将我照顾得很好,你不欠我什么,不必将我视为责任背在身上,一生内疚。"

"是,我是对你内疚,将你视为责任,但我不是因为这个留你。"

"那你为什么留我?"

"因为我喜欢你。"

他将她用力地按向胸口,要她听见他的心跳。很乱的节奏,因为动了心。

"程意城,我真的好爱你。"他附在她的耳边,心意和情话一样缠绵,"从前在街巷,没有想太多,每天见了你,还是很想要你,以为这就表达清楚了什么是喜欢。后来我发现,不是这样的。和你分手一年,每天都很想你。会想你的很多事,既希望你过得开心,又希望你不开心,如果你的不开心是因为和我分手,是不是就意味着你还会回来?后来,你真的回来了,可是回来的不只是你,还有你的新生活、新朋友。那段时间我总是动不动就很生气,一点也控制不了自己,时常无缘无故地发脾气,就像习惯被打破了,我已经习惯了你只属于我一个人。在街巷的那段日子,我被你惯坏了,不能容忍你身边有别人。所以后来,才会做那么多错事。我以为你心里有了更重要的别人,我不想你那样。"

被人喜欢,会上瘾。那年夏天,他被她喜欢很久,从此无法承受她将喜欢收回。

"所以,程意城,不要走。以后的每一天,我都想好好爱你。"

怀里的人不再挣扎。

两个人谁也没说话。

他将她紧紧地抱着,生怕她下一秒就会走。

程意城忽然道:"道歉。"

卫朝枫怔住了。

她很严肃,连声音都有些不稳:"我要你对我说,'对不起'。"

"对不起。"卫朝枫附在她的耳边,一遍又一遍地道歉,"程意城,对不起。"

怀里的人不再有动静。半晌,他的胸前一阵凉意,低下头一看,才发现她哭了。

她的眼泪又凶又急,将他的衬衫沾湿了一片。她完全忍不住,也不想再忍,好似终于得到了片刻安慰,心里那么多的委屈,迫使她要在他的怀里放肆哭一场。

他低下头轻吻她的脸颊,不敢用力,将她视为易碎的宝贝:"程意城,真的……对不起。"

"我不想原谅你。"她抬起手打在他的背上,力道不重,全是委屈。

他心慌不已,吻着她的脸颊,一声声地哄,想要哄好心上人:"都是我不对,你不要哭啊。"

她在他的怀里失声痛哭,为他放弃前途的时候,她都没有这样哭过。只在分手那日,暴雨见证了她的遍体鳞伤。

"在我一个人去医院的时候,你却抱着她去医院。所以,我不想原谅你。

"我明明告诉过你,不要再让我看见你和她之间若有似无的样子,你却让自己成为她的'家属',落笔签字。所以,我不想原谅你。

"医院有那么多人,大庭广众人来人往的,你和我那样吵,轻易就同意了分手。以前张叔说你会欺负我,要我当心,我说你不会。可是你却让我知道我错了,你会啊。卫朝枫,你怎么能这样——"

那么多委屈,桩桩件件,难过到失控。她从来不是一个爱哭的女孩子,遇到些伤心事,也放在心里,脸上仍是会笑一笑的。她天性乐观,相信没有过不去的伤心,她自己治一治,费些时间就好了。

原来,她是没有遇见爱情。爱一个人,爱得太深太久,怎会过得去?

"对不起,程意城,我知道错了,以后我一定不会了。"

他吻着她的嘴唇,尝到了眼泪的滋味,是她掉了泪,一瞬间,他痛彻心扉。

"我不会再见任何你不喜欢的人,不会让自己再有令你误会的举动,不会再这样……把你弄哭。程意城,过去给了你那么多委屈,我真的很抱歉。"

他一把将她抱起,仗着身高优势将她抱成小女孩。她顺势搂紧了他的颈项,他微微地仰头,咬上她的嘴唇就是深吻。他对她做了那么多错事,唯有用深情弥补。

眼泪决堤,洗净万般委屈。

两个人相爱,最要紧的是没有负担。哭也可以,发脾气也可以,连任性都是天经地义。如果只能忍,只能乖,只能有委屈自己看开,这样的女朋友,谁要做?她绝对不要。

"卫朝枫,不要仗着我喜欢从一而终的感情,仗着你是我的初恋,就挥霍我对你的感情。"

"我知道,我知道。"

"如果你再让我看见上次那样不三不四的样子——"

"我不会,真的。"

他将她抱进屋里,放在床上。他握着她的手,顺势从口袋里掏出一个天鹅绒礼盒,单膝跪在床前。

礼盒的缎带滑落,一枚钻戒呈现在眼前,莹莹光辉,精致绝伦。

"很久以前就买好了求婚钻戒,一直不敢表白。怕你拒绝我,怕你不肯原谅我。我只能每天将它带在身上,心里总是想着,哪天你愿意给我一个机会就好了。"他将钻戒拿在手里,面对着她,终于有了勇气求婚,"所以现在,你可以给我一个机会吗?"

她是愿意的,眼泪流下来,又不想那么快答应。每个善良的女孩子,是不是都会面临这样的境地?

"你会让着'太太'吗?"

"会。"

她在泪光中赌命人生。

"对太太好一点,卫朝枫。"

是她大气,不愿同他算账,桩桩件件,都原谅了他。她喜欢他,喜欢得光明磊落,纵然一身伤痕,也从未否认喜欢他的感情。

他握起她的左手,将钻戒一寸一寸地戴上无名指,随即将她用力地抱起。

他高高地抱着,惊得她叫了一声。

他的回应是将她抱得更紧了。

四目相对,他的眼底亦有湿意,那是从感情里死里逃生,对她大气的感激。

"我等这一天等得太久了。我爱你,这么多年,我一直好爱你,程意城。"

周二，领证日。

卫朝枫一早来到公司，挽着卫太太，在总部门口给所有员工派发喜盒。喜盒分量不轻，内放一份万元红包，刷新了申南城名利场纪录。

公司上下，一片欢腾。

卫朝枫在公司人缘很好。除了公事场合，私下相处卫朝枫没什么架子，中午吃饭都在食堂，尤其和柳惊蛰比起来，对比效果更强烈。柳惊蛰信奉精英主义，为人处世端得很，非常难相处，梁晋唯和他搭过班，按理说关系还可以，就这样都和他说不上什么话。和卫朝枫就不同，工作之余还能谈谈私人感情。

梁晋唯原本远在港城，一听说卫朝枫周二在总部派发喜盒，见者有份，财务管理出身的梁会计立刻拿起计算器算账，就算把来回机票算进去，成本收益一核算，他还是有的赚。梁总监当即订机票，隔天一早直飞申南城。

卫朝枫看见他："你怎么来了？"

梁晋唯一脸的真诚："听说你结婚，替你高兴。特地过来一趟，祝你幸福。"

要不是足够了解此人，他差点就信了。梁会计一向严肃，不爱笑，只有在账面盈余的情况下才会露出灿烂的笑容。前两年，暴雪港城国际亏损那一阵子，梁晋唯的脸色难看得犹如地狱使者。

卫朝枫心不甘情不愿地递上一个喜盒。

梁晋唯迅速地接过，一点都不跟他客气。

卫朝枫服了，这家伙每年拿1500万的年薪，现在这点一万块钱的蚊子肉他竟然都不放过。是不是当会计的人都这样？

"程意城，我给你介绍。"

好歹人都来了，卫朝枫也不能让他白来，当即将他介绍给程意城认识。

"这是梁晋唯，暴雪港城国际负责人。当初垫资星实的资金，就是他提供的。现在星实的现金流运营，也是他在管。"

程意城伸出手:"梁总监,久仰,一直以来都多谢你了。"

梁晋唯与她浅浅地交握:"不客气,卫太太。"

程意城礼貌地握手,想抽回。

梁晋唯却没有放手。

程意城一怔,梁晋唯笑了一下,右手从身后抽出来,手里赫然拿着一只最近风靡港城的港城警察小熊公仔。

他将小熊公仔放到她的手里,笑眯眯地道:"卫太太,送给你。以后如果卫总让你不高兴,你就让小熊警察逮捕他。"

卫朝枫愣住了,不由得感慨:这家伙,也太会了吧! 学会计的男人都这么会撩的吗?

程意城拿着小熊公仔,笑得非常开心。

"谢谢你,梁总监,我真的好喜欢!"

"不客气。"

梁晋唯似笑非笑地看了一眼卫朝枫,意思是:学着点。

卫朝枫抬起一脚就踢他走。

很快,林致清和董亚洲也来了。

这两个人程意城算是熟悉的,毕竟在星实那半年没少合作。程意城的心情放松多了,不仅握手,还和他们分别拥抱了一下。

林致清拍了拍她的背部:"卫太太,你很好很好,一定要幸福。"

程意城笑了:"谢谢你,林总。"

董亚洲就随性多了,他做惯了销售,搞气氛是一把好手,不仅自己来了,还把暴雪地产销售团队一起带来了。一群人高喊"卫总卫太太新婚快乐!",顺势将一幅巨型横幅从十楼迅疾展开,高调亮相。

横幅上写着——"山外青山楼外楼,余生不让太太愁! 卫总卫太太新婚快乐!"

程意城一怔,随即开怀地笑了,这群人,真的很有意思。

董亚洲走过来,大方地拥抱她:"程助理,现在该叫你卫太太了。在星实,我就很喜欢程助理,如今你成为卫太太,我很为卫总高兴。

有你在，卫总和暴雪必将安然无恙，未来可期。"

程意城一向不擅长和销售部门打交道，但董亚洲是一个例外。

她亲自将喜盒递给他："董总，谢谢你。你对我的期待，我会努力做到的。"

十点，两个人驱车来到民政局。

领证很快，人民公仆办事效率一流。填资料、拍照、缴费。九块钱，一本红色结婚证从此到手。两个人，一本证，一生一世。

工作人员例行公事，送上祝福："祝福二位，白头偕老。"

卫朝枫郑重地道谢："我们会的，谢谢。"

这倒是把工作人员给逗笑了。他们例行公事，做这套流程上千遍了，头一次遇到郑重回复的，可见真是上了心，要和太太白头偕老的。

卫朝枫期待这一天期待了四年，原本以为定会心潮澎湃不能自已，可真到了这一刻，却是出人意料的平静。他方才明白，所有命中注定的爱情都会以平静收尾。在平静里，才会有水到渠成，才会有白头偕老。

走出民政局，程意城忽然道："我要去买一束花。"

"好啊，你想买什么花？"

"白百合。我想去一个地方。"

"去哪里？"

"你父母那儿。"

卫朝枫顿时一怔。

程意城摸了摸他的脸，偏头一笑："都不见你想要带太太去见一见父母，我只能自己去了。"

卫朝枫顿时就笑了："好，我们一起去。"

一年前，经过卫鉴诚、唐律两大人物的同意，卫朝枫历经辛苦，终于将父母合葬了。

墓园青青，绿树成荫。

程意城弯下腰，将一束百合花轻轻地放在墓前。墓碑上有一张合照，合照中的两个人正静静地看着她。

这是程意城第一次见到卫柏和唐枫在一起的模样。

年轻的卫柏，隐忍而庄重；年轻的唐枫，骄傲而飞扬。南辕北辙的两个人，靠在一起却比谁都合适，仿佛天生就该站在一起。卫柏单手搂着唐枫的左肩，任她在他怀中肆意地笑。

程意城温柔地承诺："我会管好卫朝枫的，请你们放心。"

卫朝枫低下头笑了。一同笑了的，仿佛还有照片上的卫柏和唐枫。

这是一个支离破碎的家庭，却并未造就一个支离破碎的卫朝枫，因为他足够幸运。前半生有小舅舅管着，后半生有卫太太管着，他的人生始终有人接着，谁说这不是命运开给他的补偿？

走出墓园，卫朝枫叫住了她："程意城。"

"嗯？"

他拉过她的手，出其不意地吻她。很轻浅的吻，不带一丝欲望，温温柔柔的，薄唇碾过她的下唇，温柔如水。

他停留在她的唇边，声音很轻，态度郑重："谢谢你，来看我爸妈。"

程意城的回应是踮起脚尖，搂紧他的颈项，加深方才的吻。

一天之内，办完很多事，程意城明显有些体力不支。刚上车，她就觉得犯困。卫朝枫明白，那场大手术令她元气大伤，能平安救回已属奇迹，要想恢复从前的模样，需要漫长的时间。

他调整她的座位，让她先睡一会儿。见天色已晚，卫朝枫打电话给蒋桥订晚餐，要他做好了直接送去公寓。

蒋主厨接起电话，颇为惆怅："卫总，我在酒店已经忙不过来了，你还要我送外卖？"

卫朝枫笑了："今天我领证，我老婆特别喜欢你做的海鲜粥。"

蒋桥的眉峰一挑，很为他高兴："原来是这样，那要得。恭喜你，卫总。"

"谢谢。"卫朝枫开着车，作势要挂断，"那就这么定了，我大概还有四十分钟到家。其他的配菜你看着办,我老婆喜欢吃海鲜。"

蒋桥不禁有些好奇:"你在哪里呢?说话声音这么低。"

"我开车呢,我老婆睡着了。"

他一口一个"我老婆",蒋桥都听得有些嫉妒了。成了家,到底不一样,浑不似当年混迹名利场,冷冷淡淡的对谁都没兴趣。

程意城今晚有些累,吃完饭、洗完澡,又困了。卫朝枫在厨房收拾好,端了燕窝去主卧,她已经困得在揉眼睛。

"喝完燕窝早点睡,别看书了。"他坐在床边看她喝完,顺便同她聊天,"明天一早你想吃什么?我睡前把食材准备好。"

程意城一怔:领证第一个晚上他就准备跟她聊这个?

她心不在焉的,敷衍了几句:"薏仁粥吧,还有大酱汤,忽然想喝。"

"可以,我来准备。"卫朝枫起身准备走。

程意城叫住他:"等一下。"

"嗯,怎么了?"

她咬了一下嘴唇,问:"你今晚睡哪儿?"

卫朝枫这样的人精,弦外之音一听就懂,他折返回来,俯下身低声地问:"你想让我睡哪儿?"

程意城不愿承认对他的在意:"我随便啊。"

自从出院后,卫朝枫和程意城一直分房睡,她在主卧,他睡客卧,为的就是遵守顾主任的告诫,让她好好休息,不能有剧烈运动。听她这样讲了,他压抑已久的思念,有破土而出之势。

"那,让我睡主卧好不好?"他倾身向她,气息绕在她的唇边,似吻非吻,"我会很乖的,我会让着你,不会乱来。"

程意城微微地红了脸颊。

到底是新婚,又是第一晚,意义总是不一样。

她点头:"嗯,那你不能乱来哦。"

"好。"卫朝枫笑了,他俯下身,在她的脸颊上亲了一口,"等我一会儿,我马上好。"

她坐在床头看书。

看得入迷之际,被一双手温柔地搂过去,很熟悉的怀抱,她微微地靠着,就找到了最舒服的姿势。卫朝枫抬起手让她枕得更舒服,他知道她夜晚的每一个习惯。

"我总想再对你说一声'对不起',程意城。"

对不起,是他做错事,差点毁掉了她的人生。

她听了,搂住他的腰,靠在他的胸口上轻声地道:"夫妻之间,不需要讲这个。"

一句"夫妻之间",尽显大度。她用卫太太的新身份,将他那些伤天害理的过去,一笔勾销。

过不去的,反而是卫朝枫。

得了太太谅解,他更愧疚了:"程意城,我只想让你幸福。有时候,会不知道该怎么做才好。做得过了,怕你不喜欢;做得不够,又怕你不理解。"

"你从前怎么做,现在还那样就好。"两个人之间,更洒脱的反而是程意城,"从前我很喜欢你,所以义无反顾也要和你在一起。那时候,你有我最喜欢的样子。"

"那现在呢?"

"现在——"她看了他一眼,不予置评。

卫朝枫当即追着她不放:"啊?你就这样啊,一句评价都没有?"

"那要看你表现的。"

他将她搂在怀里,低声地诱哄:"还要我怎样表现啊?"

程意城放下书:"眼睛闭上。"

"嗯?"

虽然不明所以,他还是听太太的,乖乖地闭上眼睛,下一秒,薄唇就覆上一道温润的触感。

是她在吻他,她吻技平平。可是这一吻,却是最令他疯狂不能自已的。因为，这是她对他的第一次主动。

她的声音温柔："我一直喜欢从一而终的感情。是初恋，也是丈夫。以前我就想，如果将来结婚了，新婚第一天的晚上，我一定会好好地吻一下我喜欢的人。现在，我的梦想成真了。"

她深深地叹息。

每一位少女，完成少女梦想的一刻，都是幸福的。无论这个梦想是什么，都是专属于少女的最好的梦想。

"所以，卫朝枫，我很高兴。"

新婚生活很美妙，卫总的甜蜜心情都写在了脸上，但很快，他就遇到了一件棘手的事：办婚礼。

原因就在于：程意城不上心。

她是真的不上心，连挑选婚纱这么梦幻的事情都兴致缺缺。

卫朝枫约了两次婚纱设计师，专程为太太选婚纱，程意城都去了，结果都不了了之。

第一次，她亲自试穿，试了四套，都没有特别喜欢的，换第五套时，程意城在试衣间待的时间久了一点，卫朝枫放心不下，敲门却没有反应，他心里一急，径直推门进入。就看见程意城正坐在试衣间的沙发上，用手撑着额头。原来，她是累到了，身体不舒服。婚纱那么重，卫朝枫的首选还都是钻石系列，就更增添了重量。卫朝枫心疼不已，后悔不迭，当即说"不试了"，抱起太太就回家。

第二次，卫朝枫有了经验，坚决不让太太累着，请来五位大学生当模特。五位模特都是经过精挑细选的，单是面试就面了三轮，身高、体重、三围都和程意城十分接近。谁知当天试婚纱，程意城只看了一轮试穿就要走。

卫朝枫急急地拉住她的手："怎么了啊，忽然要走？"

程意城低声地责备："你怎么为这种事去压榨大学生啊？"

卫朝枫：……

被她劈头盖脸一顿说，卫朝枫都蒙了，他会意过来，便忙不迭地解释："不是。老婆，我付钱的啊。"

程意城：这还能付钱？

卫总被骂得都有点委屈了："市场经济，我开价买服务，合法的啊。"

怕她不信，他立刻让秘书送来合同。白纸黑字拿给她看，一场试穿每人5万。这哪里是压榨，这是送钱好吗？服装模特专业找兼职的大学生对这样轻松赚外快的好事简直不要太喜欢，光面试简历卫朝枫就收到了六百多份。

他这样的大手笔，弄得程意城浑身不适。

勉强看了三轮试穿，她草草就走。卫朝枫追太太要紧，吩咐秘书按合同转账给五位试衣模特，说完就急匆匆地走了。几个大学生开心得不得了，每个人换了三套婚纱，5万就到手了，天下哪来这种好事？几个女孩子纷纷要留电话给秘书，让她记得下次卫总再有这样的试穿活动一定要找她们。

当晚，程意城的兴致不高。

卫朝枫从婚纱店哄到主卧室，好话说尽，终于把人哄好了。

程意城坦白地告诉他："我不喜欢一群人围着，试婚纱应该是很私人的事啊。"

卫朝枫：……

幸好他脑子不笨，当即就懂了。

这不就是社恐（社交恐惧症）吗？当然，这两个字肯定是不能说的。说了，老婆肯定要生气。

他抱着她，在她的唇角亲了一下又一下，做小伏低："好，我知道了。是我考虑不周到，没有安排好，下次不会了。"

一个月后，卫朝枫带着程意城驱车前往半山处一栋公馆。

程意城问："我们要去哪儿？"

卫总一笑，还要留悬念："一个朋友家，去了就知道了。"

两个人到得早，宋司彧已等在玄关处。

黑色的保时捷一路驶入庭院，卫朝枫下车，携太太前往公馆。

宋司彧亲自迎接："卫太太，久仰，今日终于见到您了。"

他伸出手主动与她握手，看了一眼卫朝枫，调笑道："卫总把你藏得太好了，要我负责高定婚纱，都不让我见到你，只肯给我看一眼照片就'量体裁衣'，真是考验我啊。"

"您好！"

程意城与他浅浅地交握，随即看向卫朝枫，眼里有一个问号。

卫朝枫解释得相当随意："他是我朋友，宋司彧，卖衣服的。走，我们进去吧，试试婚纱，看看你喜不喜欢。"

一行三人踏入公馆。

原木色内庭，古朴典雅，是新中式风格。最妙的，当属一棵红枫树，它根系半山，倚在旋转楼梯旁，与之相伴相生。这室内主人当真不俗，依山建屋，不惜大费周章，未曾斩断红枫与山脉。程意城初初见识，已有震撼之感。

有年长的女性站在门口迎接："卫太太，等您多时了。这边，二楼请。"

卫朝枫拍了拍她的背部："乖了，去试试。我就在楼下等你，不会走远的。"

程意城点点头，遂跟随去了二楼。

人一走，宋司彧就轻松多了，他斜睨了一眼卫朝枫，调笑道："我只是卖衣服的？"

宝彧高定。

普通人或许未曾听说过这个名字，但对名利场而言，宝彧高定和宋司彧，是炙手可热的存在。宝彧高定历时宋家四代人，是真正的百年豪门，在晋城无出其右。宋司彧是圈内闻名的孝子，母亲当年做小，没有进得了宋家大门，偏居晋城一隅，过不惯北方的干冷气候，总是生病。两年前，宋司彧登台掌权，当即决定南下，和母亲一同定居申南城，在当时的宋家一度引起不小的风波。

一个月前，卫朝枫约宋司彧见面，他专程为婚礼的高定婚纱跑了一趟，而且指定要宋司彧这个宝彧当家人亲自负责。

宋司彧在商言商："一口价哦，我这里没有议价空间。"

卫朝枫："这个自然。"

宋司彧点头。他这么大方，自然一切好谈："好。那么，我们约个时间，让我见一见卫太太。我好确定风格、尺寸。"

"这个办不到。"

宋司彧闻言都蒙了。看不见人，要他盲做吗？

卫朝枫："我可以给你看照片。"

说着，递给他一张照片。宋司彧看了一眼，彻底蒙圈了。

"卫总，你就给我看一张……证件照？"

"我太太不喜欢见生人。看一下证件照就够了，你的能力我放心。"

宋司彧顿时哭笑不得，无奈地揉了揉眉心。

"卫总，我提醒你，你要的高定婚纱，价格可是过亿的，你确定不让我见一见卫太太本人？到时候我供货了，落子无悔哦。"

"知道了，不会耽误你做生意。"

"爽快。"

这会儿，宋司彧想起方才见过的卫太太，淡定如宋总也不禁有些好奇："你从哪里骗到手这么好的女孩子？"

他们这类人，整日与权谋名利为伍，练就了一双狠毒的眼睛，最会看人。

宋司彧见了一眼卫太太，浅谈几句，就明白：这是一个非常善良的女孩子。善良的意思，就是容易遭人欺负。换言之，她和卫朝枫，显然不是一路人。

"不告诉你。"卫朝枫的口风很紧，顺便警告他，"你少对我老婆好奇。"

"卫朝枫，你真是——"宋司彧正想打趣，眼神一挑，住了口。

他忽然冲卫朝枫一笑,话里有些弦外之音:"注意,控制情绪,不要太激动哦。"

卫朝枫:"什么?"

他没听懂,只听得身后传来一声温柔的呼唤:"卫朝枫——"

卫朝枫转身,应声看去,只一眼,连呼吸都停滞了。

好美——程意城一袭纯白婚纱,正从二楼缓缓地走下旋转楼梯,及肩长发松松地绾成了一个发髻,头纱温柔,拖着长长的摆尾,从此天长地久。

宋司或微微地笑着,道:"这件婚纱名为'Lady Princess'。卫太太,你的肩颈线很漂亮,抹胸 A 字形公主婚纱实在太适合你了。"

程意城笑容温柔,像极了童话最后一页的 Princess。

"宋先生,谢谢,我很喜欢。"

宋司或侧身,问一旁的卫朝枫:"你呢,满意吗?"

卫朝枫还没缓过来,暂时丧失了语言能力。

宋司或不禁笑了,身为婚纱设计师,他见惯了有情人。名利场的真心很少,宋司或见惯了凉薄,纵然商人本性让他总能很好地控制私人情绪,但时而失眠的夜晚,还是会对人性抱有一丝心灰意冷。

所以他喜欢卫朝枫和卫太太,在这两个人身上,宋司或看见了久违的人间,纯粹,相爱,难得有情人。

他笑了:"卫总,这就让你失神了?未免早了点。"

话音刚落,宋司或拍了拍手。

管家会意,随即按下中控开关,光线全暗,整栋公馆陷入幽暗中。

在暗夜里,程意城缓缓地步下旋转楼梯,一身婚纱闪闪发光。碎钻点缀整件婚纱,宋司或好手段,不知施了何种魔法,令整件"Lady Princess"化身暗夜公主,光芒永不落下。

做生意,宋司或深谙心理学,明白此时的卫朝枫只看得到太太,眼里再无其他人。宋司或笑笑,做了个手势,让所有人回避,他也同样离开,将公馆留给了这对有情人。

台阶还剩几步,却迟迟不见他上前。

程意城停住脚步,站在楼梯上,对他偏头一笑,道:"你就打算一直站在那里?"

她太美太好了,他听凭一切吩咐,卫朝枫朝她缓缓地走去。几步路,他走了那么久。他心里清楚,这段路他走了整整四年。

脚步停下,两个人咫尺之距,四目相对,眼里全是相爱的证据。

他倾身向她,她会意,微微地仰起头,承受他的温柔一吻。

"程意城,你好美——"

她笑起来。她用了整整四年时间,来让自己大胆地接受以及拥抱爱她的人。

卫朝枫就在她的笑容里俯首称臣。

他握起她的右手,单膝跪地,在她的手背上深深一吻——

"谢谢你愿意,做我独一无二的公主殿下。"

番外二 意犹未尽

这些天，程文源和简心华忙坏了。

自从程意城和卫朝枫领证后，程家父母就开始张罗婚礼事宜。在县城，办婚礼可是一件大事！

卫朝枫隔三岔五就被岳父母叫回去喝酒，今天和这个亲戚喝，明天跟那个街坊喝，卫朝枫半辈子喝的酒都没这几天喝的多。县城那些人对他说了，这是大事！喝得越多越代表有诚意！卫朝枫也不敢大意，都喝吐了三四回。

最后还是程意城看不下去了。她亲自回家，从酒桌上将人领回去，不轻不重地对在场所有人讲："他是我的人，我得管着他，从明天起我就不让他来了。"

这天以后，卫朝枫"惧内"的名声就在县城传开了。后来越传越远，一度传到了申南城，引起了媒体的强烈好奇。几个胆大的记者去县城采访了一番，当场写了几篇重磅专访，发回社里连夜过审。隔日，新闻出街，绘声绘色的新闻稿坐实了卫董事长怕老婆的传闻。

程爸程妈看到新闻，心里挺受用。程意城拿捏卫朝枫能拿捏得这么厉害，连父母都深感意外。

事实上，卫朝枫对程意城感激不尽。

那几次喝酒，还真把他喝伤了，回家躺了好几天。卫朝枫从前被唐律管着,烟酒都不碰。偶尔去酒吧,喝的都是情调,一杯威士忌大半杯都是冰块,小资得很。

那晚,他被程意城接回公寓,半夜吐了两回,程意城一边照顾一边骂:"真是的,怎么说你好?都是些平时不常来往的街坊邻居而已,他们叫你喝你就喝,你脑子带了没?"

"你爸妈叫我去的,我不喝他们没面子。"

人情世故,卫朝枫从不放在眼里,除非为了程意城。

程意城的心里一软,便不再骂他。

折腾了一夜,卫朝枫睡得沉,隔日醒来已近中午。宿醉的感觉很不好,头痛欲裂。他在床上扶着额头坐了一会儿,才找到一点阳间的感觉,下地时人终于不飘了。

卫朝枫揉着额头走出去,看见程意城正在厨房忙忙碌碌。她今天穿了一条半身裙,露出一双修长小腿,长发披肩,温婉可人。卫朝枫看了一会儿,心跳加速。

他想要的妻子、婚姻、家庭,就在眼前。从前听人讲,幸福触手可及的时候会令人心慌,因为会想要永恒,而永恒这个命题,是最贪心的。这一刻的卫朝枫即便得罪了神明,也不想否认:他很贪心,他想要永恒。

他走过去,从身后将她紧紧地搂进怀里:"我好爱你,我会好好地爱你很多年的,程意城。"

程意城顿时一脸蒙。

她就正常做个饭,不知道又怎么触动了卫总敏感的神经,忽然就把他感动得死去活来的。程意城不像卫朝枫没事会想那么多,她从小务实,婚姻对她来说就是柴米油盐,所以她一直搞不懂卫朝枫动不动就热泪盈眶到底是个什么毛病。

她将右手从他的臂弯里抽出来,试图推开他:"酒醒了吗?赶紧去洗澡。昨晚你没洗澡就睡了,弄得床上都是酒味。"

卫朝枫重新将人揉进胸膛里:"那你也没嫌弃我啊,还陪我睡。"

"没有啊,我嫌弃,所以我昨晚睡的是客卧啊。"

卫总的热情被现实无情地泼了一盆冷水,透心凉:"程意城,你竟然丢下我去睡客卧?"

"我没丢下你啊,我照顾你睡了之后才走的。"

"你就是嫌弃我——"

"嗯,有一点。昨天你身上酒味那么重,我才不喜欢。"

卫朝枫挑起眉毛,这么嫌弃他,弄得他很想作恶,从她那里要一回补偿:"程意城,我可是为了你才被人灌的酒。在此之前,可从来没有人敢灌我……"

程意城一听,顿感不妙:"什么意思?"

卫总一笑:"所以,你要补偿我。"

不待她有反应,他已经欺负上了她。他顺势将她抱坐在洗手台上,左手撑在她的身侧防止她逃跑,右手扶住她的后脑勺,令她刚刚好能承受深吻。

程意城下意识地推拒。很快,这点推拒的力道变得无足轻重。她的手抵在他的胸口上,欲拒还迎。最后,好似被他的热情说服了,一双手改变方向,攀上他的颈项。他紧紧地贴着她不放,她没有再推开,两人间仅存的距离就此抹去。

周三,简心华给卫朝枫打了一通电话。

那时卫朝枫正在开会。

会议规格不低,副总裁及以上级别的高管悉数到场。两个小时的会议,气氛不算太好,暴雪预计要拿下的万宏地皮出了事,被马来西亚的华仁集团半道截和。

卫朝枫甩下钢笔:"黄亚南没这本事,他背后有人。"

华仁老板黄亚南是地道的马来西亚人,前些年靠出口赚了大钱,这几年把手伸向申南城,靠着马来人猛打猛冲的劲竟也打出了一条道,站稳脚跟后大有和本地商圈叫板的气势。但暴雪在申南城深耕了三代人,根基深不可测,卫朝枫料定黄亚南不敢。

梁晋唯抱臂坐着,始终没表态。

地产业务跟他无关,他原本打定主意不蹚这趟浑水,今天来开会纯属职务级别太高,不得不列席。但一通内幕听下来,梁晋唯越听越不对劲。

半晌,他看向卫朝枫,终于开口了:"华仁的背后,是今盏国际银行。"

闻言,卫朝枫挑起眉毛。来头这么大,倒是没想到。

"消息可信吗?"

"可信。"

卫朝枫的脸色不太好。

两年前,在暴雪港城国际,他和今盏国际银行交过手。那次交手相当不愉快,差点拖累暴雪总部下水。卫朝枫从此记住了一个名字:今盏国际银行董事会主席,岑璋。

在东南亚,岑璋被冠以"财神爷"之名。今盏国际银行从不避讳此说法,一句内部笑谈广为流传:财神爷看上的,今盏国际银行必将誓死拿下。

卫朝枫当场做决定:"以我的名义去约岑璋,我亲自和他谈。"

梁晋唯:"好。"

简心华的电话就是这时候打来的。

电话振动,卫朝枫拿起来一看是岳母大人,不敢怠慢立刻接起:"妈?"

卫朝枫的婚礼一共办两场,一场在卫家公馆,一场在程家。程家那场婚礼,简心华很上心,忙活了好几天,急于和他敲定细节。

"小卫啊,你晚上和意城回来一趟,妈有事跟你交代。"

"哦,好。妈,你放心,我会尽量早回来的。"

"嗯,跟意城也好好说说。这孩子不知怎么回事,对婚礼一点都不上心,好像你们领了证事情就结束了,这怎么行,你给我好好说说她。"

"好，我会和她好好谈一谈的。妈，没事的话我就先挂了啊。"

这通电话接得急，卫朝枫没时间避讳场合，就在会议间隙接了电话。

一屋子人听他一口一个"妈"，全都看向他。

连梁晋唯也对他佩服至极——他是怎么能瞬间切换对岳母乖巧和对公司同仁严厉这两副样子的？

卫朝枫言而有信。

会议结束后，他吩咐秘书推了今天所有的公事，开车回家接上程意城，就直奔岳父岳母家。

简心华对他这个效率很满意。

操办婚礼，简心华是专家。她就像县城所有传统母亲那样，人生最重要的心愿就是女儿能拥有一场完美的婚礼。所以这些年，简心华有事没事就研究县城婚礼和风俗，力求将宝贝女儿的婚礼办到位。

晚上，程文源亲自下厨，烧了一桌好菜，又拿来一瓶好酒，卫朝枫陪岳父喝了不少。

在吃饭的间隙，简心华就聊开了："小卫啊，我们县城办婚礼，可是很讲究历史传统的——"

简心华的兴致不错，从当地历史讲起，把人文、社会、习俗等方方面面的规矩都向他讲了一遍。

卫朝枫听得云里雾里的，基本没听懂，但他脑子不错，极度遵守一个宗旨：丈母娘讲的都对！

一整晚，卫朝枫都配合地点头，时不时地附和几声"我懂了，就是这样"，听得简心华满意至极。

酒过三巡，简心华开始讲重点："小卫，我跟你说啊，我们镇上嫁女儿啊，凌晨四点的迎亲仪式可是重中之重。"

卫朝枫听到"重中之重"四个字，就知道这是画重点了。

他倾身看向岳母，一脸乖巧："嗯。妈，您说，这是怎么个仪式呢？"

简心华加强了语气，道："古往今来，我们镇上流传着一句老话，'舅甥大过天'，意思是男方舅舅一定要对女方家表示出足够的诚意。这个迎亲仪式，就是由男方舅舅来完成的。"

卫朝枫：……

简心华："这个仪式很简单的，就是要你小舅舅啊，在凌晨四点的时候，准时站在镇口放鞭炮就可以了。"

卫朝枫听完，两眼一黑。

这还没完。

简心华见他毫无反应，以为他全听进去了，就继续跟他画重点："其实，要认真说起来，这个仪式光有你小舅舅来放鞭炮，还不完整。你小舅妈也最好一起来，凌晨四点等你小舅舅放完鞭炮，让你小舅妈把一束艾叶交到新娘手上，这仪式才算真的完整了！艾叶在我们这儿的方言里，就是'爱呀'！"

简心华说完，笑得合不拢嘴，仿佛她这把年纪了还谈情啊爱啊的，很不合适。但她又忍不住想谈这个，如今有了卫朝枫这个听众，简心华谈得很愉快。

她最后问他："小卫，听说你小舅妈腿不好，不知道能不能麻烦她来啊？"

卫朝枫听出一身冷汗。

简心华这才发现，他身上的衬衫已经被汗水浸透了。她心想：这才初夏，天也不热啊？到底是年轻人，精气这样好！

卫朝枫起身："妈，我有点头晕，我先出去缓缓——"

简心华连忙扶他："呀，是不是白酒喝多了？都是你爸不好，要你陪他喝这么多，回头我说说他。"

"不是的，妈，我没事，我吹吹风就好了。"

当晚，两个人没留宿。司机老张开车，将两个人送回了申南城。卫朝枫明天还有两个重要会议，今晚必须赶回去。

到家后，只剩下夫妻俩，说话就自在多了。

程意城知道他在想什么，开解他："我妈说的那些话，你别放在心上。我找个机会，去对她讲一声，把这些仪式从流程中去掉就可以了。"

卫朝枫听了，没说话，半晌，他问："你们镇上这个仪式，是不是挺古老的？"

"这倒是的，我三四岁看新娘子结婚时就看到过。那时候好奇，为了看这仪式还特地四点起来。"程意城知道他在犹豫什么，于是话锋一转，给他减轻压力，"古老的仪式虽然是事实存在的，但是并不一定要遵守。时代总是向前发展的，没必要把过去千年的东西全都背在身上。"

"如果不遵守的话，你父母会不会有遗憾？"

"不会的。卫总，如今你在县城很有名，我爸妈对你很满意。你再努力一下，争取把公司业绩做得再好些，成为著名的青年企业家，我爸妈会对你更满意。"

卫朝枫顿时就笑了，没想到令他想把公司业绩迅速提上去的最大动力，会来自这里。

夫妻俩聊了一会儿婚礼细节，程意城在他的臂弯里找了一个舒服的睡姿，很快便睡着了。

深夜，卫朝枫小心翼翼地将左手从她身下抽出来。程意城睡得很熟，没有被吵醒。卫朝枫下床，走去客厅打电话。

纠结了半天，他还是没那胆子给小舅舅打电话。

唐律最近很忙，事实上他就没有不忙的时候。两年前，卫朝枫听柳惊蛰提过几句，唐律在美国接受反垄断调查的事。那件事闹得很大，最后却不了了之，可见背后运作的力量。卫朝枫很明白，他要结婚这点小事，在他小舅舅那里根本排不上号。

"凌晨四点到镇口去放鞭炮"这种话，卫朝枫完全说不出口。

但为了结婚，这事也不能不做，卫朝枫思来想去，最后给丰敬棠打了一通电话。

在唐家，丰敬棠别名"大总管"。意思是除了机密公事，唐家日常大小事，在呈交唐律之前都得在丰伯那里过一遍。

电话很快被接起。

"好久不见，现在应该称您一声'卫总'了。"

"丰伯，您别笑我了。"

自家人，底细摸得门清，卫朝枫从不敢对这位老人不敬。

"这么晚打扰，是有一件事想求您帮忙。"

唐家。书房。

丰敬棠挂断电话后，含笑不语。

这模样委实少见，他身后，一道清冷的目光盯了他一眼，难得过问："什么好事，半夜来电？"

发问的人来头很大，连丰伯都不敢怠慢，连忙回话："是唐硕人，他婚期将近了。"

"哦？"季清规翻过一页书，连眼神都没抽离过书页，可见并未将方才所听放在心上。

丰伯笑道："他有事相求，不敢找先生和您，找到我这儿来了。"

唐律近日不在，临走前交代丰敬棠，要他务必陪着夫人。季清规的腿坏了有些年头了，活动范围很有限，不是在书房，就是在卧室。近来她对一本拉丁美洲通史颇有兴趣，通宵读完后兴之所起，说是想和作者谈谈。唐律知道了，不知背后如何运作的，第二日，作者李照博士就亲自登门造访。唐律这点哄人的小把戏，季清规眼里不屑，心里怎么想就没人知道了。

岂料，谈完后季清规的兴趣减了大半。书是好书，作者本人却是相当无趣。季清规得了教训，将人礼貌地送走，决定以后再不做这种事了。

倒是丰敬棠看出了点什么。

借着送客的机会，他与李博士攀谈了几句。言语中透露弦外之音：

这场谈话他没有谈好，若谈好了，博得夫人的喜欢，将来的好处无可限量。

李博士听了，笑了一下，连连摆手，低声地道："如果那样的话，恐怕唐先生不会放过我。"

李博士不会忘记，唐律找上他时，礼貌地对他道："听说，我太太很欣赏你。"他讲这话时，脸上笑着，眼底却是一片警告之色。

丰敬棠恍然，先生对太太，还是那么有意思。

放眼唐家，能帮卫朝枫的，只有季清规。前提是，她高兴才可以。

深夜，四下无人，丰伯偏袒一回卫朝枫："唐硕人的婚礼差不多定下来了，办两场，一场在卫家，一场在女方父母家。卫家那场出席的人不少，政商两界不少要员都会到场，与其说是婚礼，不如说是一次重要的公关。倒是女方父母家那场婚礼，入乡随俗，他是真心当嫁娶之事来办的。"

季清规放下书，看向他："入乡随俗，怎样的'随'法？"

丰敬棠笑了，季清规这样的人精，几个字听了去，台上台下的戏都听得分分明明。

"这个'入乡随俗'，按理是要先生和您过去一趟，但唐硕人肯定不敢开这个口。所以这个口，我帮他向您说了——"

"我就不必了。我算不得他的长辈，笼中鸟而已。"

她讲得大胆，丰伯一时颇为紧张："太太，这话太过了，不好说啊。先生听见了，又要误会您……"

季清规笑了一下，便不再吓他。

她体谅丰敬棠，这些年为她奔波了不少。这些"奔波"，大部分是为她和唐律之间可以安然无事，令这个家不至于太不像一个家的样子，她记在心里。有恩必报，这是季清规的原则。

丰敬棠真心替卫朝枫讲了几句："唐硕人想让您过去，主要是为了程意城小姐。程小姐为他吃了很多苦，还差点被三个男人侵犯，她临危不乱逃过两个，最后一个实在逃不过了，宁愿自裁了事。唐硕人求了先生出手，才救回了程小姐一命。"

闻言，唐家女主人倒是有了点兴趣，她向来偏帮女子，尤其是有骨气有胆识的女孩子。

"你刚才说，她叫程意城？"

"是。禾呈程，心之所谓意，白水绕东城。"

卫朝枫的两场婚礼，卫家那场是主婚礼。

大婚那日，全城媒体下场，引起了不小的轰动。政商两界，国内外要员，悉数到场。唐家派了柳惊蛰过去，送上了一份厚礼，堵住了猜测唐卫两家关系不和的悠悠之口。

喧嚣过后，卫朝枫大方地承认，主婚礼之后还会在太太的故乡办一场入乡随俗的婚礼，完全是私人性质的婚宴，到时候还请媒体手下留情，不要过多打扰。一番话说完，卫总亲自向媒体派发红包，掂一掂，沉甸甸的，可见这红包的分量着实不轻。记者收下他这份大礼，也都很给面子，纷纷收起追踪镜头。

六月十五日，好日子，老皇历上写着"宜嫁娶"。

程意城一夜未睡。

凌晨三点，化妆师到位，开始给新娘上妆。化妆师看出了她的紧张，让她放轻松些。其实程意城紧张的不是自己，而是卫朝枫。她为他着想，劝了他好几回，把凌晨四点的仪式取消。卫朝枫不拒绝不答应，态度模棱两可，直到婚礼前一夜才叫她放心，他有数的。程意城看了他一眼，见到他那个一点都没数的模样，明白他不过是在逞强。

凌晨三点半，卫朝枫到了。

程意城化好妆，笑着打趣："怎么样，凌晨三点半来迎亲，对县城的婚礼感觉如何？"

卫朝枫被丈母娘拉着，磨婚礼细节磨了两个月，早就被磨没了脾气，对答如流："能娶到老婆就是好婚礼！"

"嗯。"程意城笑着点头，"觉悟不错，继续保持。"

"来吧,卫太太。"

他扶起她,将她的手搂在臂弯里。执子之手,原来是这个意思。她一身红妆,从此要同他天长地久,多么古老的浪漫。

"我们去镇口,完成凌晨四点的仪式。"卫朝枫的声音庄重,其实心里一点都没底。

一个月前,他拜托丰伯,请他代小舅舅跑一趟,以完成仪式。丰敬棠一直没给他回复,直到三天前才正式和他通电话。在电话里,丰伯告诉他,他会来的,请他放心。卫朝枫一颗心已放下一半,还有另一半仍然悬着。并非出于对丰伯的不信任,而是出于对程意城的承诺。这场婚礼太重要了,任何一点遗憾留下,都会令他长久地耿耿于怀。

小雨淅淅沥沥地下着。

村里的媒婆一边走一边喊号子:"雨过天晴,幸福美满——"

程意城小声地笑道:"夸张。"

卫朝枫揶揄她:"宁可信其有啊,程小姐。"

"我是坚定的唯物主义者。"

"哈,这倒是,你绝对是我见过的最坚定的。"

两个人吵吵闹闹的,一点都没有寻常新人那般的拘谨和不适。他们两个人走过风雨,走过生死,早已不惧世俗的眼光,在一起的每一秒都要尽情快乐。

离镇口有五十米远,卫朝枫抬起眼睛望过去,猛地停住了脚步。

程意城跟着停住了。她看向他,这才发现,卫朝枫的表情瞬间变了,愣怔、不可置信。紧接着,就是强烈的惊喜。

他是真的高兴。和他在一起四年,程意城从未在他脸上见过这类强烈的情感,完全是情难自禁。

他笑着对她讲:"你等我一下。"说完,就大步跑过去。

不远处,有两个人正在等着他。

一个坐,一个站。丰敬棠撑着伞,姿态恭敬,为轮椅上的人遮挡风雨。凌晨四点的雨,下得再小也有阴冷之感。卫朝枫跑过去,顺势脱下西服外套，二话不说半跪在轮椅前，将西服披在来人的身上。好像她来到这里已经是他天大的福分，还怎么舍得让她淋雨？

那女子高贵清冷，坐着轮椅也有逼人的气场。在她眼里，断腿这点小事，无妨。

卫朝枫笑了："这么冷，还下雨，您怎么来了？冻着了怎么办？"

今日，季清规颇有兴致："四水归堂，是吉兆。今天是你的好日子，我走这一趟，沾沾卫总的喜气。"

一句"卫总"，他听出她的促狭之意。季清规连唐律都不放在眼里，总是连名带姓地叫，一个名字能被她叫出冷淡、漠视、无所谓等很多内容。今天他大婚，季清规给足了面子，叫他一声"卫总"，把堂堂暴雪董事会主席听得都脸红了。在她面前，他哪里敢？唐家最不缺的就是这个"总"那个"总"，都是一等一的好手。这群人来来往往的，唯独季清规稳坐唐家女主人之位，自然有她的威慑之处。

两个人又低声谈了几句，大部分是卫朝枫在讲，季清规在听。偶尔她说一两句，都能令卫朝枫展颜一笑。

程意城看在眼里：这是一个非常厉害的女子，你看她把卫朝枫拿捏得这么轻松。

卫朝枫的声音温柔："我把我喜欢的人介绍给你认识。"

"等一下。"

"嗯？"

季清规看向他："按这里的风俗，要在仪式完成后才能见新娘，你不懂？"

卫朝枫愣了一下——不是，她还真是来完成仪式的啊？

丰敬棠弯下腰，适时地道："太太，时间刚好，我替先生把仪式完成。"说完，就要命人点燃引线。

轮椅上的人相当不满，出声制止："不急，什么人该做什么事，让他来。"

丰敬棠没料到她会来这一出，顿时接不住这场面，低声地解释：

"先生最近不在国内，恐怕今天来不了。"

一旁，比丰敬棠更招架不住的是卫朝枫。

季清规方才一句"让他来"，听得卫朝枫一身冷汗。季清规在唐家那是嚣张惯了的，根本没人敢像她那样。

"我来我来！"一边是他小舅舅，一边是他小舅妈，卫朝枫哪个都得罪不起。这会儿他也顾不上规矩礼仪了，二话不说自己上。

季清规看在眼里，偏偏还要威胁他："卫总，不大信我啊？"

卫朝枫蹲在一堆爆竹前，手里拿着打火机，点也不是，不点也不是。他进退两难，不禁求饶："您饶了我吧，我这还要娶老婆呢——"

他正讨饶，意外已至。

刹车声刺耳，划破小镇的宁静。几辆豪车一字排开，停在镇口。车上下来十几个人，清一色的黑色正装。这是唐家的好手，办事效率极高。他们奉命行事，听"老板"一个人的话。

今天接到一个特殊任务，到镇口来放爆竹。虽然这一道指令让众人无语至极，但既然老板开了口，那自然是要做的。不仅要做，还要做得好。几个人齐齐半跪、点引线、放爆竹，动作做得整齐划一、气势惊人。

街坊四邻看得目瞪口呆。

镇口的张大爷悄悄地问："这是程家那老两口子为了给闺女挣面子，请来的电影明星和托儿吧？"

漫天的爆竹声中，季清规被人搂进了怀里。

直到爆竹声停下，男人才放开。他没有起身，仍然半跪着，一眼就看到季清规身上那件西服，卫朝枫方才披上去的。

唐律顺手将这件西服脱下来，扔在地上。

卫朝枫二话不说将西服捡回来，还撇干净似的解释了一句："我刚才是看她冷——"

"我没教过你对长辈要有分寸吗？"

唐律扫了他一眼，厉色警告："你就是这么对她讲话的？"

卫朝枫的头皮一紧，立刻改口："我刚才是看小舅妈冷——"

事实上，卫朝枫确实不太愿意这样叫她，私心里，他将她视为朋友，希望她好，再无痛苦。虽然他比任何人都明白，这是不可能的，因为她是唐律要的人。

一阵冷风夹着冷雨吹拂过来，季清规咳嗽了几声。她身体不太好，这在唐家人尽皆知。季清规早年遭了大难，腿坏了。医生说她这腿坏得很不好，从此不能走，却还有知觉。阴雨天，气候湿冷，能疼进骨头缝里，是真正的双重折磨。

唐家每个人都觉得她可怜，担心她恐怕熬不了几年。但后来，再无人敢这样想她。这是季清规以一个女子的毅力和孤勇，换来的唐家上下的集体尊敬。

唐律脱下西服外套，披在妻子的身上："你一晚没睡，如果再着凉的话，身体会受不了。"

"你怎么知道我一晚没睡？"

唐律没说话，径自替她扣好西服的纽扣。

季清规一笑："哦，对，你会看监控。放心，我走不了。"

他们夫妻之间那点私事，在唐家不是秘密。谁都明白，他们走不到最后，迟早是会结束的。因为，太太不爱先生。

唐律不接她的话，抬起头看了一眼丰敬棠，迁怒于旁人："我让你陪着太太，可没让你背着我带她离开唐家。丰伯，你是唐家的老人了，知道轻重的。"

丰敬棠自知这事办得不妙，很犯唐律的忌讳，连连应声："是，是。"

唐律还想说什么，季清规顺势打了一下他的手。

不轻不重的，完全是夫妻间的私密举动。既是对他迟来的不满，又是让他放过所有人的示意。她在人前跟唐律来这套，卫朝枫和丰敬棠看直了眼。季清规最不屑跟唐律亲密，人前人后都一样，今天破天荒地跟他来这个，唐律不可能不吃她这一套。

他果然没再追究。

唐律起身，对卫朝枫道："你去请程小姐过来，你小舅妈要亲手将艾叶交给她。"

"哦，哦，好的！"

一个指令一个动作，卫朝枫转身就跑去找程意城，乖巧得很。

简单的仪式，古老的传承。有关爱的信仰，生生不息。

程意城接过艾叶，郑重地道："谢谢季小姐，谢谢唐先生。"

季清规难得有兴趣，追问："此地民风颇为传统，据说嫁娶之日的仪式上，新娘是不能开口说话的。程小姐，你方才坏了规矩呢。"

程意城笑笑："我不坏是非黑白的规矩就好，其他的，都算不得规矩。"

刚烈女子，不只季清规，程意城也可以算一个，所谓刚烈，都是用生死换来的通透。

最后，季清规是被唐律抱上车的。车门关闭的一瞬间，程意城看见季清规被丈夫抱坐在腿上，姿势暧昧。那是全然会令人脸红心跳的抱法，他软硬兼施，要她屈从。季清规的自尊心那么强，情事上却受制于人，完完全全被唐律一手掌控，内心不知是何等滋味。

几辆豪车有序地驶离。

程意城忽然道："以后走亲戚这种事，我们还是少做好了，尤其是你家那边的。"

卫朝枫被呛了一下，忙不迭地保证："老婆，你放心，我是正常的，跟我那些亲戚都不一样！"

番外三 人间百年

新年伊始，申南城年度经济数据出炉。

全市生产总值再创新高，投资、消费、出口三驾马车表现优异，上升势头十分强劲。其中的企业数据颇为亮眼。各大上市公司陆续发布全年年报，暴雪凭借强势业绩独占鳌头。

媒体推波助澜，暴雪董事会主席卫朝枫的一举一动都被放大至公众面前。二十八岁，手握暴雪，他有足够的资本令坊间侧目。

周六，申南城企业家年会如期举行，卫朝枫应邀现身。

当晚八点，唐涉深携太太现身会场。夫妻俩刚到酒店，就遭遇了记者的围堵。酒店安保如临大敌，将二人护送进宴会厅。

唐涉深向来是媒体圈的红人，在过去一年，唐涉深凭一己之力将陷入品控丑闻的控股公司重新带上业绩新高点，翻盘能力让他稳坐申南城商界的当红位置。

五年前，程倚庭生下女儿，夫妻俩对独生女无比宠爱。程倚庭辞去记者一职，回归家庭养育女儿五年。这五年的辛苦没有白费，唐炜彤自信、善良、活泼、有主见，仿佛这世间所有形容女孩的美好词汇都可以放在她的身上。如今，唐炜彤幼儿园毕业，即将入读申南城百年名校——南城国小，程倚庭终于放下五年前夫妻失和对孩子造成的亏欠，重回职场。

唐太太转身，程记者就此归来。

程倚庭重回深度调查记者一职，发布的第一宗新闻调查就堪称重磅，新闻标题是——《新能源产业：是燎原星火，还是补贴骗局？》，她一举撕开新能源这一风口浪尖上的产业顽疾。

舆论哗然，不只为此，更为唐涉深。

在该事件中，唐涉深的身份颇为微妙：他刚斥巨资，控股了一家新能源独角兽企业。

那段时间，记者铆足了劲，想要拍到这对夫妻分道扬镳的新闻，皆以失败告终。

面对记者的穷追不舍，唐涉深罕见地公开回应："我无条件支持我太太作为记者的职业责任，正是她这篇新闻调查令公众明白，新能源公司也有高低好坏之分。SEC控股的新能源企业，经不经得起考验，我们未来见分晓。"

一番表态，SEC股价连涨七天。这对夫妻联手，威力惊人。

卫朝枫看到新闻，笑了一声，没当一回事。他的心理防线一向到位，对别人家夫妻恩恩爱爱这种事向来眼不见心不烦。

直到今晚。

宴会场迎来送往，卫朝枫应酬烦了，放下酒杯，顺势躲进一间休息室。他刚推门进去，就看见——屋内，一对男女正在上演限制级画面。

程倚庭被唐涉深压在沙发上……

卫朝枫："就很离谱——"

屋内那对夫妻皆是一愣。

程倚庭低低地惊叫了一声，红透了脸，唐涉深倒是镇定。一看是卫朝枫，他更是不当一回事，连老婆的手都没放开。

他完全没有要停下来的意思，挑衅地对卫朝枫笑了一下，好整以暇地反问："看够了没有？我有老婆陪我，怎么，你没有？"

卫朝枫摔门而走，他还真是被唐涉深刺激到了。

程倚庭辞职的五年时间，深居简出，从不愿意陪唐涉深出席社交场合。如今，她重返职场，驾轻就熟，更多了一份沉稳。同为职场人，她开始体谅唐涉深作为 SEC 董事会主席不可推卸的社交责任。终于，唐太太松口了，从此陪在唐涉深的身边，不再让他孤独。

这让卫朝枫想起了程意城。

当年，他令她前途尽毁。如今，他该如何弥补？

不在意的人，反而是程意城。

婚后，她投过一次简历。笔试、面试都很愉快。面试结束后，她乘电梯下楼。工作日，恰逢下班高峰，电梯内人满为患，她被挤在电梯最里面，动弹不得。电梯运行得很慢，层层都停，从二十五楼到一楼，时间漫长。

程意城渐渐地透不过气来，一开始，她并未当成一回事，后来，还是酿成了意外。走出电梯，她忽然感到一阵晕眩。保安见状，眼疾手快地扶住她，才避免了一场祸事。训练有素的保安将她抱起，放在大堂沙发上，又找到她的手机，迅速地拨通了她最常用的亲人号码。卫朝枫接起电话，脸色一变，起身就走，留下一会议室的管理层面面相觑。

那天，卫朝枫陪太太去医院找顾主任。

后者对他嘱咐："一定要让你太太居家休养，千万不可劳累。心脏一旦出问题，都不会是小问题。下一次，你太太的运气不会那么好。"

卫朝枫点头称是。

当晚，他失眠了。他对她实在亏欠太多。她原本可以有大好前途，却被他拖累了两回。第一次，是为他断送职业生涯；第二次，是为他断送健康。申南城的金融业，同全球接轨，从业人员的第一道关口就是抗压测试。从前，程意城是这道关口的佼佼者；如今，她再无可能重新踏足这个行业。

在暴雪权倾一时的卫总，面对妻子的困境，竟束手无策。一声"对不起"，让两个人都心痛不已。

卫朝枫不是没想过弥补，他对她提过一次，话说得很含蓄，只说公司有一个职位空缺，人事部招不到人，问她要不要看看。

程意城笑了一下，反问："校招会上收简历收到手软的暴雪，人事部招不到人？"

听得卫总当场扶额。

其实程意城并没有卫朝枫想象中的那般软弱。

当晚，她枕在他的臂弯里，同他倾诉："你不用担心我，我很好。一直以来，我好像都在等这个机会。"

"什么机会？"

"人生陷入谷底的机会。"

"为什么？"

"从前，我总是很害怕这个境地，好像人生陷入谷底，就会被所有人踩在脚下，再没有重新做人的机会。所以，为了避免它，我的前半生似乎都在为之快跑。小学一年级，就要全班第一；到了中学，更是争强好胜；考上大学、读研究生，还是焦虑；工作后，四处投简历，生怕被年轻人超越、被同行超越。这样的人生我究竟喜不喜欢呢？并不一定。潜意识里一直在等，等一个陷入谷底的机会，我想看一看，就算真的陷入了，又会怎么样？"

"那现在，你的感觉怎么样？"

"还不错啊。已经在谷底，以后走的所有路，都是上坡路，是不是也很好？"

卫朝枫顿时就笑了，绝境处逢生，不是所有人都有勇气面对，程意城是一个。

"而且，我还有你啊。"她靠在他的怀里，心里很坦然，"其实还是有一点害怕的，怕自己要用很长的时间才能再次让人生走上正轨。但有了你，就不一样了，你会在这段很长的时间里为我兜底，让我的人生不至于太糟糕。所以我才会对你说，我很好，还不错。"

向死而生，将人生活透了，所以不惧一切。每一天都有小幸福，每一天都值得好好爱。她不要做他的受害人，她只要做他的妻子，好好同他一道，过好这一生。

多年前那一眼，他赌对了：程意城是最适合结婚的女孩子，她一定会是一位好太太。

他顺势将她压在身下，细细密密的亲吻落在她的唇边，由浅入深。语言太过苍白，说出口的深情都不叫深情。他要用一场缠绵，替他说那句真心话——

我真的好喜欢你。

有了顾主任的建议，程意城不再为工作徒劳奔波，她给自己一年的时间休养身体。

这一年里，她赋闲在家，将很多从前想做但没有时间做的事全都一一实现。她种了很多栀子花，初夏季节大片大片地开，整个庭院都是栀子香。她每隔几日剪下几束，放入花瓶，倒三分之一的清水，置于书房。因为有了喜欢的栀子香，连书房都变得格外迷人。她开始整日地浸在书房里，上午看书，下午写公众号，肆意地挥霍时间。

程意城很喜欢写公众号，她给自己的号取了一个名字，叫"小程乘风凉"。从前她忙，没时间打理，荒废了大半年，原本就没几个粉丝，还跑了几个。这一年，程意城重新拾起这个爱好，每天写，阅读量虽然并不高，但毫不妨碍她持续写作的好心情。

程意城的公众号很有特色，以财经评论为主。这原本就是她的工作内容之一，如今没有公司束缚，写起来更是得心应手。她的财经评论并不局限于财经范畴，还会拓展至生活、文化等多元领域，"平铺直叙、娓娓道来"，这是她经常收到的评论。但她收到最多的评论却不是这个，而是略显浮夸的一句"太好看了！求更！"。

看头像就知道，又是卫朝枫。

从程意城写公众号起，卫朝枫就熟练地掌握"关注、点赞、留评、转发"一系列操作。在转发求点赞这方面，卫总不遗余力。

卫朝枫很少发朋友圈，除了转发程意城的公众号。

转发时他还要打上一大段话——

> 我老婆写的好文，求点赞转发！
> 老婆辛苦了，给老婆捏捏手！

……也不嫌做作。

他每天高频率地转发，自然有人给面子。如今想要和暴雪董事会主席攀交情的人不在少数，十有八九都给程意城点过赞。

卫朝枫还特别热衷于抢沙发，每次程意城刚发布，他的评论就跳出来了——

> 好文！
> 点赞！
> 求更！

程意城顿时无语至极。

有一次，她明确地表示拒绝："你没事不要给我评论。"

卫总有些委屈："为什么啊？"

"你留的都是水军留言，没有意义，还浪费我流量。"

"那我留点别的。"

"那可以。"

隔日，程意城发表业绩速评，点评申南城老牌企业道森控股半年报的表现。文章一针见血地指出，若非出台强势救助企划，道森未来业绩必将一泻千里。这篇速评甚是犀利，一经发布即被大量媒体转载。

卫朝枫的评论迅速地跳出来——

> 你喜欢道森？我买下它送给你。

程意城心想：太有钱是种病，得治。

她二话不说把他的评论删了。

倒是第二天,一通电话打断了程意城的平静生活。

来电是陌生号码,程意城接起,一个略显年迈的声音响起:"抱歉,打扰了,请问,是程意城小姐吗?您好,我是道森的赵江河。"

在申南城,赵江河是名人,坊间称一声"赵先生",不似"赵总""赵董""先生"这个叫法,总透着一股商业之外的尊敬。这是赵江河用一生的慈善公益事业换来的全民尊重。

在申南城富豪榜上,赵江河从未位列第一,但数十年来,他豪掷慈善公益事业的真金白银,却是一骑绝尘。

不似旁人作秀,赵江河做慈善只做一种:助学基金。凡被列为赵江河助学基金的救助对象,赵江河皆一力承担他到硕博毕业的全部学费。而且,救助对象所受教育皆为精英教育。可以说,赵江河不仅是在救助失学儿童,更以一己之力为社会输送了数量可观的行业精英。

赵江河的助学基金声名赫赫,一度闹出过不小的风波。有中产家庭为了让子女进入精英名校,不惜造假身世,试图让孩子被列为赵江河助学基金的救助对象。最后,被基金审核委员会识破。一时间,舆论哗然。赵江河助学基金的影响力,可见一斑。

程意城是在两日后见到赵江河的。他派人来接她,只说"想见面聊一聊"。程意城略作沉吟,便起身前往。

车子一路驶进赵家府邸。

赵江河是躺着和她见面的。他身患顽疾,已无法下床走路。程意城几乎在见到他的第一眼,就起了愧疚之心。

她诚恳地致歉:"赵先生,我不知道您……我为我先前写的道森业绩速评向您致歉。"

赵江河笑了,并不在意:"不要紧。做企业,输输赢赢,很正常。道森这两年一直在'输',你没有写错,所以无须抱歉。"

程意城有些惭愧。诚然他说得对,但她亲眼见到,又是另一回事。她可以要求一个企业家以公司业绩为重,但她没有权利要求一个身患重症的老人同样如此。

今日，赵江河的精神尚可，主动与她攀谈："程小姐，你认为道森已经覆水难收了，是吗？"

"不。"

"可你那篇评论，十分犀利。"

"我没有下绝对的结论，因为道森还有一道活水。"

"哪道活水？"

"前任首席执行官，韦荞。"

赵江河看着她，没有说话。

程意城的声音平稳："企业走入绝境，只能靠改革；而要改革，只能靠人。五年前我做企业研究时，和时任道森首席执行官的韦总有过一面之缘。我认为，道森只要有韦总，就永远有活水。"

赵江河听了，许久不语。半晌，他微微一笑，好似觅得知音，令他陡然生出一些勇气。程意城说得对，能救道森的人，只有韦荞。申南城商界声名赫赫的首席执行官，虽然两年音讯全无，申南城依旧有韦荞的一席之地。

"程小姐，多谢你。为了道森，我叨扰你了。"

"不会。"

卫朝枫很快发现，程意城最近形迹可疑，她开始早出晚归。

程意城时常会接到同一人打来的电话。讲电话时，程意城的态度客气。挂断电话后，她会仔细地化妆，然后出门。

昨晚，卫朝枫好不容易约到太太的时间，他亲自订位，两个人一同吃法餐。结果，程意城中途接了一通电话匆匆地就走了，丝毫不给面子。

晚上十点，她才回来。到家也不见她休息，而是径自去了书房。

卫朝枫忍耐了一个晚上，坐在床头看了两个小时的文件，什么都没看进去。他从"夫妻感情不和"想到"变心、出轨、抛夫弃子"，程意城什么都没干，他自己先把自己吓得不轻。

卫朝枫甩下文件，径直去了书房。

他去的时候是有一股无名之火的，开门进去后这股火就消失了。等他将老婆抱在怀里，不仅没了火，还委屈上了："你最近瞒着我干什么呢？"

程意城刚想开口，卫朝枫就发现了什么："程意城，你的电脑屏幕贴了防窥膜？"

"嗯，对。"

"你以前不贴这个啊，你不是说贴这个对眼睛不好吗？"

"那是以前，没有这方面需求。可现在不一样了。"

"现在怎么了？"

"我有点事，需要保密。"

"对谁保密？"

程意城看了他一眼，怪他话多："这家里除了我就是你，你说我对谁保密？"

卫总严重受挫，老婆都对他有秘密了！他道："你、你要对我保密？"

程意城出手就是大招，一下子把卫朝枫搞得有些蒙。

"嗯，对。"她发了一回善心，多解释了一句，"这是我的新工作，暂时有保密需求，任何人都不可以透露，包括你。"

说完，她打发他走："你去睡吧，不用等我。"

卫朝枫本来就不想走，现在更是坚决不走："我要等你的，我不困。"

程意城："我就是跟你客气一下，你困不困我并不是很关心。你不困就去加班看文件，不要在这里晃来晃去地妨碍我。"

卫朝枫：……

接二连三受到打击，卫总一颗心脆弱得不得了。他埋在她的颈肩处，压低声音走起怀柔政策："你结婚前对我很好的，结婚后怎么就变了——"

程意城笑道："婚姻是坟墓，这个道理不懂？正好，你体会一下。"

"哎，程意城，你怎么还来劲了——"

"我不跟你说了，我真的有事。你出去吧，我做完事就回卧室，不过今天会晚一点。"

"好吧。"

看她的态度不像在开玩笑，卫朝枫再不情愿也不会打扰她工作。他在她的脸颊上亲了一下，嘱咐道："有事叫我，我不会睡的。"

"好。"

说完，程意城又毫不留恋地专注于工作。

卫朝枫一颗脆弱的心又抽了一下。都说结婚久了激情会褪去，他这才结婚半年，老婆对他的亲吻都没反应了。他的亲吻虽然不值钱，但都是真情实感的好吗？

这一晚，程意城忙到凌晨。她写好文件，整理好，发送邮件，等收到了对方的自动回复"邮件已收到"，这才满意地松了一口气。好久没有这样忙碌了。

从前她做研究员，加班到凌晨是常事。她和深夜为伍，从夜深人静中汲取力量。那样的工作很苦，她常常听见人们评价，女孩子不用这么苦，搞坏了身体不值得。对此，她心里是有反驳的。诚然身在其中会很辛苦，但辛苦过后的果实也很甜，工作完成那一刹那的放松与成就感，滋味绝妙。

有时程意城会想，她对工作其实没有那么多的放不下，她有的只是贪恋，想要重复感受工作完成后的那一刹那快乐，这种快乐是金钱买不到的，人这一生少了这份快乐，不说空虚寂寞，至少也是淡而无味。

程意城静静地坐了一会儿，合上笔记本电脑，起身走出去。

厨房亮着灯，她闻到了香味，果不其然看见卫朝枫忙碌的身影。

他正在煮面，拿出了当年在弄堂开店的功夫。一碗卤水牛肉面，香气四溢。程意城看了一眼时间，凌晨一点零三分。多么怀旧的画面，仿佛回到了那年夏天，他在凌晨关店收工，她站在一旁等他载她一同回家。

她忽然涌起兴致，顺势打开冰箱拿牛肉丸和香菜，放进汤锅里。

卫朝枫想要制止，却已经来不及了："哎，这会破坏卤水牛肉面的口感层次啊。"

程意城搂住了他的颈项，淡淡地一笑："我不想吃牛肉面。"

"呃。"

卫朝枫拿着一双煮面的筷子，愣愣地站着。他担心她饿，凌晨一点给她煮面，还遭她嫌弃。

程意城亲了一下他的脸颊，说完了后半句："我想吃麻辣烫。"

卫朝枫破碎的一颗心缝缝补补又可以跳动了："今天晚上我给你做。好几年没做了，手生得很，现在恐怕来不及了。"

"没关系，你现在做的这碗就很好。"她指了指锅里，"牛肉丸、香菜、面条，不就是我最喜欢的三样吗？"

就像那年夏天，他们在沿街小店吃的那样。

卫朝枫笑了，将太太拦腰抱起："好的。当年我只听我女朋友的，现在我只听我老婆的。"

周三下午，钟点工照例去公寓打扫。备用钥匙由张叔保管，负责为钟点工开门并最后验收打扫工作。

下午一点，张叔接到了卫朝枫的电话。

"张叔，太太在家吗？"

"太太不在，半个小时前刚出去，说是约了人谈事。"

"和谁谈事？"

"不清楚，太太没说。"

"那地点呢？"

"环晟酒店 24 楼，翠苑会所。"

卫朝枫听了，微微地蹙起眉头，那是申南城的顶级私人会所，非大客户不得入场。程意城究竟和谁有约，约到这种地方谈事？联想到近日卫太太的早出晚归，还对他保密，卫总有点坐不住了。

他下午还有两个会，勉强打起精神开完一场，卫朝枫心不在焉的状态再也支撑不了第二场会议。他起身就走,并吩咐秘书,将后面那场会议移至明天,今天的工作安排全部取消。

司机追上他,问:"卫总,您现在需要用车吗?"

卫朝枫立刻拒绝:"不用。"

他是放心不下老婆,旷工去找老婆的,这种心思怎么能让别人知道。

卫朝枫亲自开车,直奔翠苑——不就是个翠苑吗,谁还不是个大客户了!

卫朝枫开车来翠苑的时候,程意城已经谈完事了。

双方落笔签字,许立帷站在公事的角度,尽责地提醒:"程小姐,如果您需要时间请律师看一下这份合同,我们可以再约。赵先生的意思是,想要有一个良好的合作,就必须要有一个良好的开端。"

"没关系,我信得过赵先生。"

说完,程意城在合同尾页签名。

双方交换合同,各自过目审视。

确认无误后,许立帷收好了合同,起身寒暄:"程小姐,我会把您的意思如实转达给赵先生。"

"好。"

"后续项目展开,您需要任何协助,都可以找我。这是我的私人电话号码,请惠存。"说完,他递上一张私人名片。

程意城用双手接过。她低下头扫视,名片上的电话、地址,都和第一次他递给她的名片不同。她在一瞬间对许立帷涌起了诸多同情。打工人不易,高级打工人亦如此。生活被切割,连带人生也被切割。时常变化的工作,需要应对不同的人,扮演不同的角色。时间久了,不知他是否还能认得自己真正的模样?

双方寒暄了几句,许立帷同她一道下电梯。顶级会所,最替客户珍惜时间,高层电梯直下一楼,不过短短数秒。程意城走出电梯,许立帷伸手替她挡住电梯门,完全是习惯使然,这是高级打工人的职业风度。

许立帷刚走出电梯,就听见程意城问:"你怎么会在这里?"

他跟着抬起头,看见一张不算陌生的脸:卫朝枫,申南城炙手可热的商业话题人物,暴雪现任董事会主席。此时的卫总,身边陪着他的是环晟酒店总经理,身后跟着的是翠苑会所总经理,这才叫大客户,配得起"大驾光临"四个字。

许立帷看了一眼,就明白了卫朝枫的来意。是非之地,不宜久留。他迅速地告辞:"程小姐,请留步。我还有事,先走。"

"好,许先生慢走。"

匆匆别过,经过卫朝枫身边时,许立帷感受得到他冰冷的、带着警告意味的眼神。

许立帷一走,卫朝枫忙不迭地问:"他是谁?!"整个表现简直就是抓到老婆出轨的那类模样。

程意城照实回答:"道森赵江河的私人秘书,许立帷。"

"哦。"

"你和他认识?"

"不认识。"

程意城:"那你刚才'哦'什么?"

卫朝枫开口,都是风凉话:"道森和赵江河都快完蛋了,一个私人秘书我在意什么?"

程意城拍了一下他的手:"别这么说人家。做企业,不管输赢,只要不触及道德底线,都值得尊重。"

卫朝枫打量了她一眼:"别跟我说,你上了道森这条沉船?"

程意城好整以暇:"嗯,不能说我上了,也不能说我一点都没上。而且,这船到底还没沉。"

卫总被彻底勾起了兴趣:"程意城,你背着我和道森做了什么事?"

程意城一笑,能勾起卫董事长的兴趣,这滋味不错,她道:"你猜。"

"程小姐,你变坏了哦——"

"不跟你说了,总之保密。"

说完，她刚想走，被他一把拉住手，带进怀里。

"你要不要考虑告诉我？"

"我凭什么？"

卫朝枫不怀好意地笑，压低声音同她咬耳朵："凭我能答应你的任何条件。比如，给急需现金流的道森，输血注资——"

程意城眯着眼睛看他，他还挺会做生意，将一笔大生意做到她这里来了。

"用钱收买我？"

"没错。程小姐，给句话，行不行？"

"虽然是下下策，但也总是一条路，就看卫总你开什么样的价码了。"

卫朝枫顿时就笑了，他当即将她拦腰抱起，径直走去电梯。

程意城略有挣扎："你干什么？去哪里？"

卫朝枫也是个有本事的，抱着人还能腾出手来按电梯。电梯直上高层，卫总气定神闲："既然要谈生意，当然要找个安静的地方谈。"

程意城愣了一下，随即反应过来："你什么时候把房间都开好了？"

"长期开在这里的，每年年底结一次房费。"

"浪费，我也没见你过来住啊？"

"前几年经常过来住，尤其是出差回来的时候。这边服务比较好，有私人管家，免了一个人住的很多后顾之忧。"

"我还是喜欢回家住。"

"今天，不行哦。"

卫朝枫显然是熟客，一气呵成地将人抱进卧室。大床软软地塌陷，她陷进去，被他温柔地制住了。他屈膝半跪，笼罩着她，柔情混合着欲望，蓄势待发。

她存心折磨他的耐心："你就准备拿这个态度来跟我谈正事？"

他笑着问："我态度不好吗？"

"不好。"

"那，我用服务来弥补——"

他抬起手，解开衬衫的纽扣。

她顿时意会，脸烧起来："不要，我才不要你这样的服务。"

卫朝枫不肯再给她拒绝的机会，他急需一场温情，来弥补这些日子以来，她对他的忽视。

"你冷落我了。"细细密密的亲吻落在她的耳朵后面，他软软地控诉，"你怎么能冷落我这么久，程意城——"

一场缠绵，程意城睡了好一会儿才缓过来。

卫朝枫洗完澡，一身的清爽。她听见他趁着擦头发的间隙在接电话，言谈间都是公事。公司里找他的人不少，她随即明白，他今天是旷工了。

那么精明的唐硕人，旷工只会为了太太。她回过味来，唇角有了笑意。

两个人腻在一起一整晚，连吃晚饭都被他抱着。程意城不胜其扰："你好烦啊，能不能别腻着我？"

"不能。"他将她抱得更紧了，顺势谈交易，"除非你告诉我，你和道森到底有什么合作。"

程意城终于受不了他，松口了："好吧，我告诉你。很简单的一次合作，我答应赵先生，为道森写一本企业传记。"

卫朝枫蒙了很久，反应过来后顿时委屈："老婆，你怎么不给我们暴雪写传记啊？！"

"你也没要我写啊。"

"那我现在要你写，咱们马上签合同，合同价格我按赵江河给你的十倍付。"

"不行，我已经答应了赵先生，合同都签了。"卫朝枫垮着一张脸，十分有怨念。

程意城笑着捏了捏他的脸："合同在我包里，你自己去看吧。"

卫朝枫一点也不客气，迅速地拿了合同，仔仔细细地看了两遍。看完，他也没什么话好说。这确实是一份诚意十足的合同，开出的价钱不低，尤其对于程意城这样从来没有写过财经传记的非专业人士来说，这份合同称得上诚意十足。

"所以啊，我不能不好好做。"程意城拿回合同，颇有兴致，"你知道这本传记的名字叫什么吗？"

"什么？"

"《大败》。"

"赵江河定的？"

"嗯。"

"道森还没有到破产重组的地步，这两个字未免过了。"

"赵先生说，大败比大胜更值得写。大胜之人免不了有幸存者偏差，而大败却不一样，每个旁观者都能从大败之人身上吸取教训，促使自己进步。道森这两年一直在大败，他的人生也一直在大败，所以他想将这些失败写下来，能多一个后来人避免同样的失败，都是好的。"

卫朝枫听了，倒是没再反驳。

程意城正在喝海鲜粥，一缕长发散下来，颇为碍事。

卫朝枫抬起手，将她的散发拢到耳朵后面，声音和动作一样温柔："赵江河如果有资金需求，你告诉他，他可以来找我。"

程意城笑了："为什么忽然这么大方？"

"当然是因为我老婆啊。我老婆帮他写传记，我肯定要帮自己人。"

她笑着推了一下他的额头："不要胡说。"

卫总笑了一下，倒是真不瞒她，道出些不为人知的私心："还有，因为我们有共同的敌人。"

"什么？"

"我看不惯今盏国际银行很久了。道森毁在岑璋的手里，他还真以为申南城没人了，不自量力。"

五个月后,程意城携首本财经传记《大败》亮相申南城年度书展。

消息一出,迅速引起坊间热议。

申南城年度书展在文化界的地位举足轻重,登台嘉宾皆为当红文化名流。程意城一介名不见经传的新人财经作者,首本新书即登上此等平台宣传,着实引人侧目。

流言纷至。说她背后有人,说她遭资本力捧,说她只是一个门面,其实身后拥有庞大的代笔团队。说什么的都有,大有作者话题度超越作品本身的意味。

平息这场流言的,是赵江河。

书展发布会当日,赵江河亲临现场。

他来,当真是不易。六十多岁的人,头发花白,坐着轮椅。精神倒是不错,一件衬衫套一件羊毛背心,穿出些许文化人的味道。倒真应了景,像个大败的生意人,要从文化中汲取生命的力量。

赵江河许久未曾公开亮相,一出现即成为媒体的焦点。媒体抛出的第一个问题就十分犀利,要赵江河正面回答道森是否面临资金压力,向申南城第一大银行今盏国际银行的资金求援是否被拒绝。赵江河淡淡地回答,这些都是道森的私事,今天就不占用文化界的公共资源了。

这个回答几乎就是默认了。先前那些围绕在程意城身边的杂音瞬间消失了。说到底,传记作者再厉害,也比不得传记本身的传奇。昔日能以一己之力对抗行业外资的道森,随着两年前首席执行官韦荞的下落不明,如今竟落得如此地步,令人唏嘘。

书展结束,《大败》爆卖,程意城成功地隐身,这是她最想要的结局。

当晚,程意城送别赵江河,离开书展时已近晚上十点。走出书展大厅,她就听见一声叫唤:"程意城。"

书展外咖啡馆林立,天街小雨,更添了一份清幽。

卫朝枫拎着一杯咖啡,身形款款,由远及近:"用一杯桂花拿铁,庆祝卫太太首战告捷。"

程意城笑着和他拥抱。她接过咖啡,喝了一口。桂花味清幽,是她最爱的口味。桂花拿铁三分甜，最懂她的人从前是父母，现在是卫朝枫。

"真好。"

"嗯？"

"可以有这样的机会，为道森写传记，真好。"

"为什么？"

"因为喜欢。还有，因为我敬重民营企业和民营企业家。"

"哦？"

"做研究员的时候，整日和现代民营企业打交道。这类企业家很难用好坏评价，有时候很狡诈，有时候又比谁都重情重义，仿佛世间一切矛盾都辩证统一地存在于民营企业家身上。这个群体创造了巨大的经济奇迹，推动了社会进步，但同时，当企业规模扩大至一定程度后，'光明磊落'就成了一种理想，最终能平稳地走完一生，已属幸运。现代民营企业家是很悲壮的一个群体，也很了不起。"她望向他，道，"所以，当赵先生提出为道森写传记的提议时，我没有拒绝。传记作者有特权，可以比外界更深入贴近地了解企业。就算是为了满足我的好奇心，我对企业史研究没有抵抗力。"

卫朝枫的眼神温柔。眼前这个女孩子，他从很久以前就喜欢了，现在越来越喜欢，仿佛没有尽头。她的感情是直线的，从不转弯，喜欢就是喜欢，分手就是分手，干脆利落，从不累人。她是真的不计较，因为她觉得没必要。她会对自己负责，从人生大败中站起来。

卫朝枫为这份人生态度而着迷。

他将她温柔地抱紧。

程意城还在喝咖啡，手里的咖啡杯没拿稳，差点溅出来："忽然抱我干什么，害我差点打翻咖啡。"

"程意城，我好爱你。"

卫太太呛了一下，一口咖啡差点呛晕她。

这是卫朝枫的老毛病了，时不时地自我感动。他那点"我爱你"的情话，程意城信是信的，但基本不放在心上。

她靠在他的肩头，顺势敲他一笔："之前你自己说的，道森如果真的需要，开口问你贷款，你可不能拒绝哦。"

卫朝枫笑了："你现在已经彻底是赵江河那边的人了？"

她颇有些不平地道："道森不错的，赵先生也不错。落得如今的局面，和今盏国际银行脱不了关系。所以我才讨厌那些银行家，无缘无故地把好好的一家民营企业害成这样。"

"虽然我和你一样，对今盏国际银行没什么好印象。但是，在道森这件事上，倒还有些特别。"

"什么特别？"

卫朝枫起了坏心，低下头同她耳语："名利场内幕。你亲我一下，我才告诉你。"

"卫朝枫，你好讨厌啊——"她不肯，顺势就要推开他。

两个幼稚鬼抱着笑闹。

他闹够了，在她的唇边亲了几下，心情大好，这才告诉她："今盏国际银行和道森的过节不小。道森首席执行官韦荞，是岑璋的前妻。"

"啊？"

"离婚的时候据说弄得很难看，是韦荞执意要离的，她连孩子都没要。岑璋虽然做生意的手段很邪门，但对孩子真的很好。父兼母职，平时无论去哪里都会把孩子带在身边。我见过他儿子好几次，七岁了，从小没妈妈，挺惨的。"

他那句"从小没妈妈"，让程意城看了他一眼。说者无意，听者有心。他是感同身受，才会不自觉地评价一句"挺惨的"。从前他何尝不是？

程意城放下咖啡杯，用力地抱紧了眼前人，在他的唇边轻轻地一吻："卫朝枫，有句话我没告诉过你。"

"什么？"

"你挺好的，我一直都很喜欢。"

番外四 好好长大

周五,陈嘉郡上完最后一节课,去食堂吃晚饭。

申南大学的学生食堂很有名,色香味俱全,而且价格还不贵。申南城寸土寸金,物价水平相当高,因此学生食堂被誉为性价比高的天堂。

陈嘉郡的饭量不大,一荤一素一汤,再加一碗白米饭,就足够她吃饱一顿饭。路过特色窗口,陈嘉郡驻足停留片刻。今天的特色窗口有卖盐水虾,这是陈嘉郡最喜欢的一道菜。视线一路向下,她看见菜价,心里那点喜欢顿时又打消了。

"唉,又贵了——"

物价飞涨,特色窗口的盐水虾半年内调价三次,如今身价已达每份30元。对陈嘉郡这样的大学生而言,这个价格已不能算"小贵",而是贵得十分棘手。

林瀚宇正在特色窗口排队,看见陈嘉郡,高兴地招呼她:"陈嘉郡,这里,今天有你最喜欢的盐水虾。"

陈嘉郡端着盘子摇头拒绝:"我不买了,我去找位子坐。"

"啊——"林瀚宇有点小失落。很明显,陈嘉郡对他的兴趣还没有对盐水虾的兴趣大。

事实上,陈嘉郡满脑子想的都是"钱"的事。因为前不久,她的钱包掉了,那天,她很狼狈,她和金融系的几个同学一起去迪士尼,结果钱包被人偷了。小偷很可恶,拿小刀划破了她的小包包,偷走了整个钱包。她的身份证、银行卡、现金、钥匙,都在钱包里面。三十七度的高温下,陈嘉郡急得一身冷汗。

幸好表哥卫朝枫及时出手,替她解了围。得知她钱包被偷,卫朝枫当即表示"这不行",二话不说给她转了一笔款。

陈嘉郡很感动,她看了一眼到账金额,感动就变成了惊悚——怎么会给她转两百万这么多!

卫朝枫只简单地解释:"女孩子身上没有钱不行,你拿着用,其他的不用管。"

他是真的不在意,在卫朝枫这类平日用钱以"亿"为单位的人眼里,两百万这类小数目,也就是一笔零花钱的额度。

可是陈嘉郡不行,她还是一个大学生,平日里花钱最多的就是吃饭,一顿饭超过50块钱就是大额支出。还有一个重要原因,就是她的监护人——柳惊蛰。

林瀚宇打好饭菜,端着盘子迅速地找到了陈嘉郡,在她对面坐下。"给,你爱吃的,今天的盐水虾很新鲜。"

"我不——"

陈嘉郡还未来得及开口拒绝,林瀚宇已经夹了三只大虾放在她的碗里。

男大学生,还未经历社会历练,根本不懂如何掩饰喜欢一个人的心情。心里有多喜欢,动作就有多快,他催促她:"别跟我客气,快吃吧。"

陈嘉郡有点犹豫。

她倒不是对林瀚宇的喜欢有所顾忌,事实上,她的心都在她那个监护人身上,根本看不见除了柳惊蛰之外的任何男人。甚至连她的犹豫,都是源自柳惊蛰——嗯,不用公筷,她觉得不卫生。

在唐家，柳惊蛰的洁癖是出了名的严重。坊间传言，柳惊蛰的地产投资是一绝，其实根本不是这么一回事。柳惊蛰常年出差，十分嫌弃酒店的卫生，为了不住酒店，不惜花血本在全世界买房，以供他去哪里都有的住，他那惊人的地产投资就是这样长年累月形成的。

陈嘉郡九岁时，二十岁的柳惊蛰接手她的监护权，教会她的第一件事就是吃饭要用公筷。这在当时给陈嘉郡造成了不小的打击，她以为柳惊蛰是嫌弃她，连和她一起吃饭都不愿意。柳惊蛰也懒得解释，事实上他确实对这小孩嫌弃得不行，若非上头的任务压下来，他大好的年纪，会去做养一个小孩这种麻烦事吗？他又不是闲得慌。

十一年过去了，耳濡目染，陈嘉郡成了柳惊蛰的"影子"，一举一动都透着他的行为习惯。

林瀚宇浑然不知，还想热情地把糖醋排骨也分她一半。

这次，陈嘉郡及时阻止他："不用，我吃我自己的就好。"

她这样说，林瀚宇也不好意思了，当即挠了挠头："哦，好。"

陈嘉郡看了一眼碗里的三只盐水虾，不吃未免浪费，于是她从包里拿出湿纸巾，擦了擦手，开始剥虾。

林瀚宇看在眼里。他一直觉得，陈嘉郡和别的女生很不一样，具体哪里不一样，他也说不上来。这一刻，他却忽然明白了——陈嘉郡有一种细节的干净感。

擦手、剥虾，剥好了，也不会顺手往嘴里送，她会先把手擦干净，然后拿起筷子，好好吃。

林瀚宇顿时被吸引了："你们女孩子，不是都很讨厌吃饭时手上沾得湿答答的吗？"

"啊？不会啊，擦干净就好了。"

"陈嘉郡，你不会嫌麻烦吗？"

"还好吧，我叔叔就是这样吃饭的。"

"你叔叔？"林瀚宇好奇不已，他还想继续问，却被一阵喧哗声吸引了。

在金融系，乔芷薇是名人。漂亮、明艳、长袖善舞，还有很多的风流韵事。这几个关键词叠加在一起，足够乔芷薇成为金融系的一大传说。

这会儿，乔芷薇正挽着一个男人，在学生食堂的小卖部买饮料。隔了老远，陈嘉郡和林瀚宇也能听见她的撒娇声："李总，有一个包我看上很久了，才两万块，下午陪我去买好不好——"

陈嘉郡收回了视线，低下头继续吃饭。

林瀚宇沉默了一会儿，鼓起勇气问："陈嘉郡，乔芷薇是不是还欠你五万块钱没还呢？"

陈嘉郡不说话。

林瀚宇知道，她这就是默认了。

他们同去迪士尼那天，乔芷薇也在。陈嘉郡的钱包被偷了之后，所有人都陪着她，卫朝枫很快赶来，当面转了两百万给她。乔芷薇站在一旁，看得清楚。

隔日，乔芷薇就开口向陈嘉郡借钱。

陈嘉郡有顾虑，没有同意。五万块钱，不是小数目，对陈嘉郡而言就是一笔巨款，她一个月的生活费才三千块钱。可是后来，她被乔芷薇说服了。

乔芷薇求她："我妈生病了，要动手术，家里不肯给她手术费。我爸重男轻女，要把所有钱都给我弟弟留着将来结婚买房用。所以，我只能求求你，还有其他同学，先借钱给我妈看病——"

陈嘉郡心里一酸，"嗯"了一声，立刻给乔芷薇转账五万块钱，还安慰了她好久，要她不要着急，救命的钱不急着还的。

身为同系同学，林瀚宇不知该如何开口告诉陈嘉郡他的所见所闻。

就在前几日，他亲耳听见乔芷薇对朋友炫耀："看，我这个包，三万块买的，好看吧？哪来的钱？当然是一个傻瓜给我的呗，她很好骗的，还叫我不要急着还，我根本没打算要还钱好吧。说她是傻瓜真没错，她是真的傻。不过，她真是傻人有傻福，我亲眼看见，她表哥超有钱,转给她两百万连眼睛都不眨一下。"

林瀚宇很为陈嘉郡不值,他旁敲侧击,对她提醒:"陈嘉郡,我觉得你应该去找乔芷薇,当面要求她还钱。"

陈嘉郡"嗯"了一声,就没下文了。

林瀚宇为她捏了一把汗:"哦,不过乔芷薇很不好惹。她交的几任男朋友都有钱有势的,最近这个,听说又是一个富二代。他们那群人,很会仗势欺人。"

陈嘉郡听了,连"嗯"一声都没有了。

两个人就这样有一搭没一搭地聊着,陈嘉郡的手机忽然振动起来。她接起来听,声音陡然变了:"柳叔叔——"

林瀚宇吃惊地望着她,他从未在陈嘉郡的脸上见到过这样的表情,明亮又灿烂,她眼里那一瞬间的光,叫林瀚宇瞬间明白了,原来"少女的欢喜",是这个样子的。

电话那头,一个严厉的声音对她沉声吩咐:"陈嘉郡,出来。"

陈嘉郡第一次做浪费粮食的大学生。

柳惊蛰根本不给她时间,讲完那句话,当即挂断电话。陈嘉郡在这声挂断的电话忙音里,听出了一个意思:柳惊蛰对她,很不满意。

陈嘉郡立刻起身,端了剩下的饭菜去餐盘回收处,连对林瀚宇的"再见"都忘了说,就匆匆地跑了出去。

一瞬间,林瀚宇好似明白了些什么,那样急切的心情,不似是对亲人会有的,而是对情人才会有的。

校门外,一辆黑色的轿车正停在台阶下。

司机见到陈嘉郡,立刻下车,恭敬地为她打开后车门:"陈小姐,请。"

"宋叔叔,谢谢。"

她微微地俯身,就看见了坐在后座上的柳惊蛰。他正在忙,手放在电脑上,表情森冷,陈嘉郡看得一怔。

柳惊蛰发完邮件,合上电脑屏幕,这才转头看向她。

他今天显然没什么耐心，态度不善："杵在那里干什么？听不懂我的意思吗？上来。"

　　"……好。"

　　对柳惊蛰，陈嘉郡畏惧他已经成了本能。他讲话的语气稍稍严厉，她就会自觉地开始做自我检讨，先从自身找原因。

　　陈嘉郡坐得远，和他保持一个安全距离，斟酌着开口："柳叔叔，你今天怎么会忽然来学校找我？"

　　柳惊蛰置若罔闻，他今天找她，是来办事的。

　　男人看向她，单刀直入："上个月，你钱包被偷了，是怎么回事？"

　　陈嘉郡一愣，他怎么会知道这件事？她还想瞒着他的——

　　柳惊蛰扫了她一眼，看透了她的心思："陈嘉郡，我问你话，你最好不要想着瞒我。"

　　陈嘉郡顿时涨红了脸："我不会——"

　　下意识地，她就开启有问必答模式："那天，我和几个同学去迪士尼。下午发现，我的包被人划破了，钱包不见了。"

　　"是你打电话给卫朝枫的？"

　　"……嗯。"

　　"他帮你把钱包找回来了？"

　　"没有。但是，他怕我掉了钱包不方便，所以给我转了一笔钱……"

　　"他转给你多少？"

　　"……两百万。"

　　柳惊蛰听了，冷笑一声："他倒是大方。"

　　柳惊蛰对卫朝枫的不满是有理由的。自他接手陈嘉郡的监护权，对她用钱这方面就严格控制。唐家鱼龙混杂，很多人坏就坏在"钱"这个东西上面。贪念起，欲望难收，柳惊蛰见得多，比谁都明白欲壑难填的可怕。

　　十一年，他对陈嘉郡的严格管教初见成效：陈嘉郡拥有十分健康的金钱观，适度地渴望，理性地使用。柳惊蛰几乎可以预见，将来这孩子踏入社会，旁人很难用金钱动摇她。

所以，卫朝枫实在太不厚道了。

他严格控制了十一年，卫朝枫一来，顺手一转就是两百万，这不是挑拨他和陈嘉郡的关系吗？但凡陈嘉郡叛逆一点，柳惊蛰这十一年的苦心就算白费了。

思及此，柳惊蛰火冒三丈，他的脾气不好，盛怒之下更是严厉，伸出手看向她："账本，拿来给我检查。"

"哦，好。"陈嘉郡一个口令一个动作，乖巧地打开手机，调出电子账本，递给他。

所谓"账本"，就是电子记账账簿。从高一开始，柳惊蛰就手把手地把会计学原理教给了陈嘉郡。并且从那时起，柳惊蛰就强行令她养成记账的习惯。

一开始，陈嘉郡做得并不好。连续三个月，月底柳惊蛰拿账簿进行会计核算，借贷都是不平衡。第四个月，还是不平衡，贷方多了一块三毛钱。

柳惊蛰终于怒了，他甩下账簿，当面质问："你每个月的大额支出都由我的秘书直接负责汇款，至今七年没有出过一次错误。再看看你，我让你记的只有零用钱支出，一个月统共二十三笔进出，就这点数量和金额，你竟然能连续四个月出错，没有一次是对的。陈嘉郡，我警告你，你最好用点心，否则，别怪我不客气。"

当时，只有十六岁的陈嘉郡直接被吓哭了。

柳惊蛰连手帕都没递给她，她要哭就让她哭，他眼不见心不烦地用力关上房门，离开前对她冷硬地交代："要哭就在房间里哭，哭个够再出来。等一会儿吃晚饭如果让我看见你还在哭，我直接把你送回唐家，以后别跟着我。"

自这之后，陈嘉郡把会计学原理学得烂熟，再也不敢出错了。

大二那年，她选修了会计学，会计老师和她接触了几日，就对她建议：到了大三，取得了考试资格后，她可以直接报考注册会计师，以她的能力，两年内过六门没有问题，基础太扎实了。

陈嘉郡后知后觉的，才明白柳惊蛰教会她的是什么——不只是一门学问，更是立足人生的本事。他令她的人生起跑线比旁人提前了很多。他令她的人生，游刃有余。

这天，车内的气氛不算好。

陈嘉郡和柳惊蛰相处了十一年，对他的性子摸透了五分。她递上账簿，自知收支不平衡，忙不迭地把错先认了："嗯，那个，支出多了五万块。"

"多少？"

"五、五万……"

啪——柳惊蛰甩下账本。

陈嘉郡差点被他吓得跳车。

柳惊蛰盯着她，冷笑了一声。他这个阴冷的态度一出来，陈嘉郡就知道：她跳车也没用，柳惊蛰会看着她跳，根本不会拦她。

"陈嘉郡，你现在挺出息。"

他今天晚上还有一个会议要出席，腾出手来管这大学生完全是忙里抽空，本来预计两个小时能搞定的事，现在看来是不行了。

柳惊蛰拿起手机打电话，吩咐秘书："告诉金融管理局的张书记，今天晚上的会议我不去了。"

秘书应声："好的，柳先生。"

陈嘉郡的心怦怦直跳，她有预感，她的监护人，今晚不会放过她。

"上了几年大学，不得了了。"

柳惊推掉公事，好整以暇地看向她："我今天就好好地跟你算算账，大学生。"

柳惊蛰走进"InKoMa"的时候，乔茳薇正在卡座上喝酒。

今天是乔茳薇的生日，她大手笔地包下卡座，宴请好友。这会儿，男男女女的绕在她的身边，喝酒吹水，乔茳薇风光得很。

二十一岁，年轻就是资本。乔芷薇不似同龄人，循规蹈矩肯做寻常大学生。她急急地想要进入社会，这两年换了几任男友，一任比一任有背景。乔芷薇从男友那里得了好处，手头阔绰起来，野心也跟着急剧膨胀。

"怎么都是啤酒啊？没劲，要红酒，今天大家喝多少都算我的——"

一番豪言，场面甚是火热。

柳惊蛰就是在这当口走进卡座的。他人往那儿一站，卡座内瞬时安静下来。

柳惊蛰十九岁起在唐家做事，干的第一件事就是去日本追债，从此没过上一天安稳日子，和各类人都交过手。十几年下来，练就了一身生冷不忌的气场。往往人一站在那儿，话都还没说，"绝非善类"的气质就全出来了。

乔芷薇坐在沙发上，眯着眼睛看他，心里虽然有些发怵，但还算稳得住自己。

她自认为很社会地向他抬抬下巴："你谁呀？走错地方了吧。"

"乔芷薇是吧？我是谁你不用管，我不是为你来的。"说着，他将人从身后拎到眼前，像丢小鸡一样向前一丢。

乔芷薇看清了，这男人手里丢出来的人，正是陈嘉郡。

他的语气充满不善，径自对陈嘉郡吩咐："去说。去把你认为合理的要求，一字一句地说出来。"

卡座内，所有人的目光都聚焦在陈嘉郡的身上。

陈嘉郡尴尬得几乎想抠个洞爬走，她本来就是被柳惊蛰逼着来的，面对乔芷薇已经很令她不适了，没想到现场还有其他那么多人。陈嘉郡在人际交往方面的能力向来是个问题，不是不行，是非常不行。平时上课，被老师抽到回答问题，无论回答得是否正确，只要意识到大家在看自己，她就会瞬间脸红。

乔芷薇看清了是她，一时也搞不清楚状况，微微地蹙起眉头："陈嘉郡？你来这儿干吗？我今天生日没请你。"

她话说得不客气，陈嘉郡却没有生气。她脾气好，这辈子就没有生过谁的气。

这会儿，她还有耐心一问一答："我知道，你没有请我。"

"那你来干什么？"

"我来找你是因为——"她咬了咬下嘴唇。她也不想来啊，她也是被人逼着来的啊……

柳惊蛰站在她的背后，目光森冷地盯着她。

陈嘉郡就像背后长了眼睛，芒刺在背，她鼓起勇气，上前一步，道："乔芷薇，上次我借给你五万块钱，是因为你对我说，你妈妈生病住院要动手术，急需用钱。如果，你对我说的这些是假的，请你把五万块钱还给我。"

乔芷薇听了，嗤笑一声："陈嘉郡，我没有骗你，我妈妈现在是生病住院，马上就要动手术了。"

陈嘉郡瞪大眼睛，不可置信："那你怎么还在这里花天酒地？"

"这是我的私事，你管不着。你刚才也说了，我对你说的我妈妈的事是假的，才需要还你钱。我现在明明白白地告诉你，那些不是假的，你可以去医院看。怎么样，还要我还钱吗？"

"你——"

陈嘉郡一张脸涨得通红，一半是不好意思，一半是气的。她循规蹈矩，没离开过校园，对人性的了解可以说是完全没有。她看着乔芷薇，有一大半是不可思议：她是大学生，还是自己的同学，她怎么能这样无耻？

身后，一只左手伸出来，握住她的右臂，陈嘉郡一怔。那人左手用力，她被他拖至身后，尽显保护之姿。

她看向他："柳叔叔——"

闻言，乔芷薇挑起眉毛。同学间都知道，陈嘉郡没有父母，监护人是她叔叔。只是没想到，那位叔叔竟然就是眼前的这一个。乔芷薇暗自揣测：这是她亲叔叔？看起来可一点都不像。

陈嘉郡紧张了一晚上，冷不防被他那么用力一拽，人都站不稳，差点摔倒。

柳惊蛰简直看不下去了，他眼明手快地扶住她，颇为头疼。他十九岁第一次跟人追债，就是去日本追国际财团的债，1.5个亿，三个月时间他便全数追回。她倒好，二十一岁了，去向同学追一笔五万块钱的债都追不回来。

柳惊蛰好整以暇："陈嘉郡。"

"啊？"

"以后不要跟人说你认识我，我丢不起这个人。"

一番话，陈嘉郡听得无地自容。那她就是不会，怎么办呢？他怎么能当着这么多人的面，骂她笨——

就在陈嘉郡手足无措之际，乔芷薇的脸色微变，心里有一种不好的预感。她入世深，已具备了一些社会人的眼神。方才男人的一番话，就令她明白，他今晚不会放过她。

乔芷薇冷笑，先发制人："怎么，叔叔要替她出头吗？这只是同学之间的小事，叔叔你这样的成年人下场，也太没品了吧？"

柳惊蛰置若罔闻，看都没看乔芷薇一眼，他眼里只有陈嘉郡，这才是他的主责主业，别的人都属"闲杂"范畴，柳惊蛰从不浪费时间在闲杂人的身上。

他径自盼咐他的小女生："借款合同有吗？拿出来。"

陈嘉郡局促不已："没有。"

"口头达成的借款事项？"

"嗯。有微信聊过。"

"把聊天记录截下来。不要用截图，用手机自带的视频录制功能，录下来之后备份保存。"

"好的，我录了。"

"然后登录手机银行，下载银行转账记录，备份保存。"

"哦，好。"

陈嘉郡完成后，抬起头看向他："然后呢？"

"然后——"柳惊蛰扶住她的肩膀，强行令她正面朝向乔芷薇，将她向前一推，"从现在起，你要牢牢记住你债权人的身份，尽全力去找债务人的弱点，将这些弱点变成你谈判的筹码，逼对方让步，从而最终达成收回债务的目的。"

陈嘉郡一脸蒙，想了一会儿，低声道："乔芷薇没有弱点啊。她学习还可以，同学关系也不差，人也长得漂亮，是金融系的系花，好多男生喜欢她——"

柳惊蛰：没救了。

是让你找弱点，不是让你拥有一双发现美的眼睛，去找对手的闪光点啊。

柳惊蛰几乎是气笑了："为什么我以前没发现，你竟然可以这么——"

陈嘉郡："……笨？"

柳惊蛰："诚如你所说。"

陈嘉郡的呼吸急促，显然是被气到了。她好歹是个女孩子，他不能这么骂她吧？

她下意识地推了他一把。

柳惊蛰用力地将她拽回来："事情还没办完，你走什么？"

他扶住她的肩膀，要她好好学："跟债务人该怎么谈，我教你。"

他懒得跟她废话，转身面向乔芷薇，开门见山："乔芷薇是吧？赣州山区人，父亲在外务工，母亲常年务农。家里有三个孩子，你排行老大，下面还有两个弟弟。从大一入学起，你每学期申请贫困补贴，截至目前共领取补贴费用五万六千八百元整。"

全对。

乔芷薇顿时有些慌乱："你、你什么意思？"

柳惊蛰笑了一声，他拿出手机，不紧不慢地当场"咔咔咔"一通拍照。

在场的男男女女皆神色一变，上前就要抢他的手机："不准拍照！为什么要拍照？！"

柳惊蛰收起手机，明目张胆地威胁："你不想我把事做绝的话，现在就给我安分点。"

他轻描淡写的一句话，令所有人住手了。

在场的男男女女都看出来了，这不是普通的监护人想要为陈嘉郡出头而已。这是名利场的老手，今晚拿乔芷薇做试验品，亲自解剖，就为给陈嘉郡上一堂社会课。

任人鱼肉的滋味很不好受，何况他竟然用鱼肉她的方式，只为给陈嘉郡上课。

乔芷薇气急了："你能拿我怎么样？我就是不还钱！你来抢啊！"

柳惊蛰不以为意，只当她是小动物。

"乔同学，你这么聪明，难道不知道，你每年领取的贫困补助费用，资金来源是财政资金吗？"

"什么？"

他收起手机，道："我已经把刚才的照片发给我的律师团。他们会让你知道，套取财政资金的后果有多严重。"

乔芷薇瞬间慌了。

所有人始料未及。

一旁有人试图搬出靠山，让他知难而退："喂，你不要太过分啊，你知道乔芷薇的男朋友是谁吗？是凯德外贸的少东家！"

柳惊蛰简直听不下去了，他捏扁了手里的咖啡杯，随手扔了，冷声一笑："什么东西——"

一屋子男女愣住了，有几个胆大的正要上前，试图给他一点教训，只听卡座外面传来一个意外的声音。

"柳总，原来您在这边呢，让我们好找。"来人名叫王坤，是"锦流堂"的总经理。

说起"锦流堂"这个名字,当然是江湖给予的外号,人家正式的名字可是很正经的,叫:申南锦流小额贷款有限公司。执业范围是各项贷款和票据贴现。

陈嘉郡初生牛犊不怕虎,懵懵懂懂地看着柳惊蛰,小声地问:"是高利贷公司的人吗?"

"哎,陈小姐,我们可不是——"王总经理一脸真诚地纠正她,"我们可是合理合法的金融企业,我们的放贷业务叫民间借贷,怎么能叫高利贷呢?"

陈嘉郡凭借直觉,也知道这人不是正经人,她紧紧地揪住柳惊蛰的左手袖口,往他身后躲。

这一幕落在王坤的眼里,信息量就太大了——这可是柳惊蛰,你见过柳惊蛰几时会任由女人拉手拽衣角?

来之前,锦流堂的主事人傅舅爷就交代他:"那个叫陈嘉郡的大学生,你可别小看。她和柳惊蛰的关系不一般,我们的人得罪了她,比直接得罪柳惊蛰还要麻烦得多。"

思及此,王坤一脸赔笑,双手恭敬地送还一样东西:"陈小姐,之前多有得罪,我专程给您道歉来了。"

陈嘉郡定睛一看,王坤手上拿着的正是一个月前她在迪士尼被偷的钱包。

"我的钱包!"

"对,陈小姐,我给您找回来了。"

王坤交给她,笑道:"您打开看看,身份证、钥匙、银行卡、校园卡,可一点都没丢,我都给您找回来了。"

意外来得太快太急,陈嘉郡拿着钱包,有些不知怎么办才好。

柳惊蛰柔声对她道:"打开看看,还缺什么?"

"哦,好。"陈嘉郡打开钱包,仔细翻看,她一一清点,道,"东西好像都在……"

王坤的笑容灿烂:"柳总,你看看,是不是,一场误会——"

陈嘉郡又道:"柳叔叔,我放在钱包里的'贝儿'不见了。"

王坤心道:"贝儿"又是什么东西?

陈嘉郡很舍不得:"我的'贝儿'钥匙扣,是限量版,官网限时抢购的,我等到凌晨十二点好不容易才买到的。"

柳惊蛰听了,没表态,转而看向王坤,提醒道:"事情出在你们的人身上,我之前讲过了,这个钱包里少一件东西,我就让锦流堂付一分代价。"

"哎,柳总,别别别,有话好商量。"王坤立刻训斥一群手下,"愣着干什么!立刻去找陈小姐的'贝儿'啊!"

一个机灵的手下建议:"王总,我们可不可以去买一个人家转让的二手商品,当作补偿送给陈小姐?"

王坤当场打了他一巴掌:"尽胡说八道!这是陈小姐,能要二手的吗?就要她自己的那个,限量版的!"

陈嘉郡始料未及,她无心的一句话,竟弄得场面十分不好收拾。

陈嘉郡当即后悔了:"呃,如果实在找不到,那就算了,没关系——"

"不行。"柳惊蛰盯着王坤,吐出两个字,"去找。"

他那个"找"字发音很重,在王坤听来,这个字分明和"找死"的"找"字是同音同义。

王坤立刻差遣一帮手下:"去找啊!今天找不到都别想有好日子过!"吩咐完,他又搓着手对柳惊蛰道,"柳总,您放心,偷陈小姐钱包的那家伙,我们傅舅爷已经亲自押着送去派出所自首了,一定不会不给您一个交代的。"

柳惊蛰亲自发话,效率惊人。

一刻钟的工夫,王坤的手下就将陈嘉郡的"贝儿"送来了。

小小的一个钥匙串,被弄脏了一点,陈嘉郡心疼地擦了擦,放进钱包里,脸上终于露出了高兴的表情。

王坤悬着的心总算放下了,他看得出来,柳惊蛰今晚没有为难他的意思，只要把这个大学生的钱包还回来就会放过他们。这样的柳惊蛰绝不多见，王坤听多了柳惊蛰的风评，多半和"睚眦必报"那类负面词汇有关。

这会儿，他倒也灵活，扫了一眼卡座内的男男女女，便问："柳总，您在这儿，是遇上麻烦事了？"

"一点小事。女大学生之间的小纠纷，欠钱不还。"

王坤一听，浓眉一竖："什么？！谁那么不长眼，敢欠陈小姐的钱？！"

连他们锦流堂这样专业放贷的地方，都不敢招惹陈嘉郡，哪怕只是偷了一只钱包。还是大学生有胆量，连柳惊蛰的人都敢动。

"柳总，你早说，欠钱不还要讨债这种事，我们锦流堂是专业的啊！"说着，王坤的脸色一变，凶神恶煞地就要展现他的专业技巧。

卡座内的一群人纷纷求饶。

"没有没有！是误会！乔芷薇刚刚还钱了！"

"陈嘉郡，你赶紧看一下手机银行啊，真的还钱了！"

"是啊，五万块钱，全还给你了！"乔芷薇握着手机，双手不住地抖动。

陈嘉郡拿起手机，查看了一下，点头道："嗯，钱到账了，正好五万块钱。"

柳惊蛰摸了摸她的脸，兴致来了还要去逗她："真是傻瓜，都不知道借款是可以收利息的……"

他没什么意思，单纯地想宠一下自家孩子而已，可是落到王坤的耳朵里，意思可太明显了。

身为放贷公司总经理，王总迅速地解读出了另一层意思。他大声地呵斥："哪个是乔芷薇？给我走出来！敢欠陈小姐的钱，利息还了吗？民间借贷平均百分之十的贷款利率，给我按这个还！听到没有？"

乔芷薇的脸色惨白，根本没胆量声张。

"王坤。"柳惊蛰叫住他，及时出手，"这点小事，算了。"

王坤立刻赔笑："哦，好的，好的。"

他临走前，还狠狠地盯了乔芷薇一眼，以示警告。

锦流堂还回来了钱包，乔芷薇也还回来了五万块钱，今晚的事情算是告一段落。柳惊蛰单手搂住陈嘉郡的肩膀，带她回家。

"回家了。"

"嗯。"

两人并肩离开的背影太美好了，美好得令人嫉妒。

乔芷薇不知哪里来的勇气，忽然嘶吼，声音尖厉："陈嘉郡！你有什么了不起的？不过就是比我生得好，有人帮你，为你撑腰而已！如果没有这些，如果你和我一样，从小过的是人不人鬼不鬼的苦日子，你现在也一定会为了钱而不择手段！你少用你那套高高在上的天真无邪来审判我！"

陈嘉郡停住了脚步。

柳惊蛰陪着她，静静地等待。

"我不会。"她没有转身，但背影坚定，"就算我没有柳叔叔，我也不会为了钱而不择手段。我，陈嘉郡，永远不会。"

回到公寓，天色已晚。

柳惊蛰一边解领带，一边吩咐陈嘉郡："去洗澡，洗完出来吃饭。"

"我吃过了。"陈嘉郡回答得有板有眼，"在学校，出来的时候，刚刚吃过。"

柳惊蛰不置可否，不吃拉倒。

他脱了西服外套丢在沙发上，自顾自走进厨房。

陈嘉郡挠了挠头，反应过来后，她跑去厨房，在门口探进去一个小脑袋瓜，悄声地问："柳叔叔，你还没吃晚饭吗？"现在都已经九点了。

——托你的福。

柳惊蛰懒得理她，今晚，他原本事情一大堆，开完会还要和金融管理局的人吃饭，结果被她那么一搞，他会也没开饭也没吃，靠一杯黑咖啡顶到现在。

陈嘉郡倒也忽然灵活起来，就算不饿也努力当一个吉祥物陪陪他："柳叔叔，我刚才没吃饱，你给我也准备一份，好吗？我要全熟的牛排，不带血水的。"

她倒是会提要求。

柳惊蛰扫了她一眼，赶人："先去洗澡。"

"哦，好。"陈嘉郡乖巧地跑开了。

柳惊蛰在厨房接了两通电话，都是公事。趁着接电话的空当，他还有本事弄了一顿晚饭。西式简餐，颜色搭配得倒是鲜艳，引人食欲大增。

挂断电话后，他端着餐盘走去餐厅，陈嘉郡已经乖乖地坐着等了。她榨了两杯橙汁，一人一杯。

一顿简餐，难得地温馨。

陈嘉郡不是很饿，柳惊蛰给她煎的牛排特意挑了小份，搭配她喜欢的烤芦笋和小番茄，这点细节落在她的眼里，小女生心里甜得很。

柳惊蛰不是一个会把"喜欢"挂在嘴边的人，他的心思全在行动里，这么多年，陈嘉郡寻找他对她好的痕迹，寻找得很辛苦。找到一点，她都会放在心里藏好。她就靠这些藏好的痕迹，对抗她喜欢他十一年的漫长寂寞。

柳惊蛰吃饱了，拿手帕擦了擦嘴角，顺势向对面的小女生多交代几句："下次遇到这种事，直接跟我说，不要去找卫朝枫。"

陈嘉郡忙不迭地点头："哦，好。"

"等下记得把卫朝枫给你的转账还回去。"

"嗯。"

"还有，下次如果别人欠你钱，记得按我今天教你的去做，知道吗？"

陈嘉郡这回没吭声。

柳惊蛰重复问了一遍："知道了吗？"

陈嘉郡沉默了半晌，她从小不会说谎。这会儿即便知道讲真话一定会惹他不高兴，她也不会说谎骗他。

小女生很小声地讲真话："我可能……呃，还学不会。但我会注意，不会再借钱给别人了，就算借，也会少一点借出去。"

柳惊蛰看了她一眼，问："少一点？多少？"

"呃，一万，哦不，一千块钱以下？"

"你觉得几百块钱，算很少？"

陈嘉郡觑了他一眼，听他的语气好像不太严重，她一时不察，意志力松懈，令一句真话脱口而出："几百块钱的话，应该还好吧？"

"你的意思是，别人不还也没事，掉了也没事，是吧？"

"呃，如果，如果避免不了发生的话——"

啪，柳惊蛰甩下手帕，力道很重，砸在桌上发出一声沉闷的声响。

陈嘉郡的心也跟着一跳。

他动作不善，将餐盘往前一推，声音尖厉刺耳，划破了两人之间亲密的假象，撕开了血淋淋的距离。

"陈嘉郡。"他死死地盯着她，声音森冷，"一分钱没赚过的小鬼，哪来的胆子，敢对'钱'指手画脚？"

陈嘉郡愣住了，柳惊蛰对她严厉那是惯了的，但严厉成这样，当面说重话让她下不来台，却非常少见。

十一年，柳惊蛰头一次发现，这个小女孩正在长大，并且渐渐地有脱离正常阈值的迹象。

"陈嘉郡，你是不是以为，你表哥是暴雪董事会主席，你表舅舅更是不差钱，所以几百块钱在你眼里，就可以完全无所谓了？"

"不是不是，我不是这个意思——"

"你不是？你是，你只是不敢。"

"不敢当面对我承认，不敢对你自己承认。事情一旦发生，你避无可避，就会按照你心里想的去那样做了。"

"柳叔叔——"

"不要叫我。"他截住她软软的声音。

柳惊蛰从来不吃女人撒娇这一套,包括陈嘉郡。

"如果今天没有我逼着你,你会去找乔芷薇还钱吗?那五万块钱,你要得回来吗?你根本要不回来。到时候,你打算怎么办?我猜,你一定想过这个问题,而且答案显而易见。你会放任自流,就当自己丢了这五万块。然后,你会找一个机会,去对卫朝枫道歉。以卫朝枫的性子,这种小事不在他的眼里,他一定不会和你计较。事情得过且过,你认为就可以过去了。

"陈嘉郡,我明明白白地告诉你,这种事,不可以就这样过去。

"刚才我问你,多少钱算少?你说一千以下。但当事情真正发生的时候,你会发现,这个数字是不受你控制的,它可以变成五万、十万、无限大。可是你的态度不会变,你会渐渐地养成得过且过的态度,这一生都得过且过地过去。

"你是不是认为,我这样讲,对你很不公平?你会反驳我,说卫朝枫也不在意。我告诉你,他不是不在意,他是在意的东西太多了,无暇顾及,必须懂得取舍。卫朝枫独立掌控市值四千八百亿的暴雪控股,他每日经手处理的资金量都在亿元以上。他一个人,对董事会负责,对全体股东负责,每年都是申南城的纳税大户,年底分红更是大手笔。做到他这个地步,才有资格对'钱'取舍。

"而你,陈嘉郡,根本没有资格。"

一席话,甚是严厉。

柳惊蛰盯着她,冷若冰霜,连她迅速泛红的眼眶,都引不起他的一丝心软。

"柳叔叔,对不起——"

"你不用跟我说对不起。有这个时间,你不如好好想想,如何对自己负责。"他起身,将她晾在一旁,"你那个同学乔芷薇,今天她有句话我是认同的。陈嘉郡,你能比乔芷薇过得好,人生更为游刃有余,靠的不是你自己,也不是卫朝枫,更不是我。你靠的,是你和唐律的关系。你表舅舅让我们对你客气点,所有人就都会对你客气。等哪天你表舅舅不再想得起你,你以为还会有人对你客气吗?所以我真心地建议你,在这层关系变淡之前,尽你所能,学会生存,学会立足。否则,你总有一天会尝到乔芷薇那样的困境。餐饮店打工,时薪二十块钱;工地送货,时薪二十五块钱。几百块钱,不吃不喝,也要好几日才能赚到手。这算不要紧的小钱?简直笑话。"

陈嘉郡拼命地点头,眼泪扑簌簌地流下来,她知道错了。

柳惊蛰发了一通火,收拾餐盘去厨房洗碗,他走了几步,又忽然停住。有些话,他原本不想说的,因为会伤人。但如今,他还是要说。如果能用这样的伤害令她成长,他不介意当坏人。

"之前你说,你喜欢我——"

陈嘉郡一怔,看着他。

柳惊蛰明确地告诉她:"你要是这个样子来喜欢我,我劝你不必了。二十一岁,这么好的年纪,多用点心在自己身上。"

凌晨十二点,柳惊蛰结束了视频会议。

这场视频会议开得急,卫朝枫亲自召开,还是之前并购遭人反水那件事。近期卫朝枫在处理善后事宜,担保银行是柳惊蛰去谈的,他没法置身事外。

会议结束后,管理层纷纷下线,只剩下卫朝枫和梁晋唯还在线。这两个人近日在港城,要见一面不容易,柳惊蛰索性借这个场合叫住了卫朝枫。

"你等一下。"

卫朝枫:"怎么?"

"上次你借给陈嘉郡的两百万,我刚才转账给你了,你看一下。"

"哦,这个。"卫朝枫摆摆手,没当一回事,"没事。"

柳惊蛰继续道:"利息我按百分之三十算给你,一起转给你了。"

卫朝枫:……

梁晋唯：……

梁会计一通利率核算，无比震撼，百分之三十的利息率，这什么概念？妥妥的高利贷啊！

"柳总，"梁晋唯真诚地对他道，"如果你下次还有贷款需求，卫总不方便的话，你可以来找我。我的贷款利率很实惠，百分之十五就可以了。"

卫朝枫：……

柳惊蛰无视这个看热闹不嫌事大的人，直接警告卫朝枫："以后不准借钱给陈嘉郡，她向你开口也不行，清楚了？"

卫朝枫不以为意，多少觉得他有些神经过敏："人家女孩子有急用也不行？你这人真是——"

"我说了，不行。"

"陈嘉郡那么乖的人，你没必要紧张。"

"坏人都我做，你要来当好人了是吧？"柳惊蛰心里不爽，把一沓文件用力地甩在桌上，"你那么喜欢把人宠坏，你自己去生一个好了，别盯着陈嘉郡。"

卫朝枫：……

柳惊蛰话锋一转，存心要他难受："哦，对了，差点忘了，你没办法有小孩，你女朋友连跟你结婚都不肯。"

卫朝枫："你滚——"

话音未落，视频会议已经被发起人中断了。

柳惊蛰笑了笑，总算报了今晚的仇。刚才在会上他讲得不少，这会儿口干舌燥的，喉咙难受得很。柳惊蛰拿起桌上的润喉糖，吞了两颗，走去客厅倒水喝。

路过客卧，门缝中透出一丝光线，令他停住了脚步。

柳惊蛰微微地蹙起眉头：她还没睡？他抬起手，敲了一下房门。

门内，无人应声。

他站在门口，出声提醒："陈嘉郡——"

还是没人应声，柳惊蛰料定：她不敢不理他。

下一秒，他推门进入，果不其然看见陈嘉郡趴在书桌上的背影，她已经睡着了，手里拿着一支笔，桌上摊着一本注册会计师综合考试题库。

"真是小孩子，这样也能睡着——"他腹诽，作势就要抱她去床上睡。

柳惊蛰俯下身，视线一扫，看见她压在手臂下的一页草稿纸。他抽出来看，动作小心，没有吵醒她。

草稿纸上，她一笔一画地写着他的名字：柳、惊、蛰——

陈嘉郡的字迹不算漂亮，笔法幼稚，字体圆圆润润的，像一个个胖胖的小雪人，端端正正地坐在纸面上。最后一个字，化在水里，糊成了一团墨。

柳惊蛰看得明白，那是陈嘉郡的眼泪。

她就这样坐在书桌前，收不住对他的感情，滚落眼泪。她的感情，十一年了，依然爱而不得。

柳惊蛰看了一会儿，放下稿纸。

她睡得不安稳，眉心微蹙。长发零零乱乱地贴在脸上，混着泪水的痕迹，黏黏糊糊的。柳惊蛰伸出手，用手背抚了抚她的脸颊，手势温柔地拨开她散落在额前的头发，拢到耳朵后面。

他看了她一会儿，然后将她拦腰抱起，径直走向大床，将她放下。动作再小心，她还是醒了。

四目相对，他看得见她眼里的情绪，从蒙眬到清醒。

他尚未来得及起身，右手还搂在她的颈后。他离她那么近，稍稍低下头就能吻到她。女孩身上还带着沐浴后的清香，是最甜美的诱惑，他经不经得起，这考验他心底最深处的人性。

柳惊蛰不动声色地抽回手："很晚了，睡吧。"

他起身，作势就要走。

陈嘉郡没有留他。

他听见她稚嫩的道歉:"对不起,柳叔叔。我又一次让你失望了。"

柳惊蛰瞬间心软了:"过去的事,不说了。"

他放软了语气。一把好声线,深夜响起分外撩人。

"太晚了,早点睡。"

陈嘉郡不知哪里来的勇气,一双手紧紧地握住了他的衬衫袖口。

柳惊蛰低下头扫了一眼,她动作青涩,情急留人都要用两只手。他手插在裤子口袋里本已打算走,硬是被这女生的一双手留住了。

"我想问你一件事。"

"说。"

"我喜欢你,这份感情,你是不是真的不需要?"

她有很多委屈,不只今晚,长久以来,从喜欢他起,她就开始了一场漫长的委屈。

自从她的感情瞒不住他那天起,他就叫她死心。差一点他就要把她送回唐家,从此不要她。那么难的日子,她都过来了,终于有一天他吻她,她的眼泪顿时就下来了,似乎听见爱情在对她说可能。

可是这之后,他依然对她不远不近的。

他护她周全,保她平安。除此之外,很少越界。有好几次,她借着机会拥抱他。他的反应不咸不淡的,他会轻轻地拥住她,拍她的背部,就像哄一个女孩,全然没有爱情的痕迹。

她知道,喜欢一个人,并不都是好的。

在大学,她也被男孩表白过,不止一次。可是收到那些表白,她并不喜欢,有时遇到紧追不放的人,她还会反感。那种反感,瞬间就产生了,完全是对一个人彻底的讨厌,希望从此都不要见到。静下心来,她也会反思,觉得自己未免过分。那些男孩并没有大错,只是喜欢她而已。

所以,她很害怕。她害怕她的喜欢,在柳惊蛰那里,也是一份令他生厌的打扰。

"因为知道被不喜欢的人追求是什么滋味,所以比起你不喜欢我,我更不愿意你因此而讨厌我。"

深夜，他不似白天那般锋利，总留有一丝温柔的余地，好似任何话都可以对他讲。这份勇气，她端出来，也是小心翼翼的。她甚至没有抬头看他，一双留他的手已满是薄汗，弄得他的袖口也汗津津的，浑然不知这景象落在男人眼里全然是暧昧的邀请。

他没有推开她，声音玩味："在学校，有人喜欢你？"

"嗯。"

"男的女的？"

"……是男同学。"

"几个人？"

"三个。"

"那么，你试过接受吗？"

"没有，我全都拒绝了。"

柳惊蛰的唇角一翘。一丝笑意，几不可见。真是纯情的大学生，他一问，她就全都说了，都不知道这种事可以瞒着，用来吊男人的胃口。

他忽然不想再和自己作对了，自制力松了口，他抬起手，揉了揉她的头。

突如其来的一阵痒意，令她下意识地躲开。柳惊蛰是何种人物，不会阻止，只会暗中使坏，他的右手向下游移，抚着她的背部。陈嘉郡不察，顺着他的力道靠近。等回过神来，惊觉不知何时已把自己送入他的怀中。

"你——"

"抱歉，陈嘉郡。"他轻轻地拍着她的背部，声音软下来，"今天我态度不好，对你太严厉了，我道歉。下次，我会注意。"

陈嘉郡揪紧了他的衬衫，原本，她真的有很多难过，听到他这样讲，那些原以为很难过去的情绪，忽地就过去了。喜欢一个人是不是都是这样的？七情六欲，都由不得自己做主。

她执意向他要一个说法:"你还没有回答我刚才的问题。"

"如果我说,我确实很讨厌——"

陈嘉郡怔住了,她接不住这两个字,眼眶瞬间红了,几乎立刻就要推开他,却被他占尽了先机。他的右手牢牢地按在她的后背上,将她紧紧地按进胸膛里。

他噙着一丝笑意,将话说完整:"我很讨厌……你让我越来越被动。"

"什么?"

"陈嘉郡,你让我很为难。

"从唐律将你交到我手上那天起,我就告诉自己,我对你是有责任的。女孩子的一生很珍贵,我想让你拥有最好的——最好的品性、最好的能力、最好的前程。这些年我对你格外严厉,是因为我知道,只有这样,我才能将你变成最好的模样。所以后来我们的关系,掺杂了更为私人的感情时,我是犹豫的。我无数次地想,如果我们之间没有办法再像以前那样,我带着你,你刻苦学,你这一生是不是从此就会耽误在我手里?我应该拒绝你的,可是我没有,或者说,我没有坚持太久。"

他轻轻地拥着她,郑重地请求:"所以,陈嘉郡,在你成为一个足够像样的成年人之前,不要把我对你的责任和我对你的感情,混为一谈。那样的话,只会对你造成伤害,而不会有任何好处。"

她听着,没有说话,她需要一点时间,去理解他说的意思。

柳惊蛰拍着她的背部,耐心地安抚。

她还太年轻,完全没有入世,要她理解他的意思,不是那么容易的。就拿今天的事来说,他那么严厉地教育她,纯粹是站在监护人的立场上为了她好。如果她将这一种严厉视为情人间的欲拒还迎,那么,他做的一切都将毫无意义。

从此,信任崩溃,他作为监护人的责任,全部无从谈起。

幸好,她是陈嘉郡,陈嘉郡,从不辜负柳惊蛰。

"柳叔叔，我会听你的话。"她仰起头看着他，纵然没有办法完全明白他的意思，她依然选择相信他，"我会像以前那样，跟着你走下去，令自己成为一个像样的大人，我保证。"

柳惊蛰笑了，他将她用力地抱起，止不住地宠溺："好乖——"

陈嘉郡刚想说什么，柳惊蛰的手机忽然振动起来。

柳惊蛰拿起电话，屏幕显示"江和歌"的字样。

他顺手接起来："这么晚了什么事？"

江和歌生性豪爽，一听他这压低的声线就明白他此时和谁在一起。只有和陈嘉郡在一起的柳惊蛰，才会连多年至交的江和歌也顾忌。

江总笑了一声，存心为难："得利佳名流拍卖会，寥玉升亲自担任拍卖师。一起过来看看货，蒋宗宁和岑璋都在。"

"我有事，不过来了。"

"十八世纪波旁王朝的'绯色之心'，也没兴趣？"

"没兴——"

话未说完，一双柔荑环住他的颈项，是陈嘉郡。

二人的对话被她全数听去，她下意识地动用特权，要在堂堂的江总面前留人。

柳惊蛰微微垂下眼睛看向她。

陈嘉郡被他单手抱着，靠在他的颈间顺势搂紧了他。微鼓的脸颊有一丝撒娇，引人犯罪，让人想径直往上咬一口。

柳惊蛰的喉结滚动，话到嘴边就变了："给我接进电话委托席位。"

江和歌忙不迭地答应："好啊。"

柳惊蛰没去管江总诡异的热情，顺势将手机开了免提，塞进陈嘉郡手里。

陈嘉郡正趴在他的颈间，软软糯糯地撒娇，一时不察他的意思。

"未免你下次遇到乔芷薇那样的人不懂应变，平时多练练胆子。"

"练？怎么练？"

柳惊蛰在沙发上坐下，将她抱上腿，单手往她的腰间松松一搂，正好能搂住她整个人。腰那么细，盈盈一握，一手就能掌控。

他指向手机，解释给她听："电话里即将和你对谈的，是得利佳名流拍卖会的电话委托竞拍师。他会和你沟通场上的竞拍价，你的任务就是拍下竞品。"

"什么竞品？"

"你喜欢的，十八世纪波旁王朝的'绯色之心'。"

陈嘉郡瞪大了眼睛："我没喜欢啊——"

她连听都没听说过好不好！

柳惊蛰自动忽视，径直吩咐："开始了，不能输哦，陈嘉郡。"

"啊？！"

陈嘉郡尚在一片茫然之际，电话里已传来竞拍师训练有素的声音："陈小姐，您即将参与竞拍的是十八世纪波旁王朝的'绯色之心'，还有五秒，倒数计时，由我全程为您竞拍。

"起拍价，1000万，目前持续加价，1200万，1500万，1800万，已突破2000万。"

陈嘉郡终于回过神来，一瞬间，手机变得无比烫手，她慌不择路想要将它丢给柳惊蛰。

"我不要这个——"

"你要。"柳惊蛰眼明手快地按住她的手，温柔地应声，"你听好了，规则是100万起加，上不封顶，我会陪着你。"

陈嘉郡瞬间反问："你预算多少？"

预算会计学得不错啊。

柳惊蛰言简意赅："一样，上不封顶。"

陈嘉郡吞了吞口水，最后求证："那我报价了啊。"

"你报。"

"你可别赖账啊，有法律风险的。"

真是，在她眼里，身价不菲的人就只有她小舅舅和表哥是吧？不过也是，柳惊蛰暗自思忖：这些年，他不是在给他小舅舅打工，就是在给她表哥救火，也难怪陈嘉郡会有"他不行"的印象。正好，给她上一课。

柳惊蛰指指电话，提醒她："动作再慢一点，你就要输了。"

竞拍师报出最新价："5000万。"

"呵？！"才短短一分钟的时间，怎么就已经5000万了？！

她小心地尝试："……5100万。"

"5400万，5600万。"

"……5700万。"

"6000万。"

"……6100万。"

真是谨慎。

就像小年轻打牌，你出一个黑桃三，我出一个红桃四，手里大小王都舍不得出。

柳惊蛰看了一下内场。江和歌说过，蒋宗宁和岑璋都来了。如今场内就剩下三方报价，除却陈嘉郡，想必剩下两个席位就是他俩，苦战啊这是。

柳惊蛰笑了一下，多少觉得这场面很有意思。他的陈嘉郡，夹在东南亚银行界两方巨头中间，竟也乖乖地不怯场。

竞价师报出最新价："7000万。"

超过陈嘉郡的心理承受范围了。

柳惊蛰的手指轻拍着沙发的扶手。考验，还是适可而止为好，除非，他能帮她突破心理防线。

他凑近她，俯在她的耳边低声地道："你赢了，今晚就陪你睡——"

陈嘉郡一仰首："……9900万！"

竞拍师："成交！恭喜陈小姐，9900万，您拿下了'绯色之心'！"

陈嘉郡蒙蒙的。

嘈杂声止住，世界退潮，两个人的小天地只剩下缠绵的呼吸。柳惊蛰眼中满是兴味:"陈嘉郡,你就这么想睡我?"

又被他玩了一道,陈嘉郡的脸红得烧起来,嘴里却是倔强:"是你自己提的。"

有意思,刚下名利场,还未学会抽身,连说话都嚣张了。他的目的已达到,今晚不亏。

柳惊蛰心满意足,从她手里拿走手机,处理后续事宜:"是,保证金和余款支付和以前一样,我的人会和拍卖行对接,按以前的流程走就可以。"

处理妥善后,他挂断了电话。

陈嘉郡扑进他的怀里,搂紧了他的颈项:"柳叔叔,我后悔了。"

"嗯?"

"能不能撤回交易啊?"

"不行哦。"

陈嘉郡极度后悔,尽全力想挽回:"付违约金也不行吗?"

柳惊蛰存心凑近她的耳边吓她:"违约金是成交价的百分之二十,也就是1980万,你确定要我付违约金?"

陈嘉郡沉默了,她扼腕不已,将真心全盘说漏:"9900万啊,你一晚也不值这个钱啊……"

柳惊蛰:她竟然在认真计算,计算结果就是他不值?

她够可以的啊?

柳惊蛰一把将她拦腰抱起,径直走出去。

陈嘉郡陡然警惕起来:"去哪儿?"

"陈嘉郡,你值的标准是什么?"

陈嘉郡沉默了。

"怎么,讲不出答案?那好,我们试试。"

月上东窗,主卧室一地清辉。

陈嘉郡脸埋枕间,被从轻发落。

这间主卧室,她第一次进,黑白灰三色,像极了她心里的人,有极致的冷静。这样一个人，单单会为她失序，是否就是爱她的意思？

眼角余光瞥过，他正站在床边。一身衬衫未乱，连袖口都整整齐齐的。

他俯下身，撩开凌乱的散发，露出她潮红的脸颊："以后，还那样说吗？"

"不了——"

"识时务者为俊杰，不错哦。"

他以手背在她的脸颊上摩挲两下，分明有以示鼓励的嚣张。受她喜欢，主动权在手，就是这般无法无天。

他看了一下床头的闹钟："这下真的要睡了，都快凌晨一点半了，不可以睡太晚。"

陈嘉郡这回长了记性，忙不迭地表态："我自己睡。"

"这个自然。"他笑了，"以你方才的开价，你还想要其他？没有。"

她浑然不是对手，深深埋进枕头里。今晚不堪回首。她累极了，困在自己的真心里，沉沉地睡去："柳惊蛰，不要喜欢别人——"

他一笑，温柔地答应："我不会。"

他拿起床头的玩偶，是陈嘉郡最喜欢的大鲨鱼，玩偶塞进她的手里。陈嘉郡得了熟悉的触感，在睡梦中轻哼一声，抱紧，睡脸单纯又满足。

柳惊蛰的心里一软，到底是没心事的年轻人，无忧无虑。

夜已深，他抬起手关了床头壁灯，转身离开。

"晚安了，要好好长大哦。"

——全文完——